novum pro

Olaf Lange

Das Haus am See

novum pro

Bibliografische Information
der Deutschen Nationalbibliothek:

Die Deutsche Nationalbibliothek
verzeichnet diese Publikation in der
Deutschen Nationalbibliografie.
Detaillierte bibliografische Daten
sind im Internet über
http://www.d-nb.de abrufbar.

ISBN 978-3-99003-160-5
Lektorat: Susann Säuberlich

Gedruckt in der Europäischen Union
auf umweltfreundlichem, chlor- und
säurefrei gebleichtem Papier.

www.novumpro.com

AUSTRIA · GERMANY · HUNGARY · SPAIN · SWITZERLAND

Kapitel 1

Mike stand grinsend am Seeufer und hielt noch immer die Axt in seiner Hand. Er holte weit aus und schlug erneut zu. Grobe Holzsplitter flogen durch die Luft. Mit der anderen Hand wischte er sich den Schweiß von der Stirn.

„Geschafft, das erste ist fertig“; sagte er laut zu sich selbst, warf die Holzscheite zu den anderen Holzresten auf einen Haufen und betrachtete sein Werk.

Das erste von geplanten zehn, dachte er und stand stolz vor dem ersten fertig gestellten Holzhaus.

Weitere sollten folgen. Doch die mussten noch etwas warten.

Zwei weitere, noch im Rohbau befindliche standen in einiger Entfernung und warteten auf ihre Fertigstellung.

Endlich Urlaub. Wie lange habe ich auf diesen Tag gewartet! Es war ein langes und anstrengendes Jahr, dachte Mike, als er sein Werkzeug zusammenpackte. Er war Zimmermann und baute Ferienhäuser.

Die Stadtverwaltung hatte ihm einen lukrativen Auftrag erteilt. Mike sollte zehn Holzhäuser am Ostufer des Sees errichten.

Besser konnte es im Augenblick nicht laufen.

„Aah“, schrie Mike plötzlich und fasste sich an die Stirn. Ein stechender Schmerz durchbohrte sein Gehirn, als würde jemand eine heiße Stricknadel durch seinen Schädel bohren.

„Aah“; erneut schrie Mike auf und stürzte auf die Knie, die Axt glitt ihm aus der Hand und fiel zu Boden.

Mit beiden Händen hielt er seinen Kopf, und obwohl er seine Augen geschlossen hatte, tanzten bunte Bilder vor seinem Gesicht. Mike konnte sie anfangs nicht entziffern, es waren bunte, schnell wechselnde und flimmernde Bilder, scheinbar ohne Sinn.

Die Bilder verschwanden wieder und Mike öffnete langsam seine Augen.

Er kniete am Seeufer und beobachtete die Wasseroberfläche, die ruhig und spiegelglatt vor ihm lag. Plötzlich färbte sich das Wasser rot, es brodelte und schien sich in eine kochende, rote Brühe zu verwandeln. Leichte Nebelschwaden bildeten sich auf der Wasseroberfläche und zogen einen grauen Schleier über den gesamten See.

Blubb, blubb, hörte Mike an verschiedenen Stellen vor sich aus dem Nebelschleier und plötzlich konnte er einzelne, dunkle Schatten auf der Wasseroberfläche erkennen. Sie trieben langsam Richtung Ufer.

Sieht aus wie Treibholz, dachte Mike. Er griff nach einem der Schatten. Der fühlte sich weich und feucht an, fast glitschig. Mike packte fester zu und zog dieses schleimige Etwas näher an sich heran.

„Aaaah", schrie er erneut, während er auf einen menschlichen Arm starrte, den er in der Hand hielt.

Er musste sich im Endstadium der Verwesung befinden, Mikes Finger drangen in das faulende Fleisch wie in feuchten Schlick, es stank fürchterlich. Er ließ sofort wieder los, sein Magen rebellierte und begann pulsierend, Mikes letzte Mahlzeit wieder hinauf zu befördern. Mike konnte den Brechreiz gerade noch unterdrücken.

Er schaute über die Wasseroberfläche und entdeckte noch mehr Leichenteile, die sich auf dem Wasser langsam auf und ab bewegten. Beine, Arme, einen Schädel, mehrere Rümpfe. Teilweise bis auf die Knochen verwest, als hätte ein wildes Tier, das nicht von dieser Welt stammte, eine Ausgeburt der Hölle, diese Menschen zerfetzt, ihre Körper ausgelutscht und nach seinem Blutrausch die Überreste einfach in den See gespuckt.

Plötzlich durchbohrte wieder dieser unerträgliche Schmerz Mikes Gehirn. Er schrie auf und presste beide Hände gegen seine Schläfen. Dunkelheit überfiel ihn und er sackte zusammen.

Es dauerte eine Weile, bis er wieder zu sich kam. Sichtlich benommen rappelte er sich auf, drehte sich um und schaute hinüber zum See.

Nichts zu sehen, dachte Mike, *alles beim Alten. Gott sei Dank. Aber was war das?*

Mike wusste es nicht, noch nicht. Früher hatte er ähnliche Erlebnisse, konnte sich kaum noch daran erinnern oder wollte sich nicht erinnern. Es waren meist traumähnliche Visionen, aber sie waren niemals so schaurig wie diesmal, Albträume im Wachzustand, aber immer in Verbindung mit einer Ohnmacht, aus der Mike dann zwar geschwächt und erschöpft, aber überaus erleichtert erwachte, wenn er merkte, dass sich das Erlebte nur in seinem schmerzenden Hirn abgespielt hatte.

Diesmal würde er Mary, seiner Frau, nichts davon erzählen. Wäre wohl besser so. *Sie muss nicht alles wissen,* dachte er, würde ihn wohl für bescheuert halten.

Vielleicht bin ich ja wirklich nicht ganz dicht, dachte Mike, *niemand weiß doch, was in seinem Gehirn vor sich geht, eine einzige Fehlschaltung in dieser gelartigen Masse reicht doch bereits aus, um jemanden für den Rest seines Lebens in einen zitternden und sabbernden Idioten zu verwandeln, der wahrscheinlich noch glaubt, Napoleon oder ein Besucher von einem fernen Planeten zu sein.*

Mike raffte sein Werkzeug zusammen, als wäre nichts geschehen, warf es in eine selbst zusammen gezimmerte Holzkiste und schob diese in seinen alten Kombi.

Es war ein alter Volvo, fünfzehn Jahre alt, feuerrot, der an allen Ecken rostete. Doch er hatte Mike noch nie im Stich gelassen.

„Ja, altes Mädchen. Was wir nicht alles schon zusammen erlebt haben, was?“, sagte Mike und schlug die Heckklappe zu.

Mit dem Wagen hatte er fast die halbe USA durchquert, von Philadelphia nach New York, über South Carolina nach Florida. Dann reiste er nach Westen von Kansas über Colorado nach Nevada.

Doch sein Traumziel war noch offen, Kalifornien.

Mike dachte oft an die Zeit zurück, als er allein unterwegs war, ohne festes Ziel, einfach nur dem scheinbar endlosen Highway folgend, aus dem alten Autoradio erklang Jimi Hendrix, aufgenommen auf Kassette, und er träumte davon, selbst bei Woodstock dabei gewesen zu sein.

„Hendrix, Cocker, Santana, ja, Mary, das ist nicht nur einfach Musik, das ist eine Lebensphilosophie“, schwärmte Mike ihr immer wieder vor, „die machen nicht nur einfach Musik, um zu leben, nein, die leben, um Musik zu machen.

Verstehst du den Sinn?“

„Die Zeiten sind vorbei, werde erwachsen, übernehme Verantwortung", hörte er Marys Stimme.

Ja, ja, wie meine Mutter, dachte er, wenn Mary ihn wieder in die Realität zurückholte, während er von der „guten alten Zeit" schwärmte und Mary zu einem spontanen Trip nach Kalifornien oder sonst wo hin überreden wollte.

Aber doch, einen spontanen Trip hatten sie gemeinsam unternommen, doch das Ziel gehörte nicht gerade zu Mikes Traumzielen. Las Vegas.

Vor einem Jahr waren sie dort.

Sie haben in Vegas geheiratet.

Mary träumte schon immer von einer Hochzeit in Vegas, in einem weißen Hochzeitskleid mit anschließender Fahrt in einer Limo auf dem Strip.

Mike hatte sich bis zu diesem Zeitpunkt noch gar keine Gedanken übers Heiraten gemacht. Ihm ging das eigentlich alles viel zu schnell. Er war gerade mal achtundzwanzig und hätte gut und gerne noch zehn Jahre warten können.

Doch dann ließ er sich doch von Mary überreden. Mike wusste nicht, was ihn in diesem Augenblick geritten hatte.

Und schließlich buchten sie das „All-inclusive-Hochzeitswochenende" im Luxor inklusive Limo und Hochzeitssuite.

Sie fuhren mit dem Wagen nach Vegas – Mike bestand darauf.

„Wenn wir nach Vegas reisen", sagte er damals zu Mary, „dann standesgemäß, mit dem eigenen Wagen."

Und wenn wir angekommen sind, fahren wir mit der Karre den Strip einmal rauf und wieder runter."

Außerdem war die Fahrt mit dem Wagen günstiger als eine Busfahrt, auch ein Argument für Mike.

Mary war es im Grunde egal, Hauptsache Las Vegas.

Mary hatte sich sofort in diese Stadt verliebt, und wenn am Abend das Lichtermeer der Casinos die Stadt erhellte, stand sie fassungslos am Strip, mit Tränen in den Augen bestaunte sie diesen, wie sie sagte, traumhaften Ort.

Auch das Hotel war ein Traum. Mary kam aus dem Staunen gar nicht mehr raus. Sie hatte schon viel von Las Vegas gehört, „aber das muss man einmal selbst erlebt haben, es war unbeschreiblich" sagte sie immer wieder.

Sie wurden nach dem Frühstück mit einer Limousine abgeholt und standen bald darauf vor dem Hotel, das einer ägyptischen Pyramide nachempfunden war, und warteten auf den Wagen. Mary hatte sich im Hotel ein Hochzeitskleid ausgeliehen, Mike einen passenden Anzug, in dem er sich überhaupt nicht wohlfühlte.

Dann ging es endlich los.

Und ruck, zuck war es auch schon wieder vorbei. In die Limo gesprungen, zur Kapelle gefahren, willst du Mary heiraten? Ja. Willst du Mike heiraten? Ja. Kuss. Rein in die Limo, ab zum Hotel, 240 Dollar.

Und schon standen sie wieder vor dem Hotel.

„Und was jetzt?", fragte Mike.

„Jetzt sind wir verheiratet", antwortete Mary und umarmte Mike, „jetzt sind wir Mann und Frau."

Sie verbrachten noch das Wochenende in Vegas und machten sich am Montagmorgen wieder auf den Rückweg.

Sie lebten mitten in Nevada, umgeben von einigen Maisfarmen, in einer kleinen Stadt, eher einem Dorf, mit einem Rathaus, einer Kirche, einer kleinen Kneipe und einem Supermarkt.

In einer Stadt, in der schon seit 100 Jahren nichts Aufregendes geschehen war – abgesehen von einem tragischen Flugzeugabsturz vor vier Jahren vor der Stadt, doch daran wollte niemand mehr denken und schon gar nicht darüber sprechen – und in der wohl auch in den nächsten 100 Jahren nichts Aufregendes geschehen würde.

Mary wurde hier geboren, so wie ihre Eltern und ihre Großeltern.

Sie lernte Mike vor zwei Jahren kennen. Er war auf der Durchreise, auf der Suche nach einem Job.

Er war zwar Zimmermann, doch er hatte schon als Automechaniker, als Dachdecker, Holzfäller, ja sogar als Kellner gearbeitet. Doch der Kellnerjob war nur eine Notlösung, das war nun wirklich nicht seine Welt.

Es war an einem Freitagabend im August, als Mike damals in die Stadt kam. Die Sonne ging gerade unter, doch die Luft kühlte nicht ab, es war unerträglich heiß.

Mike fuhr mit seinem alten Kombi die Route 23 entlang, die mitten durch den Ort führte.

Am Ortseingang erblickte Mike das Schild von Bens Motel, fuhr zunächst jedoch weiter, denn er brauchte erst einmal einen Drink.

Es waren kaum Leute auf der Straße. *Hier ist ja der Hund begraben,* dachte Mike. *Hier werde ich bestimmt nicht alt.*

Die Stadt ähnelte mit ihren Holzhäusern, die sich links und rechts entlang der Straße aneinanderreihten, einer alten Westernstadt.

Hier und da klaffte eine Lücke in der Häuserkette, einige Gebäude waren bereits durch moderne Wohnhäuser ersetzt.

Das Zentrum bildeten die Kirche und die gegenüberliegende Kneipe. Sogar diese ähnelte äußerlich einem Saloon.

Nur dass vor ihr keine Pferde standen, sondern einige Autos, und die waren wahrscheinlich genau so alt wie die Stadt selbst.

Mike lenkte seinen Wagen in Richtung Kneipe und parkte ihn in eine freie Lücke.

Er war den ganzen Tag unterwegs gewesen, legte nur eine kurze Pause ein, zum Tanken, Pinkeln, und kaufte an der Tankstelle noch eine Coke und Zigaretten.

Mehr hatte die kleine, verfallene Holzhütte mitten in der Wüste auch nicht zu bieten. Vor dem Haus stand eine einzige Tanksäule, Sand, so weit das Auge reichte.

Weit und breit nur Sand. Mike glaubte nicht, dass hier jemand lebte, doch als er seinen Wagen neben der Tanksäule abstellte, öffnete sich die notdürftig zusammen gezimmerte Tür des zum Teil verfallenen Hauses und ein zwei Meter großer Einheimischer trat heraus. Blaue Latzhose, freier Oberkörper, Cowboyhut und Sandalen, *ja, ein Einheimischer,* dachte Mike.

„Was darfs denn sein?"

„Volltanken, bitte."

„Hast du Geld?“

„Jau“, sagte Mike kurz, griff in seine Hosentasche und wedelte mit einigen Zwanzigern in der Luft herum.

Überzeugend, denn augenblicklich steckte der Tankrüssel in Mikes altem Kombi.

„Habt ihr Zigaretten?“

„Jau.“

„Camel?“

„Jau.“

„Habt ihr Coke?“

„Jau, aber nicht kalt.“

„Egal, nehm ich. Eine Camel, eine Coke. Und den Sprit.“

„Jau, macht 45,80.“

Mike drückte dem „Einheimischen“ das Geld in die Hand, der schlürfte zurück in die windschiefe Hütte und kam nach einem kurzen Moment wieder heraus, in den Händen die Zigaretten und die Coke.

„Gibt's hier irgendwo ein Motel?“, fragte Mike, während er versuchte, die hartnäckige Folie von der Zigarettenschachtel zu entfernen.

„Jau.“

„Und wo?“

„Weiter Richtung Westen.“

„Ja, wunderbar. Und wie weit ist es bis dort hin?“

„Weiß nicht genau. Vielleicht zwei- oder drei … mmh … hundert Meilen.“

„Wie weit? Und der nächste Ort?“

„Das ist der nächste Ort.“

„Alles klar. Danke für das Gespräch. Dann mach ich mich mal auf den Weg.“

„Jau.“

Ich glaube, der lebt schon etwas zu lange hier draußen, dachte Mike, stieg in seinen Wagen und lenkte ihn zurück auf die Straße.

Die nächsten fünf Stunden kamen ihm ewig lang vor.

Die Route 23 wollte einfach nicht enden. Links und rechts nur Steppe, weit und breit kein Haus, kein Mensch, nur hin und wieder ein Truck, der schnaufend und irgendwie bedrohlich entgegen kam und mit lautem Brummen an ihm vorbei donnerte und dabei ein kurzes Hupkonzert gab.

Nun war er angekommen, noch nicht am Ziel, so glaubte er, aber doch an einem Ort, an dem es immer noch besser war, als die Nacht in der Wüste zu verbringen.

Mike griff ins Handschuhfach, nahm die Zigaretten heraus und steckte sie in seine Hemdtasche. „Scheiß Qualmerei", sagte er laut zu sich selbst.

Er hatte schon so oft versucht, mit dem Rauchen aufzuhören, doch länger als drei Tage hat er nie durchgehalten.

Er stieg aus dem Wagen, sah noch einmal Richtung Westen, die Sonne verschwand gerade am Horizont.

Dann ging er zielstrebig zur Eingangstür der kleinen Kneipe. Darüber hing ein Schild mit der Aufschrift: „anno 1889".

Ich wusste es, hier trank schon Billy the Kid seinen Whisky, dachte Mike und musste grinsen.

Er öffnete die Eingangstür und ein Gemisch aus Zigarettenrauch und Westernmusik, die aus einer alten Musikbox dröhnte, strömte ihm entgegen.

Mike trat ein.

Warum wusste ich, wie es hier aussieht, dachte er. Der Raum war dunkel, der Zigarettenrauch sammelte sich an der Decke, über der Theke baumelten einige Lampen mit grünen Stoffschirmen, in einer Ecke befand sich die Musikbox, aus der eine rauchige Frauenstimme von alten Zeiten sang, als die Männer noch mit Pferd, Hut und Cowboystiefeln unterwegs waren. In der anderen Ecke stand ein Billardtisch, anscheinend der Treffpunkt der Jugend dieser Stadt.

Mike setzte sich an einen freien Tisch direkt neben der Tür.

Und da kam auch schon die Bedienung auf ihn zu, die einfach super in diesen Schuppen passte: groß, blond, weiße Bluse, weiter Rock und Cowboystiefel.

Wie im Film, dachte Mike.

„Hey."

„Hey, was darf's denn sein, Fremder?"

Sie schauten sich beide einige Sekunden schweigend an und fingen dann laut an zu lachen.

„Ein Bier, … und wo finde ich hier in dieser Stadt den Hufschmied?"

Und wieder mussten sie lachen, so laut, dass sie die Musikbox übertönten.

„Ein Bier, kommt sofort, Cowboy."

Die Bedienung war Mary. Damals arbeitete sie noch im Saloon, so nannten Mary und Mike später die Kneipe immer scherzhaft, sie hatte eigentlich keinen richtigen Namen, jeder nannte sie nur „Kneipe".

An den folgenden Tagen war Mike jeden Abend im „Saloon".

Hier traf sich die halbe Stadt, manchmal glaubte man, hier traf sich die gesamte Stadt. Anfangs kam Mike, um Kontakte zu knüpfen.

Handwerker waren hier gern gesehen, es gab viel zu tun und Mike bot seine Hilfe an, die hier gut bezahlt wurde.

Doch allmählich kam er immer öfter, um Mary zu sehen.

Auch Mary freute sich, wenn Mike am Abend in den „Saloon" kam.

Sie saßen oft noch spät an Mikes Stammtisch neben der Eingangstür, sprachen über Gott und die Welt, lachten über alles Mögliche oder schauten sich nur lächelnd an.

So ging es einige Wochen lang, sie kamen sich langsam näher – und dann waren sie offiziell ein Paar. Gewundert hatte es hier niemanden, sie passten einfach zusammen.

Mike „wohnte" in seinem Kombi. Da er hier ursprünglich eigentlich nicht lange bleiben wollte, reichte ihm sein Mini-Wohnmobil.

Er hatte die Rückbank zu einem gemütlichen Bett umfunktioniert, nachdem er eine Nacht in Bens Motel verbracht hatte.

Das Geld, das er für seine Reparaturarbeiten bekam, wollte er nicht für ein teures Motelzimmer verschwenden, er wollte es für die Zukunft zurücklegen, obwohl er bis dahin noch nicht so genau wusste, wie seine Zukunft aussehen würde.

Sein „Stammtisch" im Saloon wurde zu seinem Büro, wo er seine ersten Aufträge entgegen nahm, wo er frühstückte und am Abend von Mary mit hausgemachten Frikadellen und Bier versorgt wurde.

Mary wohnte in einem kleinen Zimmer über dem Saloon. Es war zwar gemütlich und nett eingerichtet, aber für zwei Personen war es wirklich zu klein. Es diente wohl ursprünglich als Abstellraum, war neun Quadratmeter groß, bestückt mit einem Bett, einem Kleiderschrank, einem kleinen Tisch, auf dem sich Modezeitschriften stapelten, und einer alten Wanduhr, die jede volle Stunde einen lauten, dumpfen Gong ertönen ließ.

Gegenüber der Tür befand sich ein kleines Fenster, auf der Fensterbank stand ein Kaktus, der im Sommer rote Blüten trug.

Das Fenster lag nach vorn zur Hauptstraße mit Blick auf die Kirche.

Mary zog hier vor vier Jahren ein, als sie den Job im Saloon bekam. Günstiger konnte sie nicht wohnen.

Sie hatte damals keine andere Möglichkeit, sie verlor ihre Eltern vor vier Jahren bei dem tragischen Flugzeugabsturz.

Ihr kleines Häuschen am Stadtrand wurde damals von der Bank kassiert, die Hypothek konnte Mary unmöglich aufbringen.

Sie war gerade achtzehn Jahre alt geworden und befand sich zu der Zeit des Unglücks übers Wochenende bei einer Freundin. Die Eltern kamen von einer gemeinsamen Geschäftsreise, als das Flugzeug aus ungeklärter Ursache kurz vor der Landung, einen Kilometer vor der Stadt, in einen See stürzte.

Es gab keine Überlebenden.

Die Bergungsmannschaften fanden nur einige Trümmerteile, Taucher konnten nicht eingesetzt werden, da der See, ein ehemaliger Vulkankrater, angeblich zu tief war. Das war die offizielle Erklärung.

Seit diesem Tag war Mary nicht mehr an dem See gewesen.

Als Kind ging sie in den Sommermonaten fast jeden Tag an den See. Die Kinder bauten sich Flöße aus Baumstämmen, die zu Haufen am Ufer lagen. Auch die Erwachsenen nutzten den See als Erholungsgebiet, zum Schwimmen und Angeln.

Doch seit dem Unglückstag ist es dort still geworden.

Zu still, so meinte die Stadtverwaltung.

Sie plante, das Seeufer zu erschließen, kleine Ferienhäuser zu errichten, um so zahlungsfreudige Touristen anzulocken.

So sollte der von den Einwohnern gemiedene See sinnvoll genutzt werden und zusätzlich noch Geld in die leere Stadtkasse spülen.

Mike nutzte damals die Chance und gründete seine eigene Firma. Mit einigen Helfern aus der Stadt, die anfangs nur schwer aufzutreiben waren und auch nur für kurze Zeit blieben, begann er am Seeufer, im Auftrag der Stadt, mit dem Bau von Holz-Ferienhäusern.

Mike und Mary bezogen nach ihrer Hochzeit eine Drei-Zimmer-Wohnung am Ortseingang.

Doch Mike meinte, das sei nur eine vorübergehende Lösung. Er träumte von einem eigenen Haus am See.

„Das schlag dir mal ganz schnell aus dem Kopf!“, brüllte Mary damals. „Ich gehe auf gar keinen Fall an den See, und dort wohnen werde schon mal gar nicht. Ich glaube, du spinnst.“

Mike kannte mittlerweile die Geschichte vom Flugzeugabsturz ihrer Eltern. Er wollte ihr noch etwas Zeit geben, irgendwann würde sie darüber hinweg sein und sich schon zu einem schönen Haus am See überreden lassen.

Den Job im „Saloon“ gab Mary auf.

Ein Leben als Hausfrau, das war jedoch auch nichts für sie. Vier Wochen hielt sie durch, sie erledigte zwar den Schreibkram für Mike, aber das erfüllte sie nicht wirklich.

Mary begann Kurzgeschichten zu schreiben. Geschichten über ihre Stadt, über die Leute hier, eigentlich brachte sie nur den täglichen Klatsch und Tratsch zu Papier.

„Damit kannst du aber kein Geld verdienen“, meinte Mike. Das wollte Mary auch nicht.

Das Schreiben lenkte sie ab.

Wenn Mary ihre Gedanken mit einem Bleistift auf lose DIN-A4-Blätter kritzelte, musste sie nicht an den See denken, sie war dankbar für jeden Augenblick, in dem sie nicht an den See denken musste.

Der Verkauf der Häuser am See lief nur schleppend. Das lag wahrscheinlich immer noch an der Erinnerung an die damalige Flugzeugkatastrophe.

Die Geschichte ging natürlich durch die Presse, und die Tatsache, dass nie ein Opfer gefunden wurde, machte die Sache unheimlich.

Und wie es bei solchen Ereignissen oft geschieht, kam es immer wieder zu fantastischen Erzählungen und wilden Spekulationen.

Es wurden die verrücktesten Geschichten erzählt: Jemand sah im Morgengrauen auf dem Wasser das Flugzeugwrack, es schwebte ein Meter über der Wasseroberfläche zwischen den Nebelschwaden.

Ein anderer sah eine ähnliche Erscheinung und behauptete, Gesichter hinter den Fenstern gesehen zu haben. Blasse, angsterfüllte, aber regungslose Gesichter, die ihn anstarrten.

Und jedes Mal soll das Flugzeug langsam und lautlos im Nebel verschwunden sein.

Doch diese Geschichten wird es immer geben, überall. Sie wurden meist als Spinnereien abgetan.

Einige Leute ließen sich jedoch nicht abschrecken, sie machten sich über solche Gruselgeschichten lustig.

So wie Mr. und Mrs. Green.

Sie kamen aus New York, waren beide Ende 50 und wollten hier ihren Lebensabend verbringen.

Es waren nette Leute und sie waren immer freundlich.

Sie hatten von diesem Ort aus der Presse erfahren, sie amüsierten sich über die Geistergeschichten und wollten sich diese Gegend einmal selbst ansehen. Sie verbrachten hier ein Wochenende, besichtigten die Stadt und den See und verliebten sich sofort in diesen Ort. Als sie von dem geplanten Bau der Ferienhäuser erfuhren, beschlossen sie, für immer hier zu bleiben.

Nachdem sie sich zum Kauf eines Hauses am See entschlossen hatten, verbrachten sie immer wieder einige Tage dort, um sich selbst ein Bild vom Baufortschritt zu machen.

Auch dieses Wochenende waren Mr. und Mrs. Green in der Stadt. Sie wohnten in Bens Motel, wie jedes Mal.

Kapitel 2

Mary war gerade beim Abwasch, als es an der Tür klopfte. Sie legte den Teller und die Spülbürste beiseite, öffnete die Schleife ihrer Schürze und legte sie ab. Sie stand in der Küche, die in weißem Landhausstil mit Hängeschränken bis unter die Zimmerdecke eingerichtet war. Die Spüle, eingelassen in eine eichenfarbene Arbeitsplatte, befand sich direkt unter dem Küchenfenster. Mary sah zwar während der Hausarbeit von Zeit zu Zeit aus dem Fenster, hatte jedoch niemanden kommen sehen.

Sie ging durch die Küche in die Diele, die Wohnung befand sich in einem alten Anbau, in dem die Diele das Zentrum der Wohnung bildete. Von hier aus gelangte man in die Küche, ins Wohnzimmer mit offenem Kamin, ins Schlafzimmer und durch eine etwas schmalere Tür ins Bad mit Toilette, einem Waschbecken und einer alten Sitzbadewanne.

Mary schritt zur Haustüre und öffnete sie. Sie blickte durch das noch geschlossene Fliegengitter, das man jetzt im August wirklich nötig hatte, denn sonst würde man von den vielen Fliegen und Mücken aufgefressen.

Auf der weißen Holzveranda standen zwei Gestalten. Mary konnte jedoch wegen der Dämmerung nur ihre Umrisse erkennen.

Wie oft habe ich zu Mike gesagt, er soll mir auf der Veranda neben der Haustür eine Lampe anbringen, aber alles andere ist ja wichtiger, dachte Mary wütend.

„Ja bitte?", fragte Mary.

„Guten Abend, wir sind es. Mr. und Mrs. Green."

„Ach, Entschuldigung. Ich habe Sie nicht erkannt", entgegnete Mary und öffnete die Fliegengittertür.

Sie hatten sich ein- oder zwei mal in der Stadt getroffen, Mike hatte ihr erzählt, dass Mr. und Mrs. Green ein Haus am See kaufen wollten.

„Kommen Sie doch herein. Kaffee?"

„Ja, danke", antwortete Mr. Green, „wir hätten gerne Ihren Mann gesprochen. Es geht um unser Haus am See."

„Was ist denn mit Ihrem Haus? Haben Sie es sich anders überlegt?", fragte Mary, und es lief ihr ein kalter Schauer über den Rücken. Immer wenn sie an den See dachte, bekam sie so ein mulmiges Gefühl.

„Nein, ganz und gar nicht, Mrs. …"

„Nennen Sie mich Mary."

„Ok. Mary. Wir möchten im nächsten Monat unser neues Haus beziehen, das hatten wir jedenfalls vor. Jedoch wollen wir noch einige Änderungen vornehmen, die Raumaufteilung gefällt uns nicht besonders, und so wollten wir Ihren Mann fragen, ob er uns dabei behilflich sein könnte."

„Mike ist noch auf der Baustelle, aber kommen Sie doch in die Küche, ich koche uns erst mal einen Kaffee."

Mary ging voraus und Mr. und Mrs. Green folgten ihr.

„Eine schöne Küche, genau so eine möchte ich auch, Schatz", sagte Mrs. Green und schaute ihren Mann erwartungsvoll an.

„Du möchtest so vieles", antwortete Mr. Green lächelnd.

„Nehmen Sie doch Platz, der Kaffee kommt gleich", sagte Mary, mit einer Hand auf einen massiven Holztisch zeigend, um den vier ebenfalls massive Stühle mit dunkelrotem Lederbezug angeordnet waren, und mit der anderen Hand eine weiße Porzellan-Kaffeekanne aus dem Hängeschrank über dem Herd ziehend. Sie nahm die Kaffeekanne, setzte einen Porzellanfilter darauf, füllte ihn mit Kaffee, nahm einen Kupferkessel vom Herd, füllte ihn mit Wasser, stellte ihn wieder zurück auf den Herd und schaltete diesen ein.

„So, ein paar Minuten noch. Aber Mike müsste jeden Moment kommen."

Mary platzierte vier Tassen auf den Tisch, eine für Mike, nahm die Milch aus dem Kühlschrank und den Zucker aus dem Vorratsschrank und stellte alles auf den Tisch.

„Sie brühen den Kaffee noch von Hand? Das sieht man selten", sagte Mrs. Green und versuchte, ein Gespräch zu beginnen.

„Ja, ich habe es mit einer Kaffeemaschine versucht. Doch Mike und mir schmeckt der Kaffee so am besten."

Plötzlich ertönte ein leises Pfeifen, das schnell lauter wurde, wie wenn ein Zug in den Bahnhof einfährt.

Mary nahm den Kessel vom Herd und das Pfeifen verstummte, sie nahm die Pfeife vom Kessel, langsam stieg der Wasserdampf aus der Öffnung und Mary begann, mit kreisenden Bewegungen das heiße Wasser über den Kaffee zu gießen.

Sofort erfüllte der frische Kaffeeduft den Raum.

„Darf ich?", fragte Mr. Green und hielt mit zwei Fingern eine Schachtel Zigaretten in die Luft wie ein Schiedsrichter die gelbe Karte.

„Entschuldigen Sie, ich selbst rauche nicht und Mike raucht, wenn er es nicht mehr aushält, auf der Veranda.

Wenn es Ihnen also nichts ausmacht ..."

„Kein Problem, Mary", fiel Mr. Green ihr ins Wort und steckte die Schachtel so schnell in seine Hemdtasche zurück, wie er sie zuvor gezückt hatte.

„So, der Kaffee ist fertig", bemerkte Mary, in den Kaffeefilter schauend, nahm die Kanne, eilte zum Tisch und schenkte in einer fließenden Bewegung drei Tassen Kaffee ein. Diese Bewegung ist ihr während ihrer Arbeit im „Saloon" in Fleisch und Blut übergegangen, so etwas verlernt man nicht so schnell.

„Danke, Mary."

„Danke."

„Nichts zu danken, ich hoffe, er schmeckt Ihnen."

„Oh, wir haben Besuch, hallo", schallte es aus der Diele.

Mary schnellte herum und sah erschrocken zur offenen Küchentür.

„Bist du irre, Mike, musst du mich so erschrecken, ich hab dich gar nicht kommen hören."

Mike musste lachen.

Auch Marys versteinerte Gesichtszüge lockerten sich und sie musste lächeln.

Sie ging auf Mike zu und umarmte ihn.

„Und? Wie war dein Tag, Stress gehabt?“, flüsterte sie ihm ins Ohr.

Abgesehen von den Leichenteilen im See war es eigentlich ein guter Tag, dachte Mike, sprach es jedoch nicht aus.

„Ach, ging so. Ich mach jetzt drei Wochen Urlaub“, flüsterte er zurück.

„Ich glaube, daraus wird nichts“, entgegnete Mary, drehte ihren Kopf und deutete mit ihren Augen auf Mr. und Mrs. Green.

„Guten Abend, Mr. und Mrs. Green“, rief Mike in Richtung Esstisch und begrüßte beide mit einem kräftigen Handschlag, „sind Sie zufrieden mit Ihrem neuen Haus?“

„Hallo, Mike“, entgegnete Mr. Green etwas verlegen, „Ja, schon. Aber meine Frau und ich, … äh … wir sind nicht so ganz glücklich mit der Raumaufteilung. Wir hätten gerne einige Innenwände versetzt und wollten fragen, ob sie uns dabei vielleicht behilflich sein könnten, natürlich nicht umsonst, versteht sich.“

Mike setzte sich an den Tisch und Mary goss ihm ebenfalls eine Tasse Kaffee ein.

„Ich habe von Anfang an zum Bürgermeister gesagt, wir lassen die Innenwände besser fehlen, bis die Käufer den Innenausbau mit uns gemeinsam planen können. Aber nein.“

Während Mike sprach, schaufelte er Zucker aus einem weißen Porzellan-Töpfchen in seine Tasse, goss etwas Milch darauf und fing hektisch an zu rühren.

„Wenn es zu viele Umstände macht, dann …“, begann Mrs. Green mit ruhiger Stimme und wurde prompt von Mike unterbrochen.

„Nein. Kein Problem. Aber warum hört denn da keiner auf mich.“

Mr. und Mrs. Green schauten abwechselnd zu Mary, dann zu Mike, der nachdenklich an seinem Kaffee nippte.

„Ich mach jetzt Urlaub und in drei Wochen melde ich mich bei Ihnen, und dann sehen wir uns das Problem mal an“, sagte Mike und nahm einen großen Schluck aus seiner Tasse.

„Ja, Mike. Die Sache ist nur die: Wir wollten schon nächsten Monat einziehen, und wir dachten …“ Mr. Green unterbrach seinen Satz, legte seine Hand auf die Hand seiner Frau, die vor ihr auf dem Tisch ruhte, und sah sie fragend an. Sein Blick wechselte zu Mary, die ihre Tasse in beiden Händen an ihren Mund hielt und langsam einen Schluck nahm, dann sah er zu Mike hinüber.

Mrs. Green und Mary schauten ebenfalls zu Mike, der nachdenklich in seine Tasse schaute, als könne er in ihr die Zukunft sehen.

Mike spürte die Blicke, die ihn beobachteten. Er blickte auf und schaute mit seinen Augen in die Runde, ohne dabei seinen Kopf zu bewegen.

„Schon gut, ihr habt mich überredet“, rief Mike, lehnte sich zurück und verschränkte seine Arme vor der Brust. „Ich werde meinen Urlaub verschieben. Ich komme morgen früh zu Ihnen und schaue mir Ihr Problem an. Ich weiß aber noch nicht, wie Sie das wieder gut machen können.“

„Wir werden uns schon einigen, danke, Mike“, sagte Mr. Green sichtlich erleichtert.

„So, wir müssen jetzt auch wieder los“, sagte Mrs. Green auffordernd zu ihrem Mann und erhob sich von ihrem Stuhl.

„Ja, wir wollten Sie eigentlich nicht so lange stören“, sagte Mr. Green und erhob sich ebenfalls.

Mary und Mike standen auf und begleiteten Mr. und Mrs. Green zur Tür.

„Nochmals vielen Dank, und danke für den Kaffee, auf Wiedersehen.“

Mr. Green schüttelte Marys Hand, während er sich bedankte, und fragte Mike, während er auch seine Hand zum Abschied schüttelte: „Wann sind Sie denn morgen am See?“

„So gegen zehn“, antwortete Mike.

„Ok. Bis morgen.“

„Ja. Bis morgen.“

Mike und Mary blieben noch einen Augenblick in der Türe stehen und sahen den beiden nach.

Es war eine sternenklare Nacht, der Vollmond ging gerade auf und spiegelte sich auf der Wasseroberfläche des Sees, den Mike und Mary von ihrer Veranda aus sehen konnten.

Mr. und Mrs. Green schlenderten Hand in Hand die Straße entlang. Sie hatten es nicht weit bis zu Bens Motel, das nur wenige Gehminuten entfernt war.

„Sieh nur, die vielen Sterne. Hast du in New York jemals so viele Sterne gesehen?“, fragte Mrs. Green verträumt.

„Nein, jetzt, wo du das sagst, fällt es mir auch auf.“

Mr. Green blieb stehen, legte seinen Kopf in den Nacken und blickte nach oben.

„Das sind wirklich viele Sterne“, sagte er leise vor sich hin.

Mrs. Green blieb ebenfalls stehen, schaute zuerst ihren Mann an, blickte dann ebenfalls nach oben, während sie mit leiser Stimme, beinahe flüsternd, sagte: „Lass uns runter zum See gehen.“

„Was willst du denn jetzt am See? Es ist dunkel und …“

„Es ist nicht dunkel, wir haben Vollmond, oder hast du Angst?“

„Ha“, rief Mr. Green, „Angst? Ich habe keine Angst. Oder glaubst du etwa die Schauergeschichten von dem Geisterflugzeug, die uns Ben im Motel erzählt hat. Das sind vielleicht spannende Gutenachtgeschichten, sonst nichts.“

„Nein. Ich glaube auch nicht an solche Geschichten. Aber wir wohnen bald hier und ich möchte nicht eines Tages auf der Veranda vor unserem Haus sitzen und dann feststellen müssen, dass an den Geschichten doch was dran war.“

„So ein Quatsch“, entgegnete Mr. Green etwas grimmig, „aber gut, wenn es dich beruhigt. Aber warum unternehmen wir diese Expedition nicht am Tage?

„Weil am Tage keine Geister erscheinen.“

„So ein Quatsch.“

Mrs. Green nahm die Sache nicht wirklich ernst, sie empfand es eher als spannendes Abenteuer, so wie in ihrer Jugend, wenn sie mit ihren Freundinnen in der Abenddämmerung auf dem Friedhof umherschlich, um Geister zu jagen.

Sie mussten umkehren, um zum See zu gelangen. Direkt am Ortsrand verließen sie die Straße und bogen in einen Weg ein, der durch ein Maisfeld direkt zum See führte. Der Mais war hochgewachsen, man konnte nicht über ihn hinwegsehen, und der Wind blies eine leichte Brise über das Feld, das sich langsam hin und her bewegte und ein leises Rauschen von sich gab.

Der Weg war uneben, mit einigen Hügeln, und von tiefen Furchen durchzogen, die von den Autos stammten, die täglich zum See fuhren.

Es waren meist Lieferanten, die Baumaterial für die neuen Häuser geladen hatten, oder mögliche zukünftige Ferienhausbesitzer, die zu einer Besichtigung kamen.

Doch der Weg sollte eines Tages einer neuen Asphaltstraße weichen.

Mr. und Mrs. Green liefen den Weg entlang und sie hatten das Gefühl, als wäre er endlos.

Doch dann hatten sie den letzten Hügel hinter sich gelassen – und da lag er vor ihnen. Der See.

Eingebettet in eine grüne Hügellandschaft, umgeben von riesigen alten Bäumen. Die Oberfläche glänzte, vom Vollmond angestrahlt, wie eine riesige Eisfläche.

„Ist er nicht herrlich?“, fragte Mrs. Green, während sie ihren Mann an die Hand nahm und stehen blieb.

„Ja, das ist er.“

Sie standen einige Minuten ruhig da, blickten über den See und beobachteten die Wellen, auf denen sich hin und wieder kleine Schaumkronen bildeten. Vor ihnen lag ein alter Holzsteg, der einige Meter ins Wasser ragte, und sie hörten, wie unter ihm die Wellen gegen die morschen Planken schlugen.

Mr. und Mrs. Green gingen am Ufer entlang, sie kamen an zwei halb fertigen Häusern vorbei, bis sie schließlich vor ihrem neuen Haus standen.

Es war fertig gestellt, bis auf einige Änderungen der Innenwände, und ähnelte einer Blockhütte.

Die Außenwände bestanden aus naturbelassenen Holzpaneelen, das Dach war mit roten Schindeln gedeckt und vor der Eingangstür befand sich eine Veranda, auf der bereits eine Holzbank stand, die im Preis inbegriffen war.

Sie betraten die Veranda, setzten sich gemeinsam auf die Bank und beobachteten weiter die Wellen, wie sie auf und ab tanzten.

„Sie nur, ... da, ... was ist das?“, fragte Mrs. Green aufgeregt und deutete mit dem Finger auf die Mitte des Sees.

Dort bildete sich plötzlich Nebel, das Wasser brodelte und aus den aufplatzenden Blasen auf der Oberfläche stieg Rauch auf, der sich mit kreisenden Bewegungen mit dem Nebel vermischte.

Der Nebel wurde dichter und hüllte nahezu den halben See ein. Er bewegte sich langsam und gleichmäßig auf das Ufer zu.

Plötzlich ertönte ein Geräusch, laut und kreischend wie Flugzeugturbinen, die aufheulten und plötzlich wieder verstummten.

Der Nebel riss auf, schob sich auseinander wie ein riesiger Vorhang, und gab den Blick frei auf ein riesiges, auf dem Wasser liegendes Flugzeug. Die Kabine war hell erleuchtet und man konnte angsterfüllte Gesichter an den Fenstern erkennen.

Die Menschen schlugen mit den Händen gegen die Scheiben, sie schrien offensichtlich, aber man konnte sie nicht hören.

„Mein Gott. Sieh nur, das ist das Gei...“, kreischte Mrs. Green, doch ihr Mann unterbrach sie sofort, packte sie an den Schultern und schüttelte sie.

„Sei still, SEI STILL. Das ist kein Geisterflugzeug. Das hier ist gerade abgestürzt. Das hast du doch gehört. Wir müssen Hilfe holen. Schnell.“

Mrs. Green konnte sich nur langsam beruhigen. Sie weinte und zitterte am ganzen Körper.

„Wo willst du hier Hilfe holen? Ich bleibe auf gar keinen Fall alleine hier.“

„Nein, ich bleibe hier und versuche zu helfen. Du läufst zurück zur Stadt, nimm den Weg durch die Maisfelder bis zur Kreuzung, von dort siehst du schon das Haus von Mike und Mary. Lauf zu ihnen, sie sollen den Sheriff anrufen und die Feuerwehr. Beeil dich.“

Mrs. Green nickte nur zustimmend, drehte sich um und rannte los. Sie übersprang die zwei Stufen der Veranda, rannte am Ufer entlang und bog in den Weg ein, wo sie zwischen den Maisfeldern verschwand.

Sie lief so schnell, als wäre der Teufel persönlich hinter ihr her.

Mr. Green sprang ebenfalls von der Veranda und eilte zum Ufer. Er lief am Wasser entlang und schaute immer wieder zu dem Flugzeug hinüber.

„Noch schwimmt das Ding, aber warum öffnet denn niemand die Türen, die Leute müssen doch da raus, bevor es absäuft", rief Mr. Green und lief weiter am Ufer entlang, „und warum liegt hier nirgendwo ein Boot?"

Plötzlich blieb er stehen und blickte zum Flugzeug hinüber.

Das Flugzeug sank, um den Rumpf herum brodelte das Wasser, es kochte und dicke Blasen stiegen auf, aus denen kleine Rauchwolken entwichen und einen Nebelschleier um das Flugzeug bildeten.

Es sank ganz langsam und das Wasser spritzte gegen die kleinen Fenster, hinter denen die Menschen saßen und mit angsterfüllten Gesichtern hinaus blickten.

Doch sie schrien nicht mehr, sondern starrten Mr. Green an. Die Gesichter veränderten sich, sie alterten in nur wenigen Sekunden um Jahrzehnte, ihre Haut wurde faltig und grau, zog sich zusammen und riss an einigen Stellen auf. Ihre Augen verschwanden und hinterließen schwarze, runde Öffnungen, die Haut rutschte von den Schädeln und legte den Knochen frei.

Mr. Green zuckte zusammen, Schweißperlen bildeten sich auf seiner Stirn und sein Herz fing an zu rasen, es schlug so fest, dass er seinen Puls in seinen Ohren spüren konnte.

Das Flugzeug sank weiter, Metallteile verformten sich unter dem Druck des Wassers und gaben quietschende Geräusche von sich, durch kleine entstehende Öffnungen im Rumpf strömte Luft heraus, die ein helles Pfeifen erzeugte, das in ein dumpfes Blubbern überging, als das Flugzeug komplett versank.

Dann war es plötzlich ruhig. Kein Geräusch war mehr zu hören.

Der Nebel löste sich langsam auf, er verteilte sich auf dem See, trieb noch einen Moment in dünnen Nebelschleiern über das Wasser und verschwand dann völlig.

Mrs. Green lief, ohne sich auch nur einmal umzudrehen, den ganzen Weg durch die Maisfelder zurück.

Sie war am Ende ihrer Kräfte. Wann war sie zuletzt so gerannt? Das musste schon Jahre her sein.

Sie kam an die Kreuzung, blieb stehen, beugte sich nach vorn und stützte ihre Hände auf die Knie.

Sie musste erst einmal durchatmen.

Als sie aufblickte, sah sie das Haus von Mike und Mary, es lag gegenüber der Kreuzung, etwa 200 Meter entfernt.

Sie nahm noch mal ihre ganze Kraft zusammen und lief los.

„Hilfe, Hilfe, Mike, Mary“, rief Mrs. Green, während sie die drei Stufen zur Veranda hinauf rannte. Sie öffnete die Fliegengittertür und trommelte mit der Faust gegen die Eingangstür. „Hilfe, machen Sie auf.“

Mike und Mary saßen in der Küche, als es plötzlich an der Haustür klopfte. Mike stand auf und sagte zu Mary, während er zur Haustür ging: „Wer ist das denn jetzt noch, um diese Uhrzeit?“

Doch als er die Hilferufe hörte, lief er schneller und riss die Tür auf.

„Mrs. Green. Was ist denn passiert?“

Mary kam hinzu, stellte sich hinter Mike und schaute erschrocken über seine Schulter.

„Es ist etwas Schreckliches passiert. Ein Flugzeug ist abgestürzt. In den See. Mein Mann ist dort geblieben, um zu helfen.

Sie müssen den Sheriff anrufen, die Feuerwehr, Krankenwagen.“

„Kommen Sie erst mal herein und beruhigen sich“, sagte Mike zu Mrs. Green, trat zur Seite und ließ sie eintreten.

Sie gingen durch die Diele in die Küche, Mike und Mrs. Green setzten sich an den Tisch, während Mary drei Gläser aus dem Küchenschrank nahm und sie auf die Tischplatte stellte.

„Möchten Sie etwas trinken, Mrs. Green?“, fragte Mary.

„„Ja, danke. Wasser bitte.“

Mary öffnete den großen, doppeltürigen Kühlschrank, nahm eine Flasche Mineralwasser heraus und füllte es in die Gläser.

„So, nun trinken Sie erst mal einen Schluck und erzählen noch mal langsam, was genau passiert ist“, sagte Mike ruhig zu Mrs. Green.

„Also, mein Mann und ich, wir waren am See an unserem Haus. Plötzlich schwamm ein Flugzeug auf dem Wasser, ich weiß nicht, wie es dort hingekommen ist, aber mein Mann sagt, es wäre abgestürzt. Er ist dort geblieben, um zu helfen, und ich soll Hilfe holen. Ich glaube aber, das war kein Absturz. Ich glaube, das ist das Geisterflugzeug.“

Mrs. Green hatte noch nicht ausgesprochen, da senkte Mary ihren Kopf und schlug ihre Hände vors Gesicht.

Sie schluchzte und murmelte immer wieder: „Ich hasse diesen See, ich hasse diesen See, …“

„Ich ruf sofort den Sheriff an“, sagte Mike, während er von seinem Stuhl aufsprang und mit einem Satz am Telefon neben dem Kühlschrank stand. Er riss den Hörer herunter und drückte die Fünf, unter der er die Nummer des Sheriffs gespeichert hatte, für Notfälle, so wie jetzt.

„Hallo? Sheriff? Ja, hier ist Mike. Wir haben einen Notfall. Ein Flugzeugabsturz, am See.“

Kapitel 3

Der Fernseher lief und auf dem Bildschirm lieferte sich gerade eine Gangsterbande eine wilde Verfolgungsjagd mit der Polizei quer durch L. A.

Es war eine dieser Serien, in der Unmengen an Munition verschossen und jede Menge Autos zu Schrott gefahren wurden.

Der Sheriff saß vor dem Gerät in einem altmodischen Fernsehsessel, den Kopf zur Seite geneigt – auf der Nasenspitze trug er eine kleine Lesebrille.

Er sah sich diese Großstadtkrimis gerne an und stellte sich dann vor, einmal selbst in so einem Polizeiwagen zu sitzen und die Gangster durch die Straßen von L. A. oder New York zu jagen.

Doch es war schon spät, fast Mitternacht, und der Sheriff war eingeschlafen, bevor er die Gangster schnappen konnte.

Der Sheriff wurde hier geboren, wie fast alle hier, und er wurde Sheriff, weil auch sein Vater und sein Großvater Sheriff waren. Vor zehn Jahren starb seine Frau an Lungenkrebs, obwohl sie nie in ihrem Leben eine einzige Zigarette angerührt hatte. Er kam nie darüber hinweg.

Doch sein Beruf lenkte ihn immer wieder von seinem Kummer ab. Noch drei Jahre, dann würde er 63 werden und in den wohlverdienten Ruhestand gehen.

Das grelle Pfeifen seines Handys, das eine Polizeisirene imitierte, riss ihn plötzlich aus seinen Träumen.

Sein Handy lag neben ihm auf dem Wohnzimmertisch und er griff danach, ohne hinzusehen, drückte mit dem Daumen die Hörertaste und hielt es an sein Ohr.

„Sheriff Stone, wer stört?"

„Hallo, Sheriff. Ja, hier ist Mike. Wir haben einen Notfall. Ein Flugzeugabsturz. Am See."

„Oh mein Gott, schon wieder? Das gibt's doch gar nicht. Gibt es Überlebende?"

„Das weiß ich nicht. Wir haben es gerade erfahren, von Mrs. Green. Sie wissen schon, Mrs. Green aus New York.

Sie war mit ihrem Mann am See, als das Unglück geschah. Mr. Green ist am See geblieben."

„Alles klar. Ich verständige sofort Bob, und der soll Dr. Miller mitbringen. Ich fahre sofort los, bin gleich da."

Bob war der Chef der hiesigen Feuerwehr, die übrigens nur aus insgesamt vier Leuten bestand – Andy, Tom, Joe und Bob.

Bob machte diesen Job schon sechsundzwanzig Jahre, er war der Dienstälteste, Andy und Tom waren seit fünf Jahren dabei, sie sind direkt nach der Highschool zur Feuerwehr gekommen, und Joe war erst seit einem Jahr dabei.

Während der heißen Jahreszeit verbrachten sie die meiste Zeit in der Zentrale, da es immer wieder zu kleinen Bränden kam. Entweder fing eine Scheune Feuer oder irgendein trockenes Feld fing plötzlich an zu brennen, doch dafür hatten sie dann über die Wintermonate eine meist sehr ruhige Zeit.

Sheriff Stone schaute durch seine Brille, die immer noch vorn auf seiner Nasenspitze saß, auf sein Handy in der rechten Hand und wählte die Nummer der örtlichen Feuerwehr.

„Hier ist die Feuerwehr. Ich hoffe es ist ein Notfall, sonst ..."

„Hallo, Bob, hier ist Sheriff Stone. Ja, es ist ein Notfall. Flugzeugabsturz am See. Mehr weiß ich nicht. Mike hat mich gerade angerufen, hatte nur die Meldung, sonst keine Informationen."

„Schon wieder ein Flugzeugabsturz, an derselben Stelle?"

„Ich weiß nichts Genaues. Weck deine Leute, fahr bei Dr. Miller vorbei, der soll mitkommen. Ich fahr jetzt los, wir treffen uns gleich am See."

Sheriff Stone beendete das Gespräch, indem er die rote Hörertaste drückte, steckte sein Handy in die Hemdtasche seiner braunen Sheriff-Uniform, die er eigentlich noch vor dem Abendkrimi ausziehen wollte, und sprang aus dem Sessel.

Er schaltete den Fernseher aus und lief zur Garderobe neben seiner Haustür. Er schnappte sich seinen Cowboyhut und setzte ihn auf, den Gürtel, bestückt mit seiner Waffe und den Handschellen. Einen circa halben Meter langen

Schlagstock nahm er vomHaken und band ihn um seine Hüfte.

Der Sheriff rannte aus seinem Haus, schloss die Tür und verriegelte das Türschloss zweimal. Das tat er immer, man konnte schließlich nie wissen, wer sich draußen alles so rumtreibt.

Er stieg in seinen Landrover, eine Spezialanfertigung, und startete die Maschine, 4,8 Liter, 280 PS. Damit hätte er in New York so richtig Spaß gehabt, wenn die bösen Jungs ihn plötzlich im Rückspiegel sahen und Sheriff Stone seine Lichtorgel einschaltete. So nannte er seine zehn Scheinwerfer und die roten und blauen Blinklichter, die vorne am Kühlergrill und auf dem Autodach angebracht waren.

Er musste lächeln, als er daran dachte, aber sofort schoss ihm wieder das Flugzeug durch den Kopf und das Lächeln verschwand.

Sheriff Stone legte den Schalthebel auf „D" und trat das Gaspedal bis zum Anschlag. Während die Reifen auf dem Kiesweg vor seinem Haus durchdrehten und Kieselsteine und Staub durch die Luft wirbelten, schaltete er seine „Lichtorgel" ein und sofort war alles hell erleuchtet. Als er von dem Weg runter auf die Hauptstraße kam und mit quietschenden Reifen Richtung See fuhr, schaltete er seine Sirene ein.

Er musste durch die gesamte Stadt bis zum Ortsrand fahren, da er genau am anderen Ende der Stadt wohnte. Er hatte damals das Haus, ein typisches weißes Landhaus mit Veranda, einem kleinen Vorgarten und einigen Hektar Land zusammen mit seiner Frau gekauft. Und er wollte es unbedingt behalten, nachdem sie von ihm gegangen war.

Der Sheriff hatte freie Fahrt, die Straßen waren um diese Uhrzeit wie leer gefegt, aber trotzdem würde er mindestens zehn Minuten brauchen, um den See zu erreichen.

Bob drückte den schweren Telefonhörer in die dafür vorgesehene Halterung, die sich vor ihm auf dem Schreibtisch befand. Daneben befand sich ein großer, roter Knopf, auf den schlug er mit der flachen Hand, und schon ertönte eine laute Sirene.

„Alarm, Alarm!!!“, rief er, sprang von seinem Stuhl auf und rannte in eine Ecke des Raumes, in der aus einer runden Öffnung im Boden ein Rohr ragte, das bis an die Zimmerdecke reichte.

„Alarm … Andy, … Tom, … Joe! Bewegt euch. Wir haben einen Notfall.“

Einige Schritte neben der Öffnung befand sich eine Tür, die plötzlich aufsprang, und drei Männer stürmten heraus. Sie hatten Feuerwehrhelme auf dem Kopf und zogen sich beim Laufen noch ihre Stiefel und lange, schwarze Mäntel an.

Einer nach dem anderen sprang an das Rohr und rutschte daran herunter.

Das Rohr endete im Erdgeschoss, in einem Raum, in dem ein Feuerwehrwagen stand, der mit einer Drehleiter ausgestattet war. Am Heck des Fahrzeugs war ein Schlauch angebracht, der auf ein riesige Rolle gewickelt war, und an den Seiten hingen mehrere Äxte und Schaufeln.

Die Männer sprangen in das Fahrzeug, Joe öffnete das große Holztor und sprang dann ebenfalls in den Wagen.

Der Motor wurde gestartet, gleichzeitig blitzten rote und blaue Lampen auf dem Fahrzeugdach auf, und schon setzte sich das rote Ungetüm in Bewegung.

Bob saß am Steuer, er kämpfte mit dem riesigen Lenkrad und bewegte das Fahrzeug durch das Tor die Auffahrt hinunter auf die Hauptstraße.

Er wühlte in seiner Jackentasche, zog sein Handy heraus und warf es hinüber zu seinem Beifahrer.

„Hier, Andy, fang. Ruf Dr. Miller an. Er soll sich fertig machen, wir sind in fünf Minuten bei ihm. Er fährt mit uns.“

„Aber Bob, was ist denn überhaupt los?“, fragte Andy und tippte gleichzeitig Dr. Millers Telefonnummer auf der Handytastatur.

„Flugzeugabsturz. Am See. Mehr weiß ich nicht.“

Es wurde schlagartig still in der Kabine des Feuerwehrfahrzeugs, niemand sprach ein Wort, nur Andy, während er mit Dr. Miller telefonierte.

Außer Joe hatten sie das alles vor vier Jahren schon einmal mitgemacht. Als sie damals an den See kamen, fanden sie nur einige Trümmerteile am Ufer. Keine Überlebenden und keine Opfer.

Das Flugzeug musste damals auf dem Wasser notgelandet und versunken sein, ohne dass ein Passagier sich befreien konnte. Auch Leichen wurden nie gefunden. Das Wrack sank auf den Grund des Sees, so tief, dass kein Sonnenlicht bis zu ihm dringen konnte, wo es kein Leben gab, und das Wrack wurde zu einer Gruft für achtundfünfzig Passagiere und vier Besatzungsmitglieder.

Niemand hätte je gedacht, dass so etwas noch einmal geschehen würde.

„Hallo, Doc, hier ist Andy, habe ich Sie geweckt?"

„Ja, haben Sie. Was gibt's?"

„Ein Notfall. Wieder ein Flugzeugabsturz am See. Wir brauchen Ihre Hilfe, sind in ein paar Minuten bei Ihnen, bis gleich."

Dr. Miller legte den Hörer wieder auf das Telefon neben seinem Bett und schaute auf seine Armbanduhr, die neben dem Telefon lag. Er war noch gar nicht richtig wach, nächtliche Notfälle waren eher selten. Es kam schon mal vor, dass er nachts zu einer Entbindung gerufen wurde, oder auch außerhalb der Stadt auf einer Farm einer Kuh beim Kalben helfen musste, aber das war eher eine Ausnahme.

Doch dies war wirklich ein Notfall.

Er war erst vor drei Jahren in die Stadt gekommen und hatte den letzten Absturz nicht miterlebt. Er kam direkt nach dem Studium hierher und dachte, er hätte hier ein ruhigeres Leben als in der Großstadt, doch das war wohl nichts.

Dr. Miller zog sich schnell etwas an, schnappte sich seine Arzttasche und rannte aus seiner Zweizimmerwohnung, die sich direkt über seiner kleinen Arztpraxis befand.

Er stand gerade vor dem Haus, als Bob mit seinen Jungs eintraf. Bob hielt nicht an, sondern verlangsamte nur die Fahrt, steuerte das Fahrzeug ganz nah am Straßenrand entlang, während Tom im hinteren Bereich des Fahrzeugs eine Tür öffnete.

„Na los, Doc, kommen Sie", rief Tom.

Dr. Miller lief neben dem Fahrzeug her, warf erst seine Tasche hinein, hielt sich dann an einem der Griffe fest, die neben der Tür angebracht waren, und sprang dann selbst hinein.

„Hallo, Jungs."

„Hallo, Dr. Miller."

Dr. Miller setzte sich hinter Bob, er beugte sich nach vorn, packte mit einer Hand seine Schulter und fragte ihn: „Und wie ist die Lage. Gibt es Überlebende?"

„Ich weiß es nicht. Ich will es hoffen."

Bob gab wieder Vollgas und lenkte das rote Ungetüm auf die Straßenmitte, sie fuhren durchs Zentrum am Saloon und an der Kirche vorbei in Richtung Süden.

Mike steckte den Hörer zurück in die Wandhalterung, an deren Ende ein zwei Meter langes, spiralförmiges Kabel baumelte, und drehte sich wieder zu den Frauen um.

„Der Sheriff ist unterwegs, er benachrichtigt die Feuerwehr. Sie, Mrs. Green, bleiben besser hier bei Mary. Ich fahre zum See, vielleicht kann ich helfen."

Die Frauen antworteten nicht, sondern schauten sich nur nickend an.

Mike lief in die Diele, nahm die Wagenschlüssel vom Schlüsselbrett neben der Eingangstür und lief hinaus auf die Veranda.

Er sparte sich die Stufen und sprang direkt über das Geländer, rannte über ein kleines Stück verdörrte Wiese und stand vor seinem Wagen.

Er öffnete die Tür, sprang hinein, startete den Motor und fuhr mit durchdrehenden Reifen, die Staub und Grasbüschel durch die Luft wirbelten, los.

Er würde als Erster am See ankommen, doch was würde er dort vorfinden? Ihm gingen die schlimmsten Dinge durch den Kopf.

Vielleicht brannten das Wrack und die Passagiere auch, oder der See war übersät mit Leichen, die nach und nach ans Ufer gespült wurden, abgetrennte Gliedmaßen, die man noch Wochen später zufällig mit der Angel aus dem See ziehen würde.

Da gefiel ihm die Geschichte mit dem Geisterflugzeug doch irgendwie besser. Es erscheint – und kaum hat es jemand richtig gesehen, ist es auch schon wieder verschwunden.

Ich habe es heute schon gesehen, dachte Mike, *verdammt noch mal, ich habe es in meiner Vision vorhergesehen.*

Ich hatte früher oft Visionen, Albträume, aber eingetreten sind sie nie.

Mike wühlte in seinem Handschuhfach, während er den Weg zur Kreuzung entlang fuhr, und suchte seine Zigaretten.

„Ja, wer sagt's denn“, redete er mit sich selbst, „da seid ihr ja.“

Er nahm die Schachtel in die rechte Hand, machte eine kurze, aber gekonnte Handbewegung nach oben und beförderte so eine Zigarette bis zur Hälfte aus der Schachtel, führte sie zum Mund und steckte anschließend die Schachtel in seine Hemdtasche. Er drückte den Zigarettenanzünder, der sich neben dem Ganghebel befand, und kurz bevor er die Kreuzung erreichte, sprang dieser mit einem lauten „Klack“ wieder heraus.

Mike überfuhr die Kreuzung, ohne die Geschwindigkeit zu verringern, schaute kurz nach links und nach rechts, als ob das jetzt noch etwas nützen würde, und griff gleichzeitig zu dem Zigarettenanzünder. Er leuchtete rot auf, als Mike ihn aus seiner Vorrichtung zog. Als seine Zigarette glimmte, steckte er den Anzünder wieder zurück, ohne hinzusehen.

Aus der Ferne hörte er die Sirene der Feuerwehr, die schnell näherkam.

Mike schoss mit seinem Kombi in den Weg zwischen den Maisfeldern, die links und rechts an ihm vorbeirauschten, der Wagen schlitterte hin und her und bei jedem Hügel, den er überfuhr, hob er ein Stück vom Boden ab.

Der Löschzug erreichte die Kreuzung am Maisfeld. Bob stemmte sich mit beiden Füßen gegen das Bremspedal, die Reifen blockierten und quietschten, weißer Rauch quoll aus den Radkästen und das Fahrzeug rappelte und hüpfte.

Bob riss das Lenkrad herum, der Löschzug bog rutschend in den Weg zwischen den Maisfeldern ein.

Schließlich erreichte auch der Sheriff die Kreuzung.

Er machte eine Vollbremsung, riss das Lenkrad herum und der Wagen rutschte direkt in den Weg. Der Sheriff trat das Gaspedal bis zum Anschlag durch und die Reifen fraßen sich in den weichen Untergrund, doch sie fanden sofort Halt und katapultierten den Wagen nach vorn, während er eine riesige Staubwolke hinter sich herzog.

Mike erreichte als Erster den See. Er fuhr bis ans Ufer hinunter, an den alten Steg, und stellte seinen Wagen ab.

Er hatte kaum den Wagen verlassen, da schoss auch schon der Löschzug aus dem Mais, wie eine rote Lokomotive aus einem Tunnel. Doch weit kam er nicht. Das Ufer bestand hauptsächlich aus Sand und Geröll, und das tonnenschwere Fahrzeug würde sofort festsitzen. Bob hielt den Löschzug an, schaltete die Suchscheinwerfer ein und rief:

„So, alle raus. Endstation. Weiter komm ich nicht."

Die Mannschaft öffnete die Türen und einer nach dem anderen sprang aus dem Fahrzeug, zuletzt der Doc, seine Tasche fest mit beiden Armen umklammernd.

Sie liefen zum See hinunter, Mike voran, bis zum Ufer und dann am Wasser entlang, bis sie schließlich Mr. Green erreichten.

Er saß am Ufer, seine Hände, gefaltet wie zum Gebet, hielt er vor die Brust und starrte hinaus auf den See.

Er bewegte sich nicht, starrte immer nur in eine Richtung, dorthin, wo er das Flugzeug gesehen hatte.

Tränen quollen aus seinen Augen und liefen ihm über das Gesicht, er schluchzte leise vor sich hin.

Rote und blaue Lichter tanzten über dem Maisfeld und kamen schnell näher, dann schossen sie aus dem Feld Richtung Ufer.

„Da ist Sheriff Stone“, rief Mike.

Der Sheriff fuhr bis ans Ufer hinunter, riss das Lenkrad herum und der Wagen reagierte sofort, er fuhr wie auf Schienen, ja, für solche Einsätze war er gebaut. Sheriff Stone lenkte den Wagen sehr nah am Seeufer entlang, meist fuhr er mit zwei Reifen durchs Wasser, sodass hohe Fontänen seitlich vom Wagen wegspritzten.

Er schaltete ebenfalls seine Suchscheinwerfer ein und richtete sie auf den See – zusammen mit dem Schein des Vollmondes hatte man nun eine gute Sicht über die gesamte Wasseroberfläche.

Mike ging dem Sheriff einige Schritte entgegen und winkte mit beiden Armen.

Stone bremste seinen Wagen ab, zog die Handbremse an und ließ den Motor laufen. Er nahm seinen Hut vom Beifahrersitz, setzte ihn auf, öffnete die Fahrertür und kletterte aus seinem Wagen.

Mike reichte ihm die Hand.

„Hallo, Sheriff.“

„Hallo, Mike. Hallo, Jungs. Bob. Mr. Green.“

Der Sheriff fasste mit der Hand an seinen Hut und begrüßte so die Anwesenden, dann blickte er über den See.

„So, dann erzählen Sie mal, Mr. Green.“

Doch der reagierte nicht, sein Blick war starr und fixierte immer noch die Stelle auf dem See, an der er das Flugzeug gesehen hatte.

Mike ergriff das Wort: „Sheriff, Mrs. Green kam zu uns. Sie war aufgeregt, konnte sich kaum beruhigen. Sie erzählte, sie hätten ein Flugzeug gesehen, es wäre abgestürzt, in den See.“

„ES IST ABGESTÜRZT“, schrie Mr. Green, während sein Gesicht rot anlief, riss die Augen weit auf, die aus den Höhlen traten, beinahe so, als wollten sie herausfallen, „UND ES IST ABGESOFFEN, UND DIE LEUTE AUCH. SIE SCHAUTEN MICH AN. SIE HATTEN ANGST … Sie sind alle abgesoffen, alle!“

Und sie sind auseinandergefallen, ihre Haut ist einfach von den Knochen gefallen, dachte Mr. Green, wagte jedoch nicht, es laut auszusprechen.

„Aber hier ist nichts zu sehen", sagte Bob, „nichts, nicht ein Teil. Es muss doch wenigstens etwas vom Flugzeug zu finden sein. Das gibt's doch gar nicht."

„Genau wie damals", sagte der Sheriff leise.

„Damals haben wir aber Wrackteile gefunden", bemerkte Andy, „irgendetwas fällt immer ab bei so einem Aufprall."

Der Sheriff tippte mit dem Finger auf die Schulter des Doktors, der wie erstarrt dastand und auf den See blickte.

„Hey Doc. Kümmern Sie sich mal um Mr. Green, bevor der hier noch durchdreht. Bob, du suchst mit deinen Leuten das Ufer ab, vielleicht fällt euch etwas auf. Sammelt alles ein, was ihr findet. Ich fahre ins Büro, ich rufe die Nationalgarde, die sollen sich um den Mist hier kümmern.

„Der Sheriff drehte sich um, fasste noch einmal an seinen Hut und sagte beim Weggehen: „Wir sehen uns, Leute. Bob, wir telefonieren."

Dann stieg er in seinen Wagen, schaltete die Suchscheinwerfer aus, die „Lichtorgel" ließ er eingeschaltet, und fuhr am Ufer entlang wieder zurück zum Maisfeld. Dann verschwand er im Mais.

Bob organisierte die Suchaktion: „Andy, du gehst mit Tom links um den See am alten Steg vorbei, ich geh mit Joe in die andere Richtung. Mike und Doc, ihr bleibt besser hier bei Mr. Green. Ich habe mein Handy dabei, Doktor, haben Sie meine Nummer?"

„Ja."

„Alles klar, dann los."

Sie machten sich auf den Weg. Jeder hatte eine Taschenlampe an seinem Gürtel, sie nahmen sie heraus und schalteten sie ein.

Sie gingen am Ufer entlang, leuchteten ins Wasser und in die Uferböschung, um Spuren des Unfalls zu entdecken.

Bob lief voraus, Joe einige Meter hinter ihm.

„Glaubst du an die Geschichte mit dem Flugzeug?", fragte Joe, während er den

Lichtkegel seiner Taschenlampe über die Wasseroberfläche tanzen ließ.

„Welche Geschichte meinst du? Diese hier, oder meinst du die Geistergeschichte?", stellte Bob eine Gegenfrage, ohne sich umzudrehen und ebenfalls weiter mit seiner Taschenlampe das Ufer absuchend.

„Ich meine die Geschichte von dem Geisterflugzeug, sieh doch nur: Hier ist nichts zu finden. Vielleicht haben die Greens ja wirklich dieses Geisterflugzeug gesehen und es gibt es tatsächlich. So wie Ben, er hat es auch gesehen."

„Blödsinn. Ben ist ein Spinner. Der sitzt den ganzen Tag in seinem Motel, der hatte, so viel ich weiß, noch nie eine Freundin, der sitzt den ganzen Tag alleine in dem Hinterzimmer seines Büros und sieht sich Kinderfilme an, da muss man ja irgendwann durchdrehen. Oder er will sich wichtig machen mit seinen Geschichten."

Joe blieb plötzlich stehen und leuchtete mit seiner Taschenlampe auf eine bestimmte Stelle auf dem Wasser, einige Meter vom Ufer entfernt, und rief zu Bob hinüber: „Hey Bob. Komm mal her, da ist was."

Bob blieb stehen und ging zurück zu Joe.

Sie sahen zu dem hellen Lichtfleck, den die Taschenlampe auf die Wasseroberfläche warf. „Siehst du, Bob. Da, da ist doch etwas", wiederholte Joe aufgeregt und zeigte mit der Hand auf die Stelle.

Da war tatsächlich etwas.

„Beruhig dich, Joe. Das kann alles Mögliche sein, vielleicht ein Baumstamm, oder …"

Bob brach seine Vermutungen ab und sprang plötzlich ins Wasser.

„Joe, das ist eine Frau! Komm und hilf mir!"

„Bob … ja … nein … ich kann nicht schwimmen, verdammt."

„Waaaas? Okay, ruf den Doc an, er soll herkommen. Wir haben jemanden gefunden."

Bob nahm sein Handy aus der Hemdtasche und warf es zu Joe hinüber, während er durchs Wasser lief.

Er konnte noch einige Schritte im Wasser laufen, doch dann fiel der Untergrund plötzlich steil ab, sodass er das letzte Stück schwimmen musste.

Vor ihm trieb ein Frauenkörper auf dem Wasser, sie lag mit dem Gesicht nach unten auf der Wasseroberfläche, sie trug ein helles Blumenkleid, das ihr bis an die Knöchel ging, ihr langes, blondes Haar trieb auf dem Wasser und sie hatte ihre Arme von sich gestreckt.

„Hey Miss, hallo!", rief Bob – er hatte sie fast erreicht.

Noch ein kleines Stück und dann war er da. Er fasste die Frau an den Armen und drehte sie herum.

Doch während er sie drehte, lösten sich plötzlich einige Haarbüschel von ihrem Kopf und trieben langsam auf dem Wasser von ihr weg, auch fühlten sich ihre Arme merkwürdig an. Bob griff in weiches, faules Fleisch, es quoll zwischen seinen Fingern hindurch, während er ihre Arme packte, es fiel von den Knochen und er konnte die freiliegenden Unterarmknochen erkennen. Auch ihr Gesicht hatte gelitten, sie hatte ihre Augen geschlossen, doch die Nase war abgefault und an den Wangen konnte man durch einige Löcher die Kieferknochen sehen.

„Sie ist tot, aber schon länger", rief Bob zu Joe hinüber, der am Ufer gerade mit Dr. Miller telefonierte und mit einem Handzeichen signalisierte, dass er verstanden hatte.

Bob wollte die Frau gerade Richtung Ufer ziehen, da öffnete sie plötzlich ihre Augen und zwei schwarze, tote Höhlen traten hervor. Bob schrie wie ein Besessener, er wollte wegschwimmen, nur weg, so schnell wie möglich.

Doch er kam nicht weg. Die Frau hielt ihn fest, sie hielt seine Beine fest, so fest, dass es schmerzte.

Ihre knochigen Finger bohrten sich tief in das Fleisch von Bobs Unterschenkel. Bob konnte sich nicht befreien, er versuchte zu treten, er schlug mit den Händen auf das Wasser, er schlug ihr mit der Faust ins Gesicht, doch dabei lösten sich nur einige Fleischfetzen von ihrem Schädelknochen, aber sie ließ ihn nicht los.

Dann packte sie seinen Oberkörper, umklammerte ihn ganz fest und kam mit ihrem Kopf ganz nah an Bobs Gesicht. Sie atmete, ganz langsam, röchelnd. Der Atem roch nach totem, verfaultem Fisch.

Dann flüsterte sie: „Komm mit mir. Ich muss dir etwas zeigen."

Bob versuchte sich zu wehren, doch er konnte sich nicht bewegen, und die Frau fing an zu lachen, ein lautes, grelles Gekicher.

Dann zog sie ihn unter Wasser, sie umklammerte ihn mit ihren Armen und Beinen – und sie sanken wie ein Stein.

Es war dunkel und kalt, Bob konnte seinen Pulsschlag hören, er wurde langsamer, immer langsamer.

Er hielt die Luft an, aber lange konnte er es nicht mehr aushalten, der Druck auf seinen Körper wurde unerträglich und er glaubte, jeden Moment von den Wassermassen erdrückt zu werden.

Da sah er plötzlich ein Licht vor sich, und noch eines, und noch eines, eine ganze Reihe von Lichtern. Dann erkannte er ein Flugzeug, die Kabine war hell erleuchtet, an den Fenstern konnte er Gesichter erkennen, sie starrten ihn an, mit toten Augen.

Um ihn herum wurde es immer kälter. Die Kälte kroch in seine Gliedmaßen, durch seinen Körper. Sie lähmte die Muskeln und seine Sinne, sein Herz krampfte, als würde es von einer toten, kalten Hand umschlossen, um es am Weiterschlagen zu hindern.

Er öffnete seinen Mund und das kalte Wasser floss hinein und füllte seine Lunge, es verdrängte die Luft, sie schoss hinaus durch Mund und Nase und trieb in großen Luftblasen an die Oberfläche.

„Bob, Bob!“, schrie Joe und lief aufgeregt am Ufer hin und her.

Joe hatte Bob aus den Augen verloren, er suchte mit seiner Taschenlampe die Wasseroberfläche ab, doch er konnte nichts erkennen, außer ein paar Luftblasen, die an die Oberfläche kamen und dort mit einem leisen Blubbern zerplatzten.

Doktor Miller klappte sein Handy zusammen, verstaute es wieder in seiner Hemdtasche und sagte zu Mike:

„Das war Joe, sie haben jemanden gefunden, wir sollen sofort kommen.“

„Gehen Sie zu Joe“, antwortete Mike, „ich bringe erst mal Mr. Green zu seiner Frau, die macht sich bestimmt schon Sorgen. Ich komme gleich zurück.“

Doktor Miller lief los, am Ufer entlang, in die Richtung, die auch Bob und Joe eingeschlagen hatten. Er kam nicht so schnell voran, denn da er keine Taschenlampe bei sich hatte, musste ihm das Licht des Vollmondes zur Orientierung reichen.

Mike kümmerte sich um Mr. Green. Der Doc hatte ihm etwas zur Beruhigung gegeben, das inzwischen wirkte, und er folgte Mike willenlos zu seinem Wagen. Mike öffnete die Beifahrertür und Mr. Green setzte sich hinein, ohne seinen Blick von dem See zu nehmen. Als Mike losfuhr, schloss Mr. Green seine Augen, senkte seinen Kopf, faltete die Hände zum Gebet und hielt sie wieder vor seine Brust.

Doktor Miller sah plötzlich einen schwachen Lichtschein, dann war er weg, und wieder da, er bewegte sich hin und her, auf und nieder. Er kam näher und erkannte Joe, der wie wild mit seiner Taschenlampe in der Luft herumfuchtelte.

„Hey Doc, Gott sei Dank. Wo ist Mike?“

„Der kümmert sich um Mr. Green. Wen habt ihr gefunden und wo ist Bob?“

Joe hüpfte immer noch auf der Stelle und fuchtelte mit seiner Taschenlampe herum, er leuchtete abwechselnd zum Wasser und dem Doc ins Gesicht, der jedes Mal die Augen zukneifen musste.

„Da lag eine Frau im Wasser, genau da“, antwortete Joe und leuchtete mit der Taschenlampe auf eine bestimmte Stelle im Wasser. „Bob sprang hinein und wollte sie herausziehen … und plötzlich war er verschwunden, beide waren plötzlich weg und ich konnte nicht helfen, … ich kann nicht …“

Joe konnte nicht weitersprechen, er brach in Tränen aus, fiel auf die Knie, ließ die Taschenlampe fallen und verbarg sein Gesicht in seinen Händen.

„Joe, beruhigen Sie sich“, sagte Doktor Miller ruhig zu Joe, während er sich zu ihm herunterbeugte“, wir werden sie schon finden. Wo sind Andy und Tom?“

Joe sah zu ihm hinauf, blickte auf seine Armbanduhr und antwortete: „Sie müssten auch gleich hier sein, sie brauchen circa eine Stunde um den See, wenn sie schnell laufen.“

„Wir bleiben besser hier und warten“, sagte der Doc, „sonst verpassen wir Bob, dann suchen wir uns alle gegenseitig. Vielleicht ist er abgetrieben und Andy und Tom finden ihn etwas weiter unten am Ufer, ihm wird schon nichts passiert sein.“

Der Doktor setzte sich zu Joe auf den sandigen Boden, hob die Taschenlampe auf, und leuchtete mit ihr abwechselnd links und rechts das Seeufer ab.

Mike lenkte seinen Wagen direkt bis vor die Veranda und schaltete den Motor aus. Mr. Green hatte noch immer die Augen geschlossen, doch als der Wagen stehen blieb, öffnete er sie und sah zu Mike hinüber.

„Wie geht's ihnen, Mr. Green?“, fragte Mike etwas bedrückt.

„Geht schon wieder“, antwortete Mr. Green mit leiser Stimme, öffnete seine Tür und stieg aus dem Wagen.

Auch Mike verließ seinen Wagen und ging vor Mr. Green die Stufen der Veranda hinauf.

Mary hatte sie schon kommen hören und öffnete die Eingangstür, sie kam heraus und umarmte Mike.

„Und? Wie sieht es aus, ist es schlimm?“, fragte sie Mike, während sie ihn immer noch fest umarmte.

„Nun ja“, antwortete Mike, „von dem Flugzeug ist nichts zu sehen, Bob hat wohl jemanden gefunden, er sucht mit seinen Leuten das Ufer ab, der Doc ist auch noch dort. Wir müssen uns erst mal um Mr. Green kümmern, er hat wohl einen Schock.“

Sie führten Mr. Green ins Haus und gingen in die Küche, wo ihnen Mrs. Green schon entgegenkam. Sie nahm ihren Mann in die Arme, dann führte sie ihn zum Tisch und sie setzten sich, ohne ein Wort zu sprechen.

Mrs. Green wollte ihren Mann nicht mit schrecklichen Fragen quälen, und so saß sie stumm neben ihm.

Wenn er sich beruhigt hat, wird er schon mit ihr über die Geschehnisse reden.

Doch an diesem Abend würde er ihr nichts erzählen.

Der Sheriff fuhr die Hauptstraße entlang, sein Büro lag zentral in der Nähe der Kirche, direkt an einer Straßenecke.

Er parkte direkt vor seinem Büro. Früher war das nicht immer möglich, als er noch keinen eigenen Parkplatz hatte, denn der Bürgermeister hielt es nicht für notwendig, es gab schließlich genug Parkmöglichkeiten in der Nähe.

Doch seitdem der Sheriff mit weißer Farbe ein drei mal sechs Meter großes Rechteck auf den Asphalt gemalt und ein Schild mit der Aufschrift:

DAS IST MEINER
HIER PARKT SONST KEINER

gez. Sheriff Stone

aufgestellt hatte, fand er immer einen freien Parkplatz. Niemand legt sich mit dem Sheriff an, auch der Bürgermeister nicht.

Der Sheriff verließ sein Fahrzeug, schlug die Wagentür zu und ging zur Eingangstür seines Büros.

Es war immer noch ruhig auf den Straßen, niemand hatte etwas von dem Spektakel mitbekommen. In einigen Häusern brannte noch Licht, ein Hund lief quer über die Straße und bellte einmal kurz, als er den Sheriff sah, der Vollmond stand noch hoch am Himmel und einige kleine Wolken waren zu sehen, die sich langsam vor den Mond schoben und dann ebenfalls hell leuchteten.

Der Abend hätte so schön sein können, dachte der Sheriff, zog einen Schlüsselbund aus der Hosentasche und öffnete mit einem der zahlreichen Schlüssel die Tür. Er schaltete das Licht ein und stand in einem Raum, etwa fünf mal fünf Meter groß. Gegenüber der Eingangstür an der Wand stand ein Ledersessel, davor ein riesiger, massiver Schreibtisch, vollgepackt mit Papieren und Akten.

Alles meist unbedeutende Fälle: unbezahlte Strafzettel, eine vermisste Kuh, einige kleine Diebstähle, usw.

Über dem Sessel an der Wand hing eine riesige Flagge der Vereinigten Staaten, an einer Wand stand ein Aktenschrank, die Schubladen waren zum Teil geöffnet und einige Akten standen heraus.

An den Wänden hingen einige Bilder mit den Abbildungen der letzten Präsidenten und in der hintersten Ecke des Raumes befand sich eine Gittertür – sie stand auf und hinter ihr befand sich eine Zelle. Es war nur ein kleiner Raum mit einer Liege, die gleichzeitig Schlaf- und Sitzgelegenheit war, keine Lampe, kahle Wände, auch ein Fenster besaß der Raum nicht.

Doch er diente eigentlich auch nur als Ausnüchterungszelle, es sei denn, der Sheriff benutzte ihn gerade als Abstellraum.

Er schlug die Tür hinter sich zu, nahm seinen Hut vom Kopf und hing ihn an einen fünfarmigen, hölzernen Kleiderständer, der direkt neben der Tür stand.

Er schritt zu einem der beiden Fenster, die sich links und rechts der Tür befanden, schob die schweren, altmodischen Gardinen zur Seite und schaute hinaus.

Es war ruhig draußen, die Bäume am Straßenrand warfen lange Schatten auf den Asphalt und der Sheriff schaute zur Kirchturmuhr hinüber. Es war mittlerweile kurz nach eins.

Er ging zu seinem Schreibtisch, setzte sich in den schweren Sessel und begann aus dem Berg von Akten, Briefen und Papieren kleine Zettel heraus zu suchen und sie systematisch in einer Linie auf dem Schreibtisch zu platzieren. Es waren zum Teil Visitenkarten und Notizzettel mit Adressen und Telefonnummern von der Nationalgarde, der Flugsicherung von Nevada, dem FBI und von anderen Kontaktstellen.

Der Sheriff wollte erst mal sichergehen, ob an dem See wirklich ein Flugzeug abgestürzt ist, denn dort wurden schon so oft irgendwelche angeblichen Flugzeuge gesehen, dass er die meisten Meldungen gar nicht mehr ernst nahm.

Er zog zielstrebig einen Zettel hervor, nahm den Hörer seines altmodischen, schwarzen Telefons und wählte die Nummer, die auf dem Zettel stand.

„Flugsicherung Nevada, Harry Flinn am Apparat, guten Morgen. Was kann ich für Sie tun?“

„Guten Morgen, Harry. Hier ist Sheriff Stone.“

„Nein. Stone. Bitte nicht."

„Du weißt doch noch gar nicht, was ich von dir will."

„Doch, weiß ich. Du hast ein Flugzeug gesehen, und jetzt willst du wissen, ob …"

„Warte mal. Erstens habe nicht ich ein Flugzeug gesehen, sondern ein Pärchen aus New York, und ich glaube nicht, dass die so durchgeknallt sind wie Ben. Und zweitens möchte ich, dass du die Angaben überprüfst, bevor ich das FBI informiere. Die werden euren Laden dann mal so richtig auseinandernehmen."

„Ok. Wann? Welche Uhrzeit?"

„Heute Nacht, zwischen 23.30 Uhr und Mitternacht."

„Wo genau?"

„Am See."

„Mein Gott, Stone. Du willst mich auf den Arm nehmen."

„AM SEE, HABE ICH GESAGT! A M S E E! ÜBERPRÜFE DAS! SOFORT!"

Der Sheriff schrie in den Hörer, sein Gesicht lief rot an, die Halsschlagadern traten hervor und pulsierten.

Harry Flinn musste den Hörer ein Stück von seinem Ohr weg halten, um einen dauerhaften Gehörschaden zu vermeiden.

„Beruhig dich, Stone. Ich überprüfe es ja sofort. Aber glaubst du nicht, ich würde das merken, wenn ein Flugzeug verschwindet?"

„Es ist mir egal, was du merkst, und was nicht, sieh nach."

„Also, ich hab hier nur noch einen Flug, der überhaupt infrage kommen könnte, und der geht von Vegas nach L. A.

Aber der ist schon über Kalifornien, und außerdem habe ich noch Funkkontakt."

„Und was ist mit einer kleineren Maschine?"

„Du kannst es mir glauben, wir überprüfen und überwachen alle Flüge, und es ist kein Flugzeug verschwunden, sei es noch so klein."

Der Sheriff schlug den Hörer auf das Telefon und beendete somit das Gespräch. Er griff sich mit beiden Händen in die Haare und stellte die Ellenbogen auf den Schreibtisch.

„Drehen die denn jetzt hier alle durch?“, sagte er leise vor sich hin.

Er wühlte nochmals in den Bergen von Unterlagen auf seinem Schreibtisch und zog ein Foto heraus. Die Abbildung zeigte ein Passagierflugzeug, das er damals nach dem Absturz von der Fluggesellschaft zugeschickt bekommen hatte. Es war ein weißes Flugzeug mit einem roten Längsstreifen auf dem Rumpf, und auf dem Seitenleitwerk war der Kopf eines Adlers abgebildet.

Der Sheriff öffnete eine der schweren Schubladen an seinem Schreibtisch und zog ein Buch heraus, es war das Telefonbuch der Stadt, und blätterte darin herum.

„Da ist er ja“, murmelte er, nahm den Hörer vom Telefon und wählte.

Mary, Mike, Mr. und Mrs. Green saßen noch in der Küche, als plötzlich das Telefon klingelte.

Mary hatte gerade einen Tee gekocht und goss ihn in die Tassen, die sie kurz vorher auf dem Tisch verteilt hatte.

„Ich geh schon ran“, sagte Mike, stand auf und nahm den Hörer von der Wand.

„Ja bitte?“

„Ich bin's, Sheriff Stone. Entschuldige die Störung, aber ist vielleicht Mr. Green noch bei euch, ich habe da noch ein paar Fragen.“

„Ja sicher, einen Augenblick.“

Mike ging mit dem Hörer zum Tisch hinüber und gab Mr. Green den Hörer – das spiralförmige Kabel war so lang, dass es bis in jede Ecke der Küche reichte.

„Mr. Green, es ist der Sheriff, er hat noch einige Fragen“, sagte Mike, während er sich wieder setzte und Mr. Green den Telefonhörer übergab.

Der nahm ihn zögernd entgegen.

„Green.“

„Hallo, Mr. Green, hier ist Sheriff Stone. Ich habe da noch einige Fragen. Haben Ssie das Flugzeug deutlich gesehen, können Sie es beschreiben?“

„Nun ja, es war ein Passagierflugzeug, nicht so ein großer Linienjet, vielleicht etwas kleiner."

„Und die Farbe? Konnten Sie die Farbe erkennen?"

„Ja, es war weiß."

„Hatte es vielleicht einen roten Streifen auf der Seite, Mr. Green?"

„Ja genau, und wenn ich mich recht erinnere, war hinten ein großer Kopf zu sehen, ich glaube, von einem Adler oder so etwas Ähnliches."

„Danke, Mr. Green", antwortete der Sheriff kurz und legte auf.

Er stand auf und schritt zur Tür. Während er sie öffnete, nahm er seinen Hut vom Ständer und setzte ihn auf, dann schloss er die Tür hinter sich und ging zu seinem Wagen. Der Sheriff setzte sich hinein, startete den Motor und rangierte auf der schmalen Straße zweimal, um zu wenden, dann fuhr er los und bog auf die Hauptstraße in Richtung Süden.

Er fuhr zu Bens Motel. Es befand sich direkt an der Hauptstraße am Ende der Stadt, etwa einen Kilometer vor der Kreuzung, die zu Mike und Mary und zum See führte.

Ben war ziemlich groß, fast zwei Meter, dafür aber sehr dünn, und er sah für seine 45 Jahre schon sehr alt aus. Er trug immer blaue Latzhosen, schon als Kind, und karierte Hemden und braune Ledersandalen.

Er hatte das Motel von seinen Eltern übernommen, die das Geschäft bis zu ihrem Tod betrieben – sie hatten ihrem Sohn die Leitung des Motels nie zugetraut. Er half ihnen immer so gut er konnte, doch er war nie richtig selbstständig. Er war ein Einzelgänger, hatte nie richtige Freunde, auch keine Freundin.

Er kümmerte sich so gut er konnte um das Motel, es war sowieso nie ausgebucht. Meist waren es Trucker, die hier eine Nacht blieben und am nächsten Tag sofort wieder weiter fuhren, oder Leute wie Mr. und Mrs. Green, doch das war eher selten.

Ben war eigentlich schon immer sehr ruhig. Die Leute fanden es sehr merkwürdig, dass er die meiste Zeit in seinem kleinen Büro saß und sich im Fernsehen Kinderfilme, meist Trickfilme, ansah.

Als Ben ihnen dann plötzlich die Geschichte von dem angeblichen Geisterflugzeug erzählte, hielten sie ihn für komplett durchgedreht. Er hatte angeblich eines Nachts ein Flugzeug auf dem See gesehen – keiner wusste, was er überhaupt mitten in der Nacht am See wollte –, doch er hatte es anfangs nicht gemeldet, da er fest davon überzeugt war, dass es sich um ein Geisterflugzeug handelte und dass sie ihn alle für verrückt halten würden, wenn er es melden würde – was sie dann ja auch wirklich taten.

Er erzählte jedem die Geschichte, auch den Greens, aber niemand nahm sie ernst.

Doch jetzt sah es fast so aus, als hätten Mr. und Mrs. Green dasselbe Flugzeug gesehen wie Ben, und das war doch Grund genug für Sheriff Stone, sich noch einmal intensiver mit Ben darüber zu unterhalten, obwohl er von der ganzen Sache nicht besonders begeistert war.

Der Sheriff drehte mit einer Hand das Lenkrad herum und fuhr nach links quer über die Hauptstraße auf Bens Motel zu. Neben der Einfahrt befand sich eine große Leuchtreklame mit dem Schriftzug „MOTEL", etwa zwei mal drei Meter groß an einem sechs Meter hohen Holzpfahl – so konnte man sie schon von Weitem sehen.

In der oberen linken Ecke befand sich ein kleines zusätzliches Schild mit der Aufschrift: „Bens", das Ben nachträglich angebracht hatte.

Der Sheriff lenkte seinen Wagen durch die große Einfahrt und fuhr direkt auf Bens Büro zu, das im ersten von insgesamt zehn kleinen, roten Holzhäusern untergebracht war, die mit etwa einem Meter Platz zwischen jedem Haus nebeneinander standen und zusammen einen großen Halbkreis bildeten. Der Vorplatz war gepflastert und diente als Parkplatz für die Gäste, selbst große Trucks hatten hier genügend Platz.

Der Sheriff parkte direkt vor dem ersten Haus, stieg aus dem Wagen und ging zur Eingangstür.

Vor dem Haus befand sich eine kleine Veranda, links neben der Eingangstür stand eine alte Holzbank, auf der früher immer

Bens Eltern am Abend saßen und sich noch unterhielten, bevor sie zu Bett gingen, und rechts neben der Tür stand ein Getränkeautomat, der Limonade und Bier in Dosen ausspuckte, wenn man ihn mit einem Dollar fütterte.

Der Sheriff öffnete die Tür, trat ein und stand vor einem Holztresen, auf dem einige Straßenkarten lagen, die Ben den Touristen für ein paar Dollar zu verkaufen versuchte. Daneben stand ein Aschenbecher, bis zum Rand mit ausgedrückten Zigaretten gefüllt, und in der Mitte lag ein großes, aufgeschlagenes Gästebuch.

Hinter dem Tresen befand sich ein Schreibtisch, der nicht so aussah, als ob dort jemand arbeiten würde, denn auf dem Tisch standen nur ein Telefon und eine Tasse, halb gefüllt mit Kaffee, die schon länger unangerührt schien, denn auf dem Rand hatten es sich schon einige Fliegen gemütlich gemacht und der langsam verdunstende Kaffee hinterließ braune Ringe auf der Innenseite der Tasse.

In einer Ecke des Raumes befand sich eine Türöffnung, vor der ein schwerer Vorhang hing, der oberhalb des Türrahmens mithilfe einer Messingstange und runden Ösen befestigt war.

Der Vorhang öffnete sich plötzlich und Ben kam heraus. Hinter ihm lief der Fernseher, man konnte Geräusche hören, die das Gerät erzeugte, und das flackernde Licht der Bildröhre erhellte zeitweise den Raum.

„Ha… Hallo, Sheriff. Wie geht's?“, fragte Ben etwas nervös, „was ist passiert? Ich … ich habe die Sirenen gehört.“

„Hallo, Ben, nur ein kleiner Zwischenfall am See, alles in Ordnung so weit. Ich muss mich aber einmal mit dir unterhalten, über dein Erlebnis damals am See.“

Ben wurde sichtlich nervöser, setzte sich auf eine Ecke des Schreibtisches und antwortete mit gesenktem Kopf: „Aber … aber Sie wollten doch nichts mehr davon wissen, Sie sagten doch, wenn ich noch einmal mit dieser Geschichte komme, dann …“

Der Sheriff unterbrach ihn, während er seinen Hut nahm und ihn auf den Tresen legte, sich nach vorn beugte und sich mit seinen Händen abstützte:

„So, du hörst mir jetzt mal zu, ich will genau wissen, was du damals gesehen hast, keine Vermutungen oder irgendwelche kranken Fantasien, nur Fakten. Erzähle einfach, was du damals am See gesehen hast."

„Also gut." Ben fing an zu erzählen, er hielt immer noch den Kopf gesenkt und schaute zwischendurch nur kurz zum Sheriff auf, um sofort wieder nach unten zu sehen.

„Ich war also damals am See ..."

„Was hast du eigentlich am See gemacht?", unterbrach ihn der Sheriff.

„Da ... da sind manchmal Pärchen, nachts, und da wollte ich nur gucken und ..."

„Schon gut, erzähl weiter."

„Also, ich hatte mich in den Büschen versteckt, ganz nah am Ufer, und habe gewartet. Und auf einmal war das Flugzeug da, ganz plötzlich. Es tauchte aus dem Wasser auf, überall war Nebel, und in dem Flugzeug waren Menschen, aber sie waren schon tot, sie waren nass und in ihren Haaren hingen Pflanzen aus dem See und Wasser lief aus ihren Nasen und Mündern. Und dann versank das Flugzeug wieder. Dann bin ich weggerannt."

„Wie sah das Flugzeug aus, Farbe, irgendwelche Besonderheiten."

„Es war weiß, ... und rot, ... an der Seite war es rot."

„Ok. Das war's schon. Und Ben, von unserem Gespräch braucht niemand etwas zu wissen, wir verstehen uns."

„Ja ... ne, alles klar, Sheriff, verstehe."

Sheriff Stone nahm seinen Hut, setzte ihn auf und ging zur Tür. Während er den Raum verließ, schlug er mit zwei Fingern der rechten Hand zum Gruß gegen die Hutkrempe und zog hinter sich die Tür zu.

Mr. Green nippte immer noch an seinem Tee, während Mary bereits die übrigen Tassen spülte und sie mit einem Tuch trockenwischte. Sie sprachen nicht viel, schon gar nicht über den Flugzeugabsturz, aber sie dachten alle daran.

Mike ergriff das Wort: „Mrs. Green, es ist wohl besser, wenn ich Sie jetzt zum Motel fahre, ich glaube, wir brauchen alle etwas Schlaf."

„Machen Sie sich doch keine Umstände", antwortete Mrs. Green.

„Ach Quatsch", entgegnete Mike, während er sich von seinem Stuhl erhob, „ich fahre Sie schnell rüber."

Mr. und Mrs. Green erhoben sich ebenfalls und folgten Mike zur Verandatür. Sie gingen hinaus, und während sie noch einen kurzen Moment auf der Veranda standen, sahen sie noch einmal zum See hinüber.

Er lag ganz ruhig da, leichte Nebelschwaden stiegen empor, doch jetzt, da der Mond fast untergegangen war, spiegelte sich nichts auf seiner Oberfläche, jetzt erinnerte er eher an ein riesiges, schwarzes Loch.

„Mike, komm mal bitte her", sagte Mary, während sie in der Verandatür stehen blieb, „du fährst sie nur zum Motel, du kommst sofort wieder zurück. Du fährst nicht zum See."

„Ja, aber vielleicht brauchen sie meine Hilfe und …"

„Nein", unterbrach ihn Mary, „bitte versprich mir, dass du sofort wieder nach Hause kommst. Bitte."

„Also gut, ich verspreche es dir", flüsterte Mike ihr leise ins Ohr, während er sie umarmte, „ich bin gleich wieder da."

Mike ging zum Wagen und öffnete die Türen, Mr. und Mrs. Green setzten sich hinten auf die Rücksitzbank und Mike warf die Türen zu. Dann ging er einmal um den Wagen herum, stieg selbst ein und setzte sich hinter das Steuer.

Er winkte noch einmal kurz zu Mary hinüber, die seinen Gruß erwiderte, und fuhr dann los.

Mike fuhr die Zufahrt hinunter bis zur Kreuzung und bog dann nach rechts auf die Hauptstraße, jetzt konnte er bereits das Schild „Bens MOTEL" sehen.

Er hatte fast die Einfahrt erreicht, da kam der Wagen des Sheriffs heraus gefahren, mit quietschenden Reifen fuhr er auf die Hauptstraße, kam Mike entgegen und fuhr an ihm vorbei in Richtung See.

Was wollte Stone denn bei Ben, ich dachte, er kümmert sich um die Bergung, dachte Mike, während er in die Einfahrt von Bens Motel einbog.

„So, wir sind da, Leute“, sagte Mike, während er einen großen Kreis auf dem Parkplatz fuhr und den Wagen anschließend rückwärts bis zu Bens Büro fuhr, wo er ihn parkte.

„Wo wohnen Sie, Mrs. Green?“, fragte Mike, während er ihr die Wagentür öffnete.

„Wir haben Haus Nummer sieben, das ist eigentlich meine Glückszahl.“

„Ich bring Sie noch kurz rüber.“

„Nein, das sind nur ein paar Schritte, kein Problem, nicht wahr, Schatz?“, sagte sie zu ihrem Mann, nahm ihn an die Hand und ging mit ihm zu ihrem Haus.

„Und ich werde jetzt mal Ben einen Besuch abstatten, möchte doch mal wissen, was der Sheriff von ihm wollte“, sagte Mike laut zu sich selbst und ging zu Bens Büro. Er betrat die Veranda und wollte die Tür öffnen, doch sie war verschlossen. Ben hatte sie noch nie verschlossen. Mike sah durch das Fenster in der Tür, der Raum war hell erleuchtet und auch der Fernseher im hinteren Zimmer war eingeschaltet. Mike konnte das Licht der Bildröhre durch den schweren Vorhang erkennen. Er klopfte an die Tür, aber nichts rührte sich.

Vielleicht ist Ben ja auch nicht allein, dachte Mike und musste grinsen, *das wird ja auch langsam mal Zeit.*

Er beschloss, nach Hause zu fahren, das hatte er Mary schließlich versprochen.

Kapitel 4

Tom und Andy gingen auf der gegenüberliegenden Seite des Sees am Ufer entlang, sie hatten bereits über die Hälfte des Sees umrundet.

„Wir müssten eigentlich bald auf Bob und Joe treffen", sagte Tom, der einige Schritte hinter Andy lief, „wir haben doch schon über die Hälfte der Strecke zurückgelegt."

„Ja, eigentlich schon", antwortete Andy, während er mit der Taschenlampe das Ufer absuchte, „wer weiß, wo die stecken, vielleicht haben sie was gefunden."

Sie gingen weiter am Ufer entlang, auf einem schmalen Trampelpfad nur etwa einen Meter vom Wasser entfernt.

Der Mond ging langsam unter und verschwand allmählich hinter den Bergen am Horizont. Bald konnten sie nur noch den Bereich erkennen, den sie mit ihren Taschenlampen ausleuchten konnten.

Der See lag ruhig da, nur ein leises Plätschern war zu hören, wenn das Wasser in kleinen Wellen gegen das Ufer schwappte. Doch plötzlich hörten sie ein Blubbern, Luftblasen, die an die Oberfläche kamen und zerplatzten.

„Hörst du das, Andy?", fragte Tom und blieb stehen.

„Ja", antwortete Andy leise flüsternd, während er stehen blieb und sich zu Tom umdrehte.

Sie leuchteten mit ihren Taschenlampen auf die Wasseroberfläche und suchten sie ab.

„Da, siehst du, Tom, da steigen Luftblasen auf!", rief Andy und deutete mit dem Finger auf eine Stelle auf dem Wasser, die er mit seiner Taschenlampe anleuchtete.

Die Stelle war ungefähr drei Meter vom Ufer entfernt und dort stiegen faustgroße Luftblasen an die Wasseroberfläche.

„Hier, Tom, halt meine Taschenlampe, ich geh rein." Andy hatte noch nicht ganz ausgesprochen, da warf er Tom seine Taschenlampe zu und sprang ins Wasser. Der See war an dieser Stelle so nah am Ufer nicht besonders tief, das Wasser ging Andy gerade mal bis zur Hüfte. Er lief so schnell er konnte durch das Wasser und ruderte mit den Armen, um schneller vorwärts zu kommen. Doch als er an die Stelle kam, an der er die Luftblasen sah, verschwanden sie plötzlich. Andy drehte sich blitzschnell um seine eigene Achse und hoffte, noch irgendwo eine Luftblase zu sehen. Dann blieb er stehen, ganz still, und das Wasser beruhigte sich um ihn herum.

„Verdammt, verdammt", sagte er laut zu sich selbst, holte tief Luft und tauchte unter. Dann tauchte er wieder auf, holte nochmals tief Luft und tauchte wieder unter, immer wieder. Er konnte nichts sehen und tastete mit seinen Händen den Grund ab. Hier konnte er gerade noch stehen – das Wasser reichte ihm gerade bis an den Hals, doch trotzdem musste er tauchen, um den Grund zu erreichen.

„Ich glaube, da ist etwas", sagte er zuerst leise, dann rief er laut: „Ja, da ist was. Tom, ich hab was!"

Andy versuchte es zu packen, es war ein Körper, er bekam die Kleidung zu fassen und versuchte, den leblosen Körper an die Wasseroberfläche zu heben. Doch die Kleidung zerriss als er an ihr zerrte.

„Tom, Tom, komm her und hilf mir!", rief Andy zum Ufer hinüber.

Tom nahm die beiden Taschenlampen und legte sie am Ufer auf einen kleinen Felsen, der aus dem sandigen Boden ragte. Er platzierte sie so, dass sie Andy anstrahlten, dann rannte er ins Wasser.

„Komm her, fass mit an", sagte Andy zu Tom, als der ihn erreichte. Tom tastete mit beiden Händen unter Wasser, während er versuchte, seinen Kopf über Wasser zu halten.

„Aauuhh", schrie Tom plötzlich auf.

„Was ist denn los?", fragte Andy erschrocken.

„Da hat mich was gebissen, … aaahh, schon wieder."

Plötzlich war Tom verschwunden, untergetaucht, irgendetwas hatte ihn unter Wasser gezogen, dann war er plötzlich wieder da, er schlug mit den Händen auf das Wasser und schrie um Hilfe, aber Andy konnte ihn nicht packen, die Kraft, die ihn unter Wasser zog, war zu stark. Das Wasser um Tom herum brodelte, als ob es kochen würde, und Rauch stieg daraus empor. Toms Arme ragten noch einmal aus dem Wasser, wild umherschlagend, dann tauchten sie wieder unter. Plötzlich war es ruhig, beängstigend ruhig, das Wasser beruhigte sich und lag da, als ob nichts geschehen wäre. Der Rauch verteilte sich und legte sich wie ein Schleier auf die Wasseroberfläche.

„TOM! … TOM!", schrie Andy immer wieder. Plötzlich sah er Luftblasen aufsteigen, direkt vor sich, dann spürte er eine Hand an seinem Bein und eine zweite Hand an seinem anderen Bein.

Andy fühlte eine Erleichterung, die jedoch sofort in Wut umsprang, und er schrie: „Tom, du völlig verblödeter Schwachsinniger! Glaubst du, das ist hier der richtige Zeitpunkt für solche Scherze? Komm hoch!"

In diesem Moment schoss vor ihm eine Kreatur aus dem Wasser, mindestens zwei Köpfe größer als Andy. An ihrem Körper hingen blaue Stoffreste herunter, die an eine Uniform erinnerten, der Körper zeigte starke Verwesungserscheinungen, der Kopf bestand praktisch nur noch aus dem Schädelknochen, von dem schulterlange, weiße Haarsträhnen herunterhingen. Der Schädel trug einen weißen Schnauzbart und aus den schwarzen, leeren Augenhöhlen sprudelte Wasser heraus, das über die Wangenknochen lief und an den Schnauzbartenden abtropfte.

Obwohl Andy in zwei leere, dunkle Augenhöhlen sah, schien die Kreatur ihn doch anzustarren, auch der zum größten Teil freigelegte Kiefer mit den zwei vergilbten Zahnreihen wirkte wie ein Grinsen.

Andy konnte sich nicht bewegen, er war starr vor Angst – selbst das Atmen fiel ihm schwer und seine Beine zitterten, alles um ihn herum fing an zu tanzen und drehte sich vor seinen Augen wie nach einem Saufgelage mit seinen Kameraden an einem freien Wochenende.

Die Kreatur beugte sich zu Andy hinunter, packte ihn an seinen Schultern, kam ganz nah an Andy heran, ihre Köpfe berührten sich fast, der lose Unterkiefer klappte auf und ein unerträglicher Geruch kroch heraus – so musste eine Gruft riechen, die man nach Jahrzehnten öffnete.

Die Kreatur röchelte und sagte mit einer tiefen Stimme zu Andy: „Komm mit und lass uns fliegen, ha, ha, haaa."

Sie packte Andy, umarmte ihn und hielt ihn fest, so fest, dass Andy keine Luft bekam. Sie hob ihn hoch, so hoch, dass nur noch seine Füße die Wasseroberfläche berührten. Andy wollte sich wehren, doch er konnte sich nicht bewegen. Dann ließ sich die Kreatur rückwärts ins Wasser fallen, sie hatte Andy immer noch fest umschlungen, wie ein Krake seine Beute. Sie schlug auf die Oberfläche auf und das Wasser spritzte hoch in die Luft und riss Teile der blauen Uniform mit sich, die in der Luft verpufften und lediglich kleine Rauchwolken hinterließen, die sich sofort verflüchtigten.

Dann tauchten sie ab, mit einer ungeheuren Geschwindigkeit, wie ein Torpedo, der nach Eingabe der Zielkoordinaten unaufhaltsam auf sein Ziel zusteuerte.

Andy spürte plötzlich keine Angst mehr, er spürte nur die Kälte, die ihn umgab. Der ungeheure Wasserdruck verursachte ein unerträgliches Pfeifen in seinen Ohren, er konnte seinen Pulsschlag fühlen, im ganzen Körper, es kam ihm vor, als würde sein Gehirn im gleichen Takt wie sein Herz pulsieren und jeden Augenblick seine Schädeldecke sprengen. Dann sah er plötzlich Licht. Direkt unter ihm erschienen Lichter, etwa fünfzehn Lichter nebeneinander angeordnet – und dann konnte er ein Flugzeug erkennen.

Es waren die Kabinenfenster, die hell erleuchtet waren, auch die Positionsleuchten waren eingeschaltet und blitzten abwechselnd rot und weiß auf.

„Es hat den Absturz überstanden", schoss es Andy durch den Kopf. Doch dann veränderte sich das Flugzeug plötzlich, die glänzende Lackierung blätterte ab und grüner Algenbewuchs überzog den Rumpf, die Fensterscheiben zersprangen in tausend Splitter, die Tragflächen brachen ab und versanken in dem weichen Untergrund. Dann erloschen die Lichter.

Die Kreatur presste ihren knochigen Kiefer an Andys Ohr und röchelte: „Willst du fliegen?"

Andy wollte schreien, doch im Gegensatz zu der Kreatur entwichen seinem Mund nur Luftblasen, aber kein Laut.

Er presste seine letzten Luftreserven aus seiner Lunge und die Luft schoss in großen Blasen heraus, die tanzend ihren Weg nach oben an die Oberfläche suchten. Andy atmete tief ein und spürte, wie das Wasser seinen Mund und dann seine Lunge füllte und seine Seele aus dem Körper verdrängte – es wurde ruhig um ihn herum, er spürte nichts mehr und sein toter Körper sank langsam auf den Grund des Sees.

Der Sheriff erreichte die Kreuzung im Süden und scherte, ohne die Geschwindigkeit zu verringern, in den Weg zwischen den Maisfeldern ein.

Der Mond spendete noch ein wenig Licht, dann verschwand er hinter den Bergen.

Der Sheriff schaltete seine Suchscheinwerfer ein und der Weg wurde bis hinunter zum See hell erleuchtet.

Er erreichte das Ufer, fuhr noch ein Stück am Wasser entlang und hielt den Wagen schließlich neben dem alten Steg an. Er richtete die Suchscheinwerfer auf die Mitte des Sees und starrte auf das Wasser.

„Hier ist irgendetwas faul“, dachte er und suchte systematisch den See ab, indem er einen der zwei Scheinwerfer mit der Hand durch das offene Seitenfenster hin und her bewegte. Der Sheriff nahm sein Handy aus der Halterung an der Mittelkonsole, suchte im Telefonspeicher Bobs Nummer und drückte anschließend die Hörertaste.

„Joe, Ihr Handy klingelt“, sagte Doktor Miller und leuchtete ihm mit der Taschenlampe ins Gesicht.

„Das ist nicht meins, es gehört Bob“, antwortete er, nahm es aus seiner Hemdtasche, drückte gleichzeitig einen Knopf und hielt es an sein Ohr.

„Ja?“

„Hallo, Bob, hier ist Sheriff Stone. Gibt's was Neues? Wo seid ihr?“

„Hallo, Sheriff, hier ist Joe. Bob ist verschwunden.“

„Wieso ist Bob verschwunden?"

„Wir hatten jemanden gefunden, im Wasser, eine Frau. Bob ist ins Wasser gesprungen, er rief noch, sie sei tot, und plötzlich war er weg. Ich konnte nichts tun, er war einfach verschwunden."

„Wo bist du jetzt?"

„Wir sind noch auf der Nordseite, etwa einen Kilometer vom alten Holzsteg entfernt, der Doc ist bei mir."

„Ok. Ich bin am Steg, bleibt, wo ihr seid, ich bin gleich da."

Der Sheriff beendete mit einem Knopfdruck das Gespräch und steckte das Handy ein, er schaltete den Motor und die Scheinwerfer aus, das Abblendlicht ließ er eingeschaltet und verließ den Wagen. Er nahm eine Taschenlampe aus einem Fach in der Türverkleidung, schaltete sie ein und machte sich am Wasser entlang auf den Weg zu Joe und dem Doc.

„Da kommt der Sheriff", sagte Doktor Miller, als er den Lichtstrahl einer Taschenlampe auf sich zu kommen sah, und erhob sich vom Boden.

Auch Joe stand auf und rief: „Sheriff, sind Sie das?"

„Wer denn sonst, du Schwachkopf", antwortete der Sheriff und leuchtete Joe mit der Taschenlampe ins Gesicht.

Joe war ein ängstlicher Typ, schon immer gewesen. Er hatte sich auch nie etwas zugetraut und zur Feuerwehr kam er nur, weil Bob und Joes Vater alte Schulfreunde waren. Joe hatte keinen Schulabschluss und in der Stadt hatte er keine Chance, einen Job zu bekommen. Und so ließ sich Bob vor einem Jahr, als Joe zwanzig wurde, dazu überreden, ihn bei sich in der Truppe aufzunehmen.

„Wo hast du Bob denn zuletzt gesehen?", fragte der Sheriff und leuchtete mit der Taschenlampe immer noch in Joes Gesicht, wie bei einem Verhör in einem Polizeipräsidium.

„Genau hier, wir haben hier gewartet. Vielleicht ist er ja an einer anderen Stelle am Ufer wieder herausgekommen. Oder vielleicht …"

„Ja, ja, vielleicht, vielleicht", unterbrach ihn der Sheriff, „und wo sind Tom und Andy?"

„Die müssten schon längst hier sein", sagte der Doc, „so groß ist der See ja nicht."

Der Sheriff leuchtete wieder in Joes Gesicht und sagte zu ihm: „Vielleicht sind die ja *auch* verschwunden, was, Joe?“

Joe zuckte zusammen.

Der Doktor stellte sich zwischen die beiden und sagte zum Sheriff: „Lassen Sie ihn doch in Ruhe, Stone.“

„Für Sie immer noch Sheriff Stone, Sie Quacksalber“, entgegnete der Sheriff, während er jetzt den Lichtstrahl in Doktor Millers Gesicht hielt.

„Dann werden wir mal die anderen suchen“, sagte der Sheriff und ging voraus, „und bleibt in meiner Nähe, ich habe keine Lust, euch auch noch zu suchen.“

Joe versuchte die Stimme des Sheriffs nachzumachen und sagte leise zum Doc: „Ich habe keine Lust, euch auch noch zu suchen.“

Der Doktor musste lachen und der Sheriff sagte, ohne sich umzudrehen: „Das habe ich gehört, Joe.“

Joe lächelte verlegen zum Doktor hinüber, der lächelte zurück und machte mit der Hand eine Geste, die so viel hieß wie: Auf geht's, ihm nach. Und wieder mussten beide lachen.

„Wenn ihr beiden Schwachköpfe fertig seid mit euren Kindereien, können wir vielleicht mit der Suchaktion fortfahren“, brüllte der Sheriff los und lief weiter, mit einer Hand seinen im Gürtel steckenden Schlagstock haltend. Mit der anderen Hand hielt er die Taschenlampe hoch neben seinen Kopf und führte den Lichtstrahl vor sich über den Boden.

Der Weg, auf dem sie gingen, führte um den gesamten See. Dieser war kreisrund, hatte einen Durchmesser von etwa zweieinhalb Kilometern und sollte angeblich nahezu ein Kilometer tief sein.

Doch überprüft hatte dies noch niemand.

Wahrscheinlich war er tatsächlich nur einhundert Meter tief, doch damals, als der See noch von zahlreichen Fischern genutzt wurde und sie am Abend in der Kneipe von ihrem Fang erzählten, wurden die Fische mit jedem Glas Bier immer größer und der See immer tiefer. Auch der Weg stammte noch aus dieser Zeit, er war ein festgetretener Trampelpfad, der hier entstanden war, als Fischer, Badegäste und Wanderer sich hier tummelten, doch mittlerweile wuchs er langsam zu. Gräser, Farne und Moose siedelten sich an und in einigen Jahren würde man von ihm sicher nichts mehr sehen und die Natur würde ihn sich zurückerobern.

Der Sheriff schritt zügig voran und Doktor Miller und Joe hatten Schwierigkeiten, ihm zu folgen, doch sie versuchten, sein Tempo mitzuhalten.

„Hey, Sheriff. Müssen Sie so rennen?“, fragte Joe, während er hinter dem Doc herlief und zwischendurch immer wieder vom Gehen in den Laufschritt wechseln musste, um mitzukommen.

„Habt ihr ein Problem, ihr Weicheier?“, fragte Stone.

„Nein, nein, kein Problem“, antworteten Joe und der Doc gleichzeitig.

Wenn wir so um den See rennen, können wir ja nichts finden, du Arschloch, dachte Doktor Miller und formte mit seinen Lippen gleichzeitig das letzte Wort nach, ohne es auszusprechen. Er konnte Sheriff Stone noch nie leiden, doch das beruhte wohl auf Gegenseitigkeit. Der Sheriff hielt überhaupt nichts von dem Doktor, jetzt sprach er ihn wenigstens mit Doc, oder wenn er gut drauf war, sogar mit Doktor Miller an, doch anfangs nannte er ihn nur „Kleiner“ oder „Student“. Und der Sheriff war in Docs Augen ein durchgeknallter, alter Mann, der sich hier in der Stadt als Herrgott fühlte und sich auch meist so aufführte. Ein Mann, der mit seinem bisherigen Leben unzufrieden war, der glaubte, sein Leben in diesem gottverdammten Nest vergeudet zu haben, und der wusste, dass die Zeit langsam knapp wurde, um dies jetzt noch zu ändern.

Doch so ist das nun mal in einer Kleinstadt, man war meist aufeinander angewiesen, ob man wollte, oder nicht, und man hatte auch selten die Möglichkeit, dem anderen aus dem Weg zu gehen.

„Da vorn sind sie ja“, brummte der Sheriff. In einiger Entfernung konnte er ein schwaches Licht erkennen und musste davon ausgehen, dass es sich um Tom und Andy handelte. Er erhöhte nochmals seine Schrittfrequenz und jetzt mussten Joe und der Doc wirklich rennen, um mitzuhalten. Sie kamen an die erleuchtete Stelle und fanden die zwei Taschenlampen, die Tom auf dem kleinen Felsen platziert hatte.

„ANDY ... TOM ... WO SEID IHR?“, rief Stone und leuchtete mit seiner Taschenlampe über das Wasser, dann am Ufer entlang, über den Weg, dann in die Büsche den Hang hinauf und wieder zurück bis zum Wasser.

„Verdammt noch mal, wo sind die hin?“, fragte er laut und sammelte gleichzeitig die Taschenlampen ein.

Doktor Miller und Joe riefen weiter die Namen der Männer und leuchteten mit ihren Lampen in alle Richtungen: „TOM ... ANDY ... TOM ... ANDY ...!“

Der Sheriff schaltete die Taschenlampen von Tom und Andy aus und steckte sie in seine Gesäßtasche.

Dann hielt er seine eigene wieder auf Kopfhöhe neben sein rechtes Ohr und machte sich weiter auf den Weg um den See.

„Wo wollen Sie denn hin?“, fragte der Doc, während er den Sheriff mit seiner Lampe anleuchtete.

Stone drehte sich um und der Lichtstrahl traf ihn mitten ins Gesicht.

„Nehmen Sie die Lampe runter, sonst ...“

„Was sonst?“

„Wo wollen Sie hin? Was ist mit Tom und Andy? Bob ist auch noch nicht aufgetaucht, wir müssen ...“

„Ich muss gar nichts“, unterbrach ihn der Sheriff, „ihr könnt ja hierbleiben und auf sie warten, aber macht euch nicht in die Hosen. Ich fahr in die Stadt zurück, auf mich wartet eine Menge Papierkram – und außerdem geht in zwei Stunden die Sonne auf und dann sieht die Sache hier schon ganz anders aus.“

Der Sheriff drehte sich wieder um und machte sich auf den Weg.

„Warten Sie auf uns“, rief der Doc, „wir kommen mit. Wir warten besser am alten Steg, bis die Sonne aufgeht.“

Der Sheriff konnte sich ein hämisches Grinsen nicht verkneifen und marschierte weiter den Weg entlang, Joe und der Doc stolperten hinter ihm her.

Nach einer Weile erreichten sie den Steg, der Sheriff öffnete die Fahrertür seines Wagens, warf die Taschenlampen auf den Beifahrersitz, kletterte auf den Fahrersitz und ließ den Motor an.

„Lassen Sie uns die zwei Taschenlampen da, Sheriff?“, fragte Joe und sah den Sheriff flehend an.

„Natürlich“, antwortete er grinsend und warf Joe die zwei Lampen durch das offene Seitenfenster zu.

„Ich bin im Büro, falls mich jemand sucht, und lasst es euch nicht langweilig werden!“, rief Stone, während er das Gaspedal bis zum Anschlag durchtrat und den Wagen beinah auf der Stelle wendete. Die durchdrehenden Reifen wühlten den Boden auf und Sand und Kies wurden durch die Luft geschleudert, so dass sich Joe und der Doc umdrehen mussten, um sich vor den heranfliegenden Steinen zu schützen.

Der Sheriff brauste davon und sie sahen ihm noch nach, bis er zwischen den Maisfeldern verschwand.

„So ein Arschloch“, murmelte Joe.

„Sie können meine Gedanken lesen“, sagte Doktor Miller und setzte sich auf die zum Teil verwitterten Planken des alten Holzsteges. Joe setzte sich dazu und senkte seinen Kopf, er schloss die Augen und dachte nach.

Das geht hier nicht mit rechten Dingen zu, dachte er, *die können doch nicht einfach alle so verschwinden.* Er hatte kein gutes Gefühl dabei, obwohl er fest damit rechnete, dass sich alles wieder zum Guten wenden würde.

Bob wird den See an irgendeiner anderen Stelle wieder verlassen haben und gleich hier wieder auftauchen.

Aber Tom und Andy? Die werden doch wohl nicht auch ins Wasser gegangen sein? Doch wo sollten sie sonst sein, sie wären doch nicht ohne ihre Taschenlampen weiter gegangen, dachte Joe und betrachtete nachdenklich eine der Taschenlampen in seiner Hand.

Mary saß noch in der Küche, sie hatte sich einen weiteren Tee aufgebrüht und goss ihn gerade in eine Tasse, die vor ihr auf dem Tisch stand, als sie plötzlich Motorengeräusche vor dem Haus hörte. Mike, dachte sie und lief zum Küchenfenster, um nachzusehen. Mike parkte gerade den Wagen vor der Veranda und stellte den Motor ab.

Mary öffnete ihm die Eingangstür, sie war sichtlich erleichtert und umarmte ihn, als er eintrat.

„Oh Mike, ich dachte schon, du …"

„Ich habe dir doch versprochen, dass ich sofort zurückkomme", unterbrach er sie und küsste sie zärtlich auf die Wange.

„Ich dachte, du schläfst schon, wenn ich nach Hause komme", sagte Mike, während er in die Küche ging. Er legte die Wagenschlüssel auf den Tisch und setzte sich.

„Ich kann noch nicht einschlafen, und schon gar nicht, wenn ich hier alleine bin. Ich habe mir noch mal einen Tee gemacht, möchtest du auch einen?"

„Ich hätte eigentlich lieber ein Bier."

Mary ging zum Kühlschrank und nahm eine Flasche Bier heraus, öffnete sie und stellte sie auf den Tisch.

„Danke."

„Bitte."

„Ich hab den Sheriff gesehen, er war bei Ben. Ich hab ihn wegfahren sehen, als ich die Greens zum Motel fuhr."

„Und?", fragte Mary, während sie sich setzte und an ihrem Tee nippte.

„Was und?", sprach Mike weiter, „was wollte Stone denn bei Ben? Er wollte sich doch um die Rettungsaktion und um die Bergung kümmern, dafür braucht er wohl kaum Bens Hilfe."

„Ich weiß nicht, was er von ihm wollte", entgegnete Mary und nippte weiter an ihrem Tee, „und es ist mir eigentlich auch ziemlich egal."

„Mir aber nicht, da draußen ist ein Unglück passiert, da sind Menschen, die auf Hilfe warten, und der Sheriff fährt hier durch die Gegend und …"

Mary unterbrach ihn: „Glaubst du nicht, Sheriff Stone weiß, was er macht, dass er alle nötigen Schritte bereits in die Wege geleitet hat und dass am See bereits sämtliche Rettungsmaßnahmen laufen?"

„Das glaub ich kaum", antwortete Mike leise und nahm einen Schluck aus seiner Flasche.

Mary stellte die Teetasse vor sich auf den Tisch, Tränen liefen ihr über die Wangen und sie sagte mit zitternder Stimme: „Es wird das Gleiche geschehen wie damals, es wird niemand aus dem Wrack kommen, sie werden alle sterben und niemand wird gerettet und sie werden das Wrack wieder nicht bergen können, und auch keine Opfer, die man würdig beerdigen kann. Genau wie damals. Kannst du dir eigentlich vorstellen, was das für ein Gefühl ist, wenn man weiß, dass die eigenen Eltern irgendwo dort unten im See liegen und man sie nicht beerdigen kann?

Kannst du dir das vorstellen? Ihre Seelen sind gefangen in einer riesigen Gruft aus Blech umgeben von Wasser …"

Mary verstummte, schlug die Hände vors Gesicht und schluchzte.

„Glaubst du nicht, dass du jetzt übertreibst?", fragte Mike etwas erschrocken.

Mary sprang auf und lief weinend hinaus durch den Flur ins Schlafzimmer und warf sich aufs Bett.

Mike stand ebenfalls auf und folgte ihr, er setzte sich neben Mary auf die Bettkante und streichelte ihr zärtlich über das Haar, dann sagte er leise zu ihr: „Entschuldige, ich hab's nicht so gemeint."

Mary drehte ihren Kopf, sah Mike an und sagte: „Wir dachten damals alle, dass man das Wrack bergen würde, um wenigstens die Opfer zu beerdigen, doch es wurde nichts dergleichen unternommen. Der See sei zu tief, um das Wrack zu bergen, die ganze Aktion wäre zu aufwendig gewesen, von den angeblich viel zu hohen Kosten mal abgesehen. Der Sheriff sagte damals, dass die Leichen irgendwann von selbst auftauchen würden, und dann könnte man sie immer noch beerdigen." Mary begann wieder zu weinen und verbarg ihr Gesicht in ihren Händen.

„Das gibt's doch gar nicht", sagte Mike irritiert, „wer hat denn damals die Aktion geleitet? Doch sicher auch Sheriff Stone, oder nicht?"

„Natürlich Sheriff Stone, wer denn sonst", entgegnete Mary etwas gereizt und mit einem eher wütenden Gesichtsausdruck.

Sie setzte sich auf und sprach weiter, während sie Mikes Hände nahm und sie festhielt: „Ich wollte damals das Wochenende bei einer Freundin verbringen, sie wohnt mittlerweile nicht mehr hier, sie zog nach Washington, sie bekam dort einen Job bei einer Zeitung. Wir saßen in ihrem Zimmer und alberten herum, als plötzlich ihre Mutter ins Zimmer kam und sagte, der Sheriff würde mich suchen und ich solle mich bei ihm melden, es sei etwas Schreckliches passiert. Den Rest der Geschichte kennst du ja. Wir sind damals alle zum See gelaufen, ich glaube, die ganze Stadt war dort. Sheriff Stone leitete die Rettungsaktion, doch es wurde niemand gerettet.

Er ließ den See absperren und wochenlang durfte niemand mehr dort hin. In der Presse erschien damals nur ein kleiner Artikel, in dem stand, es sei ein Flugzeug abgestürzt mit 62 Insassen an Bord, es gäbe keine Überlebenden und vom Wrack und den Opfern fehle jede Spur. Dann kamen zwei Männer von der Regierung, so sahen sie auf jeden Fall aus, oder vom FBI, sie sprachen mit dem Sheriff und waren mit ihm am See, und dann verschwanden sie wieder.

Dann hörten wir nur, die Ermittlungen seien eingestellt, die Vermissten würden offiziell für tot erklärt und die Fluggesellschaft würde sich mit uns wegen einer angemessenen Entschädigung in Verbindung setzen.

Der Fluggesellschaft konnte keine Schuld nachgewiesen werden, ich bekam damals 10 000 Dollar und damit war der Fall erledigt. Wenn ich heute darüber nachdenke, hätte ich sie auf eine Million verklagen sollen.

Aber damals war ich einfach nicht in der Lage dazu.

Die Angehörigen der Opfer wurden dann zu einem Gedenkgottesdienst am See eingeladen. Die Opfer stammten, abgesehen von meinen Eltern, nicht von hier, viele Angehörige kamen von weit her, um daran teilzunehmen.

Es wurde eine Gedenktafel mit allen Namen der Opfer angefertigt, die man anschließend im See versenkte.

Das war wohl so ein indianisches Ritual, weil der Flugkapitän indianischer Abstammung war – und alle Beteiligten waren damals damit einverstanden.“

Mike musste schlucken, er kannte die Geschichte zwar in groben Zügen, aber Mary hatte nie so ausführlich darüber gesprochen, nicht, solange sie sich kannten. Aber vielleicht würde es Mary danach etwas besser gehen, wenn sie sich alles von der Seele geredet hatte.

Doch Mike hatte immer noch einige Fragen, die ihn beschäftigten.

„Aber Mary, warum wurde denn nie versucht, das Flugzeug zu bergen? Warum hat man keine Taucher eingesetzt?"

Mary erzählte weiter: „Weil der Sheriff das nicht wollte und weil die zuständigen Behörden eine Bergungsaktion für zu gefährlich hielten, der Sheriff hatte es ihnen erfolgreich ausgeredet und er ließ niemanden an den See heran, keine Presse und schon gar keine Freizeittaucher, die auch plötzlich hier auftauchten, im wahrsten Sinne des Wortes, und sich einen Spaß daraus machten. Sie hielten sich wohl für so eine Art Abenteurer, doch Sheriff Stone verjagte sie alle.

Dann begann plötzlich die Sache mit den Geistergeschichten, ich glaube, Ben hatte damit angefangen, die lockten dann noch einige Neugierige hierher, das war es aber auch schon. Hier aus der Stadt ging so gut wie niemand mehr an den See. Einige Fischer waren wohl nochmal dort gewesen, aber weniger zum Fischen, sondern wohl eher wegen der angeblichen Geistererscheinungen, und ihnen sollen angeblich wirklich Geister erschienen sein."

Mike musste lachen und auch Mary entlockte es ein Lächeln, obwohl sie zuerst etwas böse auf Mikes Lachen reagieren wollte, aber das mit den Geistergeschichten fanden beide doch sehr amüsant, das war wohl eher etwas zum Kinder erschrecken.

Mary krabbelte auf allen vieren auf ihre Seite des Bettes und legte sich hin.

„Mike, ich werde jetzt schlafen, ich bin müde", sagte sie, legte sich auf die Seite und umklammerte mit beiden Armen ihr Kopfkissen.

„Ich gehe noch mal kurz in die Küche, bin gleich zurück", sagte Mike, ging um das Bett herum und küsste Mary zärtlich auf die Wange.

Mike setzte sich an den Küchentisch und trank sein Bier, er dachte noch einmal an die Erzählungen von Mary und es machte ihn traurig. Mittlerweile konnte er auch verstehen, warum Mary nicht am See wohnen wollte.

Er leerte die halbe Flasche in einem Zug, schaltete das Licht aus und ging zurück ins Schlafzimmer.

Mary war bereits eingeschlafen, Mike hörte ihre gleichmäßigen Atemzüge. Er warf seine Kleidung über einen Stuhl neben dem Fenster, legte sich zu Mary aufs Bett, schaute sie noch einen Augenblick an und schlief dann ein.

„Haben Sie das gehört, Doc?", fragte Joe erschrocken und umklammerte mit der Hand den Arm des Doktors, der immer noch neben ihm auf dem alten Holzsteg saß.

„Müssen Sie mich so erschrecken?" Der Doc zuckte zusammen. „Was soll ich gehört haben?"

„Da", sagte Joe und schaute den Doktor mit großen, angsterfüllten Augen an, „da war es wieder."

Es war ein Plätschern zu hören, ähnlich dem Geräusch, das die Enten im Herbst erzeugten, wenn sie hier zu Hunderten auf ihrem Flug Richtung Süden eine Rast einlegten und sich im Wasser tummelten. Wenn sie mit ihren Flügeln schlugen und das Wasser aufwühlten.

Doktor Miller drehte sich um und sah über den Steg hinweg auf das Wasser, aber es war nichts zu sehen.

Plötzlich war das Geräusch wieder zu hören.

„Es ist unter dem Steg", flüsterte Joe leise und sprach ganz langsam, als wollte er nicht, dass ihn jemand hörte.

„Warum flüstern Sie", fragte der Doktor und schaute Joe verwirrt an, „haben Sie Angst, jemanden zu wecken?"

Joe flüsterte weiter: „Wer weiß, was das ist."

„Was soll das denn schon sein", sagte der Doktor. „Irgendein Tier wahrscheinlich, eine Ente oder ein Karpfen, der es auf die Ente abgesehen hat."

„Na klar, oder die Ente hat es auf den Karpfen abgesehen", entgegnete Joe und fühlte sich verarscht.

„Warum nicht", lachte der Doktor.

Und wieder war ein Plätschern zu hören, direkt unter dem Steg, dann ein dumpfes Geräusch, ein Klopfen.

Etwas schlug von unten gegen die alten Holzplanken des Steges.

„Was ist das?“, fragte Joe ängstlich.

„Ich weiß es nicht“, antwortete der Doktor etwas genervt, „aber das werden wir gleich herausfinden.“

Der Doktor sprang auf.

Der Steg war alt und teilweise schon verfault, er ragte noch einige Meter ins Wasser, doch die letzten zwei Meter fehlten bereits, sie waren schon vor Jahren abgefault und sind im See versunken. Auch das Geländer war nur noch teilweise erhalten und die Holzplanken, die einst dem einen Meter breiten Steg als Belag dienten, waren ebenfalls schon teilweise weggebrochen, oder standen kurz davor.

Früher nutzten die Fischer den Steg, oder auch Badegäste im Sommer, doch das ist schon einige Jahre her und man hätte ihn schon längst abreißen sollen.

„Wo wollen Sie denn hin, Doc?“, fragte Joe und hielt den Doktor am Arm fest.

„Wonach sieht das denn aus, Joe? Ich gehe jetzt nachsehen, vielleicht ist es ja sogar Bob“, sagte der Doktor und löste sich mit einem Ruck von Joe.

„Bob, sind Sie das? Bob?“, rief Doktor Miller und tastete sich langsam mit den Füßen vorwärts, während er sich mit beiden Händen an den Überresten des Holzgeländers festhielt. Er versuchte, mit den Füßen die noch einigermaßen intakten Planken zu treffen, während Joe ihm mit zwei Taschenlampen gleichzeitig den Weg leuchtete.

Das Holz knarrte bei jedem Schritt unter seinen Schuhen und Wasser spritzte immer wieder durch die Ritzen zwischen den Planken, wenn es durch den Wellengang unter den Steg schlug.

„Lassen Sie das!“, rief Joe, „der Steg hält das nicht aus, der ist morsch.“

„Seien Sie ruhig!“, rief der Doc zurück, leuchten Sie lieber hierhin.“

Doktor Miller ging weiter, ganz langsam, einen Schritt nach dem anderen. Plötzlich schlug etwas von unten durch den Steg, das Holz zersplitterte und einige Planken flogen im hohen Bogen davon, eine Wasserfontäne schoss nach oben und dann schob sich etwas durch die Öffnung, eine Kreatur, die zwar menschlich wirkte, aber keiner war.

Die Kreatur war etwa zwei Meter groß, sie bestand überwiegend aus einem Skelett, an dem noch einige schleimige Fleischreste hingen, sie trug eine zerfetzte Jacke, die wohl ursprünglich blau gewesen war, und an den ausgefransten Ärmelenden, aus denen zwei knochige Hände ragten, waren noch schwach drei goldene Streifen zu erkennen. Die Kreatur hatte den Kopf gesenkt und langes, weißes Haar bedeckte den Schädel und hing in nassen Strähnen herunter. Sie hob langsam den Kopf, streifte mit den knochigen Fingern einer Hand die nassen Haarsträhnen zur Seite und gab so einen menschlichen Schädel frei, der fast bis auf die Schädelknochen freigelegt war, nur einige Hautfetzen, die lose herunterhingen, erinnerten daran, dass diese Kreatur wohl einmal ein Mensch war.

An der Stelle, an der normalerweise die Augen sitzen, waren nur noch zwei schwarze Löcher zu sehen und aus einer der toten Augenhöhlen krabbelte ein kleiner Krebs, der drohend mit seiner großen Schere klapperte.

Ein weißer Schnauzbart, der jedoch auch schon teilweise zu fehlen schien, verdeckte die obere Zahnreihe. Die untere klappte plötzlich herunter und ein lang gezogener, stöhnender Laut kam aus dem geöffneten Kiefer.

Der Doktor krallte sich an dem Geländer fest, so fest, dass sich seine Finger in das morsche Holz bohrten. Er starrte die Kreatur nur regungslos an, er atmete schnell vor lauter Angst, so schnell wie ein Marathonläufer kurz vor dem Ziel, dann schloss er die Augen. Er wollte flüchten, nur irgendwie weg, doch er konnte sich nicht bewegen.

Starr vor Angst krallten sich seine Finger immer tiefer in das morsche Holzgeländer, und obwohl er immer schneller atmete, bekam er keine Luft mehr, er hechelte nur noch.

Die Hose zwischen den Beinen verfärbte sich dunkel, als sich die Blase des Doktors entleerte und der Urin an seinen Beinen herunterlief.

Joe stand die ganze Zeit vor dem Holzsteg am Ufer und hielt die zwei Taschenlampen auf den Doktor gerichtet.

Er wollte wegrennen, doch seine Beine und Füße waren wie blutleer, gefühllos, und auch seine Hände hatten wohl nur noch eine Aufgabe zu erfüllen, nämlich die Taschenlampen zu halten.

Doch sein Gehirn hatte eine ganz andere Vorstellung davon, mit dieser Situation umzugehen: Es sagte zu Joe, *lass die Lampen fallen und lauf los, lauf, so schnell du kannst,* aber seine Extremitäten reagierten nicht und entwickelten ein beängstigendes Eigenleben.

Die Kreatur beugte sich nach vorn und packte den Doktor an den Schultern, ihre Köpfe berührten sich fast, doch der Doktor öffnete seine Augen nicht, er atmete noch schneller durch Mund und Nase und vernahm den Geruch von Verwesung und Moder, ihm wurde schlecht und er begann zu würgen.

„Willst du fliegen?", hörte der Doktor plötzlich die Kreatur sagen und öffnete seine Augen. Er sah genau in die zwei toten Augenhöhlen und hörte wieder die Frage: „Willst du fliegen? Dann komm mit." In diesem Augenblick packte ihn die Kreatur, sie legte ihre Arme um seinen Oberkörper und hob ihn hoch. Der Doktor hielt sich immer noch krampfhaft an dem Holzgeländer fest und ließ nicht locker. Die Kreatur hob ihn höher und der Doc brach zwei Stücke aus dem Geländer heraus und hielt sie in den Händen, dann ließ sich die Kreatur nach hinten fallen, den Doc fest umschlungen in ihren Armen. Sie schlugen auf den Steg und die Planken unter ihnen zerbrachen in viele kleine Stücke, einige Planken flogen durch die Luft und landeten im Wasser, die Körper brachen durch das morsche Holz und tauchten ein, in den kalten, dunklen See.

Das Wasser spritzte durch die Öffnung, die die Körper in dem Steg hinterließen, und als sie versunken waren, beruhigte sich das Wasser sofort, einige wenige Wellen schlugen noch unter die übrig gebliebenen Holzplanken und dann war es plötzlich ruhig, kein Laut war zu hören. Es war so ruhig, dass Joe seinen eigenen Herzschlag hören konnte. Jetzt hörten auch seine Arme und Beine die flehenden Rufe in seinem Gehirn, die sie die ganze Zeit ignoriert hatten: „LAUF!"

Joe ließ die zwei Taschenlampen fallen, drehte sich um und rannte los. Er rannte zum Löschfahrzeug, das sie oberhalb der Uferböschung am Rand der Maisfelder abgestellt hatten.

Er sah nicht zurück, er rannte, als wäre der weißhaarige Knochen hinter ihm her, und er wollte auch nicht zurücksehen, um sich von dem Gegenteil zu überzeugen. Er erreichte das Fahrzeug, riss die Fahrertür auf und sprang auf den Fahrersitz. Dann knallte er die Tür zu und drückte die Verriegelung hinunter. Er startete den Motor, schob den Schalthebel auf „D" und gab Gas. Augenblicklich setzte sich das Fahrzeug in Bewegung. Joe musste einen großen Bogen fahren, um den Wagen zu wenden, dann lenkte er das tonnenschwere Gefährt zwischen die Maisfelder, den schmalen Weg entlang, in Richtung Hauptstraße.

An der Kreuzung angelangt, trat er mit beiden Füßen auf die Bremse, sämtliche Reifen blockierten und wühlten sich in den weichen Sandboden des Feldweges, Staub wurde aufgewirbelt, der den gesamten Löschzug einhüllte, dann drehte Joe das Lenkrad nach links und der Löschzug rollte auf die Hauptstraße. Joe gab wieder Gas, die Reifen übernahmen wieder ihre eigentliche Funktion und katapultierten das Fahrzeug nach vorn, wobei sie zuerst durchdrehten und ein lautes Quietschen erzeugten, aber dann schließlich festen Halt auf dem Asphalt fanden. Der rote Koloss setzte brausend seinen Weg in die Stadt fort.

Die Sonne ging gerade auf und tauchte die umliegenden Berge in ein tiefes Rot, Nebelschwaden lagen wie Schleier über den Feldern und der Himmel war wolkenlos, was wohl wieder einen sehr heißen Sommertag erwarten ließ.

Der Sheriff saß in seinem Büro hinter dem Schreibtisch und wälzte Akten, machte sich Notizen, packte einen Stapel Papiere von rechts nach links und dann einen anderen Stapel von links nach rechts, als ob dies irgendetwas an der Unordnung ändern würde. Er nahm einige Formulare, legte Blaupausen dazwischen und spannte alles in eine alte, schwarze Schreibmaschine. Dann fing er an zu tippen, mit einem Finger. Er sollte schon vor Jahren einen Computer bekommen, mit dem er alle Berichte schreiben und bearbeiten und online mit anderen Polizeistationen verbunden werden könnte, was seine Arbeit enorm erleichtert hätte, aber er wollte nicht, er war strikt dagegen und meinte, für die paar Jahre, die er den Job noch machen würde, bräuchte er so einen neumodischen Kram nicht mehr, er käme auch so sehr gut zurecht. Wenn man ihm einfach so einen Kasten vor die Nase setzen würde, dann müsste er dieses Ding leider mit seinem Colt erledigen und den Techniker, der das Ding anschließen will, ebenfalls.

Damit hatte sich das Thema für Sheriff Stone erledigt – und für die zuständigen Behörden auch.

Das Quietschen von blockierenden Autoreifen vor seinem Büro stoppte plötzlich Sheriff Stones Bemühungen an seiner Schreibmaschine und er hielt seinen „Schreibfinger" schwebend über der Tastatur, während er über seine Lesebrille hinweg zu dem rechten Fenster seines Büros hinüber schaute.

Vor dem Fenster war der rote Löschzug zu sehen, der die halbe Straße blockierte und mit den Vorderrädern auf dem Gehweg zum Stehen kam.

Der Sheriff riss sich die Brille von der Nase, warf sie auf den Schreibtisch und wollte gerade von seinem Sessel aufspringen, da wurde die Türe seines Büros aufgerissen und Joe stand vor ihm, schreiend, irgendetwas rufend und wild mit seinen Armen gestikulierend.

„Eh, du Spinner", unterbrach ihn der Sheriff, und Joe war sofort still und schaute ihn verstört an. „Drehst du jetzt vollkommen durch? Was soll das?"

„A... Aber ... Der Doc ist weg", sagte Joe leise und stotternd zu Stone.

„Wie, der Doc ist weg? Wohin? Oder ist der etwa auch verschwunden, du Schwachkopf", brüllte der Sheriff, stand auf und stützte sich mit den Händen auf den Schreibtisch.

„Nein, er wurde geholt", sprach Joe weiter, „von einem Monster, es kam aus dem See und hat ihn geholt."

Der Sheriff ging um den Schreibtisch herum zur Tür, zog Joe an einem Arm in den Raum und schlug die Türe zu.

„Setz dich da hin", sagte der Sheriff zu Joe und zeigte auf einen einfachen Holzstuhl, der direkt vor dem großen Schreibtisch stand. Joe setzte sich, er war sichtlich nervös, verbarg seine Hände zwischen seinen Beinen und wippte auf dem Stuhl vor und zurück.

Der Sheriff setzte sich in seinen Ledersessel hinter den Schreibtisch, setzte seine Lesebrille wieder auf die Nase, lehnte sich entspannt zurück und befragte Joe zu den Geschehnissen: „So, dann erzähl mal, Joe. Was ist passiert, erzähl mir alles, was du gesehen hast, du brauchst keine Angst mehr zu haben, hier bist du in Sicherheit."

Joe erzählte dem Sheriff die ganze Geschichte, alles, was am See geschah, er ließ keine Einzelheit aus, und je mehr er erzählte, umso mehr Einzelheiten fielen ihm wieder ein.

„Das ist ja eine unglaubliche Geschichte", sagte der Sheriff und fasste sich nachdenklich ans Kinn.

„Aber es ist wahr", sagte Joe aufgeregt, „genau so ist es passiert, und er hat sich bestimmt auch Bob, Tom und Andy geholt."

„Jetzt mal langsam", unterbrach ihn der Sheriff, „so weit sind wir noch nicht."

Er beugte sich nach vorn, ohne sich von seinem Sessel zu erheben, blickte über seine Lesebrille Joe direkt in die Augen und sagte zu ihm in einem ernsten Ton: „Jetzt hörst du mir mal ganz genau zu, Kleiner, du sprichst mit niemandem darüber, ist das klar? Ich werde mich darum kümmern und so lange möchte ich in meiner Stadt nichts von Geistern oder irgendwelchen Monstern hören. Hast du mich verstanden?"

„Ja aber …"

„Ob du mich verstanden hast?"

„Jaah."

„Du gehst jetzt nach Hause und ruhst dich erst mal aus. Und nimm die Karre von meinem Gehweg. Ich werde mich um alles Weitere kümmern."

Joe stand auf und ging zur Tür, er wollte noch etwas sagen, verkniff es sich dann aber doch lieber und verließ Stones Büro. Er schloss die Tür und blieb noch einen Moment auf dem Gehweg neben dem Löschzug stehen.

„Geh nach Hause." Joe dachte noch mal an Stones Worte: „Geh nach Hause." – der hat gut reden. Irgend so ein Vieh hat sich meine Kameraden geschnappt und der sagt, „geh nach Hause".

Joe kletterte in das Fahrzeug, startete den Motor und manövrierte es rückwärts runter vom Gehweg aus der Seitenstraße hinaus auf die Hauptstraße. Dann fuhr er die Hauptstraße hinauf in Richtung Feuerwache.

Die Sonne stand mittlerweile schon über den Bergen und die Luft heizte sich auf, sie begann über dem Asphalt zu flimmern und die Umrisse der Häuser und Straße verschwammen.

Joe war immer noch aufgeregt, er wusste jetzt, dass die Geschichten über den See, die in der Stadt erzählt wurden, keine Hirngespinste waren. Ben wurde immer für geistesgestört gehalten, niemand wollte ihm glauben, wenn er seine Geistergeschichten erzählte, auch die Geschichten der Fischer nahm niemand ernst, und ihm würde auch niemand glauben, aber er darf ja sowieso mit niemandem darüber sprechen. *Wie soll ich das denn machen,* dachte Joe, *ich kann das doch nicht für mich behalten. Ich muss meine Kameraden suchen, vielleicht sind sie noch irgendwo am See.* Aber eigentlich rechnete er eher damit, dass ihnen das Gleiche zugestoßen war wie dem Doc.

An der Feuerwache angekommen, lenkte Joe das Fahrzeug die Auffahrt hinauf und fuhr direkt durch das offen stehende Holztor in die Fahrzeughalle.

Ich werde mich oben in die Zentrale setzen und warten, dachte Joe, *der Sheriff wird sich um alles kümmern, hat er gesagt, ist ja auch seine Aufgabe, und ich werde warten, bis er sich um alles gekümmert hat, genau.*

Joe wirkte etwas verwirrt, er stieg die Stufen einer Wendeltreppe hinauf, die sich in einer Ecke der riesigen Garage befand, und stand, oben angekommen, in der Notrufzentrale. Er setzte sich in den Bürosessel hinter dem Schreibtisch, lehnte sich zurück und starrte auf ein großes, gerahmtes Foto an der Wand. Das Bild zeigte ihn mit Tom und Andy in Uniform vor dem roten Löschzug, vorn in der Fahrerkabine saß Bob, der grüßend den Arm aus dem Fenster streckte. Joe legte seine Füße auf die Schreibtischplatte und betrachtete weiter das Bild. Nach einer Weile fielen ihm die Augen zu und er schlief ein.

Kapitel 5

Die Sonne schien durchs Schlafzimmerfenster und die Sonnenstrahlen trafen Mike mitten ins Gesicht.

Er öffnete die Augen, aber nur einen Spalt, und schloss sie sofort wieder. Er drehte sich um und fasste mit der Hand auf die andere Hälfte des Bettes, wo normalerweise Mary liegen müsste, aber sie war nicht da.

„Mary?", rief Mike und setzte sich aufrecht ins Bett.

Mary kam durch die Diele ins Schlafzimmer. „Guten Morgen, du Schlafmütze", sagte sie lächelnd, „der Kaffee ist fertig, kommst du?"

„Ja, bin schon unterwegs", antwortete Mike und sprang aus dem Bett. Er öffnete den Kleiderschrank und stand vor der offenen Schranktür, als würde er auf jemanden warten, der ihm die passenden Kleidungsstücke reichen würde. Doch da nichts dergleichen geschah und Mary sich schon längst abgewöhnt hatte, ihm wie für einen kleinen Jungen die Sachen morgens auf die Bettkante zu legen, schloss er die Türen wieder und nahm die Jeans und das karierte Hemd vom Vortag, die er auf dem Stuhl neben dem Fenster deponiert hatte.

Die gehen noch mal, ist doch nichts dran, dachte Mike, doch in diesem Moment hörte er bereits Marys Stimme aus der Küche:

„Und zieh was Frisches an." *Als hätte sie es geahnt,* dachte Mike und befolgte besser ihre Anordnung.

In der Küche roch es nach frisch aufgebrühtem Kaffee, der Tisch war liebevoll gedeckt und Mary war noch damit beschäftigt, gekochte Hühnereier in kleinen, hölzernen Eierbechern auf dem Tisch zu platzieren. Mike stand an der Tür und beobachtete sie. „Haben wir etwas zu feiern?", fragte er.

Mary schaute ihn an und sagte: „Nein, wieso? Früher haben wir oft zusammen gefrühstückt, aber in letzter Zeit hatten wir ja überhaupt keine Zeit mehr. Ich dachte, heute wäre ein guter Tag dafür. Aber was ist denn jetzt mit dir?"

„Was soll mit mir sein?", fragte Mike und setzte sich an den Küchentisch.

„Was ist mit deinem Urlaub? Das mit dem Umbau bei Mr. und Mrs. Green hat sich doch wohl nach dem Unglück letzte Nacht erledigt."

„Warum?"

„Mike, frag nicht so blöd", entgegnete Mary jetzt mit einer etwas lauteren Stimme, „Mr. Green hatte vermutlich einen Nervenzusammenbruch und außerdem wird der Sheriff den See wieder sperren lassen, genau wie damals. Dann lässt er dich auch nicht mehr weiter an den Ferienhäusern arbeiten."

„Das werden wir ja sehen", antwortete Mike und goss sich und Mary einen Kaffee ein.

„Willst du dich etwa mit Stone anlegen?", fragte Mary und schaute Mike vorwurfsvoll an. „Warum nicht, wenn's sein muss", sagte Mike, während er einen großen Schluck aus seiner Kaffeetasse nahm, „ich störe ihn doch nicht bei seinen Ermittlungen, wenn ich weiter an den Häusern arbeite, und wenn die Greens ihren Umbau wirklich verschieben sollten, mache ich sowieso erst mal Urlaub."

„Ich werde nach dem Frühstück mal zu Ben rübergehen, mal sehen, wie es Mr. Green heute geht", sagte Mary etwas bedrückt.

„Ok. Ich komme mit", sagte Mike, „aber vorher frühstücken wir in Ruhe."

Mary und Mike ließen sich Zeit mit dem Frühstück. Das letzte Jahr war wirklich stressig und Mike arbeitete oft zwölf Stunden am Tag. Sie sahen sich sehr selten und verbrachten kaum Zeit miteinander, deshalb wollten sie Mikes Urlaub auch wirklich genießen.

„Mary, hast du meine Zigaretten gesehen?", fragte Mike, trank den Rest Kaffee aus seiner Tasse und schaute suchend in der Küche umher.

„Ja, die liegen draußen auf der Anrichte", antwortete Mary, „aber du rauchst …"

Mike unterbrach sie sofort: „… auf der Veranda", und lachte.

Mike rauchte nie im Haus, er rauchte nur auf der Veranda oder im Auto, aber nur, wenn er allein im Wagen war.

Sie musste ihn immer wieder darauf hinweisen, wahrscheinlich, um jeden möglichen Versuch, doch im Haus zu rauchen, sofort zu unterbinden. Mike nahm seine Zigaretten und ging hinaus, er setzte sich auf das Holzgeländer der Veranda und zündete sich eine Zigarette an. Er sah zum See hinüber, aber die Sicht war schlecht, Nebel lag über dem Wasser und aus den Feldern stiegen ebenfalls Nebelschwaden auf, sodass er nur die schwachen Konturen des Sees und einige der höheren Bäume erkennen konnte, die aus dem Nebel herausragten.

Mary hatte inzwischen den Küchentisch abgeräumt und war mit dem Abwasch beschäftigt.

Sie beobachtete Mike durch das Küchenfenster, während sie das Geschirr in das Spülbecken legte. Sie merkte, dass er den See beobachtete, und hatte kein gutes Gefühl dabei.

Mike drückte die Zigarette in eine mit Sand gefüllte Blechdose, die er extra für diesen Zweck auf der Veranda deponiert hatte, und ging zurück ins Haus. „Soll ich dir helfen, Schatz?", fragte er, als er in die Küche kam.

„Zu spät", antwortete Mary und verstaute das Geschirr in den Schränken.

„So, fertig", sagte sie, „wir können gehen."

Sie beschlossen, den Wagen stehen zu lassen und zu Fuß zu Bens Motel zu gehen, es war eh nicht sehr weit, und da Mikes Wagen leider nicht über eine Klimaanlage verfügte, war es bei diesem Wetter nicht besonders angenehm darin. Mike hatte sich bereits nach einem neuen Wagen umgesehen, Sheriff Stones „Allrad-Rakete", wie Mike ihn nannte, gefiel ihm besonders gut, doch um sich den leisten zu können, musste er noch einige Ferienhäuser bauen. Und bis es so weit war, musste er sich eben noch mit dem alten Kombi begnügen.

Mike und Mary fassten sich an die Hand und gingen den Weg zur Hauptstraße entlang, die Sonne stand bereits hoch am Himmel und die Wettervorhersage meldete für die nächsten Tage Temperaturen bis zu 38 Grad. Dieser Sommer war besonders heiß und trocken, und insgeheim freute man sich hier auf den herannahenden Herbst mit seinen milden Tagen und kühlen Nächten.

Und auch die Landschaft war wunderschön im Herbst, wenn sich die Wälder in ein Farbenmeer aus Rot- und Gelbtönen verwandeln, sich die Zugvögel auf ihrer langen Reise in den Süden hier für eine Rast niederlassen und den See bevölkern, ja, dann lässt es sich hier aushalten.

Mary ist hier aufgewachsen und mit den klimatischen Bedingungen groß geworden, sie kannte es nicht anders, doch Mike musste sich anfangs erst an die heißen Sommermonate gewöhnen.

Mike und Mary erreichten die Kreuzung und bogen nach rechts auf die Hauptstraße, die in die Stadt führte, und nach einigen Minuten erreichten sie bereits Bens Motel. Sie überquerten den großen Parkplatz vor dem Motel und Mike lief zielstrebig auf eines der kleinen Holzhäuser zu.

„Weißt du denn, wo sie wohnen?“, fragte Mary.

„Jauh, Nummer sieben“, antwortete Mike, „Mrs. Greens Glückszahl.“

„Wie, Mrs. Greens Glückszahl?“, fragte Mary erstaunt.

„Ja, das hat sie mir gestern Nacht erzählt, als ich die Greens hierher brachte“, antwortete Mike und betrat die kleine Veranda, die sich vor jedem der Holzhäuser befand.

Mike klopfte an die Tür mit der Nummer sieben und wartete, dass jemand die Tür öffnete, doch nichts geschah.

Er klopfte nochmals, diesmal etwas kräftiger, aber es geschah immer noch nichts.

„MR. GREEN, MRS. GREEN, SIND SIE DA?“, rief er und klopfte gleichzeitig gegen die Tür. Dann begab sich Mike an das kleine Fenster, das sich direkt neben der Tür befand, und versuchte hineinzuschauen, doch die Vorhänge waren geschlossen und er konnte nichts sehen.

„Was machst du denn da?“, fragte Mary, die vor der Veranda wartete und es nicht in Ordnung fand, wenn Mike einfach durch fremde Fenster sah.

„Was denn? Ich wollte doch nur nachsehen, ob jemand da ist", antwortete Mike und verließ die kleine Veranda vor dem Häuschen.

„Ich glaube nicht, dass sie noch schlafen", meinte Mary und schaute noch einmal zu dem Fenster hinüber.

„Glaube ich auch nicht", sagte Mike und nahm Mary wieder an die Hand, „komm, wir gehen mal zu Ben, vielleicht weiß er ja, wo sie sind."

Sie hatten Bens Büro fast erreicht, als sich plötzlich die Tür öffnete und Ben heraustrat.

„Hallo, Ben", rief Mike und grüßte Ben zusätzlich winkend mit der Hand.

„Hallo, Mike, hallo, Mary", rief Ben zurück, „was kann ich für euch tun?"

Mary ergriff das Wort: „Wir wollten zu Mr. und Mrs. Green, aber sie sind anscheinend nicht hier, es macht niemand auf."

„Stimmt", sagte Ben, „die sind nicht mehr hier."

„Was soll das heißen, die sind nicht mehr hier?", fragte Mike erstaunt.

„Das soll heißen, dass sie nicht mehr hier sind", sprach Ben weiter. „Sie sind abgereist, heute Morgen."

„Und wohin, und warum?", wollte Mike wissen.

„Ich weiß nicht, wohin", antwortete Ben, „sie kamen heute Morgen ins Büro, sie wollten die Rechnung, die sie sofort bar bezahlten, und baten mich darum, ihnen ein Taxi zu rufen, das sie zum Flugplatz bringen sollte."

„Und warum?", fragte Mike weiter.

„Ich glaube, Mr. Green geht es nicht besonders", sprach Ben weiter, während er sich auf die Holzbank neben der Tür setzte. „Er sah krank aus. Mrs. Green hat mir alles erzählt."

„Was hat sie dir erzählt?", fragte Mary.

„Das mit dem Geisterflugzeug, das sie letzte Nacht gesehen hatten."

„Das ist doch alles Quatsch", sagte Mike lachend, „das war ein Absturz, da gibt es keine Geister. Wahrscheinlich hast du die Greens mit deinen Geschichten auch schon irre gemacht."

„Mike, hörst bitte damit auf", forderte Mary ihn auf.

„Ist doch wahr. Ihr vergrault die Leute doch nur mit diesen Geschichten", sagte Mike und zeigte, während er weitersprach, mit einer Hand in Richtung See. „So verkaufen wir bestimmt keine Häuser am See, so nicht. Wir locken keine Käufer in diese Stadt, wir verjagen sie."

„Aber Mrs. Green hat es doch gesehen", sprach Ben weiter, „sie hat mir alles erzählt, es war das gleiche Flugzeug, das auch ich gesehen habe, ich habe es schon zweimal gesehen, und jedes Mal war es das gleiche Flugzeug.

Deshalb wollte auch der Sheriff von mir eine Beschreibung von ..." Ben verstummte. *Oh Gott, das ist mir so rausgerutscht,* dachte er, *ich sollte doch nicht darüber sprechen.*

Mike machte einen Schritt auf die Veranda zu, stützte sich mit den Armen auf dem Geländer ab und fragte Ben mit ernster Miene: „Was wollte der Sheriff von dir? Genau, er war letzte Nacht bei dir, ich habe mich noch darüber gewundert. Als ich die Greens hierher fuhr, habe ich Stone wegfahren sehen. Was wollte er von dir?"

Ben wurde nervös und fummelte verlegen mit seinen Händen an den Hosenträgern seiner Latzhose herum.

„Ich d... darf nicht d... darüber sprechen", stotterte er.

„Du sagst mir jetzt sofort, was er von dir wollte", sagte Mike jetzt etwas gereizt, „hier ist doch etwas faul."

Ben stotterte weiter: „E... er wollte wissen, wie d... das Flugzeug, das ich schon zweimal gesehen habe, ausgesehen hat, sonst nichts. Und i... ich soll nicht darüber sprechen."

Mike stand da und hielt sich an dem Geländer fest, er senkte seinen Kopf und dachte nach. Irgendetwas war hier faul, nur was?

Ein zweiter Flugzeugabsturz an derselben Stelle wie damals, angeblich auch das gleiche Flugzeug wie damals, keine Trümmerteile an der Absturzstelle. Mrs. Green hielt es für ein Geisterflugzeug und Ben hatte das gleiche Flugzeug schon zweimal gesehen, was natürlich nie jemand glaubte, und Sheriff Stone wollte alles vertuschen. Was, wenn es nicht das gleiche, sondern wirklich jedes Mal dasselbe Flugzeug war? Was, wenn es sich wirklich um ein Geisterflugzeug handelte? Mike konnte sich mit dem Gedanken nicht anfreunden, so etwas gab es nicht, oder besser gesagt, er selbst hatte noch keines gesehen. Es gibt sicherlich immer wieder Sachen zwischen Himmel und Erde, die einem höchst unwahrscheinlich vorkommen. So ähnlich ging es den Menschen wahrscheinlich auch, als man ihnen erzählte, die Erde sei gar keine Scheibe, sondern eine Kugel, das hielten sie wahrscheinlich auch für Hirngespinste, oder dass Menschen einmal mit einer Blechkiste auf dem Mond landen würden, das konnte sich wohl kaum jemand vorstellen. Warum sollten dann nicht auch verirrte Seelen auf dem Weg in die ewigen Jagdgründe noch mal einen Abstecher an ihren letzten Ort auf Erden machen?

Möglich ist es, aber Mike würde es dann doch lieber mit eigenen Augen sehen, um sich ein Urteil zu bilden. Und jetzt würde er gerne dem Sheriff einen Besuch abstatten und ihm ein paar unangenehme Fragen stellen.

„Mary“, sagte Mike, „ich glaube, es ist besser, wenn wir dem Sheriff einen Besuch abstatten, ich möchte wissen, was hier vor sich geht.“

„A... aber ich ha... habe euch nichts erzählt“, stotterte Ben.

„Geht klar, bis später, Ben“, sagte Mike und winkte kurz, dann nahm er Marys Hand und sie gingen in Richtung Ausfahrt.

„Tschüss Ben“, rief Mary, ohne sich umzudrehen.

Und auch Ben winkte kurz und verschwand wieder in seinem Büro.

Mike und Mary gingen die Hauptstraße entlang, sie kamen an den ersten Häusern vorbei und grüßten freundlich, wenn sie jemanden trafen, was um die Mittagszeit jedoch höchst selten vorkam, denn die Sonne brannte unerbittlich und auch Mike versuchte ständig, ihr aus dem Weg zu gehen. In der Mittagshitze verbrachte niemand gerne die Zeit im Freien, es sei denn, man musste, aber ansonsten versuchte man, die heißeste Zeit des Tages im Schatten zu verbringen, und Mike probierte es auch. Er lief auf dem Gehweg hin und her, wenn nicht gerade ein großer, alter Baum etwas Schatten spendete, dann war es ein Gebäude – es sah aus, als würde er unsichtbaren Hindernissen ausweichen wollen.

Doch Mary fand es lächerlich und sagte, er solle doch bitte mit dem Blödsinn aufhören, was sollten denn die Leute von ihm denken. Mike war es jedoch egal, was sie über ihn dachten, ihm war es einfach zu heiß. Sie erreichten das Zentrum, oder was man so Zentrum nennen konnte, auf jeden Fall war es die geografische Mitte der Stadt.

Sie überquerten die Hauptstraße, einige vorbeifahrende Autos hupten kurz und die Fahrer winkten mit ihrem Arm zum Gruß aus dem offenen Seitenfenster, und dann standen sie an der Ecke vor Sheriff Stones Büro.

Mike ging zum Fenster und schaute hinein. Er konnte den Sheriff sehen, der hinter seinem Schreibtisch saß und in einem Berg von Papieren und Akten wühlte.

„Und? Ist er da?", fragte Mary.

„Jau", sagte Mike, „er arbeitet, oder er versucht es. Dass der in dem Chaos überhaupt noch etwas findet, ist schon erstaunlich."

Sie gingen zur Eingangstür, Mike klopfte kurz an die Tür und öffnete sie sofort, ohne auf ein „Herein" oder ein „Ja bitte" zu warten, und trat in den Raum. Mary folgte ihm.

Der Sheriff schaute erschrocken auf, wahrscheinlich war er so in seine Arbeit vertieft, dass er das Klopfen gar nicht gehört hatte.

„Hallo, Sheriff", begrüßte Mike ihn und reichte ihm die Hand. „Hallo, Mike, hallo, Mary", begrüßte der Sheriff die zwei und reichte ihnen ebenfalls die Hand, „setzt euch, was kann ich für euch tun?"

Mary setzte sich auf den Stuhl direkt vor dem Schreibtisch und Mike nahm sich einen freien Stuhl, der neben dem Aktenschrank stand, und zog ihn in die Mitte des Raumes direkt neben Mary.

„Wir wollten uns mal nach dem aktuellen Stand der Bergungsaktion erkundigen", fragte Mary.

„Eingestellt", antwortete der Sheriff kurz.

„Wie, eingestellt", fragte Mike. „Sie meinen, niemand ist am See und sucht nach Überlebenden? Was ist mit Bob und seinen Jungs, suchen sie auch nicht mehr weiter?"

„Nein", sagte der Sheriff, ohne aufzublicken und immer noch in seinem Berg von Papieren wühlend.

Dann meldete sich Mary zu Wort: „Aber Sheriff, Sie können doch nicht schon nach ein paar Stunden die Suche aufgeben? Was ist mit den armen Menschen?"

„Da sind keine Menschen", antwortete der Sheriff und legte einen Stapel loser Blätter, die er in den Händen hielt, auf seinen Schreibtisch. „Erstens bin ich euch keinerlei Erklärungen schuldig, zweitens gehe ich davon aus, dass es keine Opfer gibt und einen Flugzeugabsturz sowieso nicht, und drittens gehe ich gerade einer wichtigen Spur nach und habe keine Zeit und keine Lust, mich mit euch darüber zu unterhalten."

„Das habe ich mir schon fast gedacht", sagte Mike mit einem leichten Grinsen. „Es gab keinen Flugzeugabsturz, aber was haben dann Mr. und Mrs. Green letzte Nacht gesehen, etwa ein Gespenst?"

„Das versuche ich gerade herauszufinden", sagte der Sheriff und hielt den Stapel Papiere, den er kurz vorher auf den Schreibtisch gelegt hatte, hoch in die Luft: „Hier habe ich fünfundzwanzig Aussagen der letzten vier Jahre, inklusive der Aussagen von Ben und der von den Greens von letzter Nacht, und alle haben das gleiche Flugzeug gesehen, mal schwebend, mal gerade sinkend, aber jedes Mal handelte es sich den Beschreibungen nach immer um das gleiche Flugzeug.

Ich glaube nicht an so eine Scheiße, und jetzt kommt Joe noch mit einer total durchgedrehten Story. Bob, Andy, Tom und der Doc sind letzte Nacht am See verschwunden und bis jetzt auch nicht wieder aufgetaucht. Joe behauptet nun, sie wurden von einer Kreatur geholt, sie kam aus dem Wasser, war schon halb verwest, hätte sich den Doktor geschnappt und ihn mit sich genommen. Das ist doch krank."

„Das hört sich wirklich krank an", bemerkte Mike und konnte sich ein Grinsen nicht verkneifen. „Und wo ist Joe jetzt?"

„Ich habe ihn nach Hause geschickt", antwortete der Sheriff. „Ich nehme an, dass er den Löschzug noch zum Stützpunkt gefahren hat und dann von dort aus nach Hause gegangen ist."

„Ja, aber kann es denn nicht sein, dass Bob mit seinen Leuten versucht hat, Überlebende aus dem See zu retten, und dass sie bei dem Versuch selbst verunglückt sind?", fragte Mary nervös.

„Ja, davon gehe ich auch aus“, sagte der Sheriff.“Joe ist ein Spinner, er hat wahrscheinlich die Nerven verloren, aber den werde ich mir später noch mal vorknöpfen.“

„Gut, danke Sheriff, dann möchten wir Sie nicht weiter stören“, sagte Mike, erhob sich von seinem Stuhl und stellte ihn wieder an seinen Platz neben den Aktenschrank.

„Ja, das habt ihr. Wir sehen uns“, sagte der Sheriff und begann wieder in seinem Berg von Papieren zu wühlen.

Mary stand ebenfalls auf und verabschiedete sich: „Bis später, Sheriff.“ Dann verließen sie das Büro und zogen die Türe hinter sich zu, die leise ins Schloss fiel. Sie blieben noch einen Augenblick vor dem Büro stehen und Mike schaute nachdenklich in die Richtung, in der in etwa der See liegen müsste.

„Mike, was denkst du?“, fragte Mary.

„Ich weiß nicht. Hast du gewusst, dass es schon 25 Flugzeugsichtungen an dem See gab? Ich nicht.

Und jetzt sollen Bob und seine Jungs verschwunden sein? Ich würde mich zu gerne mal mit Joe unterhalten.“

„Und was versprichst du dir davon?“, fragte Mary.

„Ich weiß nicht“, antwortete Mike und nahm Mary in den Arm. „Vielleicht können wir von Joe erfahren, was am See letzte Nacht wirklich passiert ist.“

Auch Mary umarmte Mike mit einem Arm und so gingen sie bis zur Straßenecke, dort blieben sie stehen und schauten links und rechts die Hauptstraße entlang. Mike schlug vor, Joe aufzusuchen, um sich mit ihm über die Geschehnisse der letzten Nacht zu unterhalten, Mary hingegen wollte lieber wieder nach Hause gehen, ihr wurde die ganze Sache langsam zu unheimlich. Doch Mike versuchte hartnäckig, Mary zu überreden, doch einen Abstecher bei Joe zu machen – mit Erfolg.

Anfangs wollte Mary einfach nicht einwilligen, doch sie wusste, dass Mike sie nicht in Ruhe lassen würde, bis sie einverstanden war, oder er alleine zu Joe gehen würde.

Da sie im Augenblick auch nicht alleine nach Hause gehen wollte, ließ sie sich am Ende doch überreden.

Sie gingen die Hauptstraße weiter Richtung Norden, Joe wohnte außerhalb der Stadt auf einer Farm bei seinen Eltern.

Er sah bis jetzt noch keinen Grund, warum er nicht mehr bei seinen Eltern wohnen sollte, und er glaubte nicht, dass sich in naher Zukunft etwas daran ändern würde. Die Eltern betrieben Viehzucht wie auch schon die Großeltern, und Joe sollte die Farm eigentlich später einmal übernehmen, doch sein Vater hatte ihm den Job bei der Feuerwehr besorgt, damit er endlich einmal selbstständig wird und lernt, Verantwortung zu übernehmen.

Joe war von der Idee mit der Feuerwehr nie begeistert gewesen und er hatte den Job nur angenommen, weil sein Vater das so wollte. Doch Rinderzucht gefiel ihm eigentlich auch nicht, im Grunde wusste Joe überhaupt nicht, was er mit seinem Leben anfangen sollte, er dachte, es könnte doch eigentlich immer so weiterlaufen wie früher, morgens lange schlafen, oder auf jeden Fall so lange, bis der Vater ihn an den Haaren aus dem Bett zog.

Das Essen stand immer fertig auf dem Tisch, die Wäsche war immer frisch gewaschen und lag gefaltet und sortiert im Kleiderschrank.Von Zeit zu Zeit war er dem Vater ein wenig in der Scheune oder auf dem Feld behilflich, aber nicht zu viel, und den Rest des Tages hing er mit den Freunden ab. Ja, das gefiel ihm, aber leider seinem Vater nicht.

Mike und Mary hatten eine ziemliche Strecke vor sich und Mary meinte, es wäre vielleicht besser, zurückzugehen, um den Wagen zu holen, da sie zu Fuß mindestens eine Stunde unterwegs sein würden. Sie brauchte Mike gar nicht lange zu überreden, denn dass dieser Fußmarsch bei der Hitze Irrsinn war, das wusste er auch so.

Und da Mike die Hitze ohnehin schon zu schaffen machte und Mary alleine auch viel schneller war, beschlossen sie, dass Mike schon mal zur Feuerwache gehen sollte, die nur noch einige Gehminuten entfernt war, um zu sehen, ob inzwischen schon jemand von den Leuten wieder aufgetaucht war, und Mary würde zurücklaufen, um den Wagen zu holen. Sie verabschiedeten sich mit einem Kuss und trennten sich anschließend.

Mike ging in Richtung Norden und Mary in Richtung Süden.

Auf was hab ich mich da bloß eingelassen, dachte Mary, *bei Mike bricht jetzt wieder der „kleine Junge" durch, jetzt kann er wieder „Räuber und Gendarm" spielen. Das machen Männer normalerweise gerne, wenn sie unter sich sind, dann werden sie plötzlich wieder zu Piraten, wenn sie einen Männerausflug mit dem Boot unternehmen, oder wenn sie einen sogenannten Betriebsausflug mit den Arbeitskollegen zu Pferd in die Wüste durchführen, dann werden sie plötzlich zu Cowboys und Indianern, aber das liegt wahrscheinlich an den Genen oder an den Hormonen oder an beidem.*

Mary war gerade einige Minuten unterwegs, da hielt ein Wagen neben ihr. Es war Jake McRian, ein Farmer aus der Gegend, der mit seinem 1965er Ford Pick-up in der Stadt unterwegs war, um einige Besorgungen zu machen.

Jake beugte sich zur Beifahrertür hinüber und kurbelte das Fenster herunter.

„Hallo, Mary!"

„Hallo, Jake!", rief Mary zurück und blieb an Jakes Wagen stehen.

„Wo willst du denn hin?", fragte Jake. „Soll ich dich ein Stück mitnehmen?"

„Ja, das wäre nett", antwortete Mary und öffnete die Wagentür. „Ich wollte nach Hause, aber wo fahren Sie denn hin?"

„Kein Problem", sagte Jake, „liegt auf dem Weg, ich war bei Toni, dem Halsabschneider, brauchte noch Stacheldraht und Nägel für einen neuen Weidezaun, habe alles erledigt, fahre gleich wieder zurück zur Farm."

Mary kletterte auf den Beifahrersitz und schlug die Türe zu, doch die sprang sofort wieder auf. Mary holte noch einmal weit aus und schlug sie erneut zu, erst dann fiel die Tür ins Schloss.

„Ja, das Schloss klemmt manchmal", sagte Jake und versuchte mit etwas Gewalt und unter lautem Knarren und Knirschen, den ersten Gang einzulegen.

„Ja, und das Getriebe auch", sagte Mary und musste lachen.

„Ja, das stimmt", sagte Jake und lachte ebenfalls.

Doch schließlich gelang es Jake, den Gang einzulegen, und der Wagen bewegte sich, obwohl der Motor zuerst einige Aussetzer hatte und der Auspuff hinten eine riesige, schwarze Rauchwolke ausstieß, doch nach einigen Metern lief der Motor wieder rund und das Ruckeln hörte auf.

„Wo ist denn Mike?“, fragte Jake.

„Mike ist auch in der Stadt, er muss noch etwas erledigen“, antwortete Mary und hielt ihren Kopf aus dem Seitenfenster, um etwas von dem Fahrtwind zu erwischen. „Ich wollte den Wagen holen und werde Mike dann später wieder einfangen.“

„Was war eigentlich heute Nacht am See los?“, fragte Jake, während er verzweifelt versuchte, den nächsten Gang einzulegen, „Ich habe gehört, dass Stone und Bob mit ihren Leuten am See waren.“

„Ja, das habe ich auch gehört“, sagte Mary etwas verlegen. Sie wollte eigentlich nicht näher auf das Thema eingehen und schon gar nicht zu viel erzählen, bevor sie nicht wusste, was letzte Nacht wirklich am See passiert war.

„Ich dachte nur, ihr hättet etwas davon mitbekommen. Ihr wohnt ja fast am See“, sagte Jake und sah zu Mary hinüber. „Wir kriegen da draußen ja kaum was mit. Aber Toni hat mir heute Morgen erzählt, dass jemand letzte Nacht wieder dieses Flugzeug gesehen hat. Du weißt schon, das, wo deine ... Ja, auf jeden Fall soll es letzte Nacht wieder da gewesen sein, ich weiß nicht, ob es wieder Ben war, der es gesehen hat, das wusste Toni auch nicht.“

Komisch, dachte Mary, *wenn einer in dieser Stadt alles weiß, dann ist es Toni. Woher weiß Toni schon wieder, was letzte Nacht hier los war.*

Wenn man möchte, dass die ganze Stadt etwas Bestimmtes erfahren soll, dann erzählt man es am besten Toni, dann kann man davon ausgehen, dass es auf jeden Fall jeder in der Stadt erfährt.

Toni war alleinstehend – warum, wusste niemand, doch das Gerücht ging herum, er sei schwul, aber darüber sprach hier niemand in der Öffentlichkeit.

Er war so um die 40 und besaß einen Eisenwarenladen – er verkaufte eigentlich alles, von Kochtöpfen über Stacheldraht und Anglerzubehör bis hin zu Sensen und Motorsägen. Und was er nicht in seinem Laden hatte, das besorgte er, wenn es gewünscht wurde, auch wenn er oft saftige Preise dafür nahm.

Wie und wo er diese oftmals ausgefallenen Sonderwünsche besorgte, wusste niemand.

Toni kam vor etwa zehn Jahren in diese Stadt und eröffnete sofort seinen kleinen Laden.

Er sprach mit italienischem Akzent, behauptete, aus Sizilien zu stammen und wollte in den Staaten ein neues Leben beginnen. Doch hin und wieder vergaß er seine angeblichen italienischen Wurzeln und verfiel während eines Gesprächs plötzlich in reines Amerikanisch mit Südstaatenakzent.

Toni war Amerikaner, schon seit etlichen Generationen. Jeder hier wusste es inzwischen, doch die Leute ließen ihn in seinem Glauben und spielten sein Spielchen mit. Warum Toni sich verstellte, wusste allerdings niemand, ein Verbrechen konnte man jedoch ausschließen, das hatte Sheriff Stone damals als Erstes überprüft.

Vielleicht war es einfach nur eine Macke von Toni.

„Ja, ich weiß auch nichts", sagte Mary und war erleichtert, als sie die Kreuzung vor ihrem Haus erblickte, denn so war hoffentlich die Unterhaltung über die letzte Nacht beendet. Jake bog in die kleine Zufahrtstraße vor Marys Haus ein und blieb direkt hinter Mike's Wagen stehen.

„Ich danke Ihnen, Jake, und schöne Grüße an Ihre Frau", sagte Mary und versuchte, die Wagentür zu öffnen, doch jetzt klemmte sie ebenfalls. Mary schlug mit der Schulter gegen die Tür und erst dann sprang sie auf und gab ein schwerfälliges Quietschen von sich.

„Nichts zu danken, Mary", sagte Jake und versuchte jetzt verzweifelt, den Rückwärtsgang einzulegen, „und bestell Mike einen schönen Gruß von mir."

„Mach ich", sagte Mary, sprang aus dem Pick-up und schlug die Wagentür so fest zu, dass ihr gar nichts anderes übrig blieb, als im Schloss einzurasten. Jake wendete den Wagen und fuhr los. Und wieder spuckte der Auspuff einige riesige, schwarze Rauchwolken aus, als wären es seine letzten Atemzüge.

Mary sah ihm noch nach, bis der Pick-up an der Kreuzung abbog und Richtung Süden verschwand, dann ging sie ins Haus, um die Wagenschlüssel zu holen.

Mike erreichte die kurze Zufahrt der Feuerwache, die von der Hauptstraße direkt zur Einfahrt der Fahrzeughalle führte. Das große Holztor stand auf und Mike konnte das rote Einsatzfahrzeug sehen.

Er schritt durch das große Tor und stand in der riesigen Fahrzeughalle. Hier hätten leicht drei Einsatzfahrzeuge Platz gefunden.

An einer Wand standen einige ehemalige Dienstfahrräder, die jedoch ihrem Aussehen nach schon einige Jahre nicht mehr bewegt wurden. Auf dem Boden lagen mehrere abgerollte Feuerwehrschläuche, teilweise wild verknotet, an manchen fehlten die Anschlüsse und andere stammten wahrscheinlich noch aus der Zeit, als die Wasserpumpen noch von Hand betrieben wurden. Von der Decke hingen Leuchtstoffröhren in drei Reihen an dünnen Ketten, von denen jedoch nur einige funktionierten und den Raum so nur sehr spärlich ausleuchteten.

Mike entdeckte die Wendeltreppe in einer Ecke des Raumes und begann, sie hinaufzusteigen. *Mal sehen, ob jemand oben ist,* dachte er. Oben angekommen, stand er in der Zentrale und entdeckte Joe, er lag in dem Bürosessel, seine Füße ruhten mitten auf dem Schreibtisch und sein Kopf hing weit nach hinten gestreckt über die Rückenlehne. Joe schnarchte, und bei jedem Atemzug wippte der Sessel leicht nach hinten.

„Joe, Joe", sagte Mike zuerst leise, um Joe zu wecken, doch ohne Erfolg. Dann rief er etwas lauter: „JOE, JOOOOEE!"

Joe sprang auf, trat dabei einige Gegenstände mit den Füßen vom Schreibtisch und schrie: „Aaah, geh weg, geh weg!"

Er schlug wild um sich und schien immer noch nicht richtig wach zu sein.

„Beruhige dich, Joe, ich bin's, Mike. Beruhige dich", sagte Mike und fasste Joe am Arm. Joe öffnete die Augen und erkannte Mike. Sofort beruhigte er sich und sichtliche Erleichterung verdrängte die Angst in seinem Gesicht.

„Oh mein Gott, bin ich froh, dass du hier bist", sagte Joe und umarmte Mike. „Du kannst dir nicht vorstellen, was ich erlebt habe."

„Das kommt ganz drauf an, Joe", sagte Mike und setzte sich auf den Schreibtisch, während Joe sich wieder in den Sessel fallen ließ. „Aber jetzt erzähl erst mal, was du erlebt hast. Wo ist eigentlich der Rest von euch?"

„Das wollte ich dir gerade erzählen", sagte Joe und fing an zu weinen.

Mike versuchte ihn zu beruhigen, es dauerte einige Zeit, doch dann begann Joe von den Geschehnissen der letzten Nacht zu berichten.

Er erzählte von Bob, der plötzlich spurlos verschwand, von Tom und Andy, die ebenfalls verschwanden und nur ihre Taschenlampen am Ufer zurückließen, doch das schlimmste Erlebnis für Joe und gleichzeitig die unheimlichste Geschichte für Mike war der weißhaarige Knochen in Uniform, der sich den Doktor am alten Steg schnappte. Von menschlichen oder skelettartigen Erscheinungen am See hatte Mike bis jetzt noch nie etwas gehört, und von Vermissten auch nicht – die Rede war immer nur von einem Flugzeug, das plötzlich auf dem See auftauchte und dann sofort wieder verschwand.

Auf einmal hörten sie ein Hupgeräusch.

„Das muss Mary sein", sagte Mike und sprang auf.

„Mike, Mike"„ hörte er Mary rufen.

„Ja, wir sind hier oben", rief Mike und lief zur Wendeltreppe hinüber. Er stand oben an dem Geländer, sah hinunter und rief nochmals: „Wir sind hier oben!" Doch da hatte Mary die Wendeltreppe bereits erreicht und stieg die Stufen hinauf. „Ich komme ja schon", sagte sie. „Ich bin doch nicht taub."

Oben angelangt, schaute sie sich erst kurz um, erblickte Joe und fragte: „Wo sind denn die anderen?"

„Sie sind wirklich verschwunden", sagte Mike. „Und die Story, die mir Joe gerade erzählt hat, die glaubst du nie."

„Ja dann schießt mal los", sagte Mary. „Ich bin schon ganz gespannt."

Joe erzählte ihr ebenfalls die Geschichte, genau so, wie er sie kurz vorher Mike erzählt hatte, und immer, wenn Joe etwas vergaß oder eine Pause machen musste, sprang Mike für ihn ein.

Am Ende sagte Mary: „Du hast recht, das kann ich nicht glauben.“

„Aber genau so ist es gewesen“, sagte Joe. „Ich weiß, das hört sich alles unheimlich an, aber genau so ist es letzte Nacht gewesen, ihr müsst mir glauben.“ Joe begann erneut zu weinen und Mary nahm ihn in den Arm, um ihn zu trösten.

„Ich glaube dir“, sagte Mike. „Ich weiß zwar nicht, wer oder was den Doktor gekidnappt hat, aber das werde ich noch herausbekommen, es gibt für alles eine wissenschaftliche Erklärung, da bin ich mir sicher.“

„Und was machen wir jetzt?“, fragte Mary.

„Nichts“, antwortete Mike, „*jetzt* machen wir nichts, aber ich werde heute Nacht zum See gehen und mich auf die Lauer legen – und dann will ich doch mal sehen, ob ich nicht auch eine Erscheinung habe.“

„Du spinnst doch wohl!“, brüllte Mary ihn an. „Du gehst auf gar keinen Fall zum See.“

„Und ob ich geh“, murmelte Mike leise vor sich hin.

„Da sprechen wir noch drüber“, sagte Mary sichtlich wütend.

Und dann war Mary plötzlich der Meinung, es wäre Zeit aufzubrechen, sie wolle schließlich nicht den Rest des Tages hier in diesem Gebäude verbringen. Und das war für Mike wirklich das Zeichen loszufahren, denn wenn Mary anfing, zickig zu werden, dann wurde es meist unangenehm, und er wollte sich jetzt in dieser Situation besser nicht mit ihr anlegen. Aber was sollten sie mit Joe machen? In seiner derzeitigen Verfassung konnten sie ihn unmöglich alleine lassen, und so beschlossen Mary und Mike, ihn zu Hause bei seinen Eltern auf der Farm abzusetzen. Doch Joe war dagegen, er hielt es für keine gute Idee, seine Eltern glaubten, er hätte Bereitschaftsdienst und würde das Wochenende in der Feuerwache verbringen – und was sollte er ihnen erzählen, wenn er jetzt nach Hause käme. Er glaubte nicht, dass sie da draußen irgendetwas von den Ereignissen am See mitbekommen hatten, und wenn er seinem Vater davon erzählen würde, dann würde er ihn wahrscheinlich in eine geschlossene Anstalt sperren lassen. Also wäre es besser, wenn er hier in der Notrufzentrale bliebe. Doch Mary war damit überhaupt nicht einverstanden und sie überredete Mike, Joe mit zu ihnen zu nehmen, nur für einen oder zwei Tage, bis es Joe wieder besser ging und die unheimlichen Ereignisse aufgeklärt waren.

Mike war sofort damit einverstanden, denn er kannte Mary gut und wusste genau, in welcher Situation er sich mit ihr anlegen konnte und wann nicht, und jetzt war dafür kein guter Zeitpunkt.

Auch Joe war mit Marys Vorschlag einverstanden, wahrscheinlich wagte auch er nicht, ihr zu widersprechen, denn Männer haben wohl ein Gespür dafür, wann man mit einer Frau ein Problem ausdiskutiert und wann man es besser lässt und sich geschlagen gibt.

Sie verließen gemeinsam die Notrufzentrale. Mary ging als Erste die Wendeltreppe hinunter, danach stieg Joe hinunter und zum Schluss folgte Mike. Mary hatte den Wagen direkt vor dem großen Tor abgestellt, sie öffnete die Fahrertür und fragte Mike: „Willst du fahren, oder …?"

„Nein, nein", unterbrach er sie, „fahr du, kein Problem."

Mike öffnete die Tür hinter dem Beifahrersitz und ließ Joe einsteigen, dann setzte er sich selbst nach vorn und Mary startete den Motor. Sie fuhren von dem Gelände runter auf die Hauptstraße und setzten dann die Fahrt durch die Stadt in Richtung Süden fort.

Kapitel 6

Es war bereits Nachmittag und Mike bekam langsam Hunger, es konnte noch so heiß sein, aber essen konnte Mike eigentlich immer. Mary lenkte den Wagen in die kleine Zufahrtstraße zu ihrem Haus und parkte „So, Leute, Endstation, alle aussteigen!“, rief sie.

„Die Fahrt war gut“, bemerkte Mike, „aber der Bordservice lässt doch sehr zu wünschen übrig.“

„Was hast du zu meckern?“, fragte Mary.

„Ach nichts“, murmelte Mike vor sich hin wie ein kleiner Junge, der gerade in der Schule beim Schummeln erwischt wurde, „aber ich habe Hunger.“

„Du hast immer Hunger“, entgegnete Mary. „Ich mach uns gleich etwas, du wirst schon nicht so schnell verhungern.“

Die drei betraten das Haus, Mary ging voraus, Mike folgte ihr und Joe trottete hinter ihnen her.

Sie betraten die Küche, Mike begab sich sofort an den Kühlschrank und holte zwei Flaschen Bier heraus. Er bot Joe eine Flasche an, der sie auch dankend annahm, dann setzten Mike und Joe sich an den großen Küchentisch.

„Nein danke, ich möchte nichts“, sagte Mary laut und wartete auf eine Reaktion. „Ich glaube, ich habe bei dieser Hitze irgendwie gar keinen Durst.“

„Ach entschuldige, Mary“, sagte Mike und sprang von seinem Stuhl auf. „Darf ich dir etwas zu trinken anbieten, vielleicht auch ein kaltes Bier?“

„Ja, ich glaube, ein kaltes Bier könnte mir jetzt schmecken“, sagte Mary mit einem leichten Grinsen, „aber nur, wenn es dir keine Mühe macht.“

„Aber nein, es ist mir ein Vergnügen“, entgegnete Mike, sah Mary kurz an und begann laut zu lachen. Auch Mary musste lachen, nur Joe wusste mit dieser Situation nichts anzufangen und schaute ganz verdutzt. Mike gab ihr seine bereits geöffnete Flasche und nahm sich eine neue aus dem Kühlschrank.

„Zum Wohl", sagte Mary und nahm einen großen Schluck aus der Flasche, dann ging sie zum Kühlschrank und begann darin herumzuwühlen.

„Was wollt ihr denn essen?", fragte sie. „Wir haben noch Eier, Speck und Milch. Mehl müssten wir auch noch haben, was haltet ihr von einem Omelett mit Speck?"

„Das wäre super", sagte Mike, und Joe nickte zustimmend.

„Ja, Jungs, dann lasst mich jetzt mal in Ruhe die Eier in die Pfanne hauen", sagte Mary und begann, die nötigen Zutaten aus dem Kühlschrank zu nehmen. Sie stellte alles auf den Tisch. „Ihr könnt so lange draußen warten, vielleicht ein gutes Männergespräch führen, oder lasst euch etwas anderes einfallen, ich rufe euch, wenn das Essen fertig ist."

Mike und Joe nahmen ihr Bier und verließen die Küche. Sie setzten sich auf die Stufen der Veranda und Mike zündete sich eine Zigarette an.

„Auch eine?", fragte er Joe.

„Nein danke", erwiderte er, „rauche nicht.

Das Haus ist schön, gehört es euch?"

„Nein", antwortete Mike, „wir haben nur den Anbau gemietet, es gehört den Barcleys, sie nutzten den Anbau früher als Gästehaus, doch da es die meiste Zeit leer stand, beschlossen sie, es zu vermieten. Ich hatte vor, uns am See ein eigenes Haus zu bauen, so ungefähr in dem Stil der Ferienhäuser. Wir müssten nur das Grundstück und das Baumaterial kaufen, das Haus könnte ich selbst bauen, aber Mary will das nicht. Sie fühlt sich nicht wohl am See. Seit dem Unglück damals mit ihren Eltern ist sie nicht mehr am See gewesen und ich konnte sie bis jetzt nicht dazu überreden."

Sie redeten noch über dies und das, über Dinge, die Männer eben interessieren, über wichtige Dinge wie das letzte Baseballspiel, oder über den besten Köder beim Karpfenfischen, über wichtige Dinge eben. Doch es dauerte nicht lange, da schnitt Mike das Thema wieder an, das ihn im Moment am meisten beschäftigte – und das waren die Ereignisse am See letzte Nacht.

Er spielte immer noch mit dem Gedanken, sich in der kommenden Nacht am See auf die Lauer zu legen und so lange zu warten, bis sich irgendetwas tut, entweder ein Flugzeug auftaucht, oder ein Gerippe aus dem Wasser klettert, oder beides. Mike versuchte verzweifelt, Joe zu überreden, in der Nacht mitzukommen, aber Joe war von der Idee gar nicht begeistert, er meinte, er würde wohl nie mehr an den See gehen, denn er wollte bestimmt nicht so enden wie der Doktor. Doch Mike wollte den See aus einer sicheren Entfernung aus beobachten und flehte Joe regelrecht an, doch mitzukommen, er wollte nicht alleine zum See gehen, das würde Joe doch verstehen. Sie würden sich in einem der halb fertigen Ferienhäuser in Ufernähe verstecken und könnten so den See beobachten, ohne selbst entdeckt zu werden.

Joe wusste selbst nicht, wie Mike es geschafft hatte, aber plötzlich willigte er doch ein, hatte jedoch einige Bedingungen:

Sie bleiben in sicherer Entfernung vom Ufer, sie gehen nicht in die Nähe vom alten Holzsteg und schon gar nicht in die Nähe des Wassers. Mike willigte ein und hatte auch eine Bedingung: Mary darf von ihrer Aktion nichts erfahren, sie würde unter gar keinen Umständen erlauben, dass Mike nachts zum See geht, sie würde vollkommen ausflippen. Mike und Joe beschlossen, sich in der kommenden Nacht aus dem Haus zu schleichen, ohne dass Mary etwas davon mitbekommt. Mike wusste zwar, dass Mary nachts oft mehrmals aufwacht und ihr dann sofort auffallen würde, dass Mike das Haus verlassen hat, doch dann wäre er wahrscheinlich bereits am See.

Am nächsten Morgen würde er dann ein Donnerwetter erleben, wenn er wieder nach Hause käme, doch das würde er in Kauf nehmen. Mary würde sich fürchterlich aufregen, sie würde ihn anschreien und ihm Vorwürfe machen und dann würde sie anfangen zu jammern, dass sie die halbe Nacht nicht schlafen konnte, weil sie sich große Sorgen gemacht hätte, und sie könnte ihm das nie verzeihen, aber am Schluss würden sie sich dann wieder versöhnen, so hoffte Mike.

Dann kamen ihm doch Zweifel, ob er das wirklich machen sollte.

Aber die Neugier war größer als die Angst vor einer bevorstehenden Ehekrise.

Mary öffnete das Küchenfenster, von dem aus sie auf die Veranda sehen konnte, und rief: „Hallo, Jungs, das Essen ist fertig."

Mike und Joe erhoben sich von den Verandastufen, und während sie ins Haus gingen, hielt Mike seinen Zeigefinger vor seinen Mund und sagte zu Joe: „Kein Wort zu Mary."

Joe nickte nur zustimmend und hielt ebenfalls seinen Zeigefinger vor seinen Mund.

„So, Jungs, Hände waschen, hinsetzen und essen", sagte Mary lächelnd, während Mike und Joe die Küche betraten.

„Jawohl, Sir, danke, Sir", rief Mike laut und salutierte vor Mary, obwohl er eigentlich nie gedient hatte. Joe schaute nur völlig überrascht und sagte gar nichts, sondern setzte sich nur stumm an den Tisch. Ja, an solche Situationen musste er sich wohl gewöhnen, wenn er öfter mit Mike und Mary zusammen war, denn sie nahmen sich gerne mal gegenseitig auf den Arm, was auf Außenstehende oft sehr merkwürdig wirkte.

Mary, Mike und Joe aßen gemeinsam und die Unterhaltung während des Essens fiel eher dürftig aus, jeder hatte Angst, irgendwie auf das Thema des Tages, oder besser gesagt auf das Thema der letzten Nacht zu kommen.

Mike und Joe hatten Angst, sich zu verquatschen, und dass Mary so schließlich auf ihren Geheimplan aufmerksam wird. Mary wollte das Thema nicht anschneiden, um Mike nicht auf irgendwelche verrückten Ideen zu bringen, und außerdem wollte sie Joe nicht immer wieder an sein Erlebnis am See erinnern.

Und so unterhielten sie sich über Omelettrezepte und über die optimale Trinktemperatur von Bier, über die perfekte Grilltechnik für Rindersteaks und wie viele sie davon verdrücken könnten, wenn sie welche hätten.

Nach dem Essen setzten sie sich gemeinsam auf die Veranda, doch da sie noch immer keine Sitzgelegenheiten für die Veranda besaßen, um die sich Mike schon seit längerer Zeit kümmern wollte, aber es immer noch nicht geschafft hatte, nahmen sie drei Küchenstühle mit hinaus. Mary holte noch drei Bier aus der Küche, Mike zündete sich eine Zigarette an und dann warteten sie auf den bevorstehenden Sonnenuntergang. Die Sonne berührte bereits die Berggipfel im Westen und färbte den Himmel über den Bergen in ein tiefes Rot. Hin und wieder schob sich eine kleine Wolke vor die untergehende Sonne und die Farbe der Wolke ging von Grau in ein leichtes Rosa über und veränderte während ihres Fluges ständig ihre Form. Mary erinnerte sich dabei an ihre Kindheit, als sie und ihre beste Freundin am Seeufer lagen, die Wolken über ihnen beobachteten und in den sich ständig verändernden Wolkenformationen irgendwelche Tiere oder Märchenfiguren sahen – das taten sie damals manchmal stundenlang.

Jetzt als erwachsene Frau sah sie immer noch Tiere oder andere Figuren in den Wolken, aber mit Mike hatte sie dieses Spiel noch nie gespielt. Irgendwann würde sie Mike in ihr Wolkenspiel einweihen, aber jetzt noch nicht.

„Joe, du kannst auf dem Sofa im Wohnzimmer schlafen", sagte Mary. „Ein Kissen und eine Decke gebe ich dir gleich."

„Danke Mary", sagte Joe etwas verlegen, „und natürlich danke Mike, das ist wirklich nett von euch."

„Das ist doch gar kein Problem", sagte Mike und schlug Joe mit der flachen Hand leicht auf die Schulter.

Die Sonne verschwand hinter den Bergen und es wurde schlagartig dunkel – ein Phänomen, das Mike damals als Erstes auffiel, als er in diese Stadt kam. Es war, als würde jemand das Licht ausschalten.

Und wenn man hier sagt, es ist dunkel, dann meint man richtig dunkel, so dunkel wie in einem Bärenarsch.

Mike hatte viel Zeit in Großstädten verbracht und dort wurde es nach dem Sonnenuntergang und während der ganzen Nacht eigentlich nie richtig dunkel.

Er lebte einige Zeit in New York, dort wurde es nachts nicht nur nicht dunkel, es wurde auch nie still.

Nachts liefen Menschen durch die Straßen, der Verkehr ruhte nie, es war immer laut, die Stadt war immer in Bewegung.

Hier auf dem Land ging das Licht aus und alles war still. Das Einzige, was einem hier nachts den Schlaf rauben konnte, waren die Grillen mit ihrem ohrenbetäubenden Gezirpe, doch auch daran hatte sich Mike schon fast gewöhnt.

Doch in etwa zwei Stunden würde der Mond aufgehen und mit der Dunkelheit wäre es schon wieder vorbei, es würde nicht taghell werden, aber man konnte sich ohne künstliche Lichtquelle doch sehr gut orientieren.

„So, Jungs, ich gehe schlafen", sagte Mary und erhob sich von ihrem Stuhl. „Joe, ich lege dir die Sachen auf die Couch. Mike, bringst du bitte die Stühle wieder in die Küche?"

„Ja, mach ich", sagte Mike. „Wir kommen jetzt auch rein."

Mary ging ins Haus, Mike und Joe schnappten sich die Stühle und folgten ihr.

Mike versuchte, wach zu bleiben, er hatte zwar die Augen geschlossen, doch er durfte nicht einschlafen. Er wusste, würde er jetzt einschlafen, dann schliefe er durch, bis ihn die ersten Sonnenstrahlen wecken würden. Er hatte einen guten Schlaf, nicht wie Mary, die während der Nacht einige Male aufwachte und sich im Bett herumwälzte, oder plötzlich Durst bekam und mitten in der Nacht in die Küche ging, um etwas zu trinken. Mike schlief immer ein und wurde erst am nächsten Morgen wieder wach. Meist musste Mary ihn sogar wecken, damit er pünktlich auf der Baustelle erschien.

Mike lag auf dem Rücken, die Hände auf der Brust gefaltet, das war seine gewohnte „Einschlafstellung", und lauschte Marys Atemgeräuschen. Er konnte an der Lautstärke und an der Atemfrequenz genau feststellen, wie tief sie schlief. Im Moment befand sie sich noch in der Einschlafphase, jetzt konnte er sich auf keinen Fall aus dem Schlafzimmer schleichen, ohne dass Mary sofort aufwachen würde.

Mike wartete.

Dann änderten sich Marys Atemgeräusche, sie atmete langsamer und flacher, das leise, fast schon frauenhafte Zischen beim Ein- und Ausatmen ging plötzlich in ein dumpfes, röchelndes Schnarchen über, das an das Geräusch erinnerte, das entsteht, wenn man eine schwere Holzkiste über einen Kiesweg schleift. Das war das Zeichen, jetzt schlief Mary.

Mike kroch leise aus dem Bett, schnappte sich seine Kleidung, die er wie immer auf dem Stuhl neben dem Fenster deponiert hatte, und schlich sich aus dem Schlafzimmer. Er ging zuerst in die Küche und zog seine Sachen an, danach ging er ins Wohnzimmer und weckte Joe. *Au Mann, der schnarcht ja genauso laut wie Mary,* dachte er, als er das Wohnzimmer betrat.

„Joe, Joe", flüsterte Mike und rüttelte vorsichtig an Joes Schulter. „Joe, wach auf. Wir müssen gehen, aber leise."

„Wie spät ist es denn?", fragte Joe mit geschlossenen Augen.

„Gleich halb zwölf", antwortete Mike und zog Joe die Bettdecke weg.

Oh mein Gott, ich war noch nicht mal richtig eingeschlafen, dachte Joe und kroch von dem Sofa.

Mike ging zurück in die Küche und Joe schlich hinter ihm her. Mike legte einige Gegenstände auf den Küchentisch, die er im Wohnzimmer aus einem Schrank gewühlt hatte.

„Was hast du da?", fragte Joe.

„Das ist meine alte Video-Kamera, ich weiß gar nicht, ob die noch funktioniert. Und eine Taschenlampe und mein Jagdmesser, für alle Fälle. So, Videokassette ist drin, neue Batterien auch. Ich schreibe schnell noch eine Nachricht für Mary und dann können wir los."

Mike nahm ein Blatt Papier aus einem der Küchenschränke, schrieb eine Nachricht darauf und legte es auf den Tisch:

Hallo, Mary,
bin zum See, mach dir keine Sorgen,
bin gleich zurück.
Ich liebe dich,
Mike

Ohne eine Nachricht für Mary zu hinterlassen, wollte Mike dann doch nicht gehen.

Sie verließen das Haus und Mike schloss hinter ihnen leise die Eingangstür. „Fahren wir nicht mit dem Wagen?", flüsterte Joe, während Mike bereits an seinem Wagen vorbeiging. „Nein", antwortete Mike, „wir laufen. Wenn ich jetzt den Wagen starte, steht in zwei Sekunden Mary auf der Veranda und dann kann ich mich warm anziehen."

Sie liefen weiter die Zufahrtstraße entlang bis zur Kreuzung, der Mond stand mittlerweile hoch am Himmel und leuchtete ihnen den Weg. Sie überquerten die Kreuzung und folgten dem Weg zwischen den Maisfeldern.

Die zwei Meter hohen Maispflanzen bewegten sich im leichten Sommerwind hin und her und es ertönte ein leises Rauschen.

„Das ist unheimlich", bemerkte Joe und lief augenblicklich schneller. „Wären wir doch besser mit dem Wagen gefahren."

„Das ist nur der Wind", versuchte Mike ihn zu beruhigen. „Es ist ja nicht mehr weit, gleich sind wir da."

Doch das beruhigte Joe auch nicht besonders, denn das, was ihn vielleicht am See erwartete, war mit Sicherheit schlimmer als die stöhnenden Geräusche, die der Mais von sich gab, und die langen Schatten, die der Mais auf den Weg warf. Die Schatten formten sich zu Krallen mit langen Fingern, sie bewegten sich mit dem Wind hin und her und ständig versuchten sie, ihn zu packen. Das konnte Joe wohl eher ertragen, als wenn er noch einmal dem weißhaarigen Knochen begegnen müsste. Er fragte sich wieder, was er hier überhaupt machte, er hätte doch besser nach Hause gehen sollen, er würde jetzt sicher in seinem Bett liegen und versuchen, diesen ganzen Mist hier zu vergessen.

Mike und Joe erreichten den See. Joe wagte es nicht, bis nach unten ans Ufer zu gehen, er lief oberhalb der Böschung am Maisfeld entlang, obwohl es ihm dort auch nicht ganz geheuer war. Die Geräusche, die aus dem Feld kamen, machten ihm Angst und er rannte los, er wollte das Feld so schnell wie möglich hinter sich lassen.

„Warte, Joe!", rief Mike, der runter zum Ufer ging und sich den Holzsteg ansehen wollte. „Renn doch nicht weg, warte auf mich."

Mike rannte ebenfalls los und folgte Joe. Er rannte die Uferböschung wieder hinauf, am Maisfeld entlang und erreichte Joe am Ende des Maisfeldes.

„Warte doch auf mich", schnaufte Mike und musste erst mal durchatmen. „Wo willst du denn hin?"

„Ich hab Angst“, flüsterte Joe und zitterte am ganzen Körper. „Ich muss hier weg. Hörst du nicht die Stimmen aus dem Maisfeld?“

„Beruhige dich“, sagte Mike und fasste ihn an den Schultern, „da ist nichts. Das sind keine Stimmen, das ist der Wind, glaube mir. Komm, wir gehen weiter, aber bleib jetzt bei mir. Ok?“

Sie gingen weiter und kamen an das erste Holzhaus, es war das Haus der Greens. Da es verschlossen war und Mike keine Schlüssel mitgenommen hatte, konnten sie dieses nicht als Versteck nutzen. Sie mussten sich eines der noch im Bau befindlichen Häuser aussuchen, denn dort fehlten noch teilweise die Fenster und die Eingangstüren dürften auch nicht verschlossen sein. Das nächste Haus war optimal, die Tür war nicht verschlossen, es stand nicht zu weit vom Ufer entfernt und keine Bäume oder Sträucher versperrten ihnen die Sicht auf den See.

„Das ist es“, sagte Mike und betrat die halb fertige Veranda. „Hier werden wir uns verstecken.“

Mike öffnete die Eingangstür, und nachdem sie eingetreten waren, schloss er sie wieder leise. Sie betraten den ersten Raum. Auf dem Boden lagen einige Bretter und Balken herum, in einer Ecke waren einige leere Holzkisten gestapelt, sonst war der Raum leer, es war ein Fenster vorhanden, das den direkten Blick über die Veranda auf den See ermöglichte.

Mike war von der Aussicht sofort begeistert, Joes Begeisterung hingegen hielt sich in Grenzen. Mike nahm zwei der leeren Kisten, die sich wunderbar als Sitzgelegenheiten eigneten, und baute sie direkt vor dem Fenster auf.

„Komm, setz dich, Joe, und entspann dich“, sagte Mike und setzte sich auf eine der zwei Kisten. Joe zögerte zuerst und setzte sich dann schließlich auf die andere Kiste.

„Von hier haben wir doch eine super Aussicht, oder etwa nicht?“, sagte Mike und begann mit seiner Video-Kamera zu hantieren. Will doch mal sehen, ob das alte Schätzchen noch funktioniert. Die neuen Batterien reichen dicke für eine Stunde Aufnahme. Mal sehen, ob sie läuft, hab sie schon ewig nicht mehr benutzt.“

Mike machte eine kurze Probeaufnahme, Totalaufnahme vom See, dann Schwenk zum alten Steg, ranzoomen und Großaufnahme vom Steg und wieder wegzoomen, Schwenk zu Joe und Großaufnahme. Dann sah er sich seine Aufnahme auf dem Display an.

„Super, super Bildqualität", sagte er zu sich selbst. „Licht ist auch gut, naja, soll ja auch kein Kinofilm werden, willst du mal sehen, Joe?"

„Nein danke", flüsterte Joe und starrte hinaus auf den See, „ich pass lieber auf, falls der Knochige auftaucht."

Sie saßen da und starrten auf den See, niemand sprach ein Wort. Joe wollte nicht sprechen, da er Angst hatte, dass er dann nicht mitbekommen würde, wenn der Weißhaarige auftaucht, und Mike war zum Reden einfach zu müde.

Ihm fielen immer wieder die Augen zu, und wenn Joe das bemerkte, gab er ihm einen leichten Schlag mit dem Ellenbogen in die Seite, sodass Mike sofort erschrocken aufsprang und Joe mit einer ernsten Miene anschaute, der sich jedes Mal ein Grinsen nicht verkneifen konnte.

„Wie lange sitzen wir hier eigentlich schon?", fragte Mike plötzlich, „bestimmt schon zwei Stunden, oder nicht? Ich glaube, wir können wieder gehen, hier wird nichts mehr passieren."

„Nein", flüsterte Joe, „es ist erst eine Stunde, und wenn du mich fragst, können wir sofort von hier verschwinden."

Doch in diesem Augenblick geschah etwas auf dem See:

Nebelschwaden bildeten sich in der Mitte des Sees auf der Wasseroberfläche, lange, dünne Nebelfäden, die langsam über dem Wasser schwebten und sich dann zu einer Nebelwand verschmolzen. Der Nebel begann zu rotieren, schneller und schneller, und hatte plötzlich die Form eines Wirbelsturms, der schließlich mehrere Meter in die Höhe ragte, dann wieder in sich zusammenfiel und einen dicken Nebelteppich auf dem Wasser bildete.

„Die Kamera", sagte Joe.

„Was?", fragte Mike.

„Die Kamera", wiederholte Joe, „läuft die Kamera?"

„Verdammt, verdammt", fluchte Mike, nahm die Kamera hoch und schaltete sie ein. Mike war so von der Nebelformation fasziniert, dass er die Kamera ganz vergessen hatte, doch jetzt hielt er sie drauf, da könnte kommen, was wolle, dachte er, jetzt hält er drauf. Der Nebel wurde dichter und bildete eine riesige Nebelwand auf dem See.

„Hörst du das?“, fragte Joe.

„Ja“, antwortete Mike.

„Was ist das?“, fragte Joe erstaunt und sah zu Mike hinüber.

„Das hört sich an wie … wie ein Flugzeugtriebwerk“, sagte Mike und schaute weiter durch den Sucher seiner Kamera.

Er hielt die Kamera weiter auf die Nebelwand, die langsam ihre Form veränderte, und gleichzeitig war das Geräusch eines Flugzeugtriebwerkes zu hören. Das Geräusch wurde lauter und lauter und dann war es plötzlich weg. Es wurde vollkommen ruhig, kein Geräusch war mehr zu hören. Dann begann das Wasser unter der Nebelwand zu kochen, es brodelte und zischte, Luftblasen stiegen auf und zerplatzten an der Wasseroberfläche, die Nebelwand zog sich langsam auseinander und ein riesiges Flugzeug kam zum Vorschein. Es stieg ganz langsam aus dem Wasser und schwebte etwa einen Meter über der Oberfläche, es war weiß und hatte an der Seite einen breiten, roten Streifen. Die Kabine war hell erleuchtet und man konnte einzelne Köpfe hinter den Scheiben erkennen, Mike zoomte das Flugzeug langsam heran, so nah, dass er die einzelnen Fenster und auch die Gesichter hinter den Scheiben erkennen konnte. Mike schluckte und fing an zu zittern, es waren Menschen in der Kabine, also, früher waren es einmal Menschen, jetzt nicht mehr. Er konnte die verwesten Gesichter erkennen, die Schädelknochen waren zum größten Teil freigelegt, einige Hautreste hingen noch an den Knochen, einige besaßen noch Haarreste, die als nasse Strähnen an den Schädelknochen klebten, sie hatten keine Augen mehr und an ihrer Stelle saßen schwarze, tote Augenhöhlen, aber trotzdem glaubte Mike, dass sie ihn anstarrten.

Ihre losen Unterkiefer klappten nach unten und es sah aus, als würden sie grinsen, einige schlugen mit ihren knochigen Händen gegen die Fensterscheiben und andere starrten nur hinaus, regungslos starrten sie in Mikes Richtung, als wüssten sie ganz genau, wo er und Joe sich versteckt hatten.

Dann machte Joe Mike auf eine bestimmte Stelle auf dem Wasser vor ihrem Versteck in Ufernähe aufmerksam. Mike richtete seine Kamera darauf und zoomte die Stelle näher heran. An dieser Stelle traten Luftblasen an die Oberfläche, in unregelmäßigen Abständen, mal nur einige wenige, dann wieder mehr und etwa faustgroße, das Wasser begann zu brodeln und leichte Rauchschwaden traten aus den an der Wasseroberfläche zerplatzenden Luftblasen.

Plötzlich brach die Wasseroberfläche auf und irgendetwas erhob sich aus dem Wasser, ein Schädel mit schulterlangem, weißem Haar, das Gesicht fehlte und der komplette Schädelknochen war sichtbar, noch vereinzelt waren einige Hautfetzen zu erkennen und aus den schwarzen Augenhöhlen traten leichte Rauchschwaden empor.

„Das ist er“, sagte Joe leise und mit zitternder Stimme. „Das ist der Typ, aber ich glaube, der hatte gestern noch ein wenig mehr Fleisch auf den Rippen.“

Die Kreatur erhob sich weiter aus dem Wasser – sie trug immer noch die Überreste einer blauen Uniform.

Die Jacke, soweit man sie noch als solche bezeichnen konnte, war geöffnet und darunter konnte man die Rippen der Kreatur erkennen, zwischen denen sich Algen und andere Wasserpflanzen angesiedelt hatten. Dann ging die Kreatur auf das Ufer zu, ganz langsam. Wasser lief aus dem Oberkörper zwischen den Rippen heraus und tropfte an den Überresten der Jacke ab. Die Hose war mit faustgroßen Löchern durchsetzt, aus denen ebenfalls Wasser herauslief und durch die man die Oberschenkelknochen sehen konnte.

Mike hielt die ganze Zeit mit der Kamera drauf und sagte leise vor sich hin: „Dich hab ich drauf, Junge, dich hab ich.“

„Ich störe dich ja nur ungern“, sagte Joe und starrte Mike dabei an, „aber der Kerl kommt genau auf uns zu, wäre es nicht besser, wenn wir jetzt verschwinden?“

„Einen Augenblick noch“, sagte Mike, während er immer noch die Kamera auf die Kreatur hielt und immer wieder irgendwelche Einstellungen an dem Gerät änderte, „ich hab’s gleich, jetzt noch einmal eine Großaufnahme von dem Schädel und dann hab ich alles im Kasten.“

„Mike, du machst mir Angst“, sagte Joe und schaute abwechselnd zu Mike und zu der Kreatur, die schon fast das Ufer erreicht hatte. Dann blieb die Kreatur stehen, es war nur noch ein Schritt bis zum Seeufer, sie streckte ihren knochigen Arm nach vorn und die Reste der Uniformjacke hingen in langen Fetzen an den dünnen Armknochen herunter.

Es schien, als wollte die Kreatur mit ihrer skelettierten Hand irgendetwas ertasten, sie streckte den Arm noch weiter nach vorn, doch als die Fingerspitzen der knochigen Hand über die Wasserlinie hinaus ragten und sich genau über dem sandigen Ufer befanden, fingen die Finger plötzlich an zu glühen.

Zuerst glühten nur die Fingerspitzen, dann pflanzte sich das rote Leuchten über die gesamte Hand fort, kleine, rotgelbe Flammen traten aus den Fingergelenken und leichter Rauch bildete sich und hüllte langsam die gesamte Hand ein. Dann verformten sich die Fingerknochen, sie bogen sich und lösten sich langsam auf, brennende Tropfen lösten sich, fielen herab und erloschen mit einem kurzen Zischen, als sie auf den feuchten Uferboden trafen.

Die Kreatur schrie auf, sie schrie so laut, dass der Schrei vermutlich bis in die Stadt zu hören war. Sie zog ihren Arm zurück und augenblicklich verschwand das Glühen, die Kreatur drehte sich blitzschnell um und sprang kopfüber zurück in den See, der Nebelschleier, der sie die ganze Zeit umgab, wurde von der Wucht des Aufpralls auf das Wasser verdrängt und löste sich sofort auf. Zur selben Zeit prallte das Flugzeug auf die Wasseroberfläche und erzeugte einige Wellen, die sich bis ans Ufer fortpflanzten, dann es sank, wie ein leckgeschlagener Frachter auf hoher See.

Es gab schreckliche Laute von sich, es knirschte und knackte, das Wasser brodelte und Rauch stieg auf, es hörte sich an, als würde das Flugzeug selbst schreien vor Schmerz unter dem enormen Druck der Wassermassen und vor Angst, als es langsam in der Tiefe verschwand.

Dann war alles ruhig, ein leises Plätschern war noch zu hören, als die letzten kleinen Wellen auf das Ufer trafen – dann war es völlig ruhig, der See lag da, als wäre nichts passiert, und die Wasseroberfläche war spiegelglatt, der Mond spiegelte sich in ihr.

„So eine Scheiße!", rief Mike und fummelte wild an seiner Kamera herum. „Hast du das gesehen, Joe? Das glaubt uns doch kein Mensch."

„Natürlich habe ich das gesehen", sagte Joe, „obwohl, den Weißhaarigen kannte ich schon. Und da hast du vollkommen recht, das wird uns niemand glauben."

„Ja, ha haaa", lachte Mike etwas gekünstelt, „aber ich habe die Beweise hier in der Hand."

„Und was ist, wenn auf dem Film nichts zu sehen ist", bemerkte Joe ebenfalls mit einem gestellten Lächeln. „So wie in den Horrorfilmen, wo dann nur dunkle Schatten oder nur Schnee zu sehen ist, was dann?"

„Dann sind wir am Arsch", sagte Mike, drückte einige Knöpfe an seiner Kamera und schaute gespannt auf das kleine Display. Mit einem breiten Grinsen im Gesicht drehte er die Kamera zu Joe und sagte: „Schau mal, wer da ist, dein weißhaariger Freund, messerscharf und in Farbe, irgendetwas machen die wohl in deinen Filmen immer falsch."

Mike und Joe beschlossen, sich auf den Weg zu machen, die Show war vorbei und Mike hatte eine Videokassette, die bewies, dass es dieses Geisterflugzeug wirklich gab. Er war gespannt, was Sheriff Stone dazu sagen würde, doch jetzt musste er sich erst einmal auf die Reaktion von Mary vorbereiten. Sie würde wahrscheinlich schon auf ihn warten, wütend und mit einer Sammlung von Schimpfwörtern, die sie ihm gleich an den Kopf werfen würde. *Na ja, solange es keine Gegenstände sind,* dachte Mike.

Sie gingen die kleine Zufahrtstraße entlang und Mike konnte schon aus der Ferne Mary erkennen, sie stand auf der Veranda, hatte eine Öllampe angezündet und auf das Geländer gestellt. Sie war wirklich wütend, das konnte er an ihrer Körpersprache erkennen. So, wie sie sich mit den Händen auf dem Geländer der Veranda abstützte, konnte es nichts Gutes bedeuten, und er glaubte sogar, kleine, rote Blitze in ihren Augen zu erkennen, doch dort spiegelte sich nur die Flamme der Öllampe, wie er später feststellte.

Mike und Joe hatten die Veranda noch nicht erreicht, da schrie Mary auch schon los: „Ihr habt wohl vollkommen den Verstand verloren! Joe, du wartest draußen. Mike, du kommst rein, wir sprechen uns drinnen."

Joe war die ganze Situation höchst unangenehm und so beschloss er, sich besser zügig aus dem Staub zu machen. Er drehte sich auf der Stelle um und wollte gerade gehen, da hielt ihn Mike am Arm fest und sagte zu ihm:

„Wo willst du hin, du kommst jetzt mit ins Haus, du kannst mich doch jetzt nicht alleine lassen. So schlimm wie am See kann es ja wohl nicht werden, oder? Wir zeigen Mary jetzt erst einmal den Film, dann sehen wir weiter."

„Was habt ihr zwei denn da zu besprechen?", rief Mary. „Mike, du kommst jetzt sofort ins Haus!"

„Ja, ist ja schon gut, wir kommen!", rief Mike. „Wir müssen dir nämlich was Interessantes zeigen, das glaubst du nie."

Mike und Joe betraten die Veranda und gingen ins Haus, Mike steuerte direkt ins Wohnzimmer und Joe folgte ihm.

„Wo wollt ihr denn hin?", fragte Mary, immer noch wütend, aber nicht mehr mit einer so lauten Stimme wie noch kurz zuvor.

„Komm bitte mit und schau dir das an", sagte Mike, während er die Videokassette aus der Kamera nahm und in den Videorekorder unter dem Fernseher schob. Mike startete das Gerät und setzte sich auf das Sofa, Mary setzte sich neben Mike und sagte leise zu ihm: „Und wir beide sprechen uns gleich noch."

Joe setzte sich in einen Sessel, der neben dem Sofa stand, und alle drei sahen gespannt auf den alten Farbfernseher, der gegenüber dem Sofa in der Zimmerecke auf einem altmodischen Holztisch stand. Der Videorekorder stand darunter auf dem Boden, umgeben von einem Wirrwarr aus Elektrokabeln und Verteilersteckern. Mary regte sich immer über dieses Durcheinander auf, aber Mike sagte stets:

„Ich gebe es ja zu, es sieht nicht schön aus, aber es erfüllt seinen Zweck." Mary hatte die Hoffnung schon lange aufgegeben, dass der Kabelsalat irgendwann einmal verschwinden würde.

Doch jetzt begann Mikes Film. Mike und Joe kannten die Handlung ja bereits, doch ob auch alles drauf war, wussten sie noch nicht. So wie Mary noch gar nicht wusste, was auf sie zukam.

Mary sah sich den Film bis zum Schluss an, sie sprach während dessen kein Wort, was sie normalerweise beim Fernsehen nie schaffte, sie musste meistens schon am Anfang einer Sendung ihre Vermutungen äußern, wer ihrer Meinung nach das nächste Opfer oder wer der Täter war, und dabei lag sie auch noch meistens richtig, was Mike dann wiederum den Spaß an gemeinsamen Fernsehabenden schnell vermieste.

Doch jetzt sprach sie kein einziges Wort. Sie saß da, wie in ein Wachkoma gefallen, und starrte auf den Bildschirm. Auch als der Film endete, rührte sie sich nicht. Erst als Mike sie ansprach, reagierte sie wieder.

„Und, was hältst du davon?“, fragte er sie.

„Was soll ich davon halten?“, antwortete Mary und knibbelte nervös an ihren Fingernägeln. „Das ist grauenhaft, und ihr habt das auch noch alles gefilmt. Wie kann es denn so etwas geben? Das glaubt euch doch keiner. Das ist so grauenhaft.“

„Wisst ihr was?“, sagte Mike, während er den Fernseher ausschaltete. „Ich rufe jetzt den Sheriff an und zeige ihm das Video.“

„Du spinnst“, sagte Mary und zeigte ihm einen Vogel. „Es ist gleich vier Uhr morgens, Stone wird ausrasten, wenn du ihn jetzt anrufst.“

„Warum?“, fragte Mike. „Man kann einen Sheriff immer anrufen, wenn es um einen Notfall geht, und ich gehe mal davon aus, dass es sich hier um einen Notfall handelt, oder etwa nicht?“

„Tu, was du nicht lassen kannst“, sagte Mary, lehnte sich zurück und verschränkte ihre Arme vor ihrer Brust – das tat sie immer, wenn sie eine Diskussion mit Mike abbrach und kapitulierte.

Mary und Joe blieben im Wohnzimmer, während Mike in die Küche ging, um den Sheriff anzurufen. Sie konnten seine Stimme bis ins Wohnzimmer hören:

„Guten Morgen, Sheriff, hier ist Mike … Ja, ich weiß, wie spät es ist, aber … ja, es ist ein Notfall, es geht um den See und das Flugzeug, … nein, kein neuer Absturz. Ich muss Ihnen etwas zeigen, es ist wirklich wichtig … nein, bei uns zu Hause … O.k. Bis gleich.“

„Und was hat er gesagt?“, fragte Mary, als Mike wieder ins Wohnzimmer trat.

„Ja, er kommt gleich“, sagte Mike mit einem verlegenen Lächeln, „aber er sagte, wenn es nicht wirklich ein Notfall ist, dann muss er mich leider erschießen.“

„Wenn er das vorhat“, sagte Mary lachend, „dann muss er aber erst mal an mir vorbei.“

„Und da hat er wirklich ein Problem“, sagte Mike und setzte sich zu Mary auf das Sofa.

Es dauerte keine zehn Minuten, da klopfte es an der Eingangstür.

„Ich mach schon auf „, sagte Mike, sprang vom Sofa auf und lief zur Tür.

„Guten Morgen, Sheriff, kommen Sie doch herein“, begrüßte Mike den Sheriff und schloss hinter ihm die Tür.

„Ob das ein guter Morgen ist, wird sich noch herausstellen“, antwortete der Sheriff und folgte Mike ins Wohnzimmer.

„Was machst du denn hier, du Schwachkopf!“, rief der Sheriff Joe zu, als er ihn sah. „Ich habe dir doch gesagt, du sollst nach Hause gehen.“

Mary fuhr sofort dazwischen: „Wir haben Joe mit zu uns genommen, er war verwirrt und wir hielten es so für besser. Er sollte sich erst mal wieder beruhigen.“

„Jetzt müssen wir Ihnen aber etwas Wichtiges zeigen“, sagte Mike und schaltete den Fernseher ein. „Setzen Sie sich bitte und schauen sich das an, das haben wir heute Nacht am See aufgenommen.“

Sheriff Stone nahm seinen Hut und legte ihn auf den Wohnzimmertisch, der in der Mitte des Raumes stand, dann setzte er sich neben Mary auf das Sofa und schaute gespannt auf den Bildschirm.

Mike schaltete den Videorekorder ein, und obwohl er, Mary und Joe den Inhalt des Films bereits kannten, sahen sie sich ihn nochmals gespannt an. Der Sheriff sah sich den gesamten Film an, der etwa zwanzig Minuten lang war, und verzog dabei keine Miene. In seinem Gesicht konnte man keinerlei Emotionen erkennen, wie immer eigentlich.

Am Ende des Films fragte Mike: „Und, Sheriff, was sagen Sie dazu?“

„Da habt ihr euch ja etwas zusammen gezaubert“, sagte der Sheriff mit einem breiten Grinsen im Gesicht. „Ihr seid ja richtige Künstler.“

„Was soll das denn heißen, Sheriff?“, fragte Mike erstaunt. „Das ist echt. Das haben wir heute Nacht am See aufgenommen, Joe war dabei. Stimmt doch, Joe, oder etwa nicht? Joe, sag du doch auch mal was.“

Der Sheriff erhob sich vom Sofa, nahm seinen Hut vom Tisch, setzte ihn auf und streckte Mike eine Hand entgegen.

„Gib mir mal bitte das Video“, sagte er und wackelte auffordernd mit den Fingern seiner ausgestreckten Hand.

„Was wollen Sie denn damit?“, fragte Mike. „Das gehört mir.“

„Es gehörte dir“, sagte der Sheriff jetzt wieder mit seinem gewohnten ernsten Gesichtsausdruck. „Jetzt gehört es mir. Das ist Beweismaterial, und du möchtest das doch nicht zurückhalten und dich strafbar machen, hab ich recht?“

Mike blieb nichts anderes übrig, als ihm den Film zu geben, Stone war der Boss, die Nummer eins. *Es hat keinen Zweck, sich mit ihm anzulegen,* dachte Mike, *aber seltsam, dass der Sheriff zuerst die Echtheit des Videos anzweifelte und nun plötzlich den Film als Beweismittel beschlagnahmen will.*

Mike nahm die Kassette aus dem Gerät und gab sie dem Sheriff.

„Danke, Leute“, sagte er, während er die Kassette entgegennahm. „Ich find schon alleine raus, wir sehen uns.“

Dann drehte er sich um und verließ den Raum, man hörte noch, wie die Eingangstür hinter ihm ins Schloss fiel, und kurze Zeit später fuhr er davon.

„So ein Arsch“, sagte Mary und sah Mike verzweifelt an. „Warum hast du ihm denn das Video gegeben? Das war der einzige Beweis für die Existenz dieser Kreatur und des Flugzeugs im See. Glaubst du etwa, Stone wird irgendetwas unternehmen?“

„Was sollte ich denn machen?“, versuchte sich Mike zu rechtfertigen. „Er ist der Sheriff, ihm gehört die Stadt, ihm gehört der See und jetzt gehört ihm auch noch mein Video.“

Mary wusste, genau wie Mike und Joe, dass es keinen Zweck hatte, sich mit Sheriff Stone anzulegen, aber es ärgerte sie, dass er sich in dieser Stadt einfach alles erlauben konnte.

„Wisst ihr was?“, sagte Mary plötzlich. „Ich koche uns erst mal einen Kaffee und dann überlegen wir uns, was wir jetzt machen.“

Mike und Joe waren von der Idee mit dem Kaffee sofort begeistert und folgten Mary in die Küche.

Sie machten es sich am Küchentisch bequem, während Mary den Wasserkessel füllte und ihn anschließend auf den Herd stellte.

Sie unterhielten sich über das Video und stellten allerlei Vermutungen über die Herkunft des Flugzeuges und des weißhaarigen Skelettes an, zwischendurch goss Mary das kochende Wasser auf den vorbereiteten Kaffeefilter und füllte anschließend drei Tassen mit frischem, duftenden Kaffee. Für Mary war Kaffee kochen nicht einfach eine normale Hausarbeit, sondern mittlerweile schon ein besonderes Ritual mit einer festgelegten Reihenfolge, und dabei ließ sie sich nicht stören. Mike dachte immer, dass nur Teetrinker und Pfeifenraucher aus ihrem Hobby – oder Laster, wie man es auch nennen mag – eine besondere Zeremonie machten, aber dass es das auch bei Kaffeetrinkern gab, hatte er erst bei Mary erfahren.

„Mary, dein Kaffee ist einfach super“, sagte Mike mit der Absicht, ihre Stimmung zu heben, um danach auf das eigentliche Thema zu kommen.

„Also, mir geht da so einiges durch den Kopf“, begann Mike mit seinen Ausführungen. „Euch ist doch bestimmt auch aufgefallen, dass die Kreatur, als sie aus dem Wasser auf uns zu kam und fast das Ufer erreicht hatte, plötzlich stehen blieb und ihre Hand zu brennen begann und sie dann wieder zurück in den See gesprungen ist.“

„Ja genau, das ist mir auch aufgefallen“, sagte Joe.

„Und deshalb vermute ich“, erzählte Mike weiter, „dass die Kreatur den See gar nicht verlassen kann, als ob sie in dem Gewässer gefangen wäre. Und würde sie die Grenze überschreiten, also die Wasser-Ufer-Linie, dann würde sie verbrennen.“

„Ja, das ist ja gut kombiniert“, sagte Mary, während sie an ihrem Kaffee nippte, „aber viel wichtiger ist doch wohl die Frage: Wo kommt die Kreatur her und was will sie?“

„Wo sie herkommt, ist doch klar, aus dem Flugzeug“, kombinierte Mike weiter. „Aber was sie will, naja, ich glaube nicht, dass sie neue Freunde sucht, aber warum sie am See herumspukt, das müssen wir noch heraus bekommen."

Mike vermutete, dass die Kreatur wahrscheinlich zu der Besatzung der damals abgestürzten Maschine gehörte – das schloss er aus den Überresten der Uniformjacke, die sie trug, doch ob es vielleicht sogar der Kapitän war, das konnte man wirklich nicht mehr erkennen. Joe hatte zu der ganzen Sache überhaupt keine Meinung, für ihn war das alles nur gruselig und schrecklich zugleich. Ihm war die Kreatur jetzt zweimal am See begegnet, und auf ein drittes Mal konnte er locker verzichten, er würde sich auf gar keinen Fall von Mike noch einmal zu so einer Aktion überreden lassen. Mike hingegen schien sich richtig in diese Sache hineinzusteigern. Es erschreckte Joe einerseits, mit wie viel Eifer Mike an die Sache heranging, denn niemand wusste, wie das alles enden würde, doch andererseits verspürte er auch so etwas wie Neid, denn wer möchte nicht gerne mutig und unerschrocken sein, alles im Leben selbst in die Hand nehmen, neue Herausforderungen suchen, und wenn dann noch das Meiste funktioniert – um so besser. Doch Joe war genau das Gegenteil von Mike, er traute sich eigentlich nie etwas zu, hatte Angst vor allem Neuen, probierte auch nie etwas Neues aus, das überließ er lieber anderen, und er wollte eigentlich immer nur seine Ruhe. Joe wollte immer nur ein einfaches, aber unkompliziertes Leben führen, doch daran war im Augenblick wohl nicht zu denken.

Mary konnte sich schon immer für außergewöhnliche oder spektakuläre Dinge begeistern, ob es im Herbst die Traktorenrennen waren, die die Farmer auf den abgeernteten Feldern veranstalteten, oder wenn sie einer Studentengruppe zeigte, wie man in der Wüste Klapperschlangen fängt, um anschließend das Schlangengift zu gewinnen, bei derartigen Aktionen war sie nicht mehr zu bremsen.

Nur den See hatte sie die letzten Jahre gemieden.

Sie hatte nie an die Geistergeschichten oder die angeblichen Erscheinungen geglaubt.

Doch nun diskutierte sie eifrig mit Mike darüber, wie diese Erscheinungen entstanden sind und warum so etwas überhaupt geschieht und wie man sie wieder beenden kann. Aber sie kamen im Moment noch zu keinem Ergebnis.

Mike wollte als Erstes herausfinden, wer das weißhaarige Gerippe war, und er war sich nicht sicher, ob der Sheriff ihm dabei behilflich sein würde, aber es kam auf einen Versuch an.

Mike und Mary beschlossen, gemeinsam in die Stadt zu fahren, um dem Sheriff einen Besuch abzustatten, sie hatten jede Menge Fragen, die ihnen der Sheriff beantworten sollte, und vielleicht könnten sie ihm ja unter Umständen bei der Aufklärung der unheimlichen Erscheinungen behilflich sein. Doch Mike hatte auch kein Problem damit, sich auf eigene Faust um die Aufklärung des Falles zu kümmern, falls sich der Sheriff nicht kooperativ zeigen sollte. Mary war sofort damit einverstanden, sie hatte dem Sheriff eigentlich noch nie vertraut, doch Mike war sichtlich erstaunt, wie schnell Mary ihre Meinung über die Geistergeschichten am See geändert hatte, das hätte er nicht gedacht. Vor zwei Stunden, als er mit Joe vom See zurückkam, glaubte er noch, Mary würde vollkommen ausrasten, eigentlich zu Recht, musste er sich jetzt eingestehen, er dachte, dass er die Nacht womöglich auf der Veranda verbringen müsste und dass sie einige Tage nicht mit ihm sprechen würde. Aber ganz im Gegenteil, ihre Wut auf ihn dauerte nur wenige Minuten, bis Mary das Video gesehen hatte, und jetzt saßen sie gemeinsam in der Küche und schmiedeten Pläne, wie man dem Spuk ein Ende bereiten konnte.

Joe hörte dem Gespräch zwischen Mike und Mary zwar gespannt zu, konnte sich jedoch immer noch nicht für ihren Plan begeistern.

Er bat Mike, ihn doch bitte zu Hause abzusetzen, wenn sie in die Stadt fahren. Mike stimmte natürlich sofort zu, denn er wusste, dass Joe noch einige Zeit brauchte, um das Erlebte zu verarbeiten. Er hatte schließlich erst vor einem Tag seine Kameraden verloren und Mike glaubte nicht, dass er sie noch einmal wiedersehen wird. Joe musste sich erst einmal richtig ausruhen und das konnte er wohl am besten zu Hause bei seinen Eltern. Joe konnte seinem Vater aber auf keinen Fall die Wahrheit über die Geschehnisse am See erzählen, er würde ihn sofort für total irre erklären. Joes Vater war ein echter Farmer und ein Ureinwohner dieser Gegend, er glaubte nur an Dinge, die er sehen konnte und auf die er auch im Notfall mit seinem Schrotgewehr schießen konnte, wenn es nötig wäre. Und wenn er eines am meisten hasste, dann waren es die „Irren, die sich die Geistergeschichten ausdachten, die sollte man alle zum Teufel jagen", sagte er immer wieder.

Und deshalb beschloss Joe, nicht ein Wort darüber zu verlieren, er würde ihm einfach erzählen, dass seine Bereitschaft beendet war und er jetzt einige Tage frei machen kann.

„Also gut, lasst uns aufbrechen", sagte Mike, während er sich von seinem Stuhl erhob. Mary und Joe standen ebenfalls auf, Mary sammelte die Kaffeetassen ein und stellte sie in das Spülbecken, dann verließen sie gemeinsam das Haus und stiegen in Mikes Wagen.

Während sich der alte, rostende Kombi auf der Hauptstraße durch die Stadt bewegte, sprach niemand ein Wort, jeder war in seine eigenen Gedanken vertieft. Joe dachte an seine Kameraden, es kam ihm alles so unwirklich vor.

Dass er noch hier war und nicht ebenfalls im See verschwunden war, hatte er seiner Angst vor Wasser zu verdanken. Er hatte nie schwimmen gelernt, hatte es aber auch nie versucht und wird es auch nie versuchen. Als Kind wurde er schon von seinen Freunden gehänselt. Wenn sie zusammen am See spielten und die Kinder im Sommer ins Wasser sprangen, dann stand Joe am Ufer und sah ihnen zu, wie sie im Wasser herumsprangen und tobten, sich gegenseitig nass spritzten oder ein Wettschwimmen veranstalteten. Er konnte sich nie dazu überwinden, den See zu betreten, er bekam Angstzustände, wenn er nur daran dachte. Er konnte sich diese Angst nicht erklären, da er eigentlich nie ein traumatisches Erlebnis im Zusammenhang mit dem See oder mit Wasser hatte. Auch seine Spitznamen wie „Weichei", „Warmduscher" oder „Mamasöhnchen", die die anderen Kinder ihm gaben, änderten nichts an seiner Einstellung zu Wasser oder zum Schwimmen im See, die Angst blieb und wurde nun verständlicherweise noch stärker.

Mary sah aus dem Seitenfenster, sie betrachtete die alten Holzfassaden der Häuser, die sich neben der Straße aneinanderreihten, während sie an ihnen vorbei fuhren. Sie dachte ebenfalls an ihre Kindheit zurück, sie hatte eine glückliche Kindheit und sah sich gerade mit ihren Freundinnen die Straße entlang laufen. Sie hatten immer viel Spaß zusammen und alberten ständig herum, wie kleine Mädchen eben so sind, sie ärgerten gerne die kleinen Jungen, die zwar im gleichen Alter waren, aber seltsamerweise in ihrer Entwicklung ständig hinter den Mädchen im Rückstand waren, sowohl körperlich als auch geistig.

Mary glaubte, dass Männer diesen Rückstand auch im Erwachsenenalter nicht mehr aufholen konnten, und musste schmunzeln. Als Kinder verbrachten sie fast den gesamten Sommer am See, sie brachten sich gegenseitig das Schwimmen bei, das Mary ihren eigenen Kindern nie erlauben würde – wenn sie mal eigene hätte. Sie bauten sich zusammen mit den Jungs Flöße aus umgestürzten, dünnen Baumstämmen, die sie aus dem an den See angrenzenden Wald holten, und fuhren damit auf dem See umher. Alles, was sie in ihrer Kindheit so angestellt hatte, war sehr gefährlich und leichtsinnig, aber es war trotzdem eine schöne Kindheit. Doch von ihren früheren Freundinnen wohnte kaum eine mehr hier, sie zogen nach und nach fort, denn Jobs gab es hier nur wenige und so suchten viele junge Leute ihr Glück in einer der großen Städte, einige studierten an der Ostküste.

Und obwohl sie sich als Kinder lebenslange Freundschaft schworen, hatte Mary kaum noch Kontakt zu ihren Freunden aus der Kindheit. Hin und wieder telefonierte sie noch mit ihrer damaligen besten Freundin, doch das wurde auch immer seltener. Mary dachte nie daran, diese Stadt zu verlassen, es war ihr Heimatort, sie fühlte sich hier wohl, kam auch finanziell einigermaßen über die Runden und begegnete schließlich Mike, ihrer großen Liebe.

Doch Mike war ein Globetrotter, er hielt es nie sehr lange an einem Ort aus – und so war es Marys größte Sorge, dass Mike eines Tages von diesem Ort die Schnauze voll hat und einfach verschwindet. Doch über diese Ängste hatte sie nie mit ihm gesprochen.

Mike lenkte seinen alten Kombi über die Hauptstraße, die Sonne ging gerade auf und ihre warmen Sonnenstrahlen vertrieben die letzten Nebelschwaden über den Feldern. Die Stadt schien wie ausgestorben, so früh war noch niemand auf den Beinen, aber in vier Stunden, zur Sonntagsmesse, da würde man auf dem Kirchplatz fast die gesamte Stadt antreffen. Selbst die Farmer machten sich am Sonntagmorgen auf den Weg in die Stadt, um der Messe beizuwohnen. Und anschließend traf man sich zu einem Bier in der Kneipe gegenüber der Kirche.

Mike fuhr gerade an der Kirche vorbei und sah zu Mary hinüber, die immer noch aus dem Seitenfenster schaute und in ihre Gedanken vertieft war.

Er dachte an den Tag, als er in diese Stadt kam, als er Mary kennenlernte, und eigentlich nur etwas trinken wollte.

Er blieb nie lange an einem Ort, ein oder zwei Tage, dann fuhr er weiter. Wenn ihm das Geld ausging, blieb er einige Wochen, suchte sich einen Job, und wenn er seine Kasse wieder aufgefüllt hatte, machte er sich wieder auf den Weg. Sein Traum war eigentlich, mit einer Harley auf der Route 66 von der Ostküste quer durch die Staaten bis nach San Francisco zu fahren, doch für eine Harley hatte er damals kein Geld und so blieb ihm nur sein alter Kombi als Alternative, was jedoch kein Ersatz war. Aber bis zur Westküste kam er nicht, er blieb in diesem Nest hängen – womit er nie gerechnet hatte und was er auch nie bereute. Er hatte sich damals sofort in Mary verliebt, so etwas war ihm vorher noch nie passiert, es hatte sofort zwischen den beiden gefunkt.

Mary sah noch immer verträumt aus dem Seitenfenster, während Mike ihre Hand nahm und sie zärtlich streichelte.

Mary drehte sich zu ihm um und lächelte.

Kapitel 7

Mike, Mary und Joe passierten die nördliche Stadtgrenze und erreichten nach einigen Minuten die Farm von Joes Eltern, die man bereits von der Hauptstraße aus sehen konnte. Mike verließ die Hauptstraße und fuhr die schmale Zufahrtstraße entlang, es war eigentlich keine richtige Straße, sondern eher ein festgefahrener Feldweg.

Zwischen den beiden Furchen, die sich nach jahrelangem Befahren des Weges gebildet hatten, wuchsen Gräser und Wildblumen.

Die Straße führte durch riesige Maisfelder auf der rechten und vorbei an grünen Wiesen mit grasenden Rindern auf der anderen Seite und endete direkt vor der Farm.

„Joe, wir sind da", sagte Mike und stoppte den Wagen.

„Alles klar mit dir, Joe?", fragte Mary.

„Alles klar", antwortete Joe, während er die Wagentür öffnete und den Wagen verließ, „ich danke euch. Und seid vorsichtig."

„Sind wir", sagte Mike. „Bis bald, Joe, und grüß deine Eltern von uns."

„Mach ich, bis bald", sagte Joe, schlug die Wagentür zu und ging langsam zum Farmhaus.

Mike und Mary schauten ihm noch einen kurzen Moment nach, dann wendete Mike den Wagen und fuhr zurück zur Hauptstraße.

„Glaubst du, Joe kann die ganze Sache verarbeiten?", fragte Mary und schaute besorgt zu Mike hinüber."Er macht mir immer noch einen verwirrten Eindruck."

„Er ist verwirrt", antwortete Mike. „Joe war eigentlich schon immer etwas verwirrt, aber er hat gerade seine drei Kameraden verloren und musste mit ansehen, wie die Kreatur im See den Doktor kaltgemacht hat, das wird er wohl in seinem ganzen Leben nicht vergessen."

„Würdest du bitte nicht so gefühllos über den Tod Doktor Millers sprechen", sagte Mary gereizt und schlug mit der flachen Hand gegen Mikes Hinterkopf.

„Au, was soll das?“, jammerte Mike wie ein kleiner Junge.

„Dann lass das bitte“, murmelte Mary. „Man spricht nicht so über Tote und auch nicht über Menschen wie Joe, die so ein schreckliches Erlebnis hatten.“

„Was soll ich denn sagen?“, versuchte sich Mike herauszureden. „Ich war schließlich auch am See und habe diese Kreatur live gesehen, vielleicht bin ich auch traumatisiert.“

„Das stimmt“, entgegnete Mary mit einem Grinsen, „aber das bist du schon seit deiner Geburt.“

„Soll das etwa heißen, dass ich nicht ganz normal bin?“, fragte Mike und verzog sein Gesicht zu einer Grimasse.

„Ja, das stimmt“, sagte Mary scherzhaft und schlug Mike nochmals leicht gegen seinen Hinterkopf. „Vielleicht hat man dich als Kind zu oft auf den Kopf geschlagen, so zum Beispiel.“

„Au, das tut weh“, sagte Mike und fasste sich mit einer Hand an den Kopf, „aber langsam gefällt es mir, schlag mich noch mal.“

„Ich wusste gar nicht, dass du auf Schmerzen stehst“, rief Mary lachend, „aber das kannst du haben, komm her.“

Sie scherzten noch etwas herum, während sie auf der Hauptstraße zurück zur Stadt fuhren, und verdrängten so ihre innersten Ängste, doch kaum hatten sie die Stadt erreicht, schossen ihnen wieder die schrecklichen Erinnerungen durch den Kopf. Sie wussten nicht wirklich, was sie tun sollten, eigentlich müsste sich der Sheriff um die Sache kümmern, doch der war wahrscheinlich im Augenblick genauso ratlos wie Mike und Mary.

Sie wollten dem Sheriff einen Besuch abstatten, nachdem sie Joe zu Hause abgesetzt hatten, doch er würde um diese Uhrzeit wohl kaum in seinem Büro sitzen. Aber Mike beschloss, trotzdem an Sheriff Stones Büro anzuhalten, um zu sehen, ob er vielleicht doch schon da war.

Mike hielt am Straßenrand direkt vor Stones Büro, er konnte in der Seitenstraße den Privatparkplatz des Sheriffs sehen, er war leer.

„Stone ist nicht da“, sagte Mike und sah auf seine Armbanduhr.

„Vielleicht kommt er heute gar nicht“, sagte Mary.

„Der ist jeden Tag in seinem Büro“, entgegnete Mike. „In einer Stunde beginnt die Messe, danach ist er auf jeden Fall hier.“

Sheriff Stone war zwar kein gläubiger Mensch, doch seit dem Tod seiner Frau ging er jeden Sonntag in die Kirche, und nach der Messe saß er in seinem Büro und versuchte, ein wenig Ordnung in sein Aktenchaos zu bringen.

Doch dies schien ihm nicht wirklich zu gelingen.

Mike und Mary verließen ihren Wagen und gingen zu dem vergitterten Fenster des Büros, Mike legte seine Hände links und rechts an seinen Kopf und versuchte, durch die Glasscheibe ins Büro zu sehen. Er konnte niemanden sehen, der Sheriff schien wirklich noch nicht da zu sein.

„Stone ist nicht da", sagte Mike zu Mary und ging weiter zur Eingangstür. Er drückte die Türklinke herunter – und tatsächlich, die Tür sprang auf.

„Was machst du denn da?", fragte Mary nervös. „Schließ sofort wieder die Tür! Wenn jetzt der Sheriff kommt und uns erwischt, dann …"

„Wobei erwischt?", fragte Mike und schob langsam die Tür auf. „Wir machen doch nichts. Die Tür ist nicht verschlossen, ich möchte nur mal kurz hineinsehen, sonst nichts."

„Das ist doch nicht normal, Stone lässt sein Büro bestimmt nicht unverschlossen", sagte Mary und hielt Mike am Arm fest. „Komm, bitte. Lass uns draußen warten, bis er kommt."

„Bleib du hier draußen, Mary, und sag mir sofort Bescheid, wenn er kommt", sagte Mike und begann sich langsam in Stones Büro zu schleichen.

„Was willst du denn da drin?", fragte Mary besorgt, während Mike bereits mitten im Raum stand.

„Ich will nur mal kurz etwas nachsehen", rief Mike, „bin gleich wieder da, pass auf und sag mir Bescheid, wenn Stone kommt."

Mary postierte sich so an der Straßenecke, dass sie die gesamte Hauptstraße in beide Richtungen übersehen konnte. Sie versuchte sich unauffällig zu verhalten, doch das fiel ihr schwer, sie lief nervös an der Straßenecke hin und her und zuckte bei jedem Motorengeräusch zusammen.

Mike ging unterdessen um den Schreibtisch herum, auf dem sich nach seinem letzten Besuch einen Tag zuvor die Akten- und Papierstapel mindestens verdoppelt hatten. Hier kann der Sheriff doch unmöglich noch etwas finden, dachte Mike.

Er begann, die Akten und die zahlreichen Papiere zu durchsuchen.

Ohne irgendein System zog er wahllos Papiere, Notizen und Fotos aus dem Papierberg, überflog sie kurz und legte sie anschließend wieder an ihren Platz.

Auch wusste er nicht, wonach er suchte.

Er fand nur Polizeiberichte über Raser, die sich nachts ein illegales Autorennen in der Stadt lieferten, über eine verschwundene Kuh, eine überfahrene Kuh, eine abgebrannte Scheune, usw.

Mike wusste gar nicht, dass in diesem Nest so viel passierte. Doch dann wurde er doch noch fündig. Er zog einen dicken Aktenordner aus einem der Stapel und öffnete ihn. Darin lagen neben unzähligen Berichten, Notizen und Briefen auch einige Fotos, auf denen das damals abgestürzte Flugzeug zu sehen war. Mike sah sich die restlichen Fotos an: Auf einem war ebenfalls das Flugzeug abgebildet und im Vordergrund standen die Besatzungsmitglieder zu einem Gruppenbild postiert. In der Mitte stand der Pilot, neben ihm der Kopilot und links und rechts jeweils eine Flugbegleiterin. Mike sah sich den Piloten etwas genauer an und dann bestätigte sich seine Vermutung: Er war sehr groß, er überragte die drei anderen Personen auf dem Foto, er hatte graues, langes Haar, das er zu einem Zopf zusammengebunden hatte, außerdem trug er einen Schnauzbart und eine blaue Uniform, an deren Ärmelenden sich drei goldene Streifen befanden. Die Kreatur im See war also tatsächlich der Pilot der Unglücksmaschine. Doch warum spukte er dort herum?

Mike durchsuchte weiter den Aktenordner, er fand einen Bericht der Flugüberwachung, doch in dem waren nur Flugdaten und Positionskoordinaten aufgelistet, mit denen Mike überhaupt nichts anfangen konnte. Einige Briefe vom FBI lagen ebenfalls dazwischen, die waren schon interessanter. Mike überflog sie kurz und fand heraus, dass das Flugzeug nicht einfach abstürzte, sondern irrtümlicherweise von US-Abfangjägern abgeschossen wurde. Der Pilot hatte, nach den Untersuchungen des FBI, seine planmäßige Flugroute aus unerklärlichen Gründen verlassen, reagierte nicht auf Funksprüche der Flugsicherung und der Piloten der Abfangjäger, und so hielt man es für eine Flugzeugentführung. Die Abfangjäger sollten Warnschüsse abgeben, um den Piloten des Flugzeugs zur Landung zu zwingen, doch dabei wurde das Flugzeug versehentlich getroffen und stürzte in den See. Nach weiteren Untersuchungen fand das FBI heraus, dass es sich nicht um eine Flugzeugentführung handelte, sondern wahrscheinlich um einen technischen Defekt, bei dem das Navigations- und Funksystem des Passagierflugzeugs ausgefallen war.

Um die ganze Sache zu vertuschen, wurde eine Bergung des Flugzeugwracks für technisch unmöglich erklärt. Da es keine Überlebenden gab, gab es auch keine Zeugen.

Und so wurde anschließend der See offiziell zur Begräbnisstätte der 62 Absturzopfer erklärt.

Sheriff Stone war also eingeweiht, er wusste über alles Bescheid und hatte nur eine Aufgabe: Er musste dafür sorgen, dass neugierige Reporter, Taucher und andere ungebetene Gäste dem Flugzeugwrack fern bleiben.

Das ist ihm auch bis jetzt gelungen.

Mike blätterte weiter in dem Aktenordner, er zog einige Zeitungsartikel heraus, ein Artikel berichtete kurz über den Absturz, ein anderer über die vergebliche Suche nach Überlebenden mit einem kleinen Foto der Suchmannschaft, und ein Artikel berichtete über die Trauerfeier am See und das anschließende Versenken der Gedenktafel mit den Namen der Opfer im See.

Auf einem Foto neben dem Artikel sah man die Trauergemeinde, im Vordergrund kniete ein Mann auf dem Boden, er trug normale Straßenkleidung, hatte aber einen bunten Federschmuck auf dem Kopf. Vor ihm auf dem Boden lag eine etwa einen mal einen halben Meter große, schwarze Steinplatte.

Die Sache mit der Gedenktafel hatte Mike zwar bereits von Mary erfahren, doch er war im Glauben, sie sei von der Stadt, dem Bürgermeister oder dem Staat Nevada gestiftet worden. In dem Artikel stand jedoch, dass der Pilot der Maschine indianische Vorfahren hatte und dass eine kleine Gruppe von Nachfahren dieses längst vergessenen Stammes darum bat, ihrem toten Stammesbruder die letzte Ehre zu erweisen. Es wurde ihnen gestattet – und so fertigten sie eine Steintafel an, meißelten die Namen der Opfer hinein und versenkten sie anschließend im See. Die Tafel sollte den Seelen den Weg zu ihrem letzten Ort zeigen, wo immer er auch sei, ansonsten wären sie für immer in dem See gefangen, so glaubten sie.

„Leute, da habt ihr aber irgendetwas falsch gemacht", sagte Mike laut vor sich hin.

Er las weiter in dem Artikel, als plötzlich Mary die Tür aufstieß und rief: „Der Sheriff, er ist gleich hier. Komm raus, Mike."

„Bin schon unterwegs", sagte Mike, nahm den letzten Zeitungsartikel, knüllte ihn zusammen und steckte ihn in seine Hosentasche. Dann schlug er den Aktenordner zu, verstaute ihn wieder in dem Aktenstapel und rannte aus dem Büro.

Mike und Mary erreichten gerade ihren Wagen, als der Sheriff an ihnen vorbei fuhr, in die Seitenstraße einbog und seinen Geländewagen auf seinem Parkplatz abstellte.

„Das war knapp", sagte Mary und stieg in den Wagen.

„Ja, das hast du gut gemacht", sagte Mike, stieg ebenfalls in den Wagen und startete den Motor. „Lass uns schnell verschwinden."

„Und? Hast du etwas gefunden?", fragte Mary.

„Ja, einiges", antwortete Mike, während er den Wagen auf der Hauptstraße Richtung Süden steuerte. „Ich habe einige interessante Dinge gefunden, zum Beispiel einen Bericht über die Trauerfeier damals nach dem Absturz.

Es stand auch etwas über diese Gedenktafel in dem Bericht, du hast mir gar nicht erzählt, dass sie von Indianern im See versenkt wurde."

„Ja, das stimmt", sagte Mary, „ich habe das damals alles nicht so richtig mitbekommen, ich musste immer nur an meine Eltern denken und da war es mir eigentlich ziemlich egal, wer und was dort jemand versenkt. Aber das stimmt, es waren damals einige Indianer dort, sie brachten diese Steintafel mit und warfen sie in den See. Es war irgendein religiöses Ritual, so genau weiß ich das gar nicht."

„Und ich weiß, wer das Gerippe im See ist“, sagte Mike und klopfte sich selbst mit einer Hand auf die Schulter. „Er war der Pilot der abgestürzten Maschine, er war indianischer Abstammung und für ihn war diese Steintafel gedacht, sie sollte seiner Seele den rechten Weg weisen, doch da ist wohl irgendetwas schief gelaufen.“

Mike und Mary beschlossen, erst einmal nach Hause zu fahren, sie konnten im Augenblick noch nicht viel mit diesen Informationen anfangen. Mike vermutete zwar, dass das alles irgendwie mit der Steintafel zu tun hatte, aber wie, wusste er nicht. Und er konnte auch nicht glauben, dass ein paar Hobby-Medizinmänner es fertigbrächten, mit einer Steintafel und einigen Zaubersprüchen Geister zu beschwören oder Tote aufzuwecken.

Aber irgendjemand oder irgendetwas musste es geschafft haben.

Sie erreichten ihr Haus und Mike parkte den Wagen direkt vor der Veranda. Sie stiegen aus dem Wagen und Mike setzte sich auf die Verandastufen, während Mary die Eingangstür öffnete.

„Möchtest du etwas trinken?“, fragte Mary und ging, ohne auf eine Antwort zu warten, ins Haus.

„Ja“, rief Mike, „Wasser bitte.“

Wasser, dachte er. Er würde jetzt lieber ein kaltes Bier trinken, doch damit wäre Mary um diese Uhrzeit sicher nicht einverstanden. Dies war einer dieser Momente, in denen Mike an früher dachte, als er noch alleine durch die Gegend zog. Damals konnte er Bier trinken, wenn es ihm danach war, ob am Morgen oder mitten in der Nacht, ganz egal, doch wenn man dann mit jemandem zusammenlebt, ändern sich automatisch einige Dinge. Die Kneipentour dauert nicht mehr einige Tage, sondern nur noch einige Stunden – und selbst dann geht man schon mit einem schlechten Gewissen nach Hause, und auch die Skatabende werden plötzlich seltener, weil die Frauen sich immer mehr vernachlässigt fühlen, bis sie so selten werden, dass man es ganz bleiben lässt.

Aber wehe, wenn die Frauen ihr Kaffeetreffen veranstalten, dann darf man sie auf gar keinen Fall stören, nur im äußersten Notfall, also nur, wenn z. B. gerade die Farm in Flammen steht oder ein

Krieg ausbricht – und das sind auch schon die zwei einzigen Notfälle, die für eine Störung infrage kommen.

Mike zog den Zeitungsartikel aus der Hosentasche und betrachtete das Bild, er hätte zu gerne gewusst, was es mit der Steintafel auf sich hatte. Doch erstens wusste er nicht, woher die Indianer damals kamen, und zweitens glaubte er nicht, dass sie ihm helfen würden, wenn er sie wirklich finden würde, denn vielleicht hatten sie ja mit Absicht die Toten zum Leben erweckt, oder besser gesagt, die Untoten.

Mary kam aus dem Haus und trat auf die Veranda, in den Händen hielt sie zwei große Gläser Wasser.

Sie setzte sich zu Mike auf die Verandastufen und gab ihm ein Glas.

„Bitte schön", sagte sie, „zum Wohl."

„Danke", antwortete Mike und trank einen großen Schluck.

„Was hast du denn da?", fragte Mary und schaute auf den Zeitungsartikel in Mikes Hand.

„Ach, das ist ein Zeitungsartikel über die damalige Trauerfeier", sagte Mike und hielt den Artikel in die Luft. „Auf dem Bild ist die Steintafel zu sehen."

„Woher hast du ihn?", fragte Mary und riss den Artikel aus Mikes Hand.

„Den hab ich aus Stones Büro mitgenommen."

„Bist du wahnsinnig?", rief Mary wütend. „Das ist Diebstahl. Du kannst doch nicht einfach etwas aus Stones Büro mitnehmen."

„Du siehst doch, dass ich das kann", sagte Mike mit einem breiten Grinsen. „Stone konnte ja auch einfach mein Video mitnehmen."

„Das ist doch wohl etwas ganz anderes, er ist der Sheriff", sagte Mary immer noch mit einem unfreundlichen Unterton in der Stimme.

„Dem Sheriff wird das Fehlen des Artikels doch gar nicht auffallen", sagte Mike und nahm ihn Mary wieder aus der Hand. „Mich wundert es sowieso, dass er in dem Chaos auf seinem Schreibtisch überhaupt noch etwas findet."

„Glaubst du wirklich, die Steintafel und die Indianer haben etwas mit der Kreatur im See zu tun?", fragte Mary.

„Ja, das glaube ich. Irgendwie passt das alles zusammen, der Pilot hat indianische Vorfahren, Indianer werfen eine Steintafel ins Wasser und beschwören die Geister und dann taucht plötzlich der Pilot als Gerippe aus dem See, das kann nur alles irgendwie zusammenhängen."

„Und was sollen wir nun tun?", fragte Mary besorgt und legte einen Arm zärtlich um Mikes Schultern.

„Wir müssten heraus bekommen, wie man den Fluch stoppen kann, wenn es überhaupt einer ist", antwortete Mike und legte ebenfalls einen Arm um Marys Hüfte.

„Ich habe eine Idee!", rief Mary und sprang auf, als hätte sie etwas in den Hintern gebissen. „Wir fragen Jake."

„Welchen Jake?", fragte Mike und machte dabei einen erstaunten Gesichtsausdruck. „Du meinst doch nicht Maiskolben – Jake?"

„Doch, na klar. Jake Mc Rian."

„Das ist doch nicht dein Ernst", sagte Mike und fasste sich mit der Hand an die Stirn. „Jake weiß vielleicht, wann sein Mais so weit ist, damit er ihn ernten kann, der ist froh, wenn er im Dunkeln seine Farm wiederfindet, wie soll der uns denn helfen?"

„Nein wirklich", sagte Mary und musste über Mikes Äußerungen lachen, „Jake kann uns vielleicht wirklich helfen, er hat auch indianische Vorfahren."

„Quatsch", sagte Mike, „Jakes Vorfahren kamen aus Schottland oder Irland, irgendwo dort aus der Ecke."

„Ja, das weiß ich auch", sagte Mary, „aber Jakes Urgroßmutter war Indianerin, und Jake hatte sich schon als Kind für die Bräuche und die Kultur der Indianer interessiert, er kennt sich gut mit dem Thema aus, er kann uns bestimmt helfen."

„Woher weißt du das alles?", fragte Mike erstaunt.

„„Ich bin hier aufgewachsen, schon vergessen?", sagte Mary mit einem breiten Grinsen, breitete ihre Arme aus und zeigte mit ihren Händen auf die Umgebung, während sie sich einmal im Kreis drehte.

Damit hatte sie Mike schon überzeugt, denn er sprang sofort auf und schlug vor, den Mc Rians einen Besuch abzustatten.

Mike und Mary stiegen in ihren Wagen, fuhren die kurze Zufahrtstraße bis zur Hauptstraße und bogen dann nach links in Richtung Süden.

Jakes Farm lag nur einige Kilometer vor der Stadt. Jake hatte die Farm von seinem Vater übernommen, genauso wie den alten Traktor und den 1965er Ford Pick-up, und auch den Maisanbau hatte er von seinem Vater gelernt.

Er wurde vor 50 Jahren auf der Farm geboren und hatte bisher nicht mehr gesehen als die Farm und die Stadt.

Grace, seine Frau, mit der er seit 30 Jahren verheiratet war, stammte ebenfalls aus der Gegend.

Sie stammte auch aus einer Farmerfamilie, war das Leben auf dem Land gewohnt, genau wie Jake, und sie wollten auch nie etwas an ihrem Leben ändern. Sie waren zufrieden mit dem, was sie hatten, auch wenn sie keine Kinder hatten und jetzt auch keine mehr wollten. Jake sagte immer, Gott hatte es eben nicht gewollt und daran konnte man nichts ändern. Grace dagegen hatte immer Hoffnung, dass es doch noch einmal funktionieren würde, doch mittlerweile hatte sie sich damit abgefunden und wollte in ihrem Alter eigentlich kein Kind mehr großziehen.

Mike und Mary sprachen kaum ein Wort miteinander, während sie die schmale Landstraße entlangfuhren, die, wie mit einem Lineal auf einer Landkarte gezogen, schnurgerade Richtung Süden führte und irgendwann auf den Highway traf, der in westlicher Richtung nach Kalifornien und in östlicher Richtung nach Arizona führte.

Mike drehte an dem Senderknopf des Radios herum und versuchte, einen Sender zu bekommen, der vernünftige Musik spielte, doch er fand nur zwei Sender. Der eine übertrug die Predigt eines selbst ernannten Messias, der den Untergang der Welt auf den Tag genau vorhersagen konnte, und der andere sendete wertvolle Haushaltstipps für die selbstbewusste Hausfrau.

Das gibt es doch gar nicht, dachte Mike, das machen die doch mit Absicht, um uns fertig zu machen, es muss doch irgendwo einen Musiksender geben.

Ich möchte doch nur etwas Musik hören. Wütend schaltete er das Radio aus und schlug mit der Hand auf das Armaturenbrett.

Mary reagierte nicht auf seine Wutausbrüche, sie hatte ihren Kopf auf ihre Schulter gelegt und sah aus dem offenen Fenster. Sie streckte ihren Arm heraus und hielt ihre offene Hand in den Fahrtwind, das brachte etwas Abkühlung.

Mary kannte Mike schon lang genug und wusste, dass seine Wutausbrüche nie lange andauerten. Auch mussten immer nur tote Gegenstände unter ihnen leiden, wie Armaturenbretter oder Balken auf seiner Baustelle, die unkontrollierte Axthiebe aushalten mussten, wenn Mike sich wieder einmal über völlig unwichtige Dinge aufregte, so glaubte Mary, doch für Mike gab es keine unwichtigen Dinge. Und wenn es eben nicht so lief, wie er es sich vorstellte, dann rastete er schon mal aus, auch wenn es eher selten war.

Kurz bevor sie den Highway erreichten, verließ Mike die Hauptstraße und bog auf eine schmale Schotterstraße, die im Zickzack um einige große Felsen herumführte und schließlich direkt vor dem Farmhaus der Mc Rians endete.

Grace Mc Rian saß auf der Veranda vor dem Haus in einem antiken Schaukelstuhl und schälte Kartoffeln mit einem riesigen Küchenmesser. Mit einer ungeheuren Geschwindigkeit griff sie neben sich aus einem Weidenkorb eine faustgroße Kartoffel, drehte sie blitzschnell in der Hand, während das riesige Messer in hauchdünnen Streifen die Schale von der Knolle trennte, dann ließ sie die nackte Knolle vor sich auf dem Boden in einen mit Wasser gefüllten Kochtopf fallen. Ein Ungeübter hätte bei dieser Aktion mit diesem Messer wahrscheinlich bereits mindestens einen Finger verloren.

Als Grace Mikes Wagen bemerkte, der sich, in einer grauen Staubwolke eingehüllt, langsam dem Haus näherte, stoppte sie ihre Arbeit und beobachtete über den Rand einer kleinen Lesebrille, die sie vorn auf der Nasenspitze trug, die herannahende Staubwolke.

„Jake, komm raus“, rief sie, ohne die Staubwolke aus den Augen zu lassen, „wir bekommen Besuch.“

Die Haustür hinter Grace öffnete sich und Jake trat hinaus, im typischen Farmer-Outfit, blaue Latzhose, die Hosenbeine bis an die

Knie hochgekrempelt, barfuß, freier Oberkörper, Cowboyhut und im Arm liegend ein doppelläufiges Schrotgewehr.

„Wer ist es?“, fragte Jake.

„Weiß nicht, kann ich nicht erkennen.“

Mike steuerte den Wagen direkt auf das Haus zu und stoppte ihn schließlich einige Meter vor der Veranda.

Als der Staub, den der Wagen aufgewirbelt hatte, sich langsam verzog, öffnete Mike die Wagentür und stieg aus dem Auto. Auch Mary verließ den Wagen und hob grüßend die Hand, dann rief sie:

„Hallo, Grace, hallo, Jake. Nicht schießen, ich bin's, Mary.“

Ja, und Mike, dachte Mike verunsichert und hob beide Hände in die Luft.

„Nimm die Hände runter, du Spinner“, sagte Mary lachend, ging um den Wagen herum und lief zu der Veranda.

Mike folgte ihr schweigend.

Grace erhob sich aus dem Schaukelstuhl und begrüßte die zwei herzlich mit einer Umarmung.

„Ihr müsst Jake entschuldigen“, sagte Grace und deutete mit der Hand auf das Gewehr, das Jake immer noch in den Händen hielt, „aber heutzutage weiß man nie, wer sich alles so in der Gegend herumtreibt. Jake, leg endlich das Ding weg.“

„Ja, ist ja schon gut“, sagte Jake und lehnte das Gewehr gegen die Holzwand neben der Tür, dann begrüßte er Mike und Mary mit einem kräftigen Handschlag.

„Setzt euch doch, ich hole etwas zu trinken“, sagte Grace. „Mary? Wasser? Und du, Mike, ein Bier?“

„Nein, Mike möchte auch Wasser“, sagte Mary, bevor sich Mike überhaupt äußern konnte.

„Danke Mary, dass du mir die Entscheidung abnimmst“, sagte Mike mit einem leichten Unterton in der Stimme.

„Kein Problem, dafür bin ich doch da“, antwortete Mary mit einem Lächeln.

„Aber ich nehme ein Bier“, sagte Jake und setzte sich zu Mike und Mary, die es sich bereits in einer Sitzecke auf der Veranda gemütlich machten, die Jake selbst aus massiven Baumstämmen gezimmert hatte.

Grace hatte bunte Sitzkissen genäht und mit ihnen die massiven Holzbänke ausgelegt.

Grace war nur einen kurzen Augenblick im Haus verschwunden, da stand sie schon wieder auf der Veranda, die Hände voll mit Gläsern und Getränken. Sie verteilte die Gläser auf dem Tisch, stellte eine große Glaskaraffe mit Eiswasser in die Mitte auf die Tischplatte und gab Jake sein Bier.

Mike beobachtete Jake, wie er die eiskalte Flasche Bier öffnete, sie an den Mund setzte und einen großen Schluck nahm.

Oh Jake, du Glücklicher, dachte Mike, *ich glaube nicht, dass Grace dir vorschreibt, wann du dein Bier trinken darfst und wann nicht.*

„Und, Leute, was treibt euch denn zu uns?“, fragte Grace, während sie die Gläser mit Eiswasser füllte.

„Nun ja, das ist nicht so einfach zu erklären“, sagte Mary und sah dabei Mike fragend an. „Es geht um den See. Es geschehen dort merkwürdige Dinge, unnatürliche Dinge.“

„Ja, diese Geschichten kennen wir doch schon“, unterbrach Grace lachend. „Ben hat uns schon einige Male von seinen Gespenstern erzählt.“

„Nein, Grace, das sind nicht irgendwelche Gespenstergeschichten“, sagte Mike. „Dort geschehen wirklicha fürchterliche Dinge, das glaubt ihr uns nie. Das sind Untote, die sich dort herumtreiben, und es gibt bereits Vermisste.“

„Wer wird vermisst?“, fragte Jake.

„Doktor Miller, Bob, Andy und Tom. Sie waren am Freitag am See, die Greens aus New York, ich weiß nicht, ob Sie sie kennen, sie hatten am See einen angeblichen Flugzeugabsturz gesehen und wir alarmierten den Sheriff und er die Jungs von der Feuerwehr. Doch es war kein Flugzeugabsturz, sondern ein Geisterflugzeug, das sie gesehen hatten.

Joe ist als Einziger von dem Rettungstrupp übrig geblieben, er erzählte von einer Kreatur, einem Skelett, das aus dem Wasser kam und sich die Jungs geschnappt hatte. Das glaubt uns kein Mensch.“

„Das glaubt euch auch kein Mensch“, sagte Grace mit ernster Miene.

„Erzähl von dem Video“, sagte Mary und stieß Mike mit dem Ellenbogen an.

„Ja, das wollte ich gerade tun. Ich war gestern Nacht mit Joe noch einmal am See, ich konnte die Geschichte auch nicht glauben und habe meine Kamera mitgenommen, vorsichtshalber, und da kam diese Kreatur doch tatsächlich aus dem Wasser, ich hatte alles auf Video aufgenommen, doch leider hat Stone die Kassette beschlagnahmt.“

„Und was sagt der Sheriff zu der Geschichte?“, fragte Jake.

„Der glaubt uns nicht“, sagte Mary leise.

„Er will es nicht glauben“, entgegnete Mike. „Er verdrängt es oder er will es vertuschen. Doch Mary und ich, wir haben eine Theorie.“

Mike zog den Zeitungsartikel aus der Hosentasche, legte ihn auf den Tisch und schob ihn zu Jake hinüber.

„Damals, nach dem Flugzeugunglück am See, haben einige Indianer eine Steintafel im See versenkt – offiziell eine Gedenktafel für die Opfer, dort auf dem Foto kann man die Tafel sehen. Wir glauben, es handelte sich um einen indianischen Kult, irgendein Zauber, um die Geister zu beschwören. Vielleicht ist auch bei diesem Ritual irgendetwas schief gelaufen und die Untoten geistern ungewollt dort herum. Nun ja, Mary glaubte, Sie könnten uns vielleicht weiter helfen.“

Jake hielt den Zeitungsartikel in der Hand und betrachtete das Foto.

„Ich war damals nicht mit am See“, sagte Jake, während er weiter das Foto betrachtete, „aber ich hatte davon gehört, also von der Sache mit den Indianern, doch ich dachte mir ehrlich gesagt nichts dabei. Wenn das wirklich ein Zauber oder ein Fluch war, nun, dazu gehört schon ein wenig mehr als eine Steintafel und ein paar Zaubersprüche. Aber nach dem, was ihr erzählt habt, mussten es die Medizinmänner damals wirklich geschafft haben.“

„Aber warum haben die das getan?“, fragte Mary.

„Nun ja, es gibt vielleicht mehrere Gründe“, antwortete Jake. „Ich kann auch nur Vermutungen anstellen. In dem Zeitungsartikel steht, dass der Pilot indianische Vorfahren hatte und die Steintafel seiner Seele die Reise zu ihrem letzten Ort erleichtern sollte. Das wurde früher wirklich gemacht, wenn man den Leichnam aus irgendwelchen Gründen nicht verbrennen konnte, wie in diesem Fall, wo der Tote vermutlich in dem Flugzeugwrack eingeschlossen war.

Die Seele kann dann den Körper nicht verlassen und bleibt für immer in ihm gefangen. Die Indianer glaubten, eine Schiefertafel mit dem eingeritzten Namen des Toten und einige geheime Zauberformeln würden die gefangene Seele befreien. Ich glaube nicht, dass es sich hier um ein Versehen handelt, einige Stämme praktizierten auch schwarze Magie, ähnlich einem Voodoozauber, und so etwas werden sie in diesem Fall auch angewandt haben. Vielleicht wollten sie den Piloten bestrafen, aber ich glaube, sie wollten eher die noch Lebenden bestrafen, die sich in der Nähe des Sees aufhalten.

Offenbar geben sie den Menschen hier die Schuld für die Flugzeugkatastrophe. Das sind aber alles nur Vermutungen von mir, es kann auch ganz andere Ursachen für diese Geschehnisse geben."

„Aber wenn es wirklich so war, wie sie vermuten", sagte Mary mit einem hoffnungsvollen Gesichtsausdruck, „könnten Sie uns dann helfen, diesen Fluch zu stoppen oder rückgängig zu machen?"

„Das weiß ich nicht. Wenn, dann ist das nicht so einfach. Ich müsste mich erst einmal schlaumachen und mich gründlich vorbereiten. Eines kann ich allerdings jetzt schon sagen: Das waren damals Havasupai-Indianer, das erkenne ich an ihrem Kopfschmuck hier auf dem Foto. Sie lebten früher im Tal des Grand Canyon, mehr weiß ich leider nicht, noch nicht. Sobald ich mehr über sie herausgefunden habe, melde ich mich bei euch."

Mike und Mary waren sichtlich enttäuscht, sie hatten gehofft, mehr darüber zu erfahren und von Jake vielleicht sogar sofort Hilfe zu bekommen, doch nun waren sie kein Stück weiter als vorher, auch wussten sie nicht, wie lange.

Jake dafür brauchte, um die nötigen Informationen zu beschaffen.

Sie verabschiedeten sich von Grace und Jake, der nochmals versprach, sich sofort bei ihnen zu melden, sobald er mehr Informationen hatte.

Mike und Mary stiegen in den Wagen, winkten noch einmal mit den Armen zum Abschied aus den offenen Seitenfenstern und fuhren dann die staubige Schotterstraße zurück zur Hauptstraße.

„Das war ja eine irre Geschichte", bemerkte Grace, während sie neben Jake auf der Veranda stand und Mike und Mary hinterher sah. „Wie kommt man auf so was?"

„Glaubst du ihnen nicht?", fragte Jake und beobachtete weiter die Staubwolke, die sich rasch entfernte.

„Du glaubst die Geschichte doch nicht etwa, Jake?"

„Natürlich, warum nicht?"

„Weil es Schwachsinn ist. Ben hat diese Geschichte auch verbreitet, alles Schwachsinn. Und Ben? Bei dem ist auch ne Schraube locker."

„Red nicht so über Ben. Der ist vielleicht etwas merkwürdig, aber der ist doch nicht verrückt?!"

„Trotzdem alles Schwachsinn."

„Das glaube ich nicht. Mike hat alles auf Video."

„Welches Video? Er hat kein Video, das hat doch angeblich der Sheriff."

„Grace, du musst nicht immer alles infrage stellen. Es gibt Dinge zwischen Himmel und Erde, von denen wir nicht zu träumen wagen."

„Jake, du hättest Pfarrer werden sollen."

„Was hältst du davon, Mike?", fragte Mary, während sie wieder verträumt aus dem offenen Seitenfenster sah.

„Was soll ich von was halten?", fragte Mike etwas gereizt. „Von Jake? Nun, eine große Hilfe war er ja nun nicht gerade, dieser Super Indianerfachmann, oder meinst du seine Spekulationen? So weit war ich doch auch schon."

„Warum bist du denn jetzt so gereizt?", fragte Mary und sah Mike wütend an. „Er kann ja schließlich nicht alles wissen, er hat doch gesagt, er wird sich informieren und sich dann sofort bei uns melden."

„Warum ich gereizt bin? Willst du das wirklich wissen? Es ist heiß, viel zu heiß, um mit dieser Karre sinnlos durch diese gottverlassene

Gegend zu fahren, so viel Flüssigkeit kann ich nie mehr aufnehmen, wie ich in dieser Scheißkarre ausschwitze, ich bin müde, ich habe Hunger und Durst, aber nicht auf Wasser, ob mit oder ohne Eis, auf gar kein Wasser, sondern auf ein Bier, ein eiskaltes Bier, so kalt, dass der Flaschenhals beim Trinken an den Lippen anfriert!"

„Mike, ich glaube du überreagierst."

„Ich mache was?", schrie Mike.

„Du hast ja recht, es ist heiß", sagte Mary leise, um ihn nicht noch zusätzlich zu provozieren.

„Sonst hast du nichts dazu zu sagen?", fragte Mike jetzt ebenfalls mit einer etwas ruhigeren Stimme und schaute dabei zu Mary hinüber.

„Ich weiß schon, was du hören willst", sagte Mary mit einem Lächeln und sah dabei weiter aus dem Seitenfenster. „Wenn wir zu Hause sind, mache ich uns etwas zu essen, du setzt dich auf die Veranda in den Schatten und dann bekommst du auch dein Bier."

Mike sagte nichts darauf, er sah nur gerade aus durch die von Staub und Fluginsektenleichen fast undurchsichtig gewordene Windschutzscheibe und sein gerade noch wutverzerrter Mund formte sich plötzlich zu einem breiten Grinsen.

Den Nachmittag verbrachten Mike und Mary auf ihrer Veranda, nachdem sie jeder eine Jumbo-Pepperoni-Pizza verdrückt hatten, die Mary eigentlich als eiserne Reserve im Tiefkühlfach deponiert hatte.

Sie diskutierten noch lange über Jake und sein Wissen über Indianer und ihre Rituale, über das Wetter und die unerträgliche Hitze, doch am Abend waren sie gemeinsam der Meinung, dass sie unmöglich etwas gegen das Wetter unternehmen konnten. Nun ja, und die Sache mit Jake – sie beschlossen abzuwarten, was Jake herausfand, und hofften, dass er ihnen helfen könnte.

Kapitel 8

Ben saß an seinem Schreibtisch und war mit der Abrechnung beschäftigt. Er sortierte Anmeldekarten.

Die Karten von abgereisten Gästen, die ihre Rechnung bezahlt hatten, steckte er in eine kleine, grüne Kiste auf seinem Schreibtisch. Die Anmeldekarten von Gästen, die noch in seinem Motel wohnten, das war zurzeit nur ein Trucker, steckte er in eine blaue Kiste, und die Karten von abgereisten Gästen, die ihre Rechnung nicht bezahlt hatten und sich einfach aus dem Staub gemacht hatten, steckte er in eine rote Kiste, um die musste sich der Sheriff kümmern.

Doch meist hatte er kein Glück, denn die eingetragenen Personalien auf den Anmeldekarten, die in der roten Kiste steckten, waren häufig falsch, und so blieb Ben in diesen Fällen oft auf den unbezahlten Rechnungen sitzen.

Als er mit seiner Abrechnung fertig war, ging bereits die Sonne unter. Er nahm eine Dose Bier aus dem Kühlschrank, der sich in dem Wohnraum hinter dem Büro befand, löschte das Licht und beschloss, das Bier auf der Veranda zu trinken, während er dabei den Sonnenuntergang beobachtete.

Die Sonne verschwand gerade hinter den Bergen und färbte den Himmel in ein tiefes Rot, einige Schleierwolken zogen vorbei und es war immer noch warm, erst spät in der Nacht würden die Temperaturen auf ein erträgliches Maß fallen. Und auch in den nächsten Tagen würde sich nichts an der Wetterlage ändern, der erste Regen würde wahrscheinlich erst im September fallen, wie jedes Jahr.

Ben dachte an den See und an das Flugzeug, das er schon einige Male gesehen hatte, und er war wütend darüber, dass ihm niemand glauben wollte. Doch nun würde er es allen beweisen, sie würden staunen, wenn er wieder zurückkommt und ihnen die Fotos zeigt. Die werden Augen machen, dachte Ben.

Er hatte sich einen Tag zuvor bei Toni eine gebrauchte Fotokamera gekauft. Er hatte sie zufällig in Tonis Schaufenster liegen sehen, zwischen einem gusseisernen Topfset und einer gebrauchten Motorsäge.

Nun, es war zwar nicht gerade ein topaktuelles Modell, doch Toni versprach ihm, dass sie in einem einwandfreien Zustand sei und er Superfotos mit ihr schießen könne. Toni legte noch einen Film ein, den er Ben großzügigerweise kostenlos überließ, und knöpfte ihm schließlich 50 Dollar für die Kamera ab, die sie aber auf keinen Fall mehr wert war. Doch Ben war glücklich über seinen Kauf und trug die Kamera stolz den ganzen Tag um den Hals.

Und in dieser Nacht wollte er sie ausprobieren. Er hoffte nur, er könne die Kamera auch in der Nacht benutzen, denn sie besaß kein Blitzlicht, da Toni keins in seinem Sortiment hatte.

Aber in ein oder zwei Stunden würde der Mond aufgehen und dann müsste das Mondlicht eigentlich ausreichen, um ein paar gute Fotos zu schießen, dachte Ben. Wenn das Flugzeug überhaupt erscheint, denn er hatte es nicht immer gesehen, wenn er am See war. Doch es musste einfach erscheinen, er musste allen beweisen, dass er kein Spinner war.

Ben saß auf der Veranda in einem alten Campingstuhl, nippte hin und wieder an der Dose Bier und beobachtete dabei den westlichen Horizont. Der Himmel hatte inzwischen eine graublaue Färbung angenommen, einige einzelne Sterne waren zu sehen, die sich in der Nacht vervielfältigen und den gesamten Nachthimmel zu Tausenden erleuchten würden.

Die Sonne verschwand gerade hinter den Bergen, die ihre graubraune Farbe gegen ein tiefes Schwarz eingetauscht hatten, nur deren Umrisse leuchteten kurz hell auf, als würden Tausende Feuer auf den Gipfeln brennen – und dann verschwand auch dieses Leuchten und es wurde schlagartig finster. Ben schaute hinauf zu den Sternen und nippte weiter an seinem Bier. Die Sterne faszinierten ihn, schon als kleiner Junge saß er am Abend oft einige Stunden auf der Veranda und beobachtete sie. Es gab so viele von ihnen, kleine und große, hell leuchtende und weniger helle, einige schienen zu blinken und andere wechselten scheinbar ihre Farbe.

Ben glaubte nicht, dass es nur diesen einen Planeten gab, auf dem sich intelligentes Leben entwickelt haben soll. Obwohl, mit der Intelligenz ist es immer so eine Sache. Er glaubte nicht, dass irgendwo im Universum eine höhere Intelligenz lebt, die ihren eigenen Planeten oder sogar ihre eigene Spezies vernichten würde. Das ist wohl eher das Privileg von primitiven Lebewesen, wie hier auf der Erde. Vielleicht sitzt gerade jetzt irgendwo dort oben ebenfalls jemand vor seiner Behausung und beobachtet die Sterne – so wie Ben.

Ben konnte sie stundenlang beobachten, ohne auch nur einmal den Blick von ihnen abzuwenden.

Doch heute hatte er keine Zeit dafür, er musste etwas erledigen, etwas Wichtiges, wichtiger als die Sterne, und man würde ihn bewundern, ihn und seinen Mut, wenn er wieder zurück war und jedem in der Stadt die Fotos zeigte.

Ben trank den letzten Schluck aus der Dose und warf sie anschließend in den Abfalleimer an der Eingangstür direkt neben dem Getränkeautomaten. Er erhob sich aus dem Campingstuhl, nahm die Kamera, die er bereits seit dem frühen Morgen um den Hals trug, in beide Hände und betrachtete sie stolz von allen Seiten.

Auch einige Probeaufnahmen hatte er schon gemacht, vom großen Reklameschild an der Einfahrt zum Motel, von einem Vogel, der am Morgen die Veranda nach etwas Essbarem absuchte, der jedoch so schnell unterwegs war, dass Ben wahrscheinlich nur die Holzdielen der Veranda fotografiert hatte, aber nicht den Vogel.

Aber das Ergebnis konnte er sich leider erst nach der Entwicklung des Films ansehen, um die sich Toni anschließend kümmern wollte, sobald Ben den Film voll hatte. Ben hatte Toni nichts von seinem Vorhaben erzählt, doch dieser konnte sich natürlich denken, dass Ben die Kamera für seine Beobachtungen am See benutzen wollte, allerdings glaubte Toni, Ben wollte wieder einmal Liebespärchen am See auflauern – und so würde er als Erster die pikanten Fotos zu Gesicht bekommen. Und mit den Abzügen könne er sicher noch ein paar Dollar nebenbei machen, doch was Ben wirklich fotografieren wollte, davon hatte er keine Ahnung.

Es wird Zeit aufzubrechen, dachte Ben, denn er wollte auf keinen Fall das Geisterflugzeug verpassen.

Er öffnete die Eingangstür einen Spalt breit, griff mit der Hand hindurch und drehte das hinter der Glasscheibe angebrachte Schild mit der Aufschrift „OPEN“ herum, sodass die rückwärtige Aufschrift „CLOSED“ zu sehen war. Dann schloss er die Tür wieder und verriegelte das Schloss mit einem Schlüssel seines Schlüsselbundes, den er an einer dünnen Kette an seiner Hose trug.

Ben verließ die Veranda und lief quer über den Parkplatz in Richtung Hauptstraße, auf der er anschließend in Richtung Süden weiter ging und nach etwa zwanzig Minuten den See erreichen würde.

Nach kurzer Zeit erreichte Ben den Weg, der durch die Maisfelder zum See führte, er blieb stehen und schaute in das Dunkel, das zwischen ihm und dem See lag.

„Na klasse“, sagte er laut zu sich selbst, „ich hätte eine Taschenlampe mitnehmen sollen.“

Ben ging langsam weiter, ganz vorsichtig setzte er einen Fuß vor den anderen, er konnte den Boden unter seinen Füßen nicht sehen, so dunkel war es, und bis der Mond aufging, würde es noch mindestens eine Stunde dauern.

Links und rechts am Wegrand bewegte sich der Mais in der lauen Sommerbrise leicht hin und her und gab dabei ein leises Rascheln von sich. Sonst war es absolut still, nur Bens Schritte auf dem trockenen Boden waren zu Hören. Vorsichtig ging er weiter.

Plötzlich schnellte etwas aus dem Mais, direkt auf Ben zu, der es erst bemerkte, als es sich bereits direkt vor seinem Gesicht befand. Er blickte in zwei kleine, rotleuchtende Augen und darunter blitzten zwei messerscharfe Fangzähne.

Es schlug mit seinen Schwingen und Ben verspürte den kühlen Luftzug in seinem Gesicht.

„Aaah, aaah“, schrie Ben und schlug mit seinen Armen unkontrolliert um sich, „geh weg, geh weg!“ Dann entfernte es sich wieder und flog über dem Mais davon. „Eine Fledermaus!“, schrie Ben. „Eine gottverdammte Fledermaus, hau bloß ab, du Mistvieh!“ Ben musste sich erst einmal von dem Schrecken erholen und blieb noch einen Augenblick stehen, er versuchte langsam und gleichmäßig zu atmen, er spürte seinen Herzschlag, der noch immer zu schnell und auch unregelmäßig war. Ben fasste sich an die Brust und überwachte seinen Herzschlag, der allmählich wieder in seinen normalen und regelmäßigen Rhythmus zurückkehrte.

Es war nur eine Fledermaus, dachte er, *es war doch nur eine verdammte Fledermaus.*

Ben ging langsam weiter. „Wo bleibt denn der Scheißmond!", rief er laut fluchend.

Plötzlich blieb er wieder stehen und horchte in die Dunkelheit. Ein Rascheln kam aus dem Mais, als würde jemand absichtlich an den Maispflanzen rütteln, dann ein Knacken und wieder dieses Rascheln. Ben zuckte zusammen, sein Herz verlor komplett seinen Rhythmus und hämmerte unkontrolliert in seiner Brust, als wolle es sich mit Gewalt daraus befreien und mit einem kräftigen Sprung Bens Körper verlassen.

„Wer ist da?", schrie Ben, am ganzen Körper zitternd. „Ko... ko... komm raus und zeig dich, du Sch... Schwein."

Ben fing an zu stottern, das passierte ihm nur, wenn er nervös wurde oder wahnsinnige Angst hatte, so wie jetzt.

Plötzlich hörte er ein erneutes Rascheln im Mais direkt neben sich. Ben rannte los, ohne sich einmal umzudrehen, rannte er den Weg hinunter. Er konnte so gut wie nichts sehen, den Weg konnte er nur erahnen. Da der Mais links und rechts am Wegrand eine natürliche Abgrenzung bildete und sich durch ein absolutes Schwarz vom dunklen Himmel etwas absetzte, nutzte er diese Barriere zur Orientierung und versuchte, immer in der Mitte des Weges zu bleiben, schon allein, um nicht zu dicht an den Mais zu geraten, wer weiß, was darin auf ihn lauerte.

Ben lief so schnell er konnte und erreichte schließlich das Ende des Maisfeldes und somit auch das Ende des Weges. Er rannte direkt auf den See zu, dann ein Stück die Uferböschung entlang, wobei er einige kniehohe Sträucher übersprang, bis er schließlich den alten Holzsteg erreichte, oder was von ihm übrig geblieben war.

Ben blieb stehen und ging in die Hocke, dann ließ er sich nach hinten fallen und legte sich auf den sandigen Boden. Er bekam kaum Luft, er öffnete seinen Mund so weit er konnte und versuchte, so viel Luft in seine Lungen zu pumpen, wie hineinging, aber jeder Atemzug schmerzte. Ben glaubte, er würde innerlich verbrennen.

In solchen Augenblicken sagte sich Ben, dass ein bisschen Sport zwischendurch vielleicht doch nicht geschadet hätte. Zeit dafür hatte er jede Menge, nur die nötige Motivation fehlte ihm.

Ben blieb noch eine ganze Weile auf dem Boden liegen, er streckte seine Arme und Beine aus und schaute zum Himmel hinauf. Der Schmerz in seiner Brust ließ langsam nach und das Atmen fiel ihm nun auch wieder etwas leichter.

Nach etwa zehn Minuten ging es ihm schon wieder besser, er setzte sich auf und betrachtete den See.

Die Wasseroberfläche war spiegelglatt, und obwohl sich die Sterne auf ihr spiegelten, wirkte der See irgendwie unheimlich und bedrohlich. Auch war kein Geräusch zu hören, das war noch unheimlicher, es war absolut still, selbst das leise Plätschern des Wassers, wenn es in kleinen Wellen auf das Ufer trifft, war nicht zu hören, denn da waren keine Wellen.

Das Wasser war absolut ruhig, als wäre der See eingefroren, und selbst dann wäre irgendein Geräusch zu hören gewesen.

Ben schaute in Richtung Süden, wo sich der Himmel über den Hügeln etwas erhellte, und kurz darauf erhob sich an der Stelle der Mond, der zügig über die Hügelkette kroch, die in der Nacht von ihrer Form her an einen riesigen, schlafenden Drachen erinnerte.

Die Dunkelheit um Ben herum hellte sich allmählich auf und der Mondschein hüllte alles in ein leicht bläuliches Licht, die Bäume am gegenüber liegenden Ufer warfen lange Schatten auf die Wasseroberfläche.

„Gott sei Dank“, sagte Ben laut und betrachtete den Mond. „Was hab ich dich vermisst.“

Ben sah wieder zum See hinüber und suchte mit seinen Augen systematisch die Wasseroberfläche ab, auf der Suche nach irgendeiner Unregelmäßigkeit, etwas Nebel, einem aus dem Wasser ragenden Flugzeugteil, oder einfach nur nach einer Welle, aber es war nichts zu sehen. Schließlich schaute Ben auf den vor ihm liegenden Holzsteg.

„Au Mann, was ist denn mit dem Steg passiert?“, fragte er sich laut. „Der sieht ja aus, als hätte ihn jemand in die Luft gesprengt.“

Das ist ein gutes Motiv, dachte Ben. In einer Zeitschrift hatte er schon einmal so ähnliche Motive gesehen, dort waren Fotos von Künstlern abgedruckt, die unter anderem ein altes Fischerboot liegend an einem einsamen Strand, einen Leuchtturm mit untergehender Sonne im Hintergrund oder auch einen einzelnen Baum in einer Winterlandschaft zeigten. *Und dieser zerfallene Holzsteg mit dem See im Hintergrund ist ideal für ein solches Foto,* dachte Ben.

Er nahm die Kamera, die er immer noch um den Hals trug, in beide Hände und hielt sie vor sein Gesicht.

Er versuchte krampfhaft, ein Auge zu schließen, während er mit dem anderen Auge durch den Sucher blickte, doch es gelang ihm nicht, das funktionierte schon am Morgen nicht, er konnte nur beide Augen gleichzeitig schließen.

Ihm blieb also nichts anderes übrig, als sich eine Hand vor ein Auge zu halten und mit der anderen die Kamera zu bedienen, was für Ben nicht ganz einfach war. Er versuchte, die Kamera ruhig zu halten, der Steg befand sich nun genau in dem grünen Rahmen, den er im Sucher sehen konnte, und drückte auf den Auslöser. Ein leises Klicken war zu hören. Ben nahm die Kamera herunter und transportierte den Film weiter, indem er mit dem Daumen ein kleines Rad direkt neben dem Auslöser gegen den Uhrzeigersinn drehte, so wieToni es ihm gezeigt hatte.

„Ich mach vorsichtshalber noch ein Foto“, murmelte Ben vor sich hin und richtete erneut die Kamera auf den Holzsteg. Doch plötzlich hörte er ein Geräusch hinter sich, er hielt die Kamera weiter vor sein Gesicht, bewegte sich jedoch nicht und versuchte mit den Augen nach links und nach rechts zu blicken, ohne den Kopf zu drehen, doch aus den Augenwinkeln heraus konnte er nichts sehen.

Ben wagte es nicht, den Kopf zu drehen, und so blieb er regungslos sitzen und wünschte sich, unsichtbar zu sein, genauso wie früher, wenn er etwas ausgefressen hatte und seine Mutter ihn dabei erwischte, dann blieb er auch einfach regungslos stehen und sagte zu sich selbst: „Oh lieber Gott, lass mich unsichtbar werden.“

Aber es funktionierte nicht, weder in seiner Kindheit noch später als Erwachsener, und so saß er am Ufer des Sees und fühlte sich in diesem Augenblick noch schlechter als noch vor einigen Minuten in den Maisfeldern. Sein Herz pochte und schlug in seinem Brustkorb so heftig, dass er glaubte, es würde jeden Moment zerreißen und er würde tot zusammenbrechen. Dann hätte dieses Ding hinter ihm endlich das erreicht, was es schon in den Maisfeldern mit Ben vorhatte.

Er versuchte, sich auf das Geräusch hinter sich zu konzentrieren, um die Entfernung abzuschätzen, doch im Augenblick hörte er in seinen Ohren nur das Pochen seines Herzschlages, das ihm wie der dumpfe Klang von Urwaldtrommeln vorkam.

Ben kniff die Augen zusammen, so fest, dass seine Augenlider schmerzten, und hielt vor Angst die Luft an. Insgeheim glaubte er, so nicht entdeckt zu werden, doch es dauerte nicht lange, da gab er diesen Versuch wieder auf und atmete weiter, oder besser gesagt, er hechelte, wie ein Läufer, der sich nach einem 200-Meter-Sprint an den Rand der Rennbahn setzt und erschöpft nach Luft schnappt.

Doch plötzlich hörte er erneut ein Geräusch hinter sich, das genau auf ihn zukam. Es waren Schritte, langsame, gleichmäßige, auf dem sandigen Boden knirschende Schritte. Ben zitterte am ganzen Körper und die Verschlussklappe, die an einem dünnen Band vorn am Objektiv der Kamera herunterhing, die er immer noch in den Händen hielt, schlug währenddessen gegen das Gehäuse und erzeugte ein helles Klappern.

Doch Ben hielt es nicht mehr länger aus, er ließ die Kamera los, stützte sich mit den Händen auf dem Boden ab und drehte sich blitzschnell herum.

„Aaa!"

Ein Schrei durchbrach die Totenstille dieser Nacht. Es war jedoch nicht Bens Schrei, sondern Joes, der plötzlich vor ihm stand und durch Bens plötzliche Drehung dermaßen erschrak, dass er lauthals aufschrie und sich rückwärts auf den Boden fallen ließ.

„Verdammt, musst du mich so erschrecken?!", rief Joe, während er auf dem Boden saß und sich mit den Händen an die Brust fasste. „Ich hätte fast eine Herzattacke bekommen."

„*Ich* habe dich erschreckt?“, antwortete Ben und drehte sich jetzt sitzend komplett zu Joe herum. „Ich bin bald gestorben vor Angst, ich dachte, da kommt sonst was aus dem Mais und das wäre jetzt mein Ende. Wie lange schleichst du denn schon hier herum?“

„Bin gerade gekommen“, sagte Joe. „Was machst du denn hier?“

„Das könnte ich dich genauso gut fragen“, antwortete Ben und versuchte, mit den Händen unauffällig die Kamera zu verbergen.

Doch Joe hatte sie bereits entdeckt. „Na, Ben, wohl wieder auf Pärchenjagd?“, sagte Joe mit einem breiten Grinsen und deutete mit dem Finger auf die Kamera.

„Quatsch“, entgegnete Ben wütend, „ich werde etwas fotografieren, da fallen dir die Augen raus. Ihr habt mir nie geglaubt, aber heute Nacht werde ich es allen zeigen und dann …“

„Du meinst doch nicht etwa das Geisterflugzeug?“, unterbrach ihn Joe.

„Ganz genau, aber woher weißt du …“

„Ich hab's gesehen“, sagte Joe leise. „Und nicht nur das. Das, was *ich* gesehen habe, das wirst du mir nie glauben.“

Joe erzählte ihm die ganze Geschichte, angefangen von dem angeblichen Flugzeugabsturz, dem Verschwinden von Bob, Andy und Tom, der Kreatur, die sich den Doktor geholt hatte, bis hin zu dem Videofilm, den Mike am See aufgenommen hatte.

„Ich hielt es zu Hause einfach nicht mehr aus“, erzählte Joe weiter. „Ich kann nicht schlafen, ich werde wahnsinnig, wenn ich zu Hause sitze und dauernd daran denken muss. Mit meinem Vater kann ich nicht darüber sprechen, der würde mich wahrscheinlich sofort in eine Klapsmühle einweisen lassen. Ich musste einfach hierher kommen, vielleicht finde ich doch noch einen meiner Kameraden, sie leben vielleicht noch, wer weiß. Und wenn ich weit genug vom Ufer entfernt bleibe, kann mir nichts passieren, das habe ich selbst gesehen, diese Kreatur konnte den See nicht verlassen, und wenn sie es dennoch versuchen würde, verbrennt sie. Das habe ich mit meinen eigenen Augen gesehen.“

Ben war wie erstarrt und sah Joe nur regungslos an.

„Das, das hab ich noch nie gesehen“, sagte Ben mit zitternder Stimme. „Nur das Flugzeug habe ich gesehen, mehrmals.

Aber meistens nur ganz kurz. Es verschwand immer sofort wieder, oder es tauchte gerade auf und dann rannte ich sofort davon. Aber das ... nein, nein. Du willst mir nur Angst einjagen!", rief Ben lachend und schlug mit seinen Händen auf seine Oberschenkel. „Aber das ist dir wirklich gelungen. Verdammt, und ich falle auch noch darauf rein."

„Ich weiß genau, was du jetzt denkst", sagte Joe und sah Ben verzweifelt an, „aber genau so war es, ich würde genauso reagieren, aber ..." Joe stockte und sah mit weit aufgerissenen Augen zum See hinüber.

„Ich glaube, heute bekommst du ein paar gute Fotos", sagte Joe und zeigte mit dem Finger auf den See.

Ben drehte seinen Kopf und sah ebenfalls zum See hinüber. Inmitten des Sees stiegen riesige Luftblasen auf, an der Oberfläche zerplatzten sie und ihnen entwich weißer Rauch, der sich auf der Wasseroberfläche ausbreitete und einen feinen Nebelschleier bildete. Das Wasser begann zu brodeln und der Nebel wurde dichter, langsam entstand eine Nebelwand, die immer mehr Konturen annahm und schließlich die Form des Geisterflugzeugs hatte. Der Nebel breitete sich weiter auf dem See aus, und als die Nebelwand plötzlich aufbrach, konnte man das Flugzeug erkennen, das auf der Wasseroberfläche schwamm, es lag ganz ruhig da wie ein Ausflugsdampfer, der vor Anker lag und seine Gäste erwartete.

Kein Geräusch war zu hören, auch war die Kabine nicht erleuchtet, ganz anders als die Erscheinung, die Joe letzte Nacht zusammen mit Mike auf dem See gesehen hatte.

„Ich glaube, jetzt wäre der optimale Zeitpunkt für ein paar Fotos, bevor das Ding wieder verschwindet", sagte Joe und deutete auf Bens Kamera.

„Na klar ..., sicher ..., jetzt", stammelte Ben nervös und hantierte wild mit seiner Kamera herum.

Schließlich hatte er die Situation wieder im Griff und schoss einige Fotos hintereinander.

„Alles klar, im Kasten", sagte Ben plötzlich wie ein Profifotograf, der gerade erfolgreich sein Fotoshooting beendet hatte, und beide mussten lachen.

„Ich habe alles, was ich wollte", sagte Ben, während er die Verschlusskappe auf das Objektiv der Kamera steckte. „Ich werde wieder verschwinden. Und was machst du? Bleibst du noch?"

„Ja, ich bleibe noch", antwortete Joe bedrückt. „Ich werde in sicherer Entfernung das Ufer absuchen, vielleicht finde ich irgendeine Spur von meinen Kameraden. Ich weiß nicht, was ich sonst tun soll."

Ben und Joe standen auf und betrachteten das auf dem Wasser schwimmende Flugzeugwrack. Es wippte jetzt leicht hin und her, langsam drehte es sich um die eigene Achse und verdrängte mit dem aufrecht in die Luft ragenden Heckflügel die Nebelschwaden, die sich in kreisenden Bewegungen von dem Flugzeug entfernten und sich schließlich auflösten.

„Siehst du das, Joe?", fragte Ben und deutete mit dem Finger auf das Wrack. „Es verändert sich."

Es veränderte sich tatsächlich. Grüne Algen krochen aus dem Wasser über die Außenhaut des Flugzeugs, die Farbe blätterte ab, und noch bevor die darunter liegende Metalloberfläche sichtbar wurde, war bereits der gesamte Rumpf mit einer dichten Algenschicht überzogen. Die Scheiben der kleinen Fenster bekamen Risse und fielen dann fast gleichzeitig in sich zusammen. Nun begann sich das Flugzeugwrack schneller zu drehen, es erzeugte Wellen auf dem Wasser, die sich kreisförmig bis ans Ufer fortpflanzten und dort ein leises Plätschern von sich gaben, als sie auf das Ufer trafen.

Langsam sank das Wrack, indem es mit dem Cockpit zuerst in den entstehenden Strudel eintauchte, Wasser drang in sämtliche Öffnungen, um schließlich an einer anderen Stelle durch den enormen Druck und begleitet durch ein lautes, schrilles Pfeifen wieder herauszuschießen. Das Flugzeug tauchte weiter ein, Luft entwich dem Wrack, oberhalb der Wasseroberfläche begleitet von einem grauenvollen Rauschen, und unterhalb der Wasseroberfläche entstanden riesige Luftblasen, die an die Oberfläche drängten und das Wasser zum Kochen brachten.

Dann verschwand das Flugzeug schließlich im See, einige Luftblasen waren noch zu sehen und Nebelschwaden lagen auf dem Wasser, die sich rasch auflösten. Dann lag der See wieder ruhig da, als wäre nichts geschehen, umgeben von bewaldeten Hügeln, und seine Oberfläche, auf der sich der Sternenhimmel spiegelte, war schwarz und glatt.

„War das immer so?", fragte Joe und sah Ben erstaunt an.

„Nein", sagte Ben, „es war immer anders. So habe ich es auch noch nie erlebt. Einmal schwebte es etwa ein Meter über der Wasseroberfläche, ein anderes Mal versank es gerade und einmal schwamm es auf dem Wasser, bestimmt eine halbe Stunde lang, bevor es versank, da hatte es aber noch die weiße Lackierung."

„Vielleicht löst es sich ja langsam auf", sagte Joe, „und irgendwann ist es ganz verschwunden."

„Das will ich hoffen", meinte Ben und sah noch einmal zum See hinüber.

„Sieh nur!", rief Ben plötzlich und deutete mit dem Finger auf den See direkt neben die Überresten des alten Holzstegs. „Da liegt etwas im Wasser. Das sieht aus wie …"

„Da würde ich lieber nicht hingehen", sagte Joe und hielt Ben am Arm fest, der gerade zum Ufer gehen wollte.

„Warum?", fragte Ben. „Glaubst du, das ist dieses Skelett, von dem du mir erzählt hast?"

„Ich weiß es nicht, ich will es aber auch nicht herausfinden."

Ben und Joe standen einen Augenblick ganz ruhig da und versuchten aus sicherer Entfernung zu erkennen, was oder wer dort auf dem Wasser lag.

Langsam trieb dieses Ding aus dem Schatten des Holzstegs heraus und bewegte sich, jetzt vom Mondschein angestrahlt, weiter in Richtung Ufer.

Jetzt konnten sie es erkennen. Es war auf jeden Fall ein menschlicher Körper, auch wenn sie noch nicht sagen konnten, wer es war.

Ben und Joe gingen einige Schritte näher, dabei achteten sie aber stets auf einen ausreichend großen Sicherheitsabstand zum Ufer.

Schließlich erkannte Joe die Person, die mit dem Gesicht nach unten auf dem Wasser trieb, sie hatte die Arme und Beine von sich gestreckt und trug einen dunklen Ledermantel. Auf dem Rücken war in großen, weißen Druckbuchstaben ein Name zu erkennen: B O B

Es war Bob, der Chef der Feuerwehr. Joe und seine Kameraden trugen während ihrer Einsätze stets eine dunkle, feuerfeste Uniform und einen schwarzen Ledermantel, der im oberen Rückenbereich mit dem jeweiligen Vornamen in großen, weißen Druckbuchstaben versehen war. So konnten sie sich während eines Einsatzes jederzeit erkennen, wenn sie z. B. bei einer Brandbekämpfung Atemschutzgeräte trugen oder die Sicht durch Rauchentwicklung beeinträchtigt war.

Joe schluchzte und schlug seine Hände vors Gesicht. Er hatte zwar Schlimmes befürchtet, doch insgeheim hoffte er, er würde seine Kameraden, wenn nicht unverletzt, aber zumindest lebend finden. Doch nun musste er davon ausgehen, dass es Andy und Tom wohl auch nicht geschafft hatten. Und wenn sie alle von derselben Kreatur angegriffen wurden, die sich den Doktor geschnappt hatte, dann waren ihre Chancen gleich null, noch einmal lebend aus dem See zu kommen.

„Es ist Bob“, sagten Ben und Joe fast gleichzeitig.

Ben machte einen hastigen Sprung und stand plötzlich direkt am Wasser. Er war so schnell, dass es Joe gar nicht richtig mitbekam. Dann aber schrie er: „Was machst du denn da? Komm sofort wieder zurück!“

„Aber wir müssen ihm doch helfen!“, schrie Ben und fasste bereits mit beiden Händen nach den Beinen des auf dem Wasser leicht hin und her schaukelnden, leblosen Körpers.

„Du kannst ihm nicht mehr helfen!“, schrie Joe. „Er ist tot. Sie sind alle tot. Komm da weg, sonst bist du es gleich auch.“

Doch Ben winkte nur ab und begann, Bob an den Beinen aus dem Wasser zu ziehen. Er packte jeweils einen der schweren Stiefel, rammte seine Füße in den schlammigen Boden wie ein Teilnehmer bei einer Tauzieh-Meisterschaft, der auf den Startschuss wartete, und zog mit aller Kraft.

Das war jedoch schwieriger, als er dachte. Ben schaffte es nur, die Beine von Bob ans Ufer zu ziehen, der gesamte Oberkörper hing immer noch im Wasser, und so sehr er auch an den Beinen zerrte, Bob bewegte sich einfach nicht. Sein Körper und seine Kleidung hatten sich mit so viel Wasser voll gesogen, dass es für Ben unmöglich war, ihn aus dem Wasser zu ziehen.

„Fass doch mal mit an!“, schrie Ben schnaufend und immer noch an den Beinen zerrend. „Er ist zu schwer, ich bekomm ihn allein nicht rausgezogen!“

Zögernd näherte sich Joe den beiden, er fasste vorsichtig eines von Bobs Beinen und begann langsam daran zu ziehen.

Doch Bob bewegte sich immer noch nicht. So sehr sie auch zogen, er bewegte sich nicht von der Stelle, als würde er sich mit seinen eigenen toten Händen festhalten, indem er sie in den schlammigen Grund eingrub, um sich anschließend mit aller Kraft wieder zurück in sein feuchtes Grab zu ziehen.

„Zieh doch!“, schrie Ben.

„Was glaubst du, was ich hier mache?“, entgegnete Joe genervt. „Glaubst du, ich schiebe?“

Gleichzeitig ließen sie Bobs Beine los, die dumpf auf den Boden fielen.

„Er ist einfach zu schwer“, sagte Ben und wischte sich einige Schweißtropfen aus dem Gesicht.

„Oder wir sind zu schwach“, antwortete Joe, der die ganze Zeit gespannt die Wasseroberfläche beobachtete.

„Was siehst du denn da?“, fragte Ben und schaute ebenfalls auf den See.

„Nichts“, flüsterte Joe, „ich sehe nichts. Gott sei Dank sehe ich nichts.“

„Fass noch mal mit an“, sagte Ben plötzlich, während er vorsichtig ins Wasser ging. „Ich werde von hinten schieben.

Vielleicht hängt er irgendwo fest.“

„Was machst du denn da!“, schrie Joe. „Komm sofort wieder aus dem Wasser.“

Doch Ben stand bereits bis zu den Knien im Wasser und griff gerade nach Bobs Schultern, als er plötzlich laut aufschrie: „Aaah, da hat mich was gebissen! Aaah, schon wieder!“

Joe war starr vor Angst und rührte sich nicht von der Stelle.

Ben versuchte, seine Beine zu heben, um nach dem beißenden Ding unter Wasser zu treten und es zu vertreiben, doch er konnte sie nicht bewegen, irgendetwas hielt seine Beine fest und verursachte einen höllischen Schmerz in den Waden.

Ben versuchte zu strampeln und drehte seinen Körper hin und her, dann verlor er das Gleichgewicht, er ruderte wild mit den Armen, um die Balance zu halten, schaffte es aber nicht und fiel rückwärts mit voller Wucht auf die Wasseroberfläche.

Das durch den Aufprall verdrängte Wasser spritzte hoch in die Luft und einige Tropfen flogen bis ans Ufer direkt in Joes Gesicht, der sofort zusammenzuckte, sich aber weiterhin nicht von der Stelle rührte. Er stand nur da, mit weit aufgerissenen Augen starrte er auf Ben und fing plötzlich leise an zu wimmern.

Ben hingegen schrie und schlug mit den Armen um sich, er versuchte sich los zu reißen, doch es gelang ihm nicht – er trieb langsam ab und entfernte sich immer weiter vom Ufer.

Plötzlich schien dieses Ding, das sich in seinen Waden fest gebissen hatte, von ihm abzulassen. Ben verspürte noch ein leichtes Brennen, verursacht von den offenen Wunden an seinen Beinen, aber das Ding schien wirklich verschwunden zu sein.

Ben versuchte, mit den Füßen den Grund des Sees zu berühren, um zurück zum Ufer zu gehen, doch der See war an dieser Stelle bereits zu tief. Er musste schwimmen, normalerweise kein Problem, wenn diese Schmerzen in seinen Beinen nicht gewesen wären. Ben ruderte mit den Armen und versuchte, den Kopf über Wasser zu halten, seine Beine hingen schlaff herunter, jede Bewegung schmerzte – und so versuchte er, die Beine ruhig zu halten. Er kam nur langsam voran und musste immer wieder eine Pause einlegen. Er legte sich auf den Rücken, ruderte langsam mit seinen Armen, um an der Oberfläche zu bleiben, und schaute hinauf zu den Sternen. *Was für ein Bild,* dachte er, *so viele Sterne, das kann man gar nicht beschreiben, das müsste man fotografieren können.* „Verdammt!“, schrie er plötzlich. „Meine Kamera! Wo ist meine Kamera?“

Hektisch fasste er sich an die Brust, nichts, dann tastete er seinen Hals ab und suchte nach dem Trageriemen der Kamera, ebenfalls nichts.

„Ja super, meine Kamera ist weg!“, rief Ben laut und sah zum Ufer hinüber. „Hast du gehört, Joe? Meine Kamera ist weg!“

Joe stand noch immer regungslos am Ufer. „Was willst du jetzt mit deiner Scheißkamera?“, flüsterte Joe leise vor sich hin. „Du brauchst keine Kamera.“

Dann schrie er plötzlich hysterisch: „Du brauchst nie mehr eine Kamera! Hi, hi, hi. Nie mehr!“

Im selben Augenblick stiegen Luftblasen um Ben herum an die Oberfläche, zuerst nur einige einzelne, dann wurden es immer mehr, bis das Wasser um Ben herum zu kochen schien.

In Panik schlug Ben um sich, er ruderte wild mit den Armen und versuchte, so schnell wie möglich das Ufer zu erreichen.

Doch plötzlich schoss vor ihm etwas aus dem Wasser und packte ihn an den Armen. Ben erkannte es sofort, es war die Kreatur, von der Joe erzählt hatte, lange, graue Haare, die nass und strähnig an einem verwesenden Schädel herunterhingen, aus den schwarzen Augenhöhlen lief Wasser heraus, das sich über die Wangenknochen ergoss und schließlich an dem spitzen, knöchernen Kinn abtropfte. Der Kiefer war leicht geöffnet und wirkte fast wie ein hämisches Grinsen, in dem gelbgrüne Zähne steckten, die schon leichten Ansatz von Algenbewuchs aufwiesen.

Irgendetwas bewegte sich in der dunklen Mundhöhle und plötzlich kroch ein schleimiger Aal heraus, er wand sich wie eine Wüstenotter, die versuchte, ihr zusammengefallenes Erdloch zu verlassen, schließlich schaffte er es, kroch komplett zwischen den beiden Zahnreihen hindurch, fiel hinunter ins Wasser und verschwand.

Ben versuchte sich loszureißen, doch es gelang ihm nicht. Die Kreatur hielt ihn fest. Wie Schraubstöcke umklammerten die knochigen Finger Bens Arme und bohrten sich langsam in das Fleisch. Blut tropfte aus den Wunden und färbte das Wasser rot. Ben schrie auf, die Schmerzen waren unerträglich, aber die Kreatur ließ nicht locker.

Plötzlich schoss eine weitere Kreatur direkt neben Ben aus dem Wasser. Sie ähnelte der ersten Kreatur, sie besaß ebenfalls einen noch nicht vollständig verwesten Schädel, an dem noch einige schleimige Hautfetzen herunterhingen, aus einer Augenhöhle floss Wasser heraus und in der anderen lag noch ein fast intaktes Auge, das langsam nach vorn rollte, aus der dunklen Augenhöhle fiel und mit einem leisen Plätschern auf der Wasseroberfläche landete, wo es langsam davon trieb. Ben musste würgen und stand kurz davor, sich zu übergeben.

Die zweite Kreatur trug langes, schwarzes Haar, das ebenfalls nass und strähnig herunterhing und in dem stellenweise grüne Algen klebten. Sie öffnete etwas den Mund, oder was davon noch übrig war, und der Unterkiefer klappte mit einem leisen Knirschen nach unten. Der Geruch von Fäulnis trat Ben entgegen und er würgte erneut.

Die Kreatur packte Ben und umfasste seinen Brustkorb mit ihren knochigen Händen, dann drückte sie zu. Ben bekam keine Luft mehr, sie hatte seinen Brustkorb so fest umklammert, dass es für Ben unmöglich war, noch einen einzigen Atemzug zu tun.

Ihm wurde schwarz vor Augen, und obwohl das Wasser zu dieser Jahreszeit eine angenehme Temperatur hatte, zum Abkühlen war es schon fast zu warm, wurde ihm plötzlich kalt. Er zitterte und fühlte seine Beine nicht mehr, die Schmerzen in seinen Waden waren verschwunden, auch seine Arme spürte er nicht mehr. Er spürte eigentlich nichts mehr, außer diese unangenehme Kälte, die langsam in seinen Körper kroch und nach und nach jeden einzelnen Muskel, jede Sehne und jeden Knochen befiel.

Plötzlich sah er seine Eltern, sie saßen auf der Veranda vor dem Motel und beobachteten ihn, wie er auf dem Vorplatz mit einem Ball spielte, und sie klatschten freudig in die Hände, wenn er den Ball mit dem Fuß traf und dieser dann quer über den Vorplatz flog. Dann saß Ben auf seinem ersten Fahrrad und drehte große Kreise vor dem Motel, während sein Vater ihn begeistert anfeuerte. Er wollte von seinem Rad springen und zu seinem Vater laufen, um ihn zu umarmen, aber in diesem Augenblick zogen ihn die Kreaturen unter die Wasseroberfläche, das Wasser schoss ihm in die Nase und in den Mund, es drang in seinen Hals, floss die Luftröhre hinunter und füllte sofort die Lungen. Die Luft entwich in großen Luftblasen, die tanzend an die Oberfläche trieben.

Dann spürte Ben nichts mehr – keine Kälte, keine Schmerzen, keine Angst.

Joe stand noch immer am Ufer und sah auf den See hinaus, er hatte alles mit angesehen, konnte sich jedoch nicht bewegen. Er hatte seine Augen weit aufgerissen, es schien, als würden sie jeden Augenblick aus den Höhlen fallen, seine fest zusammen gepressten Lippen formten sich zu einem leichten Lächeln. Sein Lächeln wurde breiter, sein Mund öffnete sich und ein lautes, schallendes Gelächter drang heraus. Sein Gesicht lief rot an und das Lachen veränderte sich zu einer Kombination aus lautem Schreien und einem kindlichen Gekicher.

Der Wahnsinn hatte ihn eingeholt, er hatte sein Gehirn befallen und alle normalen Gehirnfunktionen unterbrochen. Joe war nur noch in der Lage, ein lautes, kreischendes Gekicher von sich zu geben.

Plötzlich bewegte sich etwas vor ihm auf dem Boden. Joe schaute zu Bob, dessen Beine noch immer aus dem Wasser ragten und sich plötzlich bewegten. Es war keine richtige Bewegung, sondern mehr ein Zucken.

Doch dann bewegten sich Bobs Arme, seine Hände gruben sich in den schlammigen Untergrund und versuchten, den sonst leblosen Körper zurück in den See zu ziehen. Immer wieder packten Bob's Hände nach, um neuen Halt zu bekommen und den Körper wieder ein Stück tiefer in den See zu befördern.

Joe unterbrach sein kreischendes Gelächter und beobachtete Bob einen kurzen Moment dabei, wie er versuchte, wieder zurück in den See zu kriechen, doch dann begann er wieder, laut kreischend loszulachen.

Bob kroch weiter zurück in sein feuchtes Grab, sein Kopf lag bewegungslos auf der Seite, sein Mund und seine Augen waren weit geöffnet, nur seine Arme schienen sich zu bewegen und vollführten gleichmäßige Ziehbewegungen.

Seine Beine hinterließen zwei schmale Schleifspuren auf dem sandigen, feuchten Boden, bis er schließlich komplett im Wasser verschwand.

Joe stand noch immer da und lachte. Doch plötzlich lief er los, direkt ins Wasser, als hätte er sich überlegt, seinem Kameraden nun doch zur Hilfe kommen zu wollen, doch dafür war es auf jeden Fall zu spät.

Joe schien nicht zu wissen, was er tat, sein vom Wahnsinn kontrolliertes Gehirn gab seinen Beinen das Kommando: GEHT LOS. GEHT INS WASSER. GEHT. Und sie gehorchten.

Er lief immer weiter in den See, das Wasser reichte ihm bereits bis zur Brust, mit den Armen machte er ruderähnliche Bewegungen, die nur entfernt an Schwimmbewegungen erinnerten, da Joe in seinem Leben nie schwimmen gelernt hatte.

Joe lief immer weiter, er kicherte, während das Wasser bereits seine Lippen berührte, Wasser drang in seinen Mund, das Kichern veränderte sich zu einem Gurgeln. Joe schluckte Wasser und spuckte es wieder aus, immer wieder, er atmete es ein, dann versank er. Seine Hände schlugen noch ein- oder zweimal auf die Wasseroberfläche, dann war er verschwunden.

Darauf wurde es ruhig. Die aufgewühlte Wasseroberfläche beruhigte sich wieder, ein paar kleine Wellen rollten noch Richtung Ufer, wo sie mit einem leisen Plätschern verschwanden. Der See lag wieder ruhig da und auf seiner glatten Oberfläche spiegelte sich der Mond, umringt von Tausenden von Sternen.

Kapitel 9

Jake war schon früh auf den Beinen. Er hatte letzte Nacht kaum geschlafen, träumte immer wieder vom See, sah grauenvolle Kreaturen, die aus dem Wasser ans Ufer krochen, um ihren Opfern aufzulauern.

Immer wieder wachte er schweißgebadet auf. *Das hat mir gerade noch gefehlt,* dachte Jake, *solche Albträume hatte ich zuletzt vor 40 Jahren.*

Grace bekam von alle dem nichts mit, sie schlief tief und fest. Sie schnarchte laut, hin und wieder grunzte sie einmal kurz, wenn sie sich an ihrem eigenen Speichel verschluckte, wälzte sich blitzschnell von einer Seite auf die andere und schnarchte weiter.

Die Sonne ging gerade auf und kroch langsam über die Berge. Jake war in der Küche beschäftigt, er nahm sich ein Stück Käse aus dem Kühlschrank, schnitt eine dicke Scheibe von dem Brot ab, das er anschließend wieder in die Brotkiste auf der alten Anrichte zurücklegte, und goss sich einen Kaffee ein. Dann verließ er das Haus und setzte sich auf die Veranda. Er beobachtete den Sonnenaufgang während er abwechselnd in den Käse und in das Brot biss, zwischendurch schlürfte er den Kaffee.

Er hatte Mike und Mary versprochen, sich um das Problem am See zu kümmern, und so wollte er sich so früh wie möglich auf den Weg machen.

Zuerst wollte er es bei seinen Freunden im Indianerreservat versuchen, vielleicht konnten sie ihm helfen.

Außer Jakes langen, schwarzen Haaren, die zu einem Zopf zusammengebunden unter seinem Cowboyhut herausschauten, erinnerte nichts an ihm an einen Indianer.

Doch er glaubte fest daran, dass das Blut seiner indianischen Vorfahren auch in seinen Adern floss, und gerade deshalb interessierte er sich besonders für die Kultur seiner Ahnen.

Er hatte den Menschen im Reservat schon immer geholfen, so gut er konnte, und war dort auch jederzeit gerne gesehen. Und nun war es an der Zeit, sie um Hilfe zu bitten – er war fest davon überzeugt, dass sie ihm helfen konnten.

Seine Frau Grace schlief noch und Jake hatte auch nicht vor, sie zu wecken. Sie hatte noch nie Interesse an Jakes Unternehmungen gezeigt, sie kümmerte sich lieber um das Haus und ihren kleinen Kräutergarten, während Jake sich um die Farm kümmerte und jede freie Minute mit seinen indianischen Freunden verbrachte.

Er unterstützte sie mit Rat und Tat bei dem Ausbau ihrer Landwirtschaft oder erledigte mit ihnen wichtige Behördengänge, denn auch heute gab es immer noch Menschen, die weder lesen noch schreiben konnten, was Jake anfangs gar nicht glauben konnte.

Doch dieses Problem war nicht nur auf die Reservate beschränkt, dieses Problem gab es überall.

Jakes bester Freund im Reservat war der Vorsteher, er hieß George Coloradas und wurde als „Dorfältester" verehrt.

George bezeichnete sich selbst als Bürgermeister seiner kleinen Siedlung, die aus 28 Mobilheimen und ebenso vielen Familien bestand. Sie betrieben Landwirtschaft und etwas Viehzucht und lebten ruhig und in Eintracht mit der Natur, so, wie ihre Vorfahren es taten, bevor der weiße Mann ihr Land eroberte.

Sie pflegten die alten Rituale und Tänze, die sie bei ihren Dorffesten aufführten, und George beherrschte sogar die Fähigkeiten der alten Medizinmänner. Niemand wusste, wie er zu diesen Fähigkeiten kam oder wer sie ihm gelehrt hatte, eigentlich wollte es auch niemand wissen und er sprach auch nie darüber.

Jake beschloss, sich mit George zu treffen, er konnte ihm bestimmt weiter helfen.

Jake schlürfte seinen Kaffee, während er den aufsteigenden Nebel beobachtete, der durch die Strahlen der Morgensonne aus seinen Feldern getrieben wurde. Die Nebelschleier legten sich schützend über den reifen Mais, vereinzelt schoss ein Vogel aus dem Feld in die Luft, gab einige grelle Pfiffe von sich, um dann im Sturzflug wieder im Mais zu verschwinden.

Jake drehte sich eine Zigarette, das war auch eine Art Ritual für ihn, er brauchte morgens einen starken Kaffee und eine „Selbstgedrehte“, dann konnte der Tag beginnen.

Er zündete sie an und sah auf seine Armbanduhr.

„Es wird Zeit“, sagte er zu sich selbst, ging ins Haus und holte seine Wagenschlüssel.

Eine Nachricht für Grace brauchte er nicht zu hinterlassen. Wenn sie wach wird und bemerkt, dass Jake und der Wagen verschwunden sind, dann gibt es für sie nur zwei Möglichkeiten: Entweder er ist in der Stadt oder im Reservat.

Jake stieg in den Wagen, fuhr die Zufahrtstraße hinauf zur Hauptstraße und dann weiter nach Süden Richtung Highway.

Kurz vor dem Highway verließ er die Hauptstraße und bog nach rechts ab in Richtung Westen.

Die Straße war früher die Hauptverbindung zwischen Arizona, Nevada und Kalifornien, bevor sie durch den Highway ersetzt wurde.

Seither wurde sie kaum noch benutzt, sie endete praktisch mitten im Indianerreservat und ihr Zustand war mittlerweile mehr als sanierungsbedürftig. Jake versuchte, durch geschickte Ausweichmanöver den unzähligen Schlaglöchern auszuweichen, um so einem Schaden an seinem Wagen vorzubeugen.

Das gelang ihm allerdings nicht immer und so gab es jedes Mal einen heftigen Schlag im Wageninneren, wenn er einem Loch in der Asphaltdecke nicht mehr rechtzeitig ausweichen konnte.

Doch das konnte Jake nicht davon abhalten, weiter mit 60 Meilen pro Stunde die Straße entlangzufahren. Nach etwa einer Stunde „Extremteststrecke“ erreichte Jake das Indianerdorf.

Er fuhr direkt zu Georges Mobilheim, das zentral direkt an der Straße lag. Es herrschte bereits reges Treiben in dem kleinen Dorf, die Menschen waren unterwegs zu ihren Feldern oder standen vor ihren Häusern und unterhielten sich miteinander, die Kinder gingen in die Schule, die ebenfalls in einem der Mobilheime untergebracht war. Sie wurden von einem Privatlehrer unterrichtet, der von der Dorfgemeinschaft finanziert wurde.

Jake liebte dieses Dorf, er war gerne hier, die ganze Atmosphäre wirkte so beruhigend auf ihn und er liebte diese Menschen, die scheinbar keine schlechten Gedanken kannten.

Jake stellte seinen Wagen am Straßenrand ab, und während er aus dem Wagen stieg, kam George bereits aus seinem Haus.

George war etwa genauso alt wie Jake, auch er hatte lange Haare, die er jedoch stets offen trug und gelegentlich mit einem bunten Stirnband schmückte. Er trug Jeans, Cowboy-Stiefel und bedeckte seinen freien Oberkörper mit einer braunen Lederweste, die mit allerlei Indianerschmuck verziert war.

Seine Körpergröße war gewaltig, mindestens zwei Meter zehn, und sein markantes Gesicht erinnerte sofort an einen großen Indianerhäuptling.

„Hallo, Bleichgesicht", rief Georg lachend.

„Ich grüße dich, du alte Rothaut", rief Jake zurück.

So begrüßten sich die zwei des Öfteren, oder sie verhakten ihre Arme, hüpften im Kreis herum und vollführten einige Indianertänze.

George schritt die zwei Stufen seiner kleinen Veranda hinunter, die sich direkt vor seinem Mobilheim befand.

Jake lief um seinen Wagen herum und begrüßte ihn mit einem kräftigen Händedruck, dann umarmten sie sich, sahen sich kurz gegenseitig an und umarmten sich erneut – als hätten sie sich eine Ewigkeit nicht gesehen, was allerdings höchstens ein paar Tage zurücklag.

„Hallo, Jake", sagte George, „ich freue mich, dich zu sehen. Ich habe dich schon erwartet."

„Ich freue mich auch", sagte Jake erstaunt. „Wieso hast du mich erwartet? Hast du jetzt auch noch telepathische Fähigkeiten?"

„Nein", antwortete George und fing an zu lachen, „ich habe dich gehört. Also deinen Wagen habe ich gehört, die alte Klapperkiste. Ich glaube, ich konnte ihn schon hören, seitdem du die Hauptstraße verlassen hattest."

„Hey, hey. Nichts gegen meinen Wagen", sagte Jake und lachte ebenfalls. „Er hat mich noch nie im Stich gelassen."

„Komm mit ins Haus, ich habe gerade Kaffee aufgesetzt."

Jake und George betraten das Mobilheim. Mit einem Mobilheim im herkömmlichen Sinne hatten diese Behausungen natürlich nichts mehr zu tun. Es waren eher Häuser auf Rädern.

Hinter der Eingangstür befand sich der Wohnraum, von dem aus eine Tür zum Bad führte, und in die andere Richtung ging es in die Küche und von dort aus ins Schlafzimmer.

Einige dieser Häuser besaßen noch ein bis zwei Kinderzimmer, sie waren dann aber auch erheblich größer als Georges Haus. Doch er lebte allein und für eine Person war das Platzangebot mehr als ausreichend.

Jake setzte sich in einen der gemütlichen Rattansessel, die zu einer Sitzecke um einen runden Tisch angeordnet waren, während George in die Küche ging, um den Kaffee zu holen.

„Was führt dich denn so früh am Morgen zu mir?", rief George aus der Küche, während er den Kaffee in zwei riesige Kaffeetassen goss. „Hat Grace dich raus geworfen? Oder hattest du nur Lust auf einen richtigen Kaffee, einen Kaffee für richtige Männer?"

George kam lachend aus der Küche und stellte die zwei Tassen auf den Tisch, dann setzte er sich ebenfalls in einen der Rattansessel.

„Nein, mein Freund", sprach Jake nachdenklich und nippte an dem Kaffee, „ich brauche deine Hilfe."

„Oh Mann, Jake. Jetzt gefällst du mir aber überhaupt nicht. Was ist denn passiert? Ist etwas mit Grace?"

„Nein, nein. Alles in Ordnung. Es geht um den See. Es gab ja schon seit Langem so unheimliche Gerüchte, ich weiß nicht, ob du auch schon davon gehört hast. Geistergeschichten, du weißt schon. Vor Jahren ist dort ein Flugzeug abgestürzt und im See versunken. Immer wieder wurde das Wrack gesichtet, noch Jahre später, ein Geisterflugzeug, so wurde es erzählt. Geglaubt hatte es nie jemand. Doch es scheint zu stimmen. Es gibt nun glaubwürdige Augenzeugen, Mary und ihr Mann Mike, ich glaube, du kennst sie auch. Sie haben die Ereignisse am See gefilmt, doch das Video ist leider verschwunden, das heißt, der Sheriff hat es beschlagnahmt."

Jake erzählte Georg die ganze Geschichte, die Sache mit der Steintafel und den Indianern, das Verschwinden des Suchtrupps, das Erscheinen der Kreatur, die womöglich damals als Pilot die Maschine gesteuert hatte.

Er versuchte, nichts auszulassen und bemühte sich, an jede noch so kleine Einzelheit zu denken, die Mary und Mike ihm erzählt hatten.

George saß ganz ruhig in seinem Sessel, er hatte die Arme vor seinem Oberkörper verschränkt und hörte Jake gespannt zu.

„Bist du dir sicher, dass die Indianer damals dem Stamm der Havasupai angehörten?“, fragte George, nachdem Jake seine Ausführungen beendet hatte.

„Ja, da bin ich mir ganz sicher“, antwortete Jake. „Ich hab sie nur auf dem Foto gesehen, aber an ihrem Kopfschmuck habe ich sie sofort erkannt.“

„Nun ja, ich glaube den Zauber der Steintafel zu kennen“, sagte George, während er sich aus seinem Sessel erhob und aus einem Bücherregal direkt hinter sich ein riesiges, schwarzes Buch herauszog.

Er setzte sich wieder und schlug das Buch auf, er blätterte darin herum und schien plötzlich die gesuchte Seite gefunden zu haben.

Er begann leise murmelnd in dem Buch zu lesen und begleitete jedes gelesene Wort mit dem Finger, indem er mit ihm in einem gleichmäßigen Tempo von links nach rechts über die Seite strich.

„Ich wusste doch, ich hatte es irgendwo gelesen“, sagte er plötzlich und schaute zu Jake auf. „Du hattest recht, Jake. Die Havasupai benutzten früher tatsächlich den schwarzen Schiefer aus dem Grand Canyon für ihre Rituale und für Geisterbeschwörungen. Und sie verfügten damals bereits über besondere Fähigkeiten wie den Voodoozauber und die schwarze Magie. Ich glaube also, dass sie tatsächlich einen Fluch mithilfe der Schiefertafel auf den See und auf die Opfer der Flugzeugkatastrophe gelegt haben. Warum, das weiß ich nicht. Es könnte sich um Rache handeln, vielleicht hatten sie mit dem indianischen Piloten noch ein Hühnchen zu rupfen, oder sie wollten die Bevölkerung rund um den See bestrafen, warum auch immer. Das sind alles nur Spekulationen.“

„Kannst du uns denn trotzdem helfen?“, fragte Jake.

„Ich werd's versuchen", antwortete George und blätterte erneut in dem schwarzen Buch. „Hier steht zum Beispiel, was du auch schon sagtest, dass die Tafel, mit einem guten Zauber belegt, der Seele des Verstorbenen den rechten Weg zu seinem letzten Ort zeigen soll. Nach der Zeremonie ist darauf zu achten, dass die Tafel mit dem eingemeißelten Namen des Toten, unversehrt und ohne Schaden zu nehmen, beigesetzt werden muss. Wird sie während der Beisetzung beschädigt, verliert der Zauber seine Kraft und seine Wirkung.

Von einem bösen Zauber, der die Seele in dem toten Körper gefangen hält und den Untoten auf ewig auf der Erde herum wandeln lässt, steht hier nichts geschrieben. Doch wenn sie wirklich die Tafel mit einem bösen Fluch belegt haben, könnte man ihn vielleicht stoppen, indem man die Tafel zerstört."

„Das wird wohl schwierig werden, sie liegt auf dem Grund des Sees", sagte Jake und sah George fragend an. „Wie soll man die Tafel dort unten erreichen? Und wenn wir sie wirklich zerstören, glaubst du, es würde funktionieren?"

„Das kann ich dir nicht sagen", antwortete George und klappte das Buch zu. „Wir müssten es versuchen, ich glaube, dann werden wir sehen, ob es funktioniert, oder nicht. Wenn das alles so am See geschehen ist, wie du es erzählt hast, dann kann es ja eigentlich nicht schlimmer werden."

„Und wie sollen wir das anstellen?", fragte Jake.

„Es gibt nur eine Möglichkeit: Es müsste jemand hinunter tauchen und die Tafel zerstören."

„Ich werde das bestimmt nicht machen", sagte Jake. „Und außerdem fehlt uns das nötige Equipment."

„Das ist wohl wahr", sagte George, „ich kann allerdings auch nicht tauchen."

Jake überlegte kurz und sagte dann: „Ich könnte Mike fragen, vielleicht kann er tauchen. Mary hat einmal erzählt, dass Mike früher verschiedene Sportarten betrieben hat. Er fuhr Motorrad, er surfte, als er eine Zeit lang in Florida lebte, und er kletterte wohl auch einmal in den Rocky Mountains herum. Vielleicht kann er auch tauchen?"

„Ja, warum nicht. Frag ihn, einen Versuch ist es wert“, sagte George. „Dann müssen wir uns nur noch überlegen, wo wir die Ausrüstung herbekommen.“

„Ich fahre gleich zu Mike und Mary“, sagte Jake und erhob sich aus dem Sessel, „und kümmere mich darum.“

Jake und George verabschiedeten sich mit einer freundschaftlichen Umarmung. Jake versprach, sich sofort bei George zu melden, sobald er sich um die Ausrüstung und um den Taucher gekümmert hatte. Doch Jake wollte auf jeden Fall, dass George bei dieser Tauchaktion dabei war, womit er auch sofort einverstanden war.

Jake stieg in seinen Wagen, startete den Motor, der ihn mit einer riesigen, schwarzen Abgaswolke begrüßte, und wendete den Wagen, wobei die durchdrehenden Hinterräder jede Menge Staub aufwirbelten.

„Entschuldigung!“, rief Jake lachend aus dem offenen Seitenfenster, winkte noch einmal kurz zum Abschied und fuhr davon.

George winkte kopfschüttelnd zurück und ging wieder ins Haus. Er stellte sich vor das Bücherregal, fischte gezielt einige Bücher heraus und setzte sich in einen der Rattansessel. Er suchte speziell nach Artikeln über schwarze Magie, ihre Anwendung und ihre Bekämpfung, er wollte der Kreatur im See auf keinen Fall unvorbereitet begegnen, falls es dazu kam.

Jake hatte bereits die Kreuzung am Highway erreicht und bog auf die Hauptstraße in Richtung Norden.

Er beschloss, direkt zu Mary und Mike zu fahren, um ihnen von seinen neuen Informationen zu berichten. Er erreichte die Kreuzung vor ihrem Haus und bog in die kleine Zufahrtstraße.

Mike und Mary befanden sich gerade in der Küche, Mary beseitigte die Reste ihres gemeinsamen Frühstücks und Mike stellte das gebrauchte Geschirr in das Spülbecken.

Er sah aus dem Küchenfenster und erblickte das herannahende Fahrzeug, eingehüllt in einer riesigen Staubwolke.

„Mary“, sagte er, während er weiter aus dem Fenster blickte, „wir bekommen Besuch.“

„Wer ist es denn?“

„Kann ich noch nicht erkennen“, antwortete Mike „Ich seh mal nach.“

Mike verließ das Haus und blieb hinter dem Holzgeländer der Veranda stehen. Im selben Augenblick brachte Jake seinen 65er Ford direkt neben Mikes Wagen zum Stehen.

„Mary, es ist Jake!“, rief Mike, verließ die Veranda und ging Jake entgegen, der gerade aus dem Wagen stieg.

„Hallo, Jake“, sagte Mike und begrüßte ihn mit einem Händedruck, „ich hoffe, Sie haben gute Neuigkeiten.“

„Hallo, Mike, ja, ich glaube schon.“

„Guten Morgen, Jake!“, rief Mary, die gerade durch die Eingangstür auf die Veranda trat.

„Guten Morgen, Mary.“

„Kommen Sie doch ins Haus und erzählen uns, was es Neues gibt“, sagte Mike aufgeregt und stieg vor Jake die Stufen zur Veranda hinauf. Jake folgte ihm.

Sie gingen gemeinsam ins Haus.

Mike und Jake setzten sich an den Tisch, während Mary drei Gläser aus dem Küchenschrank nahm und sie auf dem Tisch platzierte.

„Jake, möchten Sie auch einen Eistee“, fragte Mary und nahm eine große Glaskaraffe gefüllt mit rötlichem Früchtetee, auf dem einige Eiswürfel schwammen, aus dem Kühlschrank, „oder lieber einen Kaffee?“

„Nein, kein Kaffee, danke“, antwortete Jake und winkte ab. „Eistee ist gut. Ich habe heute Morgen schon genug Kaffee getrunken. Ich komm gerade von George, er hatte seinen berüchtigten ‚Eye-Opener‘ gebrüht, danach hat man für den Rest des Tages genug von Kaffee.“

„Meinen Sie ‚Indianer-George‘?“, fragte Mike.

„Ja, genau. George Coloradas vom Indianerreservat.“

„George ist aber ein seltsamer Name für einen Indianer“, bemerkte Mike und konnte sich ein Grinsen nicht verkneifen.

„Kennst du ihn?“, fragte Mary, während sie die Gläser mit Eistee füllte.

„Nicht persönlich. Ich hatte schon mal einige Indianer auf meiner Baustelle am See, sie halfen ein paar Tage aus, sie erzählten von

George, er sei eine Art Häuptling in ihrem Dorf. Trotzdem hat er einen seltsamen Namen."

„Er ist mit seinem Namen selbst nicht so ganz glücklich", entgegnete Jake. „Seine Eltern gaben ihm diesen Namen, sie dachten, er würde mit ihm in dieser Gesellschaft besser zurechtkommen. Er würde sich lieber ‚Cochise' nennen. Sein Volk hingegen hat mit seinem Namen gar keine Probleme – und ich auch nicht."

„So war es ja auch nicht gemeint", entschuldigte sich Mike und wurde sichtlich verlegen.

„Jetzt aber zum Grund meines Besuchs. Ich habe mit George gesprochen, habe ihm die ganze Geschichte erzählt. Er glaubt, wir müssten die Steintafel zerstören, um damit den Fluch, der von der Tafel ausgeht und auf dem See lastet, aufzuheben. Doch dafür müsste jemand zu der Steintafel hinunter tauchen."

„Was sehen Sie mich denn dabei so an, Jake?", fragte Mike erstaunt. „Ich kann nicht tauchen. Und auch wenn ich es könnte, ich würde bestimmt nicht zu der Kreatur ins Wasser gehen, auf gar keinen Fall. Da muss es doch noch eine andere Möglichkeit geben?"

„Ich glaube nicht, dass wir jemanden finden, der freiwillig in den See geht", sagte Mary und nippte an ihrem Eistee.

„Das müssen wir aber", sagte Jake. „Wir müssen irgendwie die Tafel zerstören."

„Ich glaube, die Kreatur erscheint sowieso nur in der Nacht", überlegte Mike laut. „Wenn man also am Tag hinuntertaucht, müsste es doch ungefährlich sein."

„Ich glaube, du spinnst", entgegnete Mary sofort wütend. „Das hört sich so an, als ob du dort hinuntertauchen willst. Du hast sie doch nicht mehr alle. Außerdem kannst du nicht tauchen, das hast du doch selbst gerade gesagt."

„Ja, hab ich gesagt. Aber ich hab Tauchern dabei zugesehen, damals in Florida, ich war oft mit draußen auf See und kümmerte mich um die Ausrüstung. Ich war so eine Art ‚Mädchen für alles'. Deck schrubben, Sauerstoffflaschen anlegen und so weiter. Ich weiß, wie das funktioniert."

„Ja sicher", entgegnete Mary und schlug wütend mit der flachen Hand auf die Tischplatte, „ich hab auch schon mal einen Piloten in seinem Flugzeug gesehen. Setz ich mich deshalb in irgendein Flugzeug und flieg damit in der Gegend herum?“

„Du hast manchmal Vergleiche“, sagte Mike leise vor sich hin.

„Ja, und du hast manchmal Ideen“, sagte Mary.

Jake war das alles unangenehm. Dass die ganze Sache in einem Streit endete, das wollte er nicht.

„Ich glaube, wir müssen uns wirklich etwas anderes einfallen lassen“, sagte er etwas bedrückt.

Mike erhob sich von seinem Stuhl und lief nervös in der Küche umher.

„Setz dich wieder hin“, sagte Mary wieder mit einer ruhigeren Stimme. „Was soll das Rumgelaufe?“

„Ich kann besser nachdenken, wenn ich rumlaufe, wie du das nennst“, sagte Mike, blieb vor dem Küchenfenster stehen und sah hinaus.

„Ich glaube, es gibt nur die eine Möglichkeit“, sagte er nach einer Weile, während er weiter aus dem Fenster schaute.

„Ich nehme mal an, du hast dir bereits fest vorgenommen, dort hinunterzutauchen“, erwiderte Mary, erhob sich ebenfalls von ihrem Stuhl und ging zu Mike hinüber. „Und gehe ich recht in der Annahme, dass weder ich noch jemand anders dich davon abhalten könnte?“

„Ich glaube, da hast du recht“, gab Mike zu und drehte sich zu Mary um, die jetzt direkt hinter ihm stand.

Sie umarmten sich und ein paar Tränen liefen über Marys Wangen.

„Du musst nicht weinen“, flüsterte Mike und strich mit der Hand über ihr Haar.

„Du hast gut reden“, flüsterte Mary ihm ins Ohr. „Ich habe Angst um dich, du Spinner.“

„Das brauchst du nicht. Ich werde es nur tun, wenn ich genau weiß, dass mir nichts zustoßen kann. Wird die Aktion aus irgendwelchen Gründen zu gefährlich, breche ich sie sofort ab.“

„Ja, ich wusste doch, dass man sich auf euch verlassen kann“, sagte Jake erleichtert.

„Und nun zum Hauptproblem“, sagte Mike. „Wie soll ich dort hinuntertauchen. Wir brauchen eine Taucherausrüstung.“

„Ich glaube kaum, dass hier irgendjemand eine Taucherausrüstung besitzt“, bemerkte Mary, und ihre ernste Mine verwandelte sich blitzschnell zu einem Lächeln, „aber ich weiß, wer so etwas besorgen könnte.“

„T o n i “ , platzte es aus Mike und Jake im selben Augenblick heraus.

„Genau“, lachte Mary. „Toni besorgt alles, nun ja, fast alles. Aber ich glaube nicht, dass eine Taucherausrüstung für ihn ein Problem darstellt.“

„Ich fahr sofort zu ihm“, beschloss Mike aufgeregt.

„Ich komm mit“, sagte Mary.

„Ich auch“, sagte Jake und sprang von seinem Stuhl auf.

„Jake, Sie können mit uns fahren.“

„O. k.“

Sie verließen gemeinsam das Haus. Es war bereits Mittag. Mike schaute kurz auf das Thermostat, das er irgendwann einmal an einem der Stützpfosten der Veranda befestigt hatte.

„38 Grad im Schatten“, stöhnte er. „Ich hasse diese Hitze.“

„Hör auf zu jammern und komm“, sagte Mary. „Wir hatten es hier schon heißer, stimmt's, Jake?“

„Das stimmt“, rief Jake. „Ich kann mich noch an den Sommer 1969 erinnern, das war noch vor eurer Zeit. Mann, war das ein Sommer, das war so heiß, da sind die Vögel bewusstlos vom Himmel gefallen. In dem Jahr war das Konzert in Woodstock, ja gut, ich war damals auch erst zwölf, war auch selbst nicht dabei, hab aber davon gehört. Ihr kennt das alles nicht. Mann, war das eine Zeit …“

Jake hörte nicht mehr auf, von den alten Zeiten zu plaudern, es sprudelte nur so aus ihm heraus und er wunderte sich wahrscheinlich selbst, an was man sich plötzlich alles erinnerte.

„Das hat mir noch gefehlt“, sagte Mike leise zu Mary.

„Lass ihn doch“, entgegnete sie.

„Hast du gehört?“, fragte Mike leise. „Die Vögel sind vom Himmel gefallen. Ich weiß zwar nicht, was Jake damals geraucht hat, aber es war nicht gut. Nein, es war nicht gut.“

Mike und Mary mussten lachen. Jake ließ sich nicht stören, er erzählte weiter. Sie stiegen in den Wagen und während der kurzen

Fahrt in die Stadt erfuhren Mike und Mary alles über Jakes wildes Treiben in den Siebzigern.

Nach einigen Minuten erreichten sie Tonis Laden. Mike parkte seinen Wagen direkt vor dem Eingang.

Sie stiegen aus und betraten den Verkaufsraum, der eher an eine Flohmarkthalle als an einen Eisenwarenhandel erinnerte.

In der Anordnung der unzähligen verschiedenen Artikel war irgendwie kein System zu erkennen, Neuwaren standen neben Gebrauchtwaren, Schaufeln und Sensen standen nicht nur direkt am Tresen, sondern waren im gesamten Raum verteilt. In einer Ecke stand ein Holzschlitten, daneben ein benzinbetriebener Rasenmäher und daneben ein gebrauchter Kinderwagen. In der Mitte des Raumes befand sich ein Regal, gefüllt mit Dosenhundefutter, Anglerzubehör, kleinen Päckchen, die Schrauben und Nägel in allen möglichen Größen beinhalteten, Kunststoffeimer, Wasserwaagen und Maurerkellen und so weiter.

Toni saß hinter dem Tresen und blätterte in einer Erotikzeitschrift, die er ebenfalls verkaufte.

„Hallo, ich grüße euch. Was kann ich für euch tun? Ich hoffe, ihr wollt mir nichts verkaufen, sondern umgekehrt!“, rief Toni und steckte die Zeitschrift wieder zurück in den Zeitungsständer direkt neben dem Tresen.

„Hallo, Toni, du Halsabschneider“, begrüßte ihn Jake.

„No, no, no. Ich bin doch der einzig ehrliche Mensch in dieser gottverdammten Stadt. Brauchst du noch mehr Stacheldraht, Jake?“

„Nein, nein, ich hab genug Stacheldraht.“

„Wir brauchen etwas ganz anderes“, mischte sich Mike ins Gespräch, „wir brauchen eine Taucherausrüstung.“

„Ha, ha. Ich habe ja fast alles“, entgegnete Toni und zeigte mit beiden Händen auf sein Warensortiment, „aber die Taucherausrüstung ist zurzeit ausverkauft. Was wollt ihr denn eigentlich mit der Ausrüstung? Ihr wollt doch nicht etwa im See tauchen? Das ist verboten. Der Sheriff sperrt gerade den See. Ich glaube, er wird von der Idee nicht gerade begeistert sein. Es geht mich ja nichts an, aber …“

„Du hast recht, es geht dich nichts an“, unterbrach ihn Mary.

„Entschuldigung“, erwiderte Toni. „Leute, ich habe wirklich keine Taucherausrüstung, und wenn ich euch eine besorgen würde, nun ja, das wird bestimmt nicht billig. Und es kann dauern. Mindestens eine Woche.“

„Das dauert zu lange“, sagte Mike und schaute nervös zu Mary. „Und was bedeutet ‚das wird nicht billig‘? Wie viel kann denn so eine Ausrüstung kosten?“

„Nun ja, ich könnte euch eine besorgen für ... sagen wir mal ... für 2000 Dollar.“

„Ha!“, schrie Mary, „dafür miete ich mir einen professionellen Taucher, der danach noch unter Wasser für mich strippt.“

„Warte mal, Toni ...“, sagte Mike, schaute dann aber zu Mary hinüber und fragte: „Was soll der unter Wasser für dich machen?“

„Ach, halt die Klappe“, entgegnete Mary und lächelte verlegen.

„Pass mal auf, Toni“, begann Mike von Neuem, „was ich eigentlich nur bräuchte, wäre eine volle Sauerstoffflasche, ein Ventil mit Mundstück und eine Taucherbrille.“

„Das *ist* doch eine Taucherausrüstung“, sagte Toni.

„Das ist noch lange keine Taucherausrüstung“, entgegnete Mike. „Es fehlt der Thermoprenanzug, die Flossen, Tiefenmesser, Ersatzflaschen, so, und jetzt sag noch mal einen Preis.“

Toni vollführte ein paar Fingerübungen in der Luft, als würde er in Windeseile einige Preise zusammenrechnen, und sagte dann: „Also gut, weil ihr es seid. Sagen wir mal 450, eine Woche Lieferzeit.“

„400, in zwei Tagen“, sagte Jake, der die ganze Zeit ruhig geblieben war. „Und da du uns sowieso übers Ohr hauen willst, reichen zwei Tage, dann sind wir wieder hier, alles klar?“

„Zwei Tage? Das ist zu kurz“, antwortete Toni sichtlich erschrocken.

Jake stützte seine Hände auf den Tresen und beugte sich zu Toni. „Ich glaube kaum, dass du dir so ein Geschäft entgehen lassen willst“, sagte Jake und schaute Toni mit ernster Mine an. „Ist das Zeug nicht in zwei Tagen hier, kannst du es behalten.“

„Schon gut“, stammelte Toni, „ich versuch’s.“

„Gut, dann lasst uns gehen“, sagte Jake und ging zur Tür. „Zwei Tage, Toni.“

„Alles klar, zwei Tage“, sagte Toni und schaute ihnen nach, während sie seinen Laden verließen.

Als sie wieder im Wagen saßen, drehte sich Mary zu Jake nach hinten und sagte: „Mein Gott, Jake, so kenne ich Sie ja gar nicht, was war denn gerade los? Da kann man ja Angst bekommen.“

„Ha, ha“, lachte Jake, „ich hab’s euch ja gesagt, Toni ist ein Halsabschneider. Gibst du ihm den kleinen Finger, dann reißt er dir den ganzen Arm ab. Keine Sorge, der hat ein dickes Fell. Ihr werdet sehen, in zwei Tagen sind die Sachen da.“

Mike startete den Motor und wendete den Wagen, dann fuhr er wieder zurück Richtung Süden.

Vor ihrem Haus angekommen, verabschiedete sich Jake von ihnen, stieg in seinen Wagen und fuhr zurück zu seiner Farm, wo Grace auf der Veranda saß und bereits auf ihn wartete.

Mike und Mary blieben noch im Wagen sitzen.

„Glaubst du, wir machen das Richtige?“, fragte Mike und schaute Mary verunsichert an.

„Man weiß so oft im Leben nicht, ob man das Richtige tut“, antwortete sie und fasste Mike an den Händen, „aber wir müssen etwas tun und es ist ein Versuch wert. Du wirst es schon schaffen, und auch wenn du jetzt Angst oder Zweifel hast, ich bin superstolz auf dich. Nur versprich mir, die Aktion abzubrechen, sobald es zu gefährlich wird.“

„Ja, das verspreche ich dir.“

„Was tun wir jetzt?“, fragte Mary.

„Wir fahren zum See“, antwortete Mike, wendete den Wagen und fuhr zurück zur Hauptstraße. „Ich möchte mal sehen, was der Sheriff dort schon wieder ausheckt.“

„Ich möchte aber nicht zum See“, entgegnete Mary mit zitternder Stimme.

„Du brauchst dir keine Sorgen zu machen“, sagte Mike, der kurz nach links und rechts schaute und dann die Kreuzung überquerte. „Es ist mitten am Tag. Uns kann nichts passieren, es ist am See bisher nie etwas am Tage gesichtet worden, nur nachts. Ich will nur mal kurz schauen, was Stone dort schon wieder treibt.“

Mike fuhr mit 50 Meilen über den Feldweg, er zog eine riesige Staubwolke hinter sich her, die sich nur zögernd wieder auflöste. Mike ruderte am Lenkrad und versuchte pausenlos, den unzähligen Schlaglöchern auszuweichen, was ihm nicht immer gelang.

„Musst du so rasen?“, fragte Mary und stützte sich mit beiden Händen am Armaturenbrett ab.

„Ich rase doch nicht, wie denn auch, mit dieser Karre“, antwortete Mike und fuhr genau durch eines der Schlaglöcher.

Ein heftiger Schlag war zu spüren, als würde Metall brechen und gegen den Unterboden schlagen.

„Verdammt!“, rief er. „Verdammt.“

„Fahr bitte langsamer“, sagte Mary und sah Mike wütend an. „Du kriegst den Wagen noch kaputt.“

„Papperlapapp, das war doch nur ein Stein.“

„Du kriegst gleich papperlapapp.“

„Krieg dich wieder ein“, sagte Mike lächelnd und führte eine Vollbremsung aus. „Wir sind doch schon da.“

Die Reifen blockierten, der Wagen drehte sich ein Stück um seine eigene Achse und blieb dann stehen.

Eine Staubwolke hüllte das Fahrzeug ein und zog dann langsam in Richtung See.

„Du hast sie doch nicht mehr alle“, fauchte Mary, öffnete die Beifahrertür und stieg aus dem Wagen.

Mike stieg ebenfalls aus, er lachte laut, während er mit den Händen wild umherwedelnd versuchte, die Staubwolke zu vertreiben.

Als sie sich verzogen hatte, stand Sheriff Stone direkt vor ihrem Wagen, von oben bis unten mit einer feinen Staubschicht bedeckt.

„Welcher Teufel hat euch denn geritten!“, schrie er los, und sein Gesicht lief rot an. „Ich glaube, ihr habt auch schon euer Gehirn weggekifft. Fahr die Karre hier weg, das ist Sperrgebiet.“

„Hallo, Sheriff, freut mich auch, Sie zu sehen“, entgegnete Mike mit einem breiten Grinsen.

„Lass es, Mike“, zischte Mary ihn an.

Sheriff Stone wollte gerade in einem erneuten Wutausbruch losschreien, ließ es dann aber doch bleiben, drehte sich mit einem unverständlichen Gemurmel um und band ein gelbschwarzes Absperrband an Metallstangen, die er zuvor rings um den See in Ufernähe in den Boden geschlagen hatte.

Direkt neben dem alten Holzsteg stand ein Plakat, etwa einen mal einen Meter groß, mit der Aufschrift:

BETRETEN VERBOTEN!
!GIFT! LEBENSGEFAHR! GIFT!

Gez. Der Sheriff

„Sheriff, entschuldigen Sie", rief Mike, „was ist denn hier los?"

„Der See ist gesperrt, das siehst du doch!", rief der Sheriff und rollte weiter sein Absperrband von einer Rolle.

„Und warum?", fragte Mike. „Hat es vielleicht etwas mit dem Typ auf meinem Video zu tun?"

„Was für ein Video?", entgegnete Stone, während er versuchte, einen hartnäckigen Knoten in dem Absperrband zu lösen. „Der See ist vergiftet, ihr könnt doch lesen, oder etwa nicht?"

„Das gibt's doch gar nicht", sagte Mike erstaunt zu Mary. „Hast du das gehört? Was für ein Video, fragt er, das glaub ich einfach nicht."

„Hör auf, Mike. Lass es", versuchte Mary ihn zu beruhigen, „das hat doch keinen Zweck."

„Das kann ich einfach nicht glauben", stammelte Mike aufgeregt und packte Mary an den Armen. „Da sagst du, ich hätte sie nicht mehr alle. Ich glaube eher, der hat sie nicht mehr alle."

„Das habe ich gehört", rief Stone und beschäftigte sich weiter mit seinem Absperrband.

„Komm, lass uns verschwinden", flüsterte Mike, nahm Marys Hand und zog sie zum Wagen. „Steig ein, wir fahren."

Sie sprangen hinein, Mike startete den Motor, wendete den Wagen, indem er einen großen Bogen fuhr, und drückte in dem Augenblick auf die Hupe, als er an dem Sheriff vorbeifuhr.

„Das hast du nicht umsonst gemacht, du gottverdammter Hurensohn!", hörten sie den Sheriff schreien, der wütend die Rolle mit dem Absperrband hinter ihnen herwarf.

„Das gibt Ärger, Mike", schnatterte Mary, während Mike den Wagen in den Feldweg zwischen den Maisfeldern lenkte. „Das gibt richtigen Ärger. Stone wird uns anzeigen, er wird dich verhaften, du wirst nie erwachsen, …"

Mary schnatterte weiter. Sie beschimpfte Mike und erinnerte sich plötzlich wieder an uralte Geschichten, die sie ihm alle an den Kopf warf, irgendwelchen Blödsinn, den er irgendwann einmal verzapft hatte. Doch Mike hörte es nicht mehr. Er hörte zwar noch Marys Stimme, weit, weit weg, wie in einem langen Tunnel, sie stand an dem einen Ende und er stand an dem anderen. Er hörte ihr Geschnatter, doch sie war zu weit entfernt, als dass er auch nur eine einzige Silbe hätte verstehen können. Er war so in seine eigenen Gedanken vertieft, dass er keine Einflüsse von außen wahrnehmen konnte oder wollte.

Alle möglichen Gedanken schossen ihm plötzlich gleichzeitig durch den Kopf: Er sah die Kreatur, wie sie aus dem Wasser kroch, sich aufrichtete und auf ihn zu rannte, er sah das Flugzeug, wie es auf das Wasser aufschlug, er hörte die Schreie und das dumpfe Trommeln, als die Menschen aus Verzweiflung von innen mit den Fäusten gegen die kleinen Fenster der Kabine schlugen, er sah noch mehr Kreaturen, die sich langsam aus dem See ans trockene Ufer schleppten, sich aufrichteten und dann gemeinsam als „Armee der Toten" durch den Mais in Richtung Stadt marschierten, zum letzten Gefecht. Die Kreaturen erreichten die Stadt und liefen umher, scheinbar ziellos, sie folgten nur einem Instinkt, ihrem Geruchssinn. Ein süßer Duft kroch in ihre verfaulten Nasen, er war überall.

Überall roch es nach … Menschenfleisch.

„HAAALT AAAN!", schrie Mary und riss Mike aus seinem Tagtraum. Mike trat instinktiv mit beiden Füßen auf das Bremspedal, ohne überhaupt zu wissen, was los war.

Die Reifen blockierten und gruben sich tief in den losen Schotter.

Der Wagen blieb stehen und stoppte nur einige Zentimeter vor ihrer Veranda.

„Was ist denn bloß los mit dir?“, schrie Mary. „Willst du uns umbringen?“

Mike saß nur da und starrte mit weit aufgerissenen Augen durch die Windschutzscheibe, kleine Bäche aus Schweiß flossen über sein Gesicht, seine Hände umfassten verkrampft das Lenkrad, er zitterte und seine Lippen bewegten sich, als wolle er etwas sagen, er brachte jedoch keinen Ton heraus.

„Mike, Mike!“, rief Mary angsterfüllt, packte seine Schulter und schüttelte ihn. „Was ist denn mit dir los? Drehst du jetzt völlig durch?“ Tränen liefen über ihre Wangen. Sie schüttelte Mike jetzt energischer.

„Was ist denn los mit dir, sprich mit mir, Mike, bitte.“

„Was ist passiert?“, fragte Mike und schaute Mary erstaunt an.

„Ja das frag ich dich!“, kreischte Mary. „Du bist gefahren wie ein Irrer. Du bist einfach über die Kreuzung gebrettert wie ein Verrückter. Wir können von Glück sagen, dass du keinen Unfall verursacht hast, und dann hat nicht viel gefehlt und du wärst direkt in unser Haus gefahren. Wir hätten tot sein können. Was stimmt denn nicht mit dir?“

„Ich … ich weiß es nicht“, stotterte Mike. „Vielleicht dreh ich jetzt wirklich durch.“ Er machte eine kurze Pause und schaute über seine Schulter zurück durch die Heckscheibe über die Kreuzung in Richtung See, dann sprach er weiter:

„Ich bin losgefahren, am See, und plötzlich habe ich Dinge gesehen, es war fürchterlich. Ich habe die Vergangenheit gesehen, glaube ich, und ich habe die Zukunft gesehen. Wir werden alle sterben, alle. Nicht nur wir, ich meine wirklich alle, sie werden in die Stadt einfallen und alle töten.“

„WER?“, schrie Mary hysterisch.

„Die Kreaturen aus dem See!“, kreischte Mike und schaute erneut nervös zurück durch die Heckscheibe. „Sie werden alle kommen, es sind viele, sie kommen aus dem See und werden …“

Mike konnte nicht weiter sprechen, er schluchzte, er weinte bitterlich. Mary nahm ihn in die Arme und tröstete ihn. Er konnte sich einfach nicht beruhigen.

Vielleicht dreht er jetzt wirklich durch, dachte Mary, *das ist schon den coolsten und abgebrütesten Typen passiert, da macht es einfach „Klick" im Kopf und plötzlich hat man ein kicherndes, sabberndes Häufchen Elend neben sich sitzen, für den Rest seines Lebens ein Pflegefall.*

Aber so weit kam es noch nicht. Mike beruhigte sich nach einiger Zeit wieder, er wirkte zwar noch etwas abgespannt, aber sonst war er schon wieder fast der alte.

Mary war erleichtert, als Mike ihre Hand nahm und sie anlächelte, ein etwas gequältes Lächeln, aber es war ein Lächeln.

Mary verließ den Wagen und ging zur Fahrerseite, um Mike aus dem Auto zu helfen.

Die folgende Nacht verbrachte Mike vor dem Haus. Er saß auf den Stufen der Veranda und starrte zum See hinüber.

Mary flehte ihn an, er solle doch bitte mit ins Bett kommen, doch Mike wollte noch etwas Zeit allein auf der Veranda verbringen.

Er konnte ohnehin nicht einschlafen.

Das schreckliche Erlebnis am Nachmittag ging ihm nicht mehr aus dem Kopf, er hatte schon früher ähnliche Visionen gehabt, aber diese übertrafen sie alle.

Mike glaubte nicht, dass seine Visionen, oder wie auch immer man sie nennen wollte, reine Einbildung waren. Es war so real, als würde das alles wirklich gerade in diesem Augenblick geschehen.

Vielleicht war es eine Warnung.

Und noch etwas beschäftigte ihn: In seinen Visionen kamen die Kreaturen aus dem See ans Ufer, doch er hatte mit eigenen Augen gesehen, was in der Nacht geschah, als die Kreatur dies versuchte und sich dabei ihre knöcherne Hand auflöste. Sie waren also in dem See gefangen. Oder es wird zu einem bestimmten Zeitpunkt geschehen, vielleicht am Jahrestag des Flugzeugabsturzes oder während einer Sonnenfinsternis oder, oder.

Es gab viele Möglichkeiten.

Mike schaute weiter in Richtung See und beobachtete angestrengt die Kreuzung oben an der Hauptstraße und die Einmündung des Feldweges. Er wollte vorbereitet sein, wenn diese Kreaturen doch plötzlich aus dem Mais kommen sollten.

Er hockte nun schon vier Stunden auf den Verandastufen, er konnte kaum noch seine Augen offen halten, immer wieder fielen sie ihm zu, dann zuckte er kurz zusammen, riss sie wieder auf und starrte wieder zur Kreuzung hinauf.

Das hielt er noch eine Zeit lang durch, dann schlief er ein.

Mary wurde von den warmen Strahlen der aufgehenden Morgensonne geweckt, die durch das Fenster direkt auf ihr Gesicht fielen. Sie öffnete kurz die Augen, kniff sie jedoch sofort zu schmalen Schlitzen zusammen, um sie an das grelle Licht zu gewöhnen.

„Mike, Mike?“, flüsterte sie leise und tastete suchend mit der Hand nach ihm, doch Mike lag nicht wie gewohnt neben ihr.

„Der wird doch wohl nicht noch immer draußen sitzen“, sagte Mary laut und richtete sich auf.

Sie sprang aus dem Bett, streifte sich ihren knallbunten Morgenmantel über und marschierte hinaus auf die Veranda.

Mike saß noch immer auf den Verandastufen, er lehnte mit der Schulter an dem Holzgeländer, sein Kopf hing vorn über und ruhte mit dem Kinn auf seiner Brust. Er schnarchte. Doch plötzlich zuckte er zusammen, erschrak und schlug mit dem Kopf gegen das Holzgeländer, als Mary hinter ihm die Eingangstür zuschlug.

Verwirrt schaute er sich um, fasste mit der Hand seinen steifen Nacken und massierte ihn, dann drehte er sich um und erblickte Mary, die mit verschränkten Armen hinter ihm stand.

„Guten Morgen“, sagte er verschämt.

„Hast du etwa die ganze Nacht dort gesessen?“, fragte Mary etwas gereizt.

„Ich bin eingeschlafen, es tut mir leid“, versuchte Mike sich zu entschuldigen. „Kommt nicht wieder vor.“

„Schon gut, komm jetzt rein, ich koch uns einen Kaffee“, sagte Mary, entlockte ihrem verschlafenen Gesicht ein Lächeln und ging zurück ins Haus.

Mike erhob sich mühsam von den Verandastufen und versuchte, durch einige Dehnübungen seine steifen Gelenke zu lockern, dann folgte er Mary.

„Setz dich, Kaffee ist gleich fertig“, sagte Mary und hantierte in der Küche mit Kaffeekanne, Tassen und Wasserkessel herum.

„Ich glaube, ich kann das nicht tun“, sagte Mike leise und setzte sich an den Esstisch.

„Was kannst du nicht tun?“, fragte Mary, während sie den Kaffee in zwei große Tassen füllte und sie auf den Tisch stellte.

„Tauchen“, sagte Mike, „ich kann nicht dort hinuntertauchen.“

„Du hast doch gesagt, du kannst tauchen“, entgegnete Mary, setzte sich und nippte an ihrem Kaffee.

„So habe ich das nicht gemeint“, antwortete Mike. „Ich kann tauchen, technisch gesehen, glaube ich. Ich kann nicht dort hinuntertauchen, ich bekomme Schweißausbrüche, wenn ich nur daran denke. Ich glaube, die Kreaturen warten, nur auf mich, um mich anschließend zu zerfleischen. Schau mal hier, meine Hände. Das hatte ich noch nie.“

Mike streckte seine Hand aus und spreizte die Finger. Seine Hand zitterte, nicht so ein leichtes Zittern, wie er es schon mal hatte, wenn er auf der Baustelle schwere Hölzer tragen musste oder sie über Kopf befestigen oder bearbeiten musste, nein, das war schon ein Flattern.

Mike zog die Hand zurück und versteckte sie unter dem Tisch, wo er sie mit der anderen Hand massierte, in der Hoffnung, so das Zittern in den Griff zu bekommen.

„Was ist denn mit dir los?“, fragte Mary besorgt.

„Ich habe Angst. Zum ersten Mal habe ich richtig Angst. Ich glaube, das wird hier alles zu viel für mich“, sagte Mike mit zitternder Stimme. „Jetzt kann ich mir vorstellen, wie sich Mr. Green nach seinem Erlebnis am See gefühlt haben muss. Und ich kann sie verstehen, wenn sie nicht wieder zurückkommen.“

„So kenne ich dich gar nicht.“

„So kenne ich mich selbst nicht.“

„Was machen wir denn jetzt?“, fragte Mary. „Toni besorgt extra die Taucherausrüstung. Ich glaube nicht, dass Jake dort hinuntertauchen wird.“

„Und was ist mit dir?"

„Du spinnst doch wohl, denk erst gar nicht daran", antwortete Mary und zeigte Mike einen Vogel.

Jake war in Gedanken vertieft und lief nervös auf der Veranda auf und ab. Grace saß an dem massiven Holztisch und stülpte sich dicke, schwarze Socken über ihre Hand, ihre Finger ragten aus mehreren Löchern, sie bewegte sie kurz, zog sie zurück, machte eine Faust und begann nun mit einer Stopfnadel und einem langen Wollfaden diese Löcher wieder zu schließen. Obwohl diese Reparatur nicht von Dauer war, denn Jake schaffte es meist bereits nach einigen Stunden auf dem Feld, seine Socken wieder in den Urzustand zu versetzen, flickte Grace sie, solange es ging.

Früher hatte sie sich über so etwas aufgeregt, doch mittlerweile hatte sie sich damit abgefunden.

Dass Jake jedoch sinnlos auf der Veranda herumspazierte, statt mit der Maisernte zu beginnen, darüber regte sie sich allerdings auf.

„Hast du eigentlich nichts zu tun?", fragte Grace und schaute zu Jake hinüber. „Du machst mich ja irre mit deiner Rumrennerei. Wann willst du eigentlich mal mit der Ernte beginnen?"

Jake blieb stehen und schaute zum Mais hinüber. „Morgen. Ja, morgen fang ich damit an. Morgen ist ein guter Tag dafür. Ich muss gleich in die Stadt, muss noch etwas besorgen. Brauchst du irgendetwas?"

„Nein, doch. Wenn du zu Toni gehst, frag ihn, ob er noch einige alte Frauenzeitschriften für mich hat. Er hat mir versprochen, sie für mich zurückzulegen, falls er sie nicht verkauft, ich könnte sie dann für ein paar Cent bekommen."

„Was willst du denn mit Frauenzeitschriften?"

„Frag nicht so blöd, du sollst sie nur mitbringen."

„O.k."

Jake drehte sich um, verließ die Veranda und trottete zu seinem Wagen.

Frauenzeitschriften, dachte er, während er den Motor startete und der Wagen sich langsam Richtung Hauptstraße bewegte, *was wollen die Frauen damit? Da steht doch sowieso nur Müll drin.*

„Frag nicht so blöd, du sollst sie nur mitbringen", äffte er Grace' Stimme nach und bog auf die Hauptstraße nach Norden in Richtung Ortseingang.

Jake glaubte nicht, dass Toni die Taucherausrüstung bereits besorgt hatte, zwei Tage waren schon knapp bemessen, aber ein Tag war so gut wie unmöglich. Aber es ließ ihm einfach keine Ruhe, wie konnte er jetzt an die beschissene Maisernte denken. Grace hatte gut reden, aber Jake wollte sie auf gar keinen Fall in sein Vorhaben einweihen, sie hatte zwar für vieles Verständnis, aber für so etwas bestimmt nicht.

Jake beschloss, direkt zu Toni zu fahren, um zu sehen, wie weit er mit der Bestellung war. Eventuell müsste er noch etwas Druck ausüben, um Tonis Bemühungen etwas zu beschleunigen.

Jake passierte Mikes und Marys Haus und kam schließlich an Bens Motel vorbei.

Vor Bens Büro stand der Geländewagen des Sheriffs, der Sheriff stand neben seinem Wagen und unterhielt sich mit einigen Männern, die nicht gerade vertrauenserweckend wirkten.

Jake beobachtete die Szenerie, während er langsam vorüberfuhr.

„Was ist denn da los?", fragte er sich laut. „Vielleicht ein Überfall? Oder ein Mord?"

Jake trat auf die Bremse und wendete seinen Wagen.

Er fuhr zurück – auf den Parkplatz des Motels. Jake stoppte direkt hinter Stones Geländewagen.

„Was ist denn los, Sheriff?", rief Jake durch das offene Seitenfenster und stellte gleichzeitig den Motor ab.

„Ben wird vermisst", sagte Stone und kritzelte etwas in seinen Notizblock. „Die Trucker hier wollten ihre Rechnung bezahlen und dann weiterfahren, aber Ben ist nicht hier. Niemand weiß, wo er ist, ich kam zufällig hier vorbei, als diese Typen hier vor Bens Büro herumlungerten. Hast du Ben vielleicht irgendwo gesehen, Jake?"

„Nein, tut mir leid, Sheriff. Da kann ich leider nicht weiterhelfen. Vielleicht ist er kurz in die Stadt gegangen. Wenn ich ihn treffe, werde ich ihm ausrichten, dass seine Gäste abreisen wollen."

„Ja, alles klar", sagte der Sheriff und sprach weiter zu den Truckern: „O. k. Ihr könnt abhauen. Ben hat ja eure Personalien, er soll euch die Rechnung zusenden. Und es ist besser für euch, wenn ihr die Rechnung auch bezahlt."

Die Trucker murmelten noch etwas Unverständliches, während sie zu ihren Trucks gingen.

„Ich möchte nur mal wissen, wo dieser Schwachkopf steck", sagte Stone und stieg in seinen Wagen.

Jake startete den Motor, setzte den Wagen zurück und verließ wieder den Parkplatz.

Er wunderte sich schon über Bens Verschwinden, er saß eigentlich immer in seinem Büro oder auf seiner Veranda oder hockte in dem kleinen Hinterzimmer und sah fern. Zwischendurch kümmerte er sich um seine Holzchalets, denn die Reinigungsarbeiten erledigte er stets selbst. Verließ er mal sein Motel, um zum Beispiel seine Einkäufe zu erledigen, hängte er immer ein Schild ins Fenster der Bürotür mit der Aufschrift: BIN GLEICH ZURÜCK.

Doch dass Ben verschwindet, ohne eine Nachricht zu hinterlassen, das fand Jake doch sehr merkwürdig.

Er erreichte „Tonis Eisenwarenladen" und parkte direkt vor der Tür.

Toni stand hinter dem Tresen und telefonierte, als Jake in den Laden kam. Er gestikulierte wild mit einer Hand in der Luft herum und grüßte kurz mit einer anderen Handbewegung zu Jake hinüber, um sich dann weiter seinem Telefonat zu widmen. Jake blieb vor dem Tresen stehen und beobachtete Toni.

Der rief noch einige italienische Schimpfwörter in den Telefonhörer und legte dann auf.

„Hallo, mein Freund", begrüßte er Jake. „Ich freue mich, dich zu sehen."

„Hallo, Toni, ich hoffe, dass es bei deinem Telefonat gerade nicht um die Taucherausrüstung ging. Das hörte sich nicht sehr vielversprechend an."

„Oh, nein, nein", lachte Toni, „das war Pino, ein Halsabschneider. Er besorgt mir hin und wieder mal einige Waren. Er ist Sizilianer, wie ich schon sagte, ein Halsabschneider."

„Wie du", entgegnete Jake mit einem breiten Grinsen.

„Oh Jake, du enttäuschst mich. Aber da ich ein guter Christ bin und du mein Freund bist, verzeihe ich dir. Außerdem habe ich eine Überraschung für dich."

Wenn du mein Freund bist, dann möchte ich nicht meinem Feind begegnen, dachte Jake, *du hast nur einen Freund, und der ist grün und sein Name ist Mr. Dollar.*

„Ich habe eure Taucherausrüstung", sprach Toni weiter. „Habe sie vor fünf Minuten bekommen."

„Wie? So schnell?", fragte Jake erstaunt.

„Ja, das war eigentlich reine Glückssache. Francesco, ein Freund der Familie, war mir noch einen Gefallen schuldig. Ich bat ihn darum, sich doch um euer Problem zu kümmern. Und ich hatte kaum den Hörer aufgelegt, da stand Francesco auch schon mit der Taucherausrüstung in meinem Laden. Was sagst du jetzt?"

„Es ist schon erstaunlich, wie du das immer wieder machst", sagte Jake, „aber ich möchte eigentlich gar nicht wissen, wie du das machst."

„Doch nun kommen wir zu dem kleinen Haken an der Sache", sprach Toni weiter und legte seine Unschuldsmine auf. „Das ist so etwas wie eine Eilzustellung, du verstehst, die Ausrüstung kann ich euch ja nicht schenken."

„Wieso wusste ich, dass jetzt so etwas kommt?", schrie Jake und schlug mit beiden Fäusten auf den Tresen.

„Beruhige dich", sagte Toni und wich ängstlich zurück. „Francesco schenkt mir die Ausrüstung nicht, er hat sie nur besorgt und ich muss schließlich auch etwas verdienen."

„Also gut, wie viel?"

„500."

„WAS? Wir hatten 400 ausgemacht!", rief Jake.

„Ja, das stimmt. In zwei Tagen", antwortete Toni leise, „aber nun bekommst du sie innerhalb von einem Tag. Ich sagte bereits, Eilzustellung."

Wütend über Tonis Geschäftsmethoden griff Jake in seine Hosentasche und zog ein Bündel Geldscheine heraus.

Er faltete sie auseinander, es waren überwiegend Zwanzigdollarscheine, und legte einen nach dem anderen auf den Tresen, während er laut mitzählte.

„… 460, 480. Mehr hab ich nicht, das ist alles.“

„Ok, Jake, weil du es bist, 480.“

„Und nun lass mal sehen, ob es das Geld auch wert ist“, sagte Jake und blickte suchend umher.

„Ich hab sie hier, du wirst begeistert sein“, murmelte Toni, während er einen alten, braunen Lederkoffer vom Boden hob und auf den Tresen schob.

Er betätigte die zwei messingfarbenen Schnappverschlüsse, die mit einem lauten Klacken aufsprangen, und öffnete den Koffer.

Im Inneren lagen eine gelbe Sauerstoffflasche, an der ein Schlauch und ein Mundstück befestigt waren, eine Taucherbrille, ein Tauchermesser und sogar zwei Schwimmflossen.

„Na, was sagst du?“, fragte Toni mit einem breiten Grinsen.

„Sieht gut aus“, antwortete Jake misstrauisch. „Ist die Sauerstoffflasche auch voll?“

„Glaubst du denn, ich würde dir eine leere Sauerstoffflasche verkaufen? Ich bin ein ehrlicher Geschäftsmann.“

„Erspar mir das Gesülze, zeig die Flasche her“, entgegnete Jake und griff nach der Flasche. Er öffnete langsam das Ventil am Flaschenhals und ein leises Zischen war zu hören, dann schloss er das Ventil wieder und legte die Flasche zurück in den Koffer.

„Was habe ich gesagt, sie ist voll, bist du nun zufrieden?“, sagte Toni, klappte den Koffer zu und ließ die zwei Schnappverschlüsse einrasten.

„Ja, alles klar“, entgegnete Jake und zog den Koffer vom Tresen. Er war erstaunt darüber, wie schwer er war, so sah er gar nicht aus. Er stellte ihn auf dem Boden ab und sagte zu Toni: „Ach, noch etwas. Grace lässt fragen, ob du an ihre Zeitschriften gedacht hast, hätte ich fast vergessen.“

„Ja, hab ich“, sagte Toni, griff unter den Tresen und zog einen Stapel Zeitschriften hervor.

„Und was bekommst du dafür?“, fragte Jake etwas verlegen, da er sein letztes Geld für die Taucherausrüstung ausgegeben hatte. „Ich bezahle sie das nächste Mal.“

„Du kannst sie so haben, ich kann sie eh nicht mehr verkaufen, liegen schon seit Wochen hier herum.“

„Danke, Grace wird sich freuen“, sagte Jake, während er den Stapel Zeitschriften nahm, ihn zusammenrollte und ihn sich unter den Arm klemmte. Dann nahm er den Koffer, verabschiedete sich kurz mit einem „Wir sehen uns“ und verließ Tonis Laden.

Mike und Mary saßen noch immer in der Küche, als sie plötzlich durch ein lautes, knatterndes Geräusch aufgeschreckt wurden. Es war Jakes 65er Ford. Jake fuhr gerade die kleine Zufahrtstraße hinauf und parkte seinen Wagen direkt neben Mikes Kombi. Er stellte den Motor ab, dieser stieß noch eine riesige, schwarze Rauchwolke, die von einem lauten Knall begleitet wurde, aus dem Auspuff und verstummte schließlich.

Jake stieg aus seinem Wagen, während Mike und Mary bereits aus dem Haus rannten.

„Guten Morgen, Jake“, rief Mary.

„Guten Morgen, Mary, guten Morgen, Mike.“

Jake ging auf die beiden zu und begrüßte sie mit einem Handschlag.

„Und, was gibt es Neues?“, fragte Mike, während er Jake die Hand schüttelte.

„Ich habe gute Neuigkeiten, ihr werdet es nicht glauben, ich habe bereits die Taucherausrüstung. Ich komme gerade von Toni.“

„Das ist ja großartig“, rief Mary und hüpfte vor Freude auf der Stelle.

„Ja, aber sie war etwas teurer als vereinbart“, sagte Jake, sichtlich verärgert. „Der Halsabschneider hat mir 480 Dollar abgenommen, weil er sie so schnell besorgen konnte.“

„Sie bekommen das Geld von uns zurück“, sagte Mike, sah Mary fragend an und hoffte auf eine zustimmende Geste von ihr, „doch so viel Bargeld habe ich jetzt nicht hier, aber …“

„Blödsinn“, unterbrach ihn Jake, „ich habe gesagt, ich werde euch helfen. Dazu gehört natürlich auch die entsprechende Ausrüstung, wir machen halbe-halbe, wenn ihr damit einverstanden seid?“

„Natürlich“, meldete sich Mary, „danke, Jake. Dann lasst uns mal sehen, was uns Toni da angedreht hat.“

Mary wechselte schnell das Thema, um zu verhindern, dass Mike anfing zu diskutieren, wer wie viel der Kosten aufbringen müsste, das konnte er nämlich gut, er wollte niemandem etwas schuldig bleiben und normalerweise würde er sofort irgendwelche Gegenargumente bringen, aber er reagierte gar nicht. Er war völlig verändert, stand nur da neben Jakes Wagen und beobachtete regungslos Mary und Jake, wie sie auf die Ladefläche des Pickups kletterten, wie kleine Kinder in dem Koffer wühlten und sich über den Inhalt freuten – wie früher am Weihnachtsmorgen, wenn sie aufgeregt unter dem Weihnachtsbaum saßen und endlich ihre Geschenke öffnen durften.

Doch schließlich fiel Jake Mikes merkwürdiges Verhalten auf. „Was ist denn los mit ihm, er verhält sich so seltsam", sagte Jake leise zu Mary. „Ist er krank?"

„Nein", flüsterte Mary und schaute kurz zu Mike hinüber, der noch immer regungslos neben dem Wagen stand und auf den Koffer starrte. „Oder vielleicht doch, wenn man es so nennen will. Er hatte Halluzinationen, in denen die Kreaturen in die Stadt einfielen. Nun glaubt er, das würde wirklich geschehen. Wenn Mike so weitermacht, kriegt er einen Nervenzusammenbruch."

„Ich glaube, den hat er schon", murmelte Jake und schaute zu Mike hinüber.

Mary drehte Mike den Rücken zu und flüsterte weiter: „Heute Morgen sagte er, er könne nicht tauchen, also er könne nicht in dem See tauchen. Er hatte fürchterliche Angst. Was machen wir denn jetzt? Wer taucht denn jetzt dort hinunter? Jake, Sie?"

„Ich? Um Gottes willen, nein." Jake wollte loslachen, ließ es dann aber doch bleiben. „Ich kann nicht einmal schwimmen. Mich kriegen keine zehn Pferde in den See, selbst wenn der Teufel persönlich hinter mir her wäre.

Mike wird sich schon wieder beruhigen, wenn wir erst mal am See sind, wird er sich schon diese Flasche hier umhängen und in den See springen, du wirst sehen."

„Das glaube ich kaum", murmelte Mary besorgt.

Jake und Mary beschlossen, am nächsten Morgen in der Früh an den See zu fahren, um dem Sheriff nicht über den Weg zu laufen, der mit Sicherheit mehrmals täglich den See kontrollierte, um ungebetene Gäste fernzuhalten.

Mike sagte nichts dazu, er nickte nur kurz zustimmend und starrte weiter auf den Koffer.

Jake stieg wieder in den Wagen.

„Also dann, bis morgen", sagte Jake, während er versuchte, den Motor zu starten, „und pass auf Mike auf."

„Mach ich. Bis morgen", antwortete Mary und winkte kurz mit der Hand, während Jake seinen Wagen wendete und davonfuhr.

Mary ergriff Mikes Hand und führte ihn zur Veranda. Wie ein kleiner Junge trottete er neben ihr her und drehte sich immer wieder um. Immer wieder schaute er zum Maisfeld hinüber. Sie setzten sich auf die Verandastufen und sprachen kein Wort.

Mike starrte noch immer zum Maisfeld hinüber.

Mary beobachtete ihn stumm.

Ich wüsste gerne, was im Augenblick in deinem Kopf vorgeht, dachte Mary, während sie Mike anschaute, der noch immer regungslos neben ihr saß.

Sie versuchte, ein Gespräch zu beginnen, fragte Mike, wie es ihm ginge, ob er mit ins Haus käme oder lieber den Nachmittag auf den Verandastufen verbringen mochte, ob er mit ihr reden mochte. Aber statt Antworten bekam sie nur ein schwaches Nicken oder ein Kopfschütteln.

Nach einer halben Stunde hielt sie es nicht mehr aus. Sie gab es auf und ging ins Haus.

Mary versuchte, sich mit etwas Hausarbeit abzulenken, hin und wieder schaute sie durchs Küchenfenster hinaus auf die Veranda, um nach Mike zu sehen.

Mike verbrachte den ganzen Nachmittag regungslos auf den Stufen und starrte hinüber zum Maisfeld.

Gegen Abend hatte Mary die Schnauze voll und stürmte hinaus auf die Veranda.

„Mike, jetzt hab ich aber genug! Steh auf und komm ins Haus!"

Sie packte Mike an den Armen und hievte ihn von den Stufen. Nur widerwillig erhob er sich und folgte ihr ins Haus.

„Geh ins Bett und schlaf dich mal richtig aus. Du wirst sehen, morgen sieht alles schon ganz anders aus."

Kapitel 10

Die Sonne ging gerade über den Bergen auf, Mary musste ihre Augen zukneifen und beobachtete durch die schmalen Schlitze ihrer Lider den Sonnenaufgang. Sie saß auf dem Bett, umklammerte mit ihren Armen ihre angezogenen Beine und stützte ihr Kinn auf die Knie.

Sie hatte eine unruhige Nacht hinter sich, immer wieder wachte sie auf, entweder aufgeschreckt durch Mikes Schreie, die er im Schlaf von sich gab, oder durch Albträume, die sie schweißgebadet aufwachen ließen. Auch sie sah im Traum plötzlich diese Kreaturen, wie sie eine nach der anderen aus dem See stiegen, langsam die Uferböschung hoch krochen und anschließend im Mais verschwanden.

Mike wurde in der Nacht ebenso von Albträumen gequält, er wälzte sich im Bett hin und her, stöhnte leise und schrie dann plötzlich laut auf.

Mike schlief noch. Schweiß lief ihm übers Gesicht, er jammerte und drehte seinen Kopf im Schlaf hin und her.

„Mike, wach auf", flüsterte Mary und schüttelte ihn leicht an der Schulter. „Wach auf, du hast geträumt."

Mike schlug die Augen auf und schaute ängstlich umher.

„Du hast nur geträumt", versuchte Mary ihn zu beruhigen. „Es ist alles in Ordnung. Wie geht's dir heute?"

„Ich habe von ihnen geträumt", flüsterte Mike verängstigt. „Sie kamen aus dem See und …"

„Ist schon gut", unterbrach ihn Mary. „Ich habe auch von ihnen geträumt. Und jetzt steh auf, Jake kann jeden Moment hier sein, wir wollten doch so früh wie möglich an den See."

„An den See?", flüsterte Mike ängstlich und zog sich die Bettdecke bis übers Gesicht.

„Lass den Quatsch und steh endlich auf!“, rief Mary und zog Mike die Bettdecke weg. „Werde mal langsam wieder normal.“

Mary sprang aus dem Bett und verschwand in der Küche, während Mike langsam aus dem Bett kroch – wie früher nach einer Drei-Tage-Kneipentour.

Als Mike in die Küche kam, roch es bereits nach frisch aufgebrühtem Kaffee, normalerweise konnte er sich sonst vor Begeisterung kaum halten, wenn er den Duft von Marys „Frischgebrühtem“ vernahm, aber heute konnte ihn nichts begeistern. Er trottete zum Esstisch, setzte sich und schaute geistesabwesend durch das Küchenfenster zum See hinüber.

„Trink erst mal einen Kaffee, danach wird es dir sofort besser gehen“, sagte Mary und stellte eine Tasse Kaffee vor Mike auf den Tisch.

Danach wird es mir auch nicht besser gehen, dachte Mike und starrte weiter durchs Küchenfenster, *ich werde auf keinen Fall dort hinuntertauchen, ich lass mich nicht von diesen Kreaturen abschlachten. Soll doch Jake dort hinuntertauchen.*

„Soll doch Jake dort hinuntertauchen!“, rief er plötzlich laut und schaute Mary aufgeregt an.

„Was?“

„Ja, lassen wir Jake dort hinuntertauchen, um die Steintafel zu zerstören.“

„Quatsch, Jake kann nicht einmal schwimmen“, erwiderte Mary. „Wenn du so weitermachst, tauche ich wirklich noch selbst.“

„Ich glaube, da wird dir auch nichts anderes übrig bleiben, als selbst hinunterzutauchen“, sagte Mike. „Ich tauche nämlich nicht.“

Mary wurde wütend und brüllte Mike an: „Wer hatte denn die Superidee mit der Tauchaktion? DU! Wer kann denn angeblich so gut tauchen? DU! Wer ist denn hier der Supermann und wer macht sich jetzt plötzlich in die Hose?“

„Ich habe nie behauptet, gut tauchen zu können“, versuchte sich Mike zu verteidigen. „Ich habe nur gesagt, dass Tauchen nicht so schwer sein kann und ich es eventuell auch könnte.“

Das Streitgespräch dauerte noch eine ganze Weile, bis beiden die Argumente ausgingen. Mike stand auf und beschloss, auf die

Veranda zu gehen, um eine Zigarette zu rauchen. Das war für ihn immer eine gute Möglichkeit, einem handfesten Streit aus dem Wege zu gehen, was auch meist funktionierte, es sei denn, Mary folgte ihm und sie diskutierten auf der Veranda weiter. Doch diesmal tat sie es nicht. Sie setzte sich an den Esstisch und wollte einfach nur einen Augenblick alleine sein. Mike ging hinaus und setzte sich auf die Verandastufen.

Ich hasse diese gottverdammte Hitze, dachte er, während er sich eine Zigarette anzündete und den Rauch beobachtete, der kerzengerade von der Zigarette aufstieg, sich dann leicht kräuselte und sich schließlich auflöste. Es herrschte absolute Windstille, was die Hitze für Mike noch unerträglicher machte. Er wischte sich mit der Hand den Schweiß von der Stirn, zog hin und wieder an seiner Zigarette und ließ dabei die Kreuzung, das Maisfeld und den Feldweg zum See nicht aus den Augen.

George saß auf einem alten, hölzernen Klappstuhl auf seiner Veranda und schnitzte mit einem riesigen Jagdmesser ein menschliches Gesicht in ein Stück Holz, das er in der Hand hielt. Das Schnitzen von Holzfiguren war ein Hobby, das er von seinem Vater gelernt hatte. Er schnitzte meist Tierfiguren wie Pferde oder Adlerköpfe, die er den Kindern des kleinen Dorfes schenkte. Hin und wieder schnitzte er menschliche Gesichter in ein Stück Holz, so wie an jenem Tag, die immer einen Indianer mit einem Federkopfschmuck darstellten. Diese Schnitzereien behielt George für sich, sie schmückten die gesamte Holzfassade seines Mobilheimes.

Plötzlich unterbrach er seine Schnitzerei und schaute zur Straße hinüber, ein lautes Brummen und Knattern war zu hören, wenn auch weit entfernt und sehr leise, aber es war zu hören.

Jake, dachte George und erhob sich von seinem Klappstuhl. Er hatte an den Geräuschen sofort Jakes Wagen erkannt, der jedoch noch mindestens zwei Meilen weit entfernt war.

George verließ die Veranda und schritt langsam in Richtung Straße. Er blickte in die Richtung, aus der die Geräusche kamen, und entdeckte eine riesige Staubwolke, die sich langsam dem Dorf näherte.

Es war tatsächlich Jake.

Er saß in seinem 65er Pick-up und kämpfte mit dem Lenkrad, um den zahlreichen Schlaglöchern auszuweichen, was ihn jedoch nicht davon abhielt, das Gaspedal bis zum Anschlag durchzutreten.

Jakes Wagen war in eine dichte Staubwolke gehüllt, die er wie einen Kometenschweif hinter sich herzog. Jake musste die Scheibenwischer einschalten, um die Staubschicht, die sich immer wieder auf der Windschutzscheibe bildete, zu beseitigen. *Genau so muss es bei einem Wüstenrennen zugehen,* dachte Jake und fand ein wenig Gefallen an seinem kleinen „Privatwüstenrennen“ auf der ausgetrockneten Zufahrtstraße zum Reservat.

Noch etwa eine Meile, dann würde er das Dorf erreichen.

George stand noch immer am Straßenrand und beobachtete die herannahende Staubwolke. Sie kam schnell näher und stoppte schließlich direkt neben ihm. Die Staubwolke verzog sich rasch und gab Jakes Wagen frei.

Jake sprang heraus, ohne den Motor abzustellen, und rief zu George hinüber: „George, komm, es geht los, wir fahren zum See!“

„Augenblick!“, rief George. „Ich muss noch ein paar Sachen mitnehmen, bin gleich zurück.“

George lief zurück zu seinem Haus, sprang die Stufen zur Veranda hinauf und verschwand hinter der Eingangstür, um dann nach einem kurzen Moment mit einigen Utensilien in den Händen wieder aus dem Haus zu kommen.

„Was schleppst du denn da alles an?“, fragte Jake und kletterte wieder zurück in seinen Wagen.

George erreichte die Beifahrertür, öffnete sie, warf seine Mitbringsel auf die übergroße Sitzbank, die eher an eine Ledercouch als an eine Autositzbank erinnerte, und sprang schließlich selbst in den Wagen.

Er zeigte mit dem Finger auf die Gegenstände, während er sie Jake erläuterte: „Das schwarze Buch ist meine Zauberfibel, darin habe ich einige wichtige Zaubersprüche gesammelt, das ist eine Adlerkralle, sie besitzt magische Kräfte, dann noch einige gesegnete Indianerfedern und eine Kachina.“

„Was ist das für eine hässliche Holzpuppe?", fragte Jake und deutete mit dem Finger darauf.

„Das ist – wie gesagt – eine Kachina", antwortete George. „Mit ihr können wir Kontakt zu unseren Ahnen aufnehmen."

„Du meinst so etwas wie Tischrücken, oder so?"

„Ja, so etwas in der Art", lachte George.

„Und? Schon einmal ausprobiert?, fragte Jake schmunzelnd.

„Ja."

„Tatsächlich? Hat es funktioniert? Erzähl schon", sagte Jake ungeduldig, während er den Wagen in Bewegung setzte und versuchte, ihn durch mehrmaliges Rangieren zu wenden. Als er es schließlich schaffte, gab er Gas und hinterließ wieder eine Staubwolke, die sich wie ein dichter Nebel über die Straße legte und aus der Ferne wirkte wie ein Kondensstreifen, den Flugzeuge am klaren Mittagshimmel hinterlassen.

„Nun erzähl schon, George", plapperte Jake und ruderte wild mit dem Lenkrad.

„Mann, du kannst vielleicht nerven", sagte George und stützte sich mit beiden Händen am Armaturenbrett ab. „Und fahr nicht so schnell, oder willst du uns beide umbringen? Aber wahrscheinlich wird die Karre vorher auseinanderfallen."

„Das glaube ich wohl kaum", entgegnete Jake lachend. „Diese Karre ist noch richtige Wertarbeit, da fällt gar nichts auseinander. Mit einem der heutigen Wagen würde ich auf dieser Straße wahrscheinlich nicht weit kommen, er wäre wahrscheinlich bereits nach einer Meile in seine Einzelteile zerlegt."

„Wenn man vernünftig fährt, kann man mit jedem Wagen auf dieser Straße fahren", entgegnete George und schaute absichtlich auffällig auf den Tacho.

„Ja, ja. Ich hab dich schon verstanden, du Memme", murmelte Jake und nahm den Fuß etwas vom Gaspedal, um die Geschwindigkeit zu reduzieren.

„Und? Ist es so recht?", fragte Jake grinsend und schaute zu George hinüber.

„Ja, ich danke dir", antwortete George sichtlich erleichtert.

„Jetzt fahren wir so langsam", sagte Jake und stützte sich gelangweilt mit beiden Armen auf dem Lenkrad ab, „dass ich mir große Sorgen mache. Hoffentlich brauchen wir nicht so lange, dass wir womöglich unterwegs verdursten, oder noch schlimmer, wir sterben in meinem Wagen an Altersschwäche."

„Du neigst zu Übertreibungen, Jake."

„Ja, ja. Nun erzähl schon die Geschichte von deinen Ahnen und der Katrina", sagte Jake und deutete mit dem Finger auf die Holzfigur.

„Das ist eine *Kachina*", entgegnete George grimmig. „Ich glaube nicht, dass ich dir die Geschichte erzählen kann, die Sache war damals zu gruselig. Ich weiß nicht, ob du so etwas verkraftest."

„Fängst du jetzt an zu spinnen, George? Ich bin doch kein kleines Kind, los, erzähl schon."

George lachte und begann schließlich seine Geschichte zu erzählen: „Also, diese Kachina habe ich von meinem Vater, dieser hat sie von seinem Vater und so weiter. Sie wurde von Generation zu Generation weitergegeben und der erste Hüter der Kachina erhielt sie von einem der größten und mächtigsten Medizinmänner, als dieser im Sterben lag. Er hieß Guruglu Ma und hatte ein stolzes Alter von 174 Jahren erreicht."

„Kein Mensch wird so alt", unterbrach ihn Jake.

„Willst du, dass ich die Geschichte zu Ende erzähle oder …"

„Ja, entschuldige, erzähl weiter", murmelte Jake leise. „Trotzdem wird niemand so alt."

„Nun gut. Guruglu Ma spürte, dass sein Ende gekommen war, und so beschloss er, in die Berge zu gehen, um den Göttern entgegenzutreten und seinen letzten Weg zu gehen, den Weg zu seinem letzten Ort.

Der alte Medizinmann wurde vom Häuptling der Chiricahua-Apachen begleitet. Dessen Aufgabe bestand darin, den Medizinmann in die Berge zu führen, er musste das persönliche Hab und Gut des Medizinmannes tragen, um ihn dann schließlich allein in den Bergen zurückzulassen, damit er dort seinen Frieden finden konnte. So wollten es die Götter. Und so machten sich Guruglu Ma und der Häuptling auf den Weg in die Berge. Der Weg war beschwerlich und dauerte drei Tage und drei Nächte, dann hatten sie endlich den Ort des Friedens erreicht.

Der Häuptling wickelte den Medizinmann in eine heilige Decke und legte ihn so auf den Felsen, dass er das ganze Tal überblicken konnte, dann platzierte er sein Hab und Gut um ihn herum, damit er es mit an den letzten Ort nehmen konnte. Als der Häuptling die Kachina neben dem Medizinmann platzierte, beauftragte dieser den Häuptling, die Kachina an sich zu nehmen, um sie zu behüten. Und so wurde er der erste Hüter der Kachina.

Die ersten Hüter der Kachina konnten nichts mit ihr anfangen, außer sie zu behüten, denn die nötigen Beschwörungsformeln, um unsere Ahnen zu rufen, wurden nicht weiter gegeben, sie wurden erst Jahrzehnte später entdeckt, in einer Höhle auf uralten Papyrusrollen niedergeschrieben. Auf diesen Papyrusrollen war eine Kachina abgebildet und so wusste man, dass diese niedergeschriebenen Beschwörungsformeln und unsere Kachina irgendwie zusammengehörten. Doch niemand wusste, wen man mit der Kachina rufen konnte. Man dachte, vielleicht wäre es mit ihr möglich, eine ganz bestimmte Person aus dem Reich der Toten zu holen, oder vielleicht musste man sich auch überraschen lassen, vielleicht würde man jemanden zurückholen, von dessen Besuch man ganz und gar nicht begeistert war.

Es stand nur geschrieben, man könne Kontakt mit seinen Ahnen aufnehmen, doch was wirklich passierte, daran hat niemand auch nur im Entferntesten gedacht."

„Und? Wen haben deine Vorfahren aus dem Reich der Toten zurückgeholt?"

„Warte ab. Achte lieber auf die Straße, da kommt die Kreuzung."

Jake bremste ab, schaute kurz nach links und rechts, um dann gleich wieder Gas zu geben. Die Hinterräder drehten durch und schleuderten Staub und losen Schotter durch die Luft, Jake riss das Lenkrad herum und bog auf die Hauptstraße in Richtung Norden.

„Du kannst es nicht lassen, Jake", jammerte George. „Kannst du nicht etwas vorsichtiger fahren?"

„Noch vorsichtiger?", antwortete Jake und sah zu George hinüber. „Bist du ein Indianer oder ein Waschweib? Erzähl du lieber deine Geschichte zu Ende und überlasse mir das Autofahren."

„Also gut, wo war ich stehen geblieben … Ach ja, der Mensch ist von Natur aus neugierig, und wie es mit allen unbekannten und unglaublichen Dingen ist, der Mensch muss es ausprobieren. Und so kam es, dass sich einige Stammesangehörige eines Tages vor der Höhle, in der man die Papyrusrollen fand, versammelten. Sie entzündeten ein Feuer, setzten sich auf den Boden und bildeten einen Kreis um die Feuerstelle. Dann platzierten sie die Kachina auf dem Boden direkt neben dem Feuer, nahmen die Papyrusrollen und jeder einzelne der Runde las eine Zeile der Beschwörungsformeln vor. Die Sprache, in der die Beschwörungsformeln niedergeschrieben waren, war ihnen unbekannt, und so wussten sie im Grunde nicht, was die Formeln eigentlich bedeuteten.

Als sie alle Zeilen der Papyrusrollen vorgetragen hatten, ertönte aus der Höhle ein Grollen und Donnern, die Augen der Kachina begannen zu leuchten und Nebel trat aus dem Höhleneingang. Plötzlich sprangen ein Dutzend skelettierte Pferde aus der Höhle. Ihre Körper waren bis auf die Knochen verfault, Fleisch- und Fellreste hingen an den freigelegten Knochen herunter und auf ihnen saßen skelettierte Indianer, teilweise trugen sie noch ihren Federkopfschmuck und hielten Messer oder Pfeil und Bogen in ihren knochigen Händen.

Sie gaben gellende Schreie von sich und galoppierten auf die auf dem Boden kauernden und vor Angst bewegungslosen Indianer zu. Sie sprangen von ihren Pferden und fielen über die Ahnungslosen her, sie schlitzten ihnen die Kehlen auf, packten sie an ihren Haaren, sprangen wieder auf ihre Pferde und schleiften sie mit in die Höhle. Tage später fand ein Suchtrupp des Stammes die Kachina vor der Höhle und folgte einer etwa einen Meter breiten Blutspur, die in die Höhle führte. Sie suchten die gesamte Höhle ab, ohne jedoch irgendetwas zu finden, sie war vollkommen leer. In der Nähe der Höhle fand man schließlich einen kleinen Jungen, er war damals der ersten Gruppe unauffällig gefolgt und hatte das Gemetzel mit angesehen. Der Junge hatte sich in der Nähe der Höhle versteckt.

Sie nahmen den Jungen wieder mit zurück in ihr Lager, er war halb verdurstet und zitterte am ganzen Körper.

Der Junge hatte ursprünglich lange, braune Haare, die sich jedoch in dieser schrecklichen Nacht grau verfärbten. Auch seine Augen hatten sich verändert, seine Augäpfel hatten sich in milchig-weiße Kugeln verwandelt, der Junge war plötzlich blind.

Die Medizinmänner konnten ihm nicht helfen. Die Haare blieben grau und der Junge blieb bis zu seinem Lebensende blind.

In den ersten Tagen nach seinem Auffinden sprach er kein einziges Wort.

Später erzählte er seinen Leuten, was in dieser Nacht geschehen war."

„Ich glaub dir kein Wort", sagte Jake und musste lachen. „Das hast du dir doch nur ausgedacht, um mir Angst einzujagen."

„Aber natürlich ist die Geschichte wahr", entgegnete George. „Jedes einzelne Wort. Warum glaubst mir nicht?"

„Weil ich mir nicht vorstellen kann, dass du diese Holzpuppe mit dir herum schleppst, um tote, feindselige Indianer aufzuwecken, die uns womöglich anschließend die Kehlen durchschneiden oder vielleicht sogar noch schlimmere Dinge mit uns anstellen."

„Also gut, erwischt", schmunzelte George. „Aber die Geschichte hätte doch wahr sein können, oder nicht? Ich habe sie mir nicht ausgedacht, sie wird schon seit Ewigkeiten so erzählt, auf jeden Fall in einer ähnlichen Form. Hast du nicht wenigstens ein wenig daran geglaubt oder wenigstens etwas Angst gehabt?"

„Nein", lachte Jake, „beides nicht. Aber was kann diese Holzfigur denn nun wirklich?"

„Wenn ich ehrlich bin, ich weiß es nicht", antwortete George und drehte die Kachina in seinen Händen. „Unsere Vorfahren glaubten wirklich, man könne mit ihr Kontakt zu unseren Ahnen aufnehmen, aber ob es jemals funktionierte, das weiß ich nicht."

„Und was willst du dann mit ihr anfangen?"

„Das weiß ich auch noch nicht, ich hoffe nur, dass sie uns irgendwie behilflich sein kann", sagte George und legte die Holzfigur zurück zu den anderen Utensilien.

Ich weiß nicht, was sie kann, dachte George und betrachtete die Holzpuppe, *doch diese Geschichte ist so alt wie die Kachina selbst. Und wie mit allen Erzählungen, Sagen oder Mythen steckt überall ein wenig Wahrheit drin. Mal mehr, mal weniger.*

Sie erreichten die Kreuzung zum See und Jake bog nach rechts in die Zufahrtstraße zu Mikes und Marys Haus.

Mike saß noch immer auf den Verandastufen und beobachtete die Kreuzung, während Mary gerade aus dem Haus trat.

„Da kommt Jake", sagte Mike.

„Ja, ich habe ihn bereits kommen hören", erwiderte Mary und schaute ebenfalls zur Kreuzung hinüber.

Jake und George erreichten das Ende der Zufahrtstraße und Jake stoppte den Wagen direkt vor der Veranda.

Er stellte den Motor ab und der Wagen spuckte noch eine letzte, schwarze Rauchwolke aus, bevor der Motor schließlich verstummte.

„Guten Morgen, Leute!", rief Jake, während er aus dem Wagen kletterte und auf George deutete, der ebenfalls ausstieg. „Das ist George. Ihr kennt doch George?"

„Guten Morgen, hallo, George", rief Mike. „Ja, wir haben schon von Ihnen gehört."

„Ich hoffe, nur Gutes", erwiderte George.

„Es kann losgehen, Leute!", rief Jake. „Treten wir diesen Kreaturen mal so richtig in den Arsch."

„Ja, einen Augenblick", entgegnete Mary. „Ich hole schnell noch ein paar Sachen, dann können wir los."

Mary ging ins Haus und kam nach einem kurzen Augenblick mit einem großen, bis zum Rand gefüllten Weidenkorb wieder heraus.

„Was schleppst du denn da alles an?", fragte Mike.

„Nur das Nötigste", antwortete Mary. „Etwas zu trinken, einige Sandwiches, ein Handtuch, deine Badehose und deine wasserdichte Taschenlampe."

„Wo hast du die denn gefunden?", fragte Mike erstaunt. „Die habe ich schon überall gesucht."

„In der Abstellkammer, sie lag zwischen deiner alten Angelausrüstung, sie funktioniert sogar noch."

„Dann können wir ja jetzt los", sagte Jake und stieg in den Wagen. „Was ist mit euch zwei, können wir?"

„Ja", antwortete Mike etwas gereizt, „wir sind ja schon unterwegs."

Mary sprang die Verandastufen hinunter und lief zu Mikes altem Kombi.

„Nun komm auch, Mike. Worauf wartest du denn noch?"

„Ich komm ja schon. Was habt ihr es denn so eilig?"

„Wir wollten doch so früh wie möglich zum See!", rief Mary. „Oder willst du unbedingt dem Sheriff begegnen?"

„Ist schon gut, ich komm ja schon", murmelte Mike.

Jake wendete seinen Wagen, der sich mit lautem Knattern und eingehüllt in eine dichte, schwarze Abgaswolke in Richtung See bewegte. Mike und Mary folgten ihm.

„Mit dieser Karre ist es unmöglich, unbemerkt an den See zu kommen", murmelte Mike. „An Jakes Stelle hätte ich diese Karre schon längst verschrottet."

„Lass Jake doch bitte einmal in Ruhe", zischte Mary. „Er liebt sein altes Auto, und außerdem, deine alte Karre hier hat die besten Jahre auch schon lange hinter sich."

„Was hast du denn plötzlich gegen meinen Wagen", fragte Mike erstaunt. „Er erfüllt doch seinen Zweck, oder etwa nicht?"

„Natürlich, Jakes Wagen erfüllt auch seinen Zweck. Und jetzt fahr und nerv mich nicht. „Damit beendete Mary das Gespräch, wandte sich von Mike ab und sah aus dem geöffneten Seitenfenster. Bäume und Sträucher schossen an ihr vorbei und Mary musste wieder an ihre Kindheit denken, als sie fast täglich diesen Weg ging, die Kreuzung überquerte, durch den Mais lief bis zum See, um dort mit ihren Freunden zu schwimmen, unbeschwert und sorgenfrei. Doch nun überfiel sie jedes Mal ein Unbehagen, sobald sie sich dem See auch nur näherte.

Mike schaute stur nach vorn und folgte der Staubwolke, die sich hinter Jakes Wagen bildete und die komplette Kreuzung und den folgenden Feldweg zwischen den Maisfeldern einhüllte.

Sie erreichten den See, Jake parkte seinen Wagen direkt neben dem alten Holzsteg und schaltete den Motor ab.

Mike stoppte den alten Kombi direkt hinter Jake. Er starrte durch die vom Staub fast undurchsichtige Windschutzscheibe hinüber auf den See.

Ich weiß gar nicht, was ich hier tue, dachte Mike, während er mit den Augen den See absuchte. *Ich muss total bescheuert sein.*

„Alles in Ordnung, Mike?“, fragte Mary besorgt.

„Ja klar, alles in Ordnung.“

Jake sprang aus seinem Wagen und begann bereits, den Koffer mit der Taucherausrüstung von der Ladefläche zu zerren, während Mike sich langsam aus seinem Wagen quälte.

„Was ist denn los?“, rief Jake. „Auf, auf, ihr müden Gesellen.“

„Der Kerl wird mir immer unsympathischer, ich glaube, ich fange an, ihn zu hassen“, flüsterte Mike zu Mary hinüber, die gerade um den Wagen herum ging.

„Hör doch endlich damit auf, du Spinner“, zischte sie ihn an.

„Ist doch wahr, sieh doch nur, wie er sich freut. Aber das Lachen wird ihm noch vergehen. Das Lachen wird euch allen noch vergehen. Wenn die Kreaturen aus dem Wasser kriechen, um euch zu holen, um euch zu zerfleischen, ha, ha.

Mal sehen, ob ihr dann immer noch lacht, ha, ha, ha.“

Mike begann zu lachen, während sich sein Gesicht in eine Fratze verwandelte, in die Fratze eines Wahnsinnigen, der sich und sein Handeln nicht mehr unter Kontrolle hat. Sein Lachen veränderte sich und ging in ein kindliches Kichern über.

„Jetzt dreht er durch“, bemerkte Jake, der noch immer mit den Händen den Koffer auf der Ladefläche umklammerte und erstaunt zu Mike hinübersah.

„Ja, ja. Die Nerven“, stammelte George und begann ebenfalls, an dem Koffer zu zerren. „Oh Mann, ist das Ding schwer.“

In diesem Augenblick holte Mary aus und schlug Mike mit der flachen Hand mitten ins Gesicht.

Es gab ein lautes, klatschendes Geräusch, als Marys Hand Mikes linke Gesichtshälfte traf, die sofort eine rote Färbung annahm.

Mikes Lachen verstummte. Er hielt sich seine schmerzende Wange und sah Mary erschrocken an.

Eine Träne lief ihm langsam über die Wange, er wischte sie mit einer schnellen Handbewegung weg und starrte Mary wortlos an.

„Entschuldigung", flüsterte Mary leise, „aber du hast gelacht. Wie ein Irrer gelacht. Ich dachte, du drehst durch."

„Ist schon gut, alles klar", stammelte Mike. „Ich, ich weiß auch nicht, was mit mir los war. Aber jetzt ist wieder alles in Ordnung, wirklich."

„Dann lass uns nun endlich gehen", sagte Mary und ging zu Jake und George hinüber. Mike trottete hinter ihr her.

Er nuschelte irgendetwas Unverständliches vor sich hin und begann plötzlich wieder zu kichern.

Mary drehte sich blitzschnell zu ihm herum und schrie: „Hör auf damit, hör sofort auf damit. Wenn du dich jetzt nicht zusammenreißt, lass ich dich in eine geschlossene Anstalt einweisen, und das meine ich wirklich."

Mike zuckte zusammen und sein Kichern verstummte, er sah Mary mit großen Augen an, regungslos stand er da und nickte nur kurz mit dem Kopf.

„Und? Seid ihr so weit?", fragte Jake ungeduldig und zerrte den Koffer, den er die ganze Zeit festgehalten hatte, von der Ladefläche. „Dann lasst uns mal langsam anfangen, bevor uns noch der Sheriff in die Quere kommt."

Jake schleppte den Koffer zum Ufer und setzte ihn direkt neben den Überresten des alten Holzsteges auf dem sandigen Boden ab.

„Hier an dieser Stelle des Sees müsste die Steintafel liegen, auf eurem Foto von der Trauerfeier war der alte Holzsteg zu sehen, ich nehme an, die Indianer haben die Steintafel hier in den See geworfen", spekulierte Jake.

Nun öffnete er den Koffer und begann darin herumzuwühlen.

„So, Mike, dann schnapp dir mal die Klamotten hier und ab ins Wasser!", rief Jake, während er an dem Ventil der Pressluftflasche herumdrehte.

Doch Mike hatte sich inzwischen etwas abseits auf den Boden gesetzt und starrte hinaus auf den See.

Jake und Mary riefen ihn, doch er reagierte nicht auf ihre Zurufe, er sah auch nicht zu ihnen hinüber, er starrte nur regungslos hinaus auf den See, als würde er auf etwas ganz Bestimmtes warten.

„Das war es dann wohl", bemerkte George. „Ich glaube nicht, dass Mike tauchen wird."

„Das glaube ich auch nicht", sagte Jake und sah zu Mary hinüber, die sich inzwischen ebenfalls auf den Boden gesetzt hatte und Mike beobachtete.

„Ich werde es tun", sagte Mary plötzlich leise.

„WAS?", ertönte es aus Jakes und Georges Mündern gleichzeitig.

„Ja, ich werde es tun. Ich werde dort hinuntertauchen. Ich glaube nicht, dass jemand von Ihnen beiden dort hinuntertauchen will, oder?"

Jake und George schüttelten wortlos ihren Kopf.

„Dann lasst uns anfangen!", rief Mary und sprang mit einem Satz vom Boden auf, dann öffnete sie ihre Jeans und begann sich auszuziehen.

„Hey, hey, hey. Was wird das denn jetzt?", rief Jake sichtlich irritiert.

„Keine Sorge", lachte Mary, „ich trage einen Bikini darunter, als hätte ich es geahnt."

Natürlich hatte Mary gewusst, dass Mike nicht tauchen würde, seit dem Gespräch mit Mike am Morgen in der Küche wusste sie es. Und während der Fahrt zum See hatte sie sich bereits damit abgefunden, selbst dort hinunterzutauchen.

Die beiden Alten würden auch nicht tauchen, also blieb ihr nichts anderes übrig. Sie hatte die Kreatur auf dem Video gesehen und fürchterliche Angst davor, dass Mikes Visionen wirklich eintreten könnten.

Sie würde dort hinuntertauchen, diese Steintafel zerstören und somit hoffentlich dem ganzen Spuk ein Ende bereiten. *So schwer kann das doch wohl nicht sein,* dachte sie. *Und danach werde ich mich um Mike kümmern, das wird schon wieder.*

Jake half ihr, die Pressluftflasche anzulegen. Er hielt die Flasche auf Brusthöhe in die Luft, während Mary rückwärts ihre Arme durch die Gurtschlaufen steckte, den Verschluss des Bauchgurtes zusammensteckte und schließlich die Straffer der Schultergurte festzog.

Das war doch wohl einfach, dachte sie, *fast so wie bei meinem Rucksack.* In diesem Augenblick ließ Jake die Pressluftflasche los und Mary kippte nach hinten, Jake konnte sie gerade noch halten.

„Verdammt, ist die schwer!", rief Mary.

„Entschuldigung", sagte Jake, „alles ok?"

„Na klar, alles ok."

Mary schlüpfte in die viel zu großen Schwimmflossen und zog sie auch sofort wieder aus.

„Das kann ich mir wohl sparen, die verlier ich ja sofort."

Jake reichte ihr die Taucherbrille. Mary setzte sie auf, prüfte ihren Sitz und schaute einmal kurz in alle Richtungen.

„Die beschlägt ja sofort, ich kann überhaupt nichts sehen", meckerte sie und riss sich die Taucherbrille vom Kopf.

„Spucke!"

„Was?", fragte Mary erstaunt.

„Spucke!", rief Mike und starrte weiter auf den See hinaus. „Du musst innen auf die Scheibe spucken, mit dem Finger verreiben, einmal mit Wasser ausspülen, dann beschlägt sie nicht mehr."

Mary versuchte es, und tatsächlich, es funktionierte.

„Aber woher weißt du ..., ach, reden wir später darüber." Mary brach ihre Frage ab und beschäftigte sich weiter mit der Taucherausrüstung. Sie steckte sich das Mundstück in den Mund und versuchte zu atmen, es funktionierte jedoch nicht und sie riss es wieder heraus.

„Ich bekomme keine Luft, das blöde Ding funktioniert nicht."

Mary schaute kurz zu Mike hinüber und erwartete einen nützlichen Tipp von ihm, doch diesmal reagierte er nicht und starrte nur weiterhin regungslos auf den See hinaus.

„Einen Augenblick, gleich funktioniert *das blöde Ding*", bemerkte Jake schmunzelnd und drehte das Ventil der Pressluftflasche auf. Sofort war ein leises, zischendes Geräusch zu hören.

„So, jetzt versuch es noch mal."

Mary steckte erneut das Mundstück in den Mund, machte einige Atemzüge und nickte schließlich bejahend.

Sie ging los und setzte einen Fuß vor den anderen, bis ihre Füße das Wasser berührten, dann blieb sie stehen.

Sie schaute durch die Taucherbrille und musste sich erst an die eingeschränkte Sicht gewöhnen, sie konnte nur das sehen, was direkt vor ihr war, und das machte ihr schon etwas Angst. Sie konnte ihren Atem hören, jeden Atemzug, begleitet von einem lauten Zischen, einatmen ... zisch, ausatmen ... zisch, einatmen ... zisch.

Doch sie würde sich schon daran gewöhnen, hoffte sie zumindest.

„Stopp, Mary!“, rief Jake.

Mary zuckte zusammen. „Mmmh?“

Sprechen war für Mary dank des Mundstückes unmöglich und so riss sie dieses erneut heraus.

„WAS IST DENN?“, schrie sie.

Jake kniete sich vor Mary und hantierte an ihrem Bein herum.

„Was machen Sie denn da?“

„Ich befestige das Tauchermesser an deinem Bein, für alle Fälle, hätte ich fast vergessen.“

Jake klemmte das Tauchermesser mithilfe zweier Gummischnallen an Marys Unterschenkel.

„So, fertig. Es kann losgehen. Viel Glück. Und komm so schnell wie möglich wieder.“

„Ja, viel Glück“, rief George und hielt einen ausgestreckten Daumen in die Luft.

Mary schob das Mundstück zurück in ihren Mund und ging langsam weiter ins Wasser.

Das Wasser stieg an ihren Beinen hoch, sie ging langsam weiter, das Wasser berührte ihren Bauch und sie ruderte mit den Armen, um das Gleichgewicht zu halten. Schließlich ragte nur noch ihr Kopf aus dem Wasser. Mary drehte sich um und schaute noch einmal zum Ufer hinüber, sie winkte kurz mit der Hand, dann tauchte sie ab.

Mary hörte noch ein Plätschern, als das Wasser über ihren Kopf klatschte, dann war es absolut ruhig. Sie hörte nur ihren Atem, das Zischen der Pressluft beim Einatmen und das Blubbern der Luftblasen beim Ausatmen, die aus dem Mundstück quollen und dann tanzend an die Wasseroberfläche schwebten.

Das Wasser in Ufernähe war angenehm warm. Es war etwas trübe, aber durch die Sonneneinstrahlung konnte sie einige Meter weit sehen. Einige kleine Fische schwammen neugierig auf ihre Taucherbrille zu, um dann sofort wieder blitzschnell zu verschwinden. Algen und einige abgestorbene Blätter von Wasserpflanzen trieben umher, die Mary verzweifelt mit der Hand von sich weg zuhalten versuchte. Sie schwamm weiter und vor ihr fiel der schlammige Grund plötzlich steil ab, das Ende des Abhanges konnte sie nicht erkennen, es war stockfinster dort unten.

Sie schwamm weiter und spürte, wie das Wasser merklich kühler wurde, sie bekam eine Gänsehaut. Sie wusste nicht, ob es an dem kalten Wasser lag oder an der unheimlichen Dunkelheit dort unten.

Ich weiß, was ich vergessen habe, dachte sie, *die Taschenlampe. Sie liegt im Wagen, aber jetzt gehe ich nicht mehr zurück.*

Mary tauchte tiefer und langsam gewöhnten sich ihre Augen an die Dunkelheit, sodass sie einige Umrisse erkennen konnte. Sie erkannte einige kleine Felsen, die mit Algen überwuchert auf dem Grund des Sees ruhten, und Wasserpflanzen, die etwa einen Meter hoch aus dem Boden ragten und sich rhythmisch hin und her bewegten.

Sie schwamm weiter und versuchte, immer einen angemessenen Sicherheitsabstand zu den Wasserpflanzen einzuhalten.

Sie hatte panische Angst davor, sich mit den Beinen in diesem Pflanzenwirrwarr zu verheddern und womöglich so nur einige Meter unter der Wasseroberfläche zu ertrinken. Das hatte sie schon einmal in einem Film gesehen. Der Taucher in dem Film verhedderte sich immer mehr in diesem Gestrüpp, je mehr er strampelte, und schließlich ertrank er elendig – gefesselt von harmlos wirkenden Wasserpflanzen.

Diesem Schicksal wollte Mary unter allen Umständen aus dem Wege gehen.

Plötzlich stoppte sie und versuchte, mit den Armen rudernd auf der Stelle stehen zu bleiben.

In einiger Entfernung konnte sie die Umrisse des Flugzeugwracks erkennen. Es war komplett mit Algen und Wasserpflanzen überwuchert und wirkte wie ein riesiger Felsen auf dem Grund des Sees, trotzdem konnte sie noch die Konturen der ursprünglichen Form des Rumpfes und der aufrecht stehenden Heckflosse erkennen.

Mary verspürte keine Angst und wunderte sich über sich selbst. Vor einigen Tagen hätte sie nicht einmal im Traum daran gedacht, sich auch nur noch einmal in die Nähe des Sees zu begeben, und jetzt schwamm sie mitten drin, schlimmer noch, sie tauchte darin.

Mary beobachtete das Wrack. Kleine Luftblasen traten an verschiedenen Stellen heraus und trieben kerzengerade wie auf eine Schnur gefädelte Perlen an die Oberfläche. Verschieden große Fische schwammen durch die dicht bewachsene Oberfläche des Wracks ins Innere und traten dann an einer anderen Stelle wieder heraus.

Mary glaubte, dass es sich immer wieder um dieselben Fische handelte, als würden sie sich einen Spaß daraus machen, wie Kinder, die im Wald Verstecken spielen.

Mary wagte sich etwas näher heran. Sie spürte noch immer keine Angst, im Gegenteil, sie fühlte sich plötzlich wohl. Sie kannte das Gefühl, sie empfand es, wenn sie als kleines Mädchen nach einem langen Schultag nach Hause kam und ihre Mutter sie schon erwartete, sie schützend in die Arme nahm und liebevoll drückte – genau dieses Gefühl verspürte sie jetzt. Tränen quollen aus Marys Augen, liefen über ihre Wangen und sammelten sich am unteren Rand der Taucherbrille.

Sie wagte sich noch etwas näher an diesen Berg aus Algen und Wasserpflanzen heran.

Einmal hineinschauen, dachte sie, *ich möchte nur einmal hineinschauen.*

Mary wusste nicht, was sie dort erwarten würde, sie glaubte nicht, dass sich nach all den Jahren noch die Leichen der Opfer in dem Wrack befinden würden. Raubfische und Verwesung würden schon längst alle Spuren beseitigt haben.

Jahrelang hatte sie sich gewünscht, man hätte die Opfer damals geborgen, damit sie ihre Eltern würdevoll hätte beerdigen können, doch heute wünschte sie sich nur, dass ihre Eltern auch so ihren Frieden gefunden hatten und nicht wie diese Kreatur als Ungeheuer hier herumgeistern mussten.

Uns sie würde diesem Treiben heute ein Ende setzen.

Ach Gott, die Steintafel. Ich muss die Steintafel finden. Ich weiß nicht einmal, wie lange die Luft in der Flasche reicht.

Mary war durch den Anblick des Wracks so abgelenkt, dass sie die Zeit und ihr ursprüngliches Vorhaben ganz vergessen hatte. Trotzdem beschloss sie, einen Blick ins Innere des Wracks zu riskieren.

Sie hatte das Flugzeug fast erreicht und steuerte auf eine Stelle des Rumpfes zu, an der sie hinter dem Pflanzenbewuchs die Fenster der Kabine vermutete. Als sie die Stelle erreichte, hielt sie sich an den Pflanzenstängeln fest und versuchte, mit der Hand eine Öffnung in das dichte Pflanzenwerk zu reißen, doch es gelang ihr nicht.

Mary griff zum Tauchermesser an ihrem Bein, öffnete die Schnalle an dem Messergriff, zog es heraus und begann, die fingerdicken Pflanzenstängel zu durchtrennen. *Volltreffer,* dachte sie und legte eines der Kabinenfenster frei.

Sie steckte das Messer wieder zurück und schob langsam ihren Kopf durch die kleine, freigelegte Öffnung.

Sie versuchte, ihren Kopf zu drehen und schaute nach rechts und links, aber es war absolut finster im Inneren des Wracks, sodass sie nicht einmal Umrisse erkennen konnte. Nur an einigen Stellen trat etwas Licht durch faustgroße Öffnungen im Rumpf ins Innere, die auch nur einige wenige Stellen des Raumes beleuchteten.

Dort erkannte Mary die Überreste eines Sitzes, der Bezug war zerfetzt und die Füllung quoll heraus, ein Lichtstrahl traf auf den Boden, wo Mary einen Schuh erkannte, und ein weiterer Lichtstrahl traf auf einen Sitz in Marys Nähe.

Auf dem Sitz befand sich etwas, Mary konnte nicht erkennen, was es war, aber es bewegte sich langsam hin und her, wie die Wasserpflanzen auf dem Grund des Sees. Es sah aus wie Seegras, doch es war weiß, das konnte Mary nun erkennen. Plötzlich schnellte es hoch und schoss auf Mary zu. Es waren Haare, weiße, schulterlange Haare und darunter befand sich ein Schädel, halb verwest, die Nase und die Augen fehlten, Hautfetzen hingen in Streifen an dem zum größten Teil freigelegten Schädelknochen herunter. Mary schaute in zwei leere, schwarze Augenhöhlen und sie glaubte, in dem Schädel ein hässliches Grinsen zu erkennen.

Zwei knöcherne Hände schnellten hervor, packten Marys Kopf und hielten ihn fest, während sich der Schädel näherte und sich schließlich direkt vor Mary's Gesicht befand. Mary schaute direkt in die zwei leeren Augenhöhlen, aus einer der Öffnungen kroch ein kleiner Aal, er schlängelte sich langsam quer über den Schädel und verschwand schließlich wieder in einer anderen Öffnung an der Seite.

Der Schädel schien Mary mit seinen toten, leeren Augenhöhlen anzustarren. Plötzlich klappte der knochige Unterkiefer nach unten, der Schädel schnellte nach vorn und der Kiefer klappte mit ungeheurer Wucht wieder nach oben. Der Kiefer mit den zwei gelbgrünen und lückenhaften Zahnreihen erwischte die Taucherbrille und biss sich in ihr fest.

Das Plexiglas der Brille zerbrach unter dem enormen Druck des zubeißenden Kiefers. Mary versuchte sich zu befreien, sie drehte ihren Kopf hin und her und drückte sich mit den Armen an dem Rahmen des kleinen Kabinenfensters ab.

Dann kam sie endlich frei, sie zog ihren Kopf aus der kleinen Öffnung im Rumpf und stieß sich mit den Beinen von der überwucherten Außenhülle des Wracks ab. Sie katapultierte ihren Körper einige Meter weit weg und konnte noch den Schädel hinter der kleinen Öffnung erkennen, der wütend auf der Taucherbrille kaute.

Mary schwamm noch einige Meter rückwärts und beobachtete die Öffnung in der Kabinenwand, um sicher zu gehen, dass sie nicht verfolgt wird. Als sie sich sicher fühlte, drehte sie sich um und schwamm in Richtung Ufer.

Ohne die Taucherbrille konnte Mary so gut wie nichts sehen.

Sie tauchte auf, durchbrach die Wasseroberfläche und riss sich das Mundstück heraus.

Sie ließ das Mundstück fallen, es sank unter die Wasseroberfläche und sonderte gleichmäßige, kleine Luftbläschen ab.

Mary drehte sich in alle Richtungen und suchte das Ufer.

„Und? Hast du es geschafft?“, rief Jake, der winkend am Ufer stand.

„Neiiin, ich haa ...“, rief Mary, oder sie versuchte zumindest, etwas zu rufen, doch immer wieder schwappte ihr das Wasser in den Mund und sie musste ihr Rufen unterbrechen, um das Wasser auszuspucken. Sie hustete und versuchte, sich so wenig wie möglich zu bewegen, um das Wasser nicht unnötig aufzuwirbeln, dann versuchte sie es erneut: „Nein, ich habe die Tafel noch nicht gefunden, es kam zu einem kleinen Zwischenfall, aber das erzähle ich Ihnen später."

„So weit draußen kann die Tafel doch unmöglich liegen!", rief George, während er mit beiden Händen wild fuchtelnd auf die Wasseroberfläche deutete. „Wenn die Tafel hier vom Steg aus in den See geworfen wurde, dann müsste sie hier in Ufernähe liegen und nicht dort draußen."

„Ja, ich komm ja schon zurück, aber ich habe die Taucherbrille verloren, ich kann kaum was erkennen. Aber ich versuch's noch mal."

Mary fischte mit der Hand nach dem Mundstück, steckte es zurück in ihren Mund und tauchte wieder ab.

Sie schwamm in Richtung Ufer, tauchte dabei immer tiefer und versuchte schließlich, dicht über den Wasserpflanzen zu bleiben. Immer wieder schaute sie sich um und überzeugte sich davon, dass sie nicht verfolgt wurde, obwohl sie sich bei der schlechten Sicht wirklich nicht sicher sein konnte.

Mary versuchte, den Grund zwischen den hin und her treibenden Wasserpflanzen abzusuchen, was nicht so einfach war. Sie musste schon fast das Ufer erreicht haben, die alten Stützpfeiler des Holzsteges waren schon zu erkennen, einige waren schon seit Langem abgefault und ragten nur noch etwa einen Meter aus dem schlammigen Grund, Algen hatten sie bereits komplett überwuchert und sie wirkten von Weitem wie kleine Zwerge mit langen, grünen Haaren, die sinnlos in der Gegend herumstanden.

Mary überwand ihre Angst vor den Wasserpflanzen und schwamm direkt in den Unterwasserwald.

Sie tastete mit den Händen den Boden ab, er war schlammig, hin und wieder berührte sie etwas mit den Fingern, das sich plötzlich bewegte und blitzschnell davonschwamm. Jedes Mal zuckte sie zusammen und hoffte nur, dass dieses *Etwas* friedlich war und verschwand, ohne sie zu beißen oder etwas noch Schlimmeres mit ihr vorhatte.

Doch dann ertastete sie etwas Festes, das etwa eine Handbreit aus dem schlammigen Boden ragte. Sie glitt mit ihren Fingern über die Kanten, sie fühlten sich glatt an und der Gegenstand erinnerte Mary an einen Grabstein.

So einen aus geschliffenem Marmor, dachte sie. Sie tastete den Gegenstand weiter ab, packte ihn schließlich mit beiden Händen und versuchte ihn aus dem Boden zu ziehen.

Das muss die verdammte Steinplatte sein, dachte sie und zerrte mit ruckartigen Bewegungen an ihr. Doch dieses Ding bewegte sich nicht.

Mary beschloss, es auszugraben, bevor ihr die Luft ausging. Sie nahm das Tauchermesser aus der Halterung und begann damit das Ding ringsherum freizulegen, indem sie das Messer als Spaten benutzte. Nach kurzer Zeit hatte sie es bereits etwa 30 Zentimeter tief freigelegt. Durch den aufgewirbelten Schlamm konnte Mary nun überhaupt nichts mehr erkennen. Sie wartete einen Moment, bis die Sicht wieder besser wurde.

Es war die Steinplatte, sie konnte deutlich Buchstaben auf der Oberfläche der Platte erkennen. Doch sie konnte die Schrift nicht entziffern, einige Buchstaben erkannte sie, andere wiederum sahen aus wie alte Schriftzeichen, wie sie die Indianer früher benutzten, auch sah es nicht aus wie eine Namensliste, sondern eher wie ein zusammenhängender Text.

Mary packte erneut die Steintafel und begann daran zu zerren. Die Tafel bewegte sich, erst nur ein wenig, dann immer mehr, wie ein fauler Backenzahn, der unter der Gewalt der Zange nachgibt und sich allmählich aus dem Kiefer löst.

Mary drückte die Tafel hin und her und zog sie schließlich langsam aus dem Boden. Sie stieß sie leicht von sich weg und die Tafel kippte um, sie sank langsam zu Boden und wirbelte erneut Schlammwolken auf, als sie auf den Grund traf.

Mary wischte mit der Hand vorsichtig den Sand von der Oberfläche. *Ja, das muss die Tafel sein, sie sieht genauso aus wie auf dem Foto,* dachte sie. *Nur wie soll ich dieses Ding denn jetzt zerstören?* Sie wunderte sich zwar immer noch, warum auf der Steintafel nicht ein einziger Name der Opfer zu erkennen war, doch sie hatte im Augenblick ganz andere Sorgen. Sie schaute sich um, sie suchte nach irgendeinem Gegenstand, mit dem sie dieses Ding zerschlagen konnte, einen Stein oder etwas Ähnliches. Doch sie fand nichts, weit und breit nichts als Wasserpflanzen und Schlamm.

Ich versuch's mit dem Messer, dachte sie plötzlich. *Das wäre doch wohl gelacht, wenn ich dich nicht kleinkriegen würde.*

Mary nahm das Tauchermesser in beide Hände und schlug mit aller Gewalt auf die Steintafel ein. Ein dumpfes „Bing" war zu hören, sie schlug erneut zu und wieder „Bing", drei-, vier-, fünfmal. Plötzlich gab der Stein nach und Risse bildeten sich von der Mitte aus. Mary schlug nochmals zu und die Tafel zerbrach in vier Teile.

Plötzlich war ein Grollen zu hören, wie ein Donnergrollen in einem entfernten Gewitter in den Bergen. Doch es kam aus dem See.

Mary drehte sich um, das Grollen kam aus der Richtung des Flugzeugwracks. Mary schaute in die Richtung. Sie konnte nichts erkennen. Doch dann begann das Wrack zu leuchten, es glühte, Luftblasen traten aus allen Öffnungen, der Pflanzenbewuchs löste sich von der Außenhülle und schwebte langsam zu Boden, die Kabinenfenster kamen wieder zum Vorschein und Mary erkannte plötzlich Menschen in dem Wrack, die wild durcheinander schwammen und versuchten, sich durch die Kabinenfenster zu zwängen.

Doch es waren die Kreaturen, verweste Untote, die versuchten, ihrem Schicksal zu entkommen, indem sie das Wrack verließen. Sie zerrten sich gegenseitig von den Fenstern, sie rissen sich ihre letzten Haarsträhnen von ihren halb verwesten Schädeln, sie bissen sich gegenseitig in die Arme, als sie versuchten, sich durch die engen Kabinenfenster ins Freie zu zwängen. Mary konnte Knochen knacken hören, dann wurde das Innere des Wracks durch einen grellen Lichtblitz erhellt, das grelle Licht drang durch sämtliche Fenster und Öffnungen des Wracks und erleuchtete den gesamten See. Mary musste ihre Augen schließen, so hell war das Licht. Einen Augenblick später verschwand das Licht wieder. Es war wieder finster im See, Mary konnte von dem Wrack nichts mehr erkennen, auch Geräusche konnte sie keine mehr hören.

Sie drehte sich um und schwamm in Richtung Ufer.

Mary hatte fast das Ufer erreicht, sie sprang aus dem Wasser, riss sich das Mundstück aus dem Mund und rief: „Geschafft, ich hab's geschafft, Leute, ich hab …"

Mary stockte, sie schaute direkt in den Lauf eines Gewehres, das ihr der Sheriff direkt vor ihr Gesicht hielt.

„Was hast du geschafft?!", schrie der Sheriff, während ihm Speichel aus dem Mund lief, sein Gesicht schwoll an und färbte sich blutrot, seine Halsschlagadern traten hervor und pulsierten. „Was machst du da in dem See? Könnt ihr nicht lesen, ihr zugekifften, gehirnlosen Arschlöcher? Der See ist gesperrt. Was hast du da gemacht?"

„Nichts", antwortete Mary verstört und schaute an dem Sheriff vorbei zum Ufer hinüber. Mike, Jake und George saßen an den Händen gefesselt neben Stones Geländewagen auf dem Boden.

„Nichts? Willst du mich verarschen? Soll ich dir sofort dein bisschen Hirn aus deinem dummen Schädel schießen?"

Ich glaube, Sheriff Stone dreht durch, dachte Mary. *Wenn der nicht aufhört, platzt sein Kopf oder der schießt gleich wirklich um sich.*

„Beruhigen Sie sich doch erst mal", begann Mary. „Ich habe unser Problem gelöst. Ich habe den Fluch von dem See genommen. Ich habe die Steintafel zerstört, die Seelen der Opfer sind nun endlich frei und können diesen Ort verlassen, es wird alles wieder gut."

Der Sheriff schluckte, er hechelte, als bekäme er keine Luft, er riss die Augen auf und starrte hinaus auf den See.

„Ihr wisst ja gar nicht, was ihr da angerichtet habt", stammelte Stone und senkte langsam sein Gewehr. „Ihr wisst gar nicht, was ihr da angerichtet habt, ihr vollkommen verblödeten Idioten."

Oh, oh. Jetzt dreht er wirklich durch, dachte Mary. Sie öffnete die Gurte der Pressluftflasche und ließ sie langsam ins Wasser gleiten, dann ging sie vorsichtig am Sheriff vorbei. Der Sheriff blieb regungslos stehen und starrte auf den See.

Mary lief zu Mike hinüber, kniete sich vor ihn und umarmte ihn.

„Er hat uns überrascht", flüsterte Mike. „Wir haben ihn nicht kommen sehen, er stand plötzlich da, mit der Knarre. Er hat uns bedroht und gefesselt und dann habe ich ihm gesagt, dass du dort im See bist. Darauf ist er völlig durchgedreht, er ist ins Wasser gerannt und hat auf dich gewartet, bis du aufgetaucht bist. Ich dachte schon, der Irre will dich erschießen."

„Ja, das dachte ich auch", sagte Mary und drehte sich zu Sheriff Stone um. „Was macht der denn da jetzt im Wasser?"

Im selben Augenblick drehte sich der Sheriff zu ihnen um und kam langsam auf sie zu.

„Was machen wir denn jetzt?", stotterte Mike.

„Nichts", antwortete Mary, „bleib ruhig, der beruhigt sich schon wieder."

„Das glaube ich kaum, schau nur, wie der uns ansieht."

Der Sheriff stellte sich breitbeinig vor ihnen auf und hielt den Lauf seines Gewehrs direkt vor Mikes Gesicht.

„Jetzt pass mal gut auf, du kleiner Scheißer. Du wirst dir noch wünschen, ich hätte dich heute erschossen. Die Steintafel hatte nur den einen Zweck, diese Kreaturen im See gefangen zu halten. Der Fluch lag bereits direkt nach dem Flugzeugabsturz auf diesem See, der Pilot muss das irgendwie ausgeheckt haben, er war Meister der schwarzen Magie, wie sich später herausstellte. Wie er das genau gemacht hat, weiß keiner. Auf jeden Fall erschienen bereits einen Tag nach dem Unglück einige Gestalten in Ufernähe, sie standen plötzlich in der Nacht im Wasser und erschreckten die Pärchen, die sich immer hier herumgetrieben hatten. Ben hatte sie auch gesehen, der trieb sich nachts auch oft hier herum, der Spanner. Er erzählte es sofort überall im Ort herum.

Dann gab es die ersten Opfer, die Clarc-Brüder sind nicht beim Angeln besoffen aus dem Boot gefallen, nein, die Kreaturen haben sich die zwei geschnappt und zerfleischt. Und eine Familie aus Atlanta, sie wollten nur zelten, den Kindern zuliebe, Abenteuerurlaub, ihr wisst schon. Ich hatte ihnen gesagt, sie sollten nachts den See nicht betreten, aber am nächsten Tag fanden wir nur noch das leere Zelt. Ich hatte richtig Ärger am Hals, das FBI bestand darauf, das Wrack und die Opfer des Flugzeugabsturzes nicht zu bergen, ich musste irgendwie die Leute vom See fernhalten und plötzlich tauchte dann noch eine Gruppe Indianer als Folkloregruppe verkleidet hier auf, die dem ganzen Spuk ein Ende bereiten wollte.

Sie konnten den Fluch nicht auflösen, sie konnten die Kreaturen nur in dem See gefangen halten. Sie schleppten diese Steintafel hier an, meißelten irgendwelche Sprüche hinein und versenkten das Ding. Wir tarnten diese ganze Aktion als eine Art Trauerfeier für die Hinterbliebenen, ich konnte den Leuten doch wohl kaum die Wahrheit sagen.

Diese Tafel sollte die Kreaturen auf ewig in diesem See gefangen halten.

Und ihr habt heute eine Tür für diese Wesen aufgestoßen, sie werden über uns herfallen und uns alle töten."

„Was sollen wir denn jetzt tun?", fragte Mike und schaute verzweifelt zu Jake und George hinüber. Doch die zwei schauten sich auch nur fragend an.

Ich habe gewusst, dass das hier schiefgehen wird, dachte Mike. *Ich hatte in meinen Träumen doch die Zukunft gesehen, das waren nicht nur Spinnereien, das wird wirklich alles geschehen.*

„Wir müssen es wieder rückgängig machen!", schrie Mary. „Die Indianer von damals müssen eine neue Steintafel anfertigen."

„Ich weiß nicht einmal, wo die damals herkamen", sagte Stone und legte sein Gewehr über die Schulter. „Die waren plötzlich hier – und so plötzlich und überraschend, wie sie gekommen sind, waren sie auch wieder verschwunden."

„Hast du denn keinen Zaubertrick auf Lager?", fragte Jake und stieß George an, der während der gesamten Unterhaltung hinaus auf den See starrte.

„Ich glaube kaum, dass ich irgendwelche Kreaturen, die angeblich in dem See herumlungern, mit einer gesegneten Feder oder einer Adlerkralle beeindrucken werde. Damit könnte ich euch höchstens von Kopfschmerzen oder Schlafstörungen befreien."

„Was heißt hier *angeblich*", rief Mike wütend. „Natürlich sind dort Kreaturen im See, Monster, Untote. Ich habe sie mit eigenen Augen gesehen, ich habe sie auf Video. Nun ja, ich hab sie nicht mehr, der

Sheriff hat das Video. Ich dachte, Sie wollten uns helfen. Haben Sie geglaubt, das wäre hier alles nur ein schlechter Scherz?"

„Hör mal, Häuptling", sagte der Sheriff mit ungewohnt ruhiger Stimme. „Da sind wirklich Monster im See, und ihr habt sie befreit. Und mit deinem Party-Hokuspokus kannst du hier wirklich nichts anrichten, das kannst du mir glauben."

Jake sprach kein Wort, er schaute George fragend an, wollte jetzt aber nicht ihre Freundschaft aufs Spiel setzen, indem er sein Handeln und seine Einstellung infrage stellte, obwohl er so einige passende Worte auf der Zunge liegen hatte. Er ließ es dann aber doch bleiben, es hatte jetzt keinen Sinn, sich hier zu streiten, sie mussten sich jetzt schnell etwas einfallen lassen.

Sheriff Stone ging zu jedem Einzelnen und öffnete ihre Handschellen. „So, und jetzt haut ab. Ihr habt hier schon genug angerichtet, haut ab, so weit ihr nur könnt."

„Aber, wir können doch jetzt nicht einfach abhauen", sagte Jake und rieb sich dabei die Handgelenke, an denen die Handschellen rote Druckstellen hinterlassen hatten. „Wir müssen doch irgendetwas tun."

„Ihr könnt gar nichts tun", sagte der Sheriff. „Ich werde die Nationalgarde informieren, ich weiß zwar nicht, wie ich denen das hier erklären soll, aber sollen die sich doch um die Scheiße kümmern, wegen mir können die auch das FBI mitbringen. Ich werde die Stadt evakuieren. Die Kreaturen, diese Bastarde, erschienen immer erst nach Sonnenuntergang, ich hoffe, die halten sich jetzt auch noch daran, dann haben wir noch etwas Zeit."

„Das glaube ich kaum!", schrie Mary aufgeregt und deutete auf den See. „Die warten nicht bis zum Sonnenuntergang."

Alle schauten gespannt zum See hinüber. In dessen Mitte bildete sich ein Strudel, er wurde langsam größer und hatte schließlich einen Durchmesser von einigen Metern, der stetig größer wurde. Aus dem Zentrum des Strudels trat Nebel heraus, der kerzengerade in die Höhe stieg, dann begann er sich zu drehen wie ein Wirbelsturm, er stieg immer höher und schien bis in die Stratosphäre zu reichen. Blitze schossen aus der Nebelsäule, die, begleitet von einem lauten Knall, in den See schlugen und an den Einschlagstellen das Wasser aufpeitschten.

„Was sollen wir jetzt nur tun?“, stammelte Mike.

„Laufen wäre jetzt wohl eine gute Idee“, sagte George und sprang vom Boden auf.

„Das ist doch wohl nicht dein Ernst!“, rief Jake und erhob sich gleichzeitig mit Mike und Mary vom Boden. „Du wolltest uns doch helfen.“

George fasste Jake an den Schultern und sagte ernst: „Du hast mich eben wohl nicht verstanden, ich kann hier nichts tun und mir fällt im Augenblick auch nichts Vernünftiges ein, das kannst du mir glauben, mein Freund.“

Plötzlich war ein lautes Brummen zu hören, das Geräusch erinnerte an aufheulende Turbinen und im selben Augenblick tauchte das Flugzeugwrack auf, es trieb in der Mitte des Strudels, es wurde einige Male herumgeschleudert, dann verlangsamte sich seine Drehbewegung, bis es zum Stillstand kam. Gleichzeitig verschwand der Strudel und der zurückbleibende Nebel fiel in sich zusammen und legte sich wie ein Schleier auf den See.

„Das habe ich schon mal gesehen“, jammerte Mike. „Das ist nicht gut, das ist gar nicht gut, Leute.“

„Vielleicht können die den See ja trotzdem nicht verlassen, so wie die Kreatur auf deinem Video“, sagte Mary zu Mike.

„Du glaubst doch wohl nicht, dass ich hier warte, um mich davon zu überzeugen“, stammelte Mike aufgeregt. „Ich weiß ja nicht, was ihr vorhabt, aber ich werde jetzt verschwinden.“

Mike lief los, er lief zu seinem Wagen, riss die Fahrertüre auf und sprang auf den Fahrersitz.

„Warte, du Spinner“, rief Mary und lief ebenfalls los. „Willst du etwa ohne mich abhauen?“

„Wenn es sein muss.“

„Wo wollt ihr denn hin?“, rief Jake.

„Weiß ich noch nicht“, rief Mike und startete den Motor. „Erst mal weg hier.“

Mike beschloss, nach Hause zu fahren, um einige wichtige Sachen in den Wagen zu packen und dann von hier zu verschwinden.

Nein, ich werde den Wagen bis unter das Dach vollpacken, dachte Mike und fuhr los. *Ich werde mitnehmen, was ich kann und dann verschwinden, ob mit Mary oder ohne. Es war noch nie sehr gut, zu lange an einem Ort zu bleiben, das gibt nur Ärger.*

Vielleicht hatte aber Mary doch recht und die Kreaturen konnten den See wirklich nicht verlassen, doch daran glaubte Mike eigentlich nicht ernsthaft. Er glaubte auch nicht, dass er Mary erst großartig dazu überreden musste, diesem gottverlassenen Ort den Rücken zu kehren, was sollte sie noch hier?

Jake und George bestiegen ebenfalls ihren Wagen und beschlossen, erst mal Mike und Mary zu folgen.

Sheriff Stone blieb zurück und beobachtete nachdenklich das auf dem Wasser treibende Flugzeugwrack. Es wippte friedlich hin und her, es war kaum beschädigt, es sah eigentlich nicht so aus, als hätte es jahrelang auf dem Grund des Sees gelegen, sondern als wäre es gerade erst abgestürzt.

Plötzlich begann das Wasser in Ufernähe zu sprudeln, große Luftblasen quollen an die Wasseroberfläche, zerplatzten und gaben kleine Nebelschwaden frei, die sich wie ein grauer Teppich auf das Wasser legten. Stone stand nur einige Schritte vom Ufer entfernt und beobachtete das aufgewühlte Wasser. Er nahm langsam sein Gewehr von der Schulter, zog mit der linken Hand den hölzernen Griff unter dem Lauf zurück, wodurch hörbar eine Patrone in den Lauf transportiert wurde.

„Komm nur raus, du Bastard", flüsterte Stone leise vor sich hin, während er das Gewehr auf die aufgewühlte Stelle im See richtete. „Ich werde dich jetzt von all deinen Qualen befreien."

Die Wasseroberfläche begann zu brodeln, immer mehr Nebel quoll heraus, legte sich auf die Wasseroberfläche und kroch schließlich langsam bis zum Ufer, dann bewegte sich der Nebel weiter über den sandigen Boden, bis er schließlich die Schuhe des Sheriffs berührte. Der Nebel stoppte und kroch langsam an Stones Beinen empor.

Der Nebel war kalt, Stone spürte, wie er seine Hose durchdrang und sich kalt und feucht auf seine Beine legte.

Es war ein Gefühl, als würden kalte, tote Hände seine Beine umfassen und zudrücken.

Stone erschrak und versuchte, wild mit der freien Hand schlagend, den Nebel zu vertreiben. Doch plötzlich tauchte aus dem See die Kreatur auf, sie schoss kerzengerade aus dem Wasser, als käme sie direkt aus dem Schlamm unter der Wasseroberfläche, und stand schließlich bis zu den Knien im Wasser, nur einige Meter vom Sheriff entfernt.

Die Verwesung hatte bereits das Endstadium erreicht, sämtliche Knochen waren freigelegt, auf dem Schädel waren noch einige graue Haarsträhnen zu erkennen, die nass und klebrig herunterhingen. Aus den Resten der blauen Uniform tropfte das Wasser heraus.

Der Sheriff riss das Gewehr hoch und drückte den Abzug, ohne zu zielen. Mit einem lauten Knall löste sich ein Schuss und das Projektil traf die Kreatur mitten in die Brust, einige Fetzen der Uniform flogen durch die Luft und landeten schließlich sanft auf der Wasseroberfläche, einige Rippen zersplitterten durch den Aufprall des Projektils und wurden nach hinten geschleudert, wo sie auf dem Rücken wieder austraten und die dort befindlichen Uniformreste zerfetzten.

Zurück blieb ein etwa faustgroßes Loch, der Sheriff konnte hindurchsehen und erblickte dahinter das Flugzeugwrack, das friedlich auf dem See hin und her wippte.

Die Kreatur blickte nach unten, schaute kurz auf das Loch in ihrer Brust, hob den Kopf wieder und schien den Sheriff mit ihren toten, leeren Augenhöhlen anzustarren. Dann setzte sie sich in Bewegung und ging langsam auf den Sheriff zu, am Ufer stoppte sie und streckte einen Arm aus. Die ausgestreckte Hand war zur Hälfte weggebrannt, ein Überbleibsel vom letzten Versuch, den See zu verlassen.

Die Kreatur schaute auf ihre Hand und streckte sie etwas weiter nach vorn, nichts geschah. Der Unterkiefer des Schädels klappte nach unten und ein lautes Gelächter quoll heraus.

Sheriff Stone zuckte zusammen, er zog erneut an dem hölzernen Griff unter dem Gewehrlauf, die leere Patronenhülse flog dampfend seitlich aus dem Lauf und gab den Platz für ein neues Projektil frei, das sogleich in die Abschusskammer transportiert wurde. Stone drückte ab. Das Projektil schoss aus dem Gewehrlauf, traf die Schulter des ausgestreckten Armes der Kreatur, zerfetzte beim Aufprall das Schultergelenk, das in hundert Knochensplitter auseinanderflog und den Arm vom restlichen Körper trennte, einige Meter durch die Luft wirbelte und schließlich mit einem Plätschern auf die Wasseroberfläche auftraf.

Die Kreatur schaute kurz auf die leere Stelle an ihrer Schulter, dann auf den im Wasser treibenden Arm und schließlich wieder zum Sheriff hinüber. Wieder hallte ein lautes Gelächter aus dem hohlen Schädel.

Der Sheriff wollte gerade sein Gewehr erneut abfeuern da stand die Kreatur bereits direkt vor ihm, sie packte die Waffe, riss sie dem Sheriff blitzschnell aus den Händen und schleuderte sie rückwärts direkt in den See.

Dann packte sie den Sheriff am Hals, die skelettierten Finger ihrer Hand umfassten diesen, sie drückte zu und die Finger drangen langsam ins Fleisch, Blut tropfte aus den entstehenden Wunden und färbte die Finger der knöchernen Hand rot. Stone packte den verwesten Arm und versuchte ihn wegzuziehen, aber er ließ sich nicht bewegen, die Hand hatte seinen Hals fest umschlungen wie ein Schraubstock. Stone schnappte nach Luft, doch seine Luftröhre war zusammengedrückt, was das Atmen unmöglich machte. Er fiel auf die Knie und zerrte weiter an dem Arm, doch seine Kräfte verließen ihn und die Kreatur ließ nicht locker.

Stone spürte, dass seine letzten Sauerstoffreserven, die sein Blut in sein Gehirn pumpte, versiegten.

Er spürte seinen Herzschlag in den Schläfen, sein Herz raste, dann verlangsamte sich sein Puls. Mit letzter Kraft versuchte sein Herz, den letzten Rest lebenserhaltenden Sauerstoff durch seine Adern zu pressen. Dann setzte es aus. Es schlug wieder, einmal, zweimal, dann setzte es wieder aus.

Der Sheriff spürte jeden einzelnen Herzschlag in seiner Brust, wie einen dumpfen Paukenschlag, dann wurde es ruhig um ihn und die Sinne schwanden, die Bilder verschwammen vor seinen Augen und Stone hatte sich bereits mit dem Tod abgefunden, er ließ seine Hände auf den Boden sinken und setzte der Kreatur keinerlei Gegenwehr mehr entgegen. Er musste plötzlich an seine verstorbene Frau denken und hoffte, dass der sonntägliche Kirchenbesuch nicht umsonst war und er sie bald wiedersieht, wo auch immer das auch sein wird.

Er wollte gerade die Augen schließen, um seinem Schöpfer entgegen zu treten, da bemerkte er eine Art Schatten in Ufernähe, etwas, das sich in Richtung Ufer bewegte, doch die Bilder tanzten vor seinen Augen und er konnte kaum noch etwas erkennen. Er konzentrierte sich noch einmal mit letzter Kraft auf die Erscheinung im Wasser – und dann erkannte er eine Kreatur, die langsam auf allen vieren aus dem Wasser kroch. Sie ähnelte der ersten Kreatur, auch sie war bis auf die Knochen verwest, Kleidungsfetzen hingen an dem Skelett herunter, am Schädel klebten lange, strähnige, schwarze Haare, an denen das Seewasser abtropfte. Am Ufer angelangt, richtete sich die Kreatur auf, drehte ihren Schädel in Richtung Stone und schien ihn mit ihren ebenfalls leeren, toten Augenhöhlen anzustarren.

Dann setzte sie ihren Weg fort und bewegte sich zielstrebig auf das Maisfeld zu, sie erreichte das Feld, schob die ersten Maispflanzen zur Seite und verschwand darin.

Kurz darauf folgten weitere Kreaturen, die den See verließen und sich direkt auf das Maisfeld zubewegten, um darin zu verschwinden.

Stone schloss die Augen und starb.

Kapitel 11

Mike stoppte den Wagen direkt vor der Veranda, schaltete den Motor ab, öffnete die Fahrertür und sprang heraus.

„Lass uns schnell einige Sachen zusammenpacken!“, rief er zu Mary hinüber, die ebenfalls aus dem Wagen stieg. „Wir packen so viel in den Wagen, wie hineinpasst und dann nichts wie weg hier.“

„Glaubst du nicht, dass das etwas überstürzt ist?“, fragte Mary, während sie sich mit den Händen auf der Motorhaube abstützte und Mike mit einem gereizten Blick ansah. „Was glaubst du, was wir in diese blöde Karre rein kriegen? Willst du alles hier zurücklassen? Und wo willst du eigentlich hin?“

„Ich weiß noch nicht, wohin, erst einmal weg hier.“

„Mike, wir haben das hier angefangen, glaubst du nicht, wir sollten es zu Ende führen?“

„Was willst du denn zu Ende führen?“, kreischte Mike hysterisch. „Hier kannst du nichts zu Ende führen. Diese Kreaturen, die *du* befreit hast, die werden hier alles zu Ende führen.“

„Ach, jetzt ist das wahrscheinlich auch noch alles meine Schuld? *Ich* habe sie befreit, das wird ja immer besser!“ Marys Stimme zitterte und einige Tränen liefen über ihre Wangen. „Ich habe mich geopfert und mich überwunden, dort hinunterzutauchen, weil es von euch keiner machen wollte, und jetzt gibst du mir die Schuld? Du bist so gemein.“

Mary lief weinend zu Mike und schlug mit beiden Händen auf ihn ein. Mike versuchte, Marys Hände zu packen, und nachdem ihre Fäuste ihn einige Male im Gesicht und auf der Brust getroffen hatten, gelang es ihm schließlich.

Er hielt ihre Arme fest und versuchte sie zu beruhigen. Mary wollte sich befreien, gab es dann aber auf und ließ sich schluchzend in Mikes Arme fallen.

Jake und George trafen ein.

Jake stellte den Wagen ab und drehte den Zündschlüssel herum, um den Motor abzustellen, doch dieser dachte gar nicht daran und blubberte weiter, während er in unregelmäßigen Abständen dunkle Rauchwolken aus dem Auspuff stieß.

„Komm, sei ein gutes Mädchen", murmelte Jake und zog den Zündschlüssel komplett aus dem Zündschloss.

Der Motor schüttelte sich noch einmal, es folgten zwei aufeinanderfolgende Fehlzündungen, die sich mit einem lauten Knall bemerkbar machten, dann stand der Motor still.

„Na, wer sagt's denn!", rief Jake und trommelte freudig mit den Händen auf dem Lenkrad herum.

Anschließend kletterten Jake und George aus dem Wagen und gingen zu Mike und Mary hinüber, die, sich noch immer umarmend, neben ihrem Kombi standen.

„Ja, ihr zwei, alles klar?", fragte Jake.

„Ja, ja. Geht schon wieder", antwortete Mary und löste sich von Mike, „aber was sollen wir denn jetzt machen?"

„Das Beste wäre, wir suchen die Indianer, die damals die Steintafel angefertigt haben", sagte George. „Sie müssen eine neue anfertigen und im See versenken, ich habe sonst keine andere Idee."

„Aber das dauert doch alles viel zu lange", sagte Mike aufgeregt. „Bis dahin haben diese Kreaturen unsere Stadt ausgelöscht."

„Aber wir wissen doch noch gar nicht, was passiert", sagte Jake.

„Doch, das weiß ich. Ich habe es gesehen, ich habe gesehen, wie diese Kreaturen in die Stadt einfielen und alle getötet haben. Das sind Bestien."

Jake und George schauten sich fragend an.

„Ist schon gut, Mike, beruhige dich", sagte Mary leise zu Mike und umarmte ihn.

„Ich will mich aber nicht beruhigen und ich will hier auch nicht sterben, nicht so."

Mike ging ins Haus, Mary folgte ihm schweigend und Jake und George blieben an ihrem Wagen stehen und sahen zu, wie die beiden einen kurzen Moment später wieder aus dem Haus traten, die

Arme vollgepackt mit verschiedenen Kleidungsstücken. Sie packten die Sachen in den Kofferraum, Mike klappte die Rücksitzbank zurück, um so eine möglichst große Ladefläche zu bekommen, er wollte jeden möglichen Stauraum nutzen.

Mike und Mary liefen noch einige Male ins Haus und beluden das Auto wirklich bis unter das Dach voll mit allen möglichen Sachen. Neben der losen Kleidung packten sie noch zwei große Koffer in den Wagen, die ebenfalls mit Kleidung gefüllt waren, einen großen Karton mit Kochtöpfen, Geschirr und Besteck, Bettwäsche, die Mary lose in die frei gebliebenen Hohlräume stopfte, und Mikes Werkzeug, das er ebenfalls überall im Fahrzeug verteilte.

Nach einer halben Stunde war alles verstaut.

„So, fertig", stöhnte Mary und setzte sich erschöpft auf die Verandastufen. „Die Karre ist voll, da passt nichts mehr rein."

„Das stimmt, voll", sagte Mike leise zu sich selbst und setzte sich neben Mary.

Die schaute Mike fragend an: „Glaubst du wirklich, dass wir das Richtige machen?"

„Ja, ich bleibe auf keinen Fall hier, ist mir egal, was …" Mike verstummte und starrte regungslos in Richtung Kreuzung.

Mary schaute ebenfalls in die Richtung, sie erstarrte, sie wollte etwas rufen, doch sie bekam kein einziges Wort heraus und zeigte nur mit der Hand in die Richtung, um Jake und George auf etwas aufmerksam zu machen.

Sie drehten sich im selben Augenblick herum und schauten ebenfalls zur Kreuzung hinüber.

Dort bewegte sich der Mais, nicht so, wie er sich normalerweise bewegt, wenn der Wind ihn sanft hin und her schaukelt, nein, er zitterte und bewegte sich ruckartig – und plötzlich öffnete sich eine Schneise.

Aus dieser Schneise trat eine Kreatur hervor, sie drückte mit den Armen die zwei Meter hohen Maispflanzen auseinander und schritt aus dem Feld. Sie blieb stehen und schien mit ihren schwarzen, toten, leeren Augenhöhlen zu Mike, Mary, Jake und George hinüberzuschauen. Sie schien sie anzustarren, ihr lebloser und bis auf die Knochen verwester Unterkiefer formte sich zu einem hässlichen

Grinsen, so wirkte es auf jeden Fall aus der Ferne. Dann wendete sie sich ab und bewegte sich langsam in Richtung Stadt.

Nach ihr kamen weitere Kreaturen aus dem Mais und folgten der ersten, auch Kinder waren darunter, man konnte sie an ihrer Größe erkennen.

Auch der Grauhaarige mit der zerfetzten, blauen Uniform war unter ihnen, er war mindestens einen Kopf größer als die übrigen und ragte aus der Gruppe heraus, sodass Mike ihn sofort erkannte.

„Haah!", rief Mike hysterisch und sprang auf. „Haaah, seht ihr das? Es geht los, ich wusste es. Alle werden sterben, aaalleee. Wir sind tot, tot, alle sind ..."

Mary sprang ebenfalls auf, holte aus und ... doch Mike packte ihre Hand, bevor sie sein Gesicht traf.

„Jetzt reiß dich endlich mal zusammen", schrie sie ihn an, „hörst du? Hör jetzt endlich auf damit, du machst mich ja irre."

„I... Ich hau ab", stotterte Mike.

„Du bleibst hier, niemand haut ab", sagte Mary zu ihm. „Wir müssen in die Stadt, wir müssen die Leute warnen. Ich weiß nicht, ob der Sheriff bereits mit der Evakuierung begonnen hat."

„Ich glaube, Stone ist immer noch am See!", rief Jake. „Sonst hätten wir seinen Wagen schon längst gesehen."

„Ja, das stimmt", entgegnete Mary. „Also, lasst uns losfahren."

Mary öffnete die Fahrertür des vollgepackten Kombis und sprang auf den Sitz. „Komm rein, Mike, ich fahre."

Mike setzte sich unsicher auf den Beifahrersitz und schloss zögernd die Wagentür.

Mary streckte den Kopf durch das offene Seitenfenster und rief zu Jake und George: „Was ist mit Ihnen, kommen Sie mit?"

Jake und George schauten sich kurz fragend an, dann ertönte ein kurzes „Jau" und schon sprangen sie in die Fahrerkabine des alten Pick-ups.

Mary startete den Motor, legte den Gang ein und trat das Gaspedal bis zum Anschlag durch.

Obwohl der Wagen bis unter das Dach beladen war, drehten augenblicklich die Hinterreifen durch, Mary vollführte mit dem Wagen eine 180-Grad-Drehung auf der Stelle, Kieselsteine wurden aufgewirbelt und wurden bis zur Veranda geschleudert, dann steuerte sie den Wagen in Richtung Kreuzung.

Jake musste mehrmals rangieren, um seinen 65er Ford zu wenden, dann folgte er Mary.

Sie erreichte die Kreuzung und bog auf die Hauptstraße, fuhr langsam weiter und erblickte in einiger Entfernung die Gruppe Kreaturen, die gerade die Einfahrt zu Bens Motel passierten und sich den ersten Häusern des Ortes näherten.

Mary beschloss, zügig an ihnen vorbeizufahren, um vor ihnen den Ortskern zu erreichen und dann sofort die Leute zu warnen, doch die ersten Bewohner des friedlichen Ortes hatten die Kreaturen bereits entdeckt.

Sie befanden sich gerade auf der Straße oder sahen zufällig aus dem Fenster, als sich die Untoten näherten.

Sie liefen weg, warnten ihre Nachbarn oder verbarrikadierten sich in ihren Häusern, so, als ob sie nur auf diesen Tag gewartet hätten. Jeder, der ein Fahrzeug besaß, versuchte, mit diesem die Stadt zu verlassen.

Fahrzeugkolonnen bewegten sich in Richtung Norden und drohten die einzige Zufahrtstraße zu verstopfen – und obwohl es zu einer Massenflucht kam, blieb ein Verkehrschaos aus.

Mary kam gerade bei den Kreaturen an, bevor sie den Ortskern erreichen konnten, als Mike schrie: „Überfahr sie, los, überfahr sie doch!“

Mary sah Mike überrascht an, doch noch im selben Augenblick griff Mike ins Lenkrad und riss es herum.

Der Wagen verließ abrupt seine Fahrtrichtung und steuerte genau auf die Gruppe zu. Ohne die Geschwindigkeit zu vermindern, schoss er direkt in die Gruppe von verwesten, toten Körpern.

Beim Aufprall wurden einige Körper durch die Luft geschleudert, Knochen zerbrachen und rieselten in Form von unzähligen Splittern zu Boden, einige Schädel wurden von ihren Rümpfen gerissen, vollführten einige kunstvolle Drehungen in der Luft und landeten schließlich auf der Motorhaube und auf dem Wagendach, wo sie zerbarsten und sich in unzählige Knochensplitter verwandelten. Stofffetzen, Arm- und Beinknochen, Rippen und einzelne Wirbelknochen flogen durch die Luft und landeten unsanft auf dem heißen Asphalt, wo sie schließlich unter dem Druck der sie überrollenden „205er Schlappen“, wie Mike die Reifen seines Wagens immer nannte, endgültig zermalmt wurden und nur noch eine weiße Staubschicht auf dem schwarzen Asphalt zurück blieb, die an zertretene Muschelschalen erinnerte.

„JAA, ja, ja. Da seid ihr platt!“, rief Mike und trommelte freudig mit den Händen auf seinen Oberschenkeln. „Damit habt ihr nicht gerechnet, ha, ha, ha.“

„Hast du das gesehen, Jake?“, fragte George und sah aus dem Seitenfenster, während sie an der besagten Stelle vorbei fuhren. „Mary hat sie einfach überfahren, einfach platt gefahren. Sie hat einige erwischt.“

„Ja, hab ich gesehen. Sieh mal da, Mary wendet, sie will es noch einmal tun. Ich wende auch, wir werden sie alle einfach platt fahren, ha ha.“

Jake stoppte den Wagen und wendete ihn, ebenso wie Mary, um einen erneuten Angriff zu starten.

Sie stellten ihre Wagen nebeneinander, wie bei einem „Viertel-Meilen-Rennen“ standen sie in der Mittagshitze auf dem flimmernden Asphalt und warteten auf das Startzeichen. Und das kam von Mike, er hielt seinen rechten Arm aus dem offenen Seitenfenster, hielt drei Finger in die Luft und zählte laut: „Drei, zwei, eins, los!“

Jake und Mary gaben Gas, die Motoren heulten auf und dann schossen die Fahrzeuge nach vorn, Mary führte für einen kurzen Augenblick, doch Jake konnte sofort aufholen und sie erreichten fast gleichzeitig die ihnen entgegen kommenden Kreaturen. Sie fuhren direkt in die Gruppe, wieder hörte man das Knacken von brechenden Knochen, Schädel wirbelten durch die Luft und zerplatzten beim Aufprall auf dem Asphalt wie überreife Melonen. Mary trat auf die Bremse, als sie das Gemisch aus Knochen, verklebten Haarbüscheln und Stofffetzen, die sich auf der Straße verteilten, hinter sich gelassen hatte. Die Reifen blockierten und gaben ein lautes Quietschen von sich, während blauer Nebel aus den Radkästen aufstieg. Mary gab wieder Vollgas und vollführte eine erneute 180-Grad-Wende. Jake versuchte ein ähnliches Manöver, was allerdings nicht funktionierte, und so musste er einige Male rangieren, um den Wagen wieder in die richtige Position zu bringen.

Mike, Mary, Jake und George schauten sich aus der Ferne ihr „Schlachtfeld“ an, einige einzelne Kreaturen standen noch und liefen über eine riesige, von Knochen übersäte Fläche, die sich über die gesamte Breite der Hauptstraße erstreckte.

„Alle Neune“, sagte Jake und musste lachen.

Doch die Freude hielt nicht lange an.

Plötzlich war ein Grollen zu hören, nicht auszumachen, aus welcher Richtung es kam, aber es ähnelte dem Donner eines der eher seltenen Sommergewitter. Die wenigen übrig gebliebenen Kreaturen blieben stehen, drehten sich um und hoben ihre Arme hoch in die Luft. Gleichzeitig bewegten sich die auf dem Asphalt verstreuten Knochen, sie zitterten und bewegten sich langsam, aber zielstrebig in verschiedene Richtungen über den Boden, feiner Rauch stieg aus dem Asphalt und bildete einen Nebelteppich, der sich über die gesamte Breite der Straße erstreckte. Jeder Knochen bewegte sich, jeder Stofffetzen, jede Haarsträhne und jedes noch so kleine Knochensegment wanderte auf dem Boden in unterschiedliche Richtungen auf einen bestimmten Punkt zu, um sich dort schließlich wieder zu vereinen. Zuerst war keine spezielle Ordnung zu erkennen, alle Teile bewegten sich zwar, aber sie schienen nicht zu wissen, wohin, doch dann formten sich sämtliche Teile zu neuen Kreaturen zusammen, als würde eine unsichtbare, übernatürliche Hand jedes herumliegende Teil wieder an seiner ursprünglichen Stelle platzieren. Die ersten Kreaturen waren wieder in ihren alten Zustand hergestellt und erhoben sich von dem schwarzen, flimmernden Asphalt. Als sie alle wieder auf ihren Beinen standen, bewegte sich die Gruppe weiter in die Stadt.

„Das darf doch alles gar nicht wahr sein!“, schrie Mary verzweifelt und schlug mit den Fäusten auf das Lenkrad.

Jake und George schauten fragend zu Mike und Mary hinüber, Ratlosigkeit machte sich breit.

„Was sollen wir jetzt machen?“, rief George hinüber.

„Ich weiß nicht, was ihr jetzt macht!“, rief Mike zurück. „Aber wir hauen ab.“

Mary drehte sich zu Mike um und schaute ihn grimmig an.

„Was ist denn?“, fragte Mike verlegen. „Wir wollten doch abhauen, oder nicht? Was sollen wir noch hier? Die Kreaturen sind bereits in der Stadt, die Leute werden sich schon zu helfen wissen, hoffe ich, vielleicht haben die meisten auch schon die Stadt verlassen.“

Mary schaute verzweifelt durch die Windschutzscheibe hinaus auf die Straße und nickte zustimmend leicht mit dem Kopf.

„Also gut“, sagte sie plötzlich, „lass uns abhauen.“

Sie wendete den Wagen und stoppte noch einmal kurz neben Jake und George.

„Wo wollt ihr denn hin?“, fragte George und lehnte sich dabei aus dem Seitenfenster.

„Wir fahren erst mal Richtung Süden“, sagte Mike. „Oder, Mary?“

Mary nickte nur stumm und schaute weiter nichtssagend durch die Windschutzscheibe auf die Straße.

„Erst mal weg“, sprach Mike weiter. „Bis sich die Lage hier entspannt hat, der Sheriff und die Nationalgarde werden die Sache doch wohl in den Griff kriegen, meinen Sie nicht auch?“

„Ich glaube nicht, dass Stone noch lebt“, bemerkte Jake. Sonst hätten wir ihn schon längst irgendwo gesehen, er ist wahrscheinlich gar nicht mehr vom See weggekommen.“

„Das glaube ich auch“, stimmte Mary zu, während ihr einige Tränen über die Wangen liefen. „Ich glaube nicht, dass wir jemals wieder hierher zurückkehren werden.“

Jake beschloss, nach Hause zu fahren, um Grace die ganze Geschichte zu erzählen, doch er wusste ganz genau, dass sie nie im Leben die Farm verlassen würde – und er eigentlich auch nicht, wo sollten sie auch hin?

Später würde er George wieder zurück ins Reservat bringen, der sich bereits Sorgen um sein Volk machte, doch das war weit genug entfernt und im Augenblick noch in Sicherheit.

Mike und Mary entschieden sich auch für einen Stopp auf Jakes Farm, um später von dort aus ihre Reise anzutreten, nachdem sie sich von Grace verabschiedet hatten.

Grace saß auf ihrer Veranda und nähte mit groben Stichen handgroße Jeansflicken auf eine von Jakes durchlöcherten Latzhosen. *Ich möchte nur mal wissen, was der Kerl immer mit seinen Hosen macht,* dachte sie und verknotete blitzschnell die Fadenenden, wickelte den Faden zweimal um den Finger und riss ihn mit einem kurzen Ruck ab.

„Fertig", sagte sie laut zu sich selbst, faltete die Hose zusammen und legte sie zur Seite.

Ein lautes Motorengeräusch unterbrach die Stille und Grace schaute über den Rand ihrer Lesebrille hinüber zur Hauptstraße.

„Da kommt er ja, wurde auch langsam Zeit."

Grace erkannte bereits das Motorengeräusch von Jakes Wagen, obwohl sie ihn noch nicht erblicken konnte.

In diesem Augenblick bog Jake von der Hauptstraße in die staubige Zufahrtstraße ein, Mary folgte ihm.

Sie erreichten das Farmhaus und Jake kletterte als Erster aus seinem Wagen.

„Kannst du mir mal sagen, wo du den ganzen Tag gewesen bist?", rief Grace wütend und stützte dabei ihre Hände in ihre Hüften.

„Oh, oh, das glaubst mir nie!", rief Jake, während er die Verandastufen hinauf sprang. „Das war unglaublich."

„Das werde ich dir auch nicht glauben", erwiderte Grace.

George, Mike und Mary folgten Jake auf die Veranda. Sie setzten sich um den wuchtigen Holztisch und erzählten Grace die ganze Geschichte.

Anfangs dachte sie noch, sie wollten sie auf den Arm nehmen, doch letztendlich glaubte sie, was geschehen war, wenn es ihr auch schwerfiel.

Grace war normalerweise nicht so schnell zu überzeugen, doch in ihrem Inneren fühlte sie sofort, dass an dieser Geschichte etwas Wahres dran war, dass vielleicht sogar alles wahr war. Sie spürte die Angst in Mike und Mary, sie sah die Verzweiflung in ihren Augen, während sie ihr, nervös und sich an den Händen haltend, auf der Veranda gegenübersaßen und nickend Jakes Erzählungen zustimmten.

Jake erzählte alles, jede Kleinigkeit, er ließ nichts aus und es sprudelte nur so aus ihm heraus, wie früher, als er als achtjähriger Knirps nach Hause kam und seiner Mutter aufgeregt seine Erlebnisse von seinem ersten Besuch auf dem Rummelplatz erzählte.

George saß stumm neben ihm, blickte wie geistesabwesend hinüber zu den Maisfeldern und nickte von Zeit zu Zeit fast unsichtbar mit dem Kopf.

Plötzlich ergriff Mary das Wort: „Mike hat sie gesehen."

„Was hat er gesehen?", fragte Grace.

„Er hat die Kreaturen gesehen."

„Die haben wir alle gesehen", unterbrach Jake.

Grace hielt Jake die offene Hand entgegen, was soviel hieß wie *„Halt doch mal die Klappe"*.

„Nein, Mike hat sie in seinen Träumen gesehen", sprach Mary mit gesenktem Kopf leise weiter. „Er hat gesehen, wie sie aus dem Maisfeld kommen, bevor es geschah, er hatte auch am Tage ähnliche Visionen. Ich nahm sie nicht ernst, ich hielt sie für Stresssymptome oder so etwas."

„Hat Mike vielleicht auch gesehen, wie wir die Kreaturen wieder loswerden?", fragte Jake mit einem ironischen Unterton.

„Nein, habe ich nicht", sagte Mike gereizt. „Aber sie werden es als Erster erfahren, wenn es so weit ist."

George drehte sich plötzlich zu Mike herum und starrte ihn an.

„Was ist?", fragte Mike noch immer gereizt.

„Hatten Sie schon früher einmal solche Visionen, Mike?", fragte George mit ruhiger Stimme.

„Nein, ... ja, ... schon, aber nicht so."

„Was soll das heißen?"

„Ach, es ist schon Jahre her, aber das war eher so etwas wie ein Déjà-vu. Ich war auf der Route 66 unterwegs, es war schon spät, die Sonne ging gerade unter und ich durchfuhr so ein kleines Kaff, keine Ahnung, wie es hieß, ich glaube, es hatte nicht einmal ein eigenes Ortsschild. Ich fuhr also durch dieses Kaff und plötzlich sah ich vor mir einen Bahnübergang, nicht wirklich und klar, sondern eher so, als wenn man gerade wegdöst, so, als wenn man zwei Bilder gleichzeitig sieht, ich weiß nicht, wie ich das erklären soll, vor mir war kein Bahnübergang, obwohl ich ihn sehen konnte, nur die leere, staubige Route 66, die aus dem Kaff führte. Und plötzlich rauschte ein Zug auf mich zu, von rechts, wie aus dem Nichts, also, es war ja auch nichts, aber ich konnte ihn sehen, wir kreuzten uns und er fuhr direkt durch mich hindurch, also scheinbar. Dann war alles wieder klar, ich erschrak, dachte, *verdammt, das war sicher so ein Sekundenschlaf, muss wohl tatsächlich kurz eingenickt sein.* Aber ich wollte noch ein paar Kilometer abreißen, bevor es ganz dunkel wurde. Ich fuhr also weiter und einige Meilen vor diesem Kaff kam ich plötzlich an einen Bahnübergang, und ich erkannte diesen Bahnübergang, es war DER Bahnübergang aus meinem kurzen Traum. Ich erkannte ihn sofort, links neben der Straße stand ein etwa zwei Meter großer Kaktus, seine seitlichen Stämme ragten nach oben und im Dämmerlicht wirkte er wie jemand, der nach dem Kommando „Hände hoch" beide Arme nach oben warf. Rechts neben der Straße stand ein verrosteter Ampelmast, an dessen oberem Ende das zerschossene Blinklicht an losen Drähten herunterhing.

Ich bremste und kam direkt vor dem Bahnübergang zum Stehen.

Was für ein Déjà-vu, dachte ich und im selben Augenblick ratterte ein Zug an mir vorbei, nur einige Zentimeter vor meiner Stoßstange, er kam von rechts, aus dem Nichts, nur diesmal war er echt. Sein Signalhorn war ohrenbetäubend, als er an mir vorbei schoss, doch das hätte mir nichts genützt, der hätte mich voll erwischt, mich zerquetscht und wahrscheinlich zwei Meilen weit in die Wüste geschoben, bis er zum Stillstand gekommen wäre. Aber wie gesagt, ich hielt es immer für ein Déjà-vu, für einen Traum und für Glück, von jedem etwas vielleicht."

„Nein, das glaube ich nicht", sagte George. „Das war eine Vision. Und es wäre von Vorteil, wenn sie uns all ihre Visionen mitteilen würden, wenn sie welche haben."

„Wenn sie mich dann nicht für komplett bescheuert halten, werde ich es wohl tun", entgegnete Mike. „Ich werde sie dann anrufen, wir verschwinden nämlich jetzt, nicht wahr, Mary?"

Mary schaute einmal in die Runde, senkte den Kopf und nickte nur kurz zustimmend.

Die Verabschiedung fiel sehr knapp aus, ein kurzes Händeschütteln, ein „Passt auf euch auf, lasst etwas von euch hören und kommt bald wieder", und dann machten sich Mike und Mary auf den Weg.

Ja, auf den Weg, auf welchen Weg, auf den Weg wohin? Sie wussten es nicht, sie wollten einfach nur weg. Mike kannte das Gefühl, sich auf den Weg zu machen, einfach immer geradeaus und mal sehen, wo man hängenbleibt, so lebte er sein halbes Leben, bis er Mary kennenlernte und hier hängenblieb. Er war immer unterwegs gewesen, bis er irgendwo hängenblieb, entweder gehalten durch einen lukrativen Job als Taxifahrer in New York oder gefesselt vom coolen Leben in Miami, doch wenn es nicht mehr kribbelte, zog er weiter, einfach weg. Doch Mary war noch nie auf dem Weg irgendwohin gewesen, sie war immer hier, sie wollte auch immer hierbleiben. Sie erinnerte sich gerne an den Trip nach Vegas, das war eine schöne Zeit, aber sie war auch froh, als sie wieder zu Hause war. Ein Leben, wie Mike es geführt hatte, war nichts für sie. Mike wusste das und respektierte es – und er glaubte fest daran, mit Mary endlich sesshaft zu werden, doch jetzt überkam ihn ein gewisses Glücksgefühl, jetzt, da er merkte, er war wieder auf dem Weg, ohne festes Ziel, aber wieder auf dem Weg. Mike umklammerte das Lenkrad etwas fester, er beobachtete die gleichmäßig unterbrochene Mittellinie, wie sie neben dem Wagen vorbeischoss, sie wirkte endlos und schien bis zum Horizont zu reichen. Das entlockte ihm ein leichtes Grinsen.

Mary hatte ihren Kopf auf ihre Schulter gelegt und sah aus dem offenen Seitenfenster. Ihr langes, blondes Haar wehte im warmen Fahrtwind, sie schluchzte und eine Träne lief über ihre Wange. Sie glaubte nicht, noch einmal zurückzukehren, und wenn, dann ohne Mike. Sie wusste, dass er nie zurückkehren würde, er kehrte nie zurück. Das hatte er ihr damals anvertraut, als sie sich kennenlernten, er sagte damals, er ziehe von Ort zu Ort und sei auf der Suche nach seinem Ort, dem Ort, der ihn für immer fesseln würde – und auch wenn er immer wieder schöne Erinnerungen an wirklich schöne Orte hatte, er würde nie zurückkehren, das wäre seine

Philosophie. Mary glaubte immer, Mike liefe vor irgendetwas oder vor irgendjemand davon, doch was ihn wirklich trieb, das hatte sie nie herausbekommen.

Mary beobachtete die vorbeihuschende Landschaft, die Vegetation wurde rasch karger, je weiter sie in die Wüste kamen, die Sträucher am Straßenrand schrumpften, bis nur noch einzelne trockene Stauden die Straße säumten.

Der riesige, rote Feuerball im Westen berührte gerade den Horizont und verwandelte die Wüste in eine graue, unwirklich wirkende Mondlandschaft, während der Himmel in einem zarten Rosa leuchtete. *Rosa Traum, von einem unbekannten Künstler,* dachte Mary und lächelte. Sie sah auf die gelbe, durchgezogene Seitenlinie, die sie die ganze Zeit begleitete, sie schien ebenfalls endlos zu sein – genauso wie die verdammte Route 23. Doch plötzlich änderte die Seitenlinie ihre Richtung und entfernte sich rasch von Mary, wie ein alter Freund, der sich unerwartet verabschiedet, leb wohl, und neben Mary tauchte plötzlich die gleichmäßig unterbrochene Mittellinie auf, die sich ebenfalls sofort wieder von ihr entfernte und der Seitenlinie folgte.

Mary schreckte hoch und schrie: „MIKE, WACH AUF!“

Doch Mike schlief nicht, er war wach, seine Augen weit aufgerissen umklammerte er krampfhaft das Lenkrad und starrte durch die von Staub fast undurchsichtige Windschutzscheibe auf die nach rechts wegdriftende Straße.

Der Wagen überquerte die Gegenfahrbahn, verließ die Route 23, hob etwa einen Meter vom Boden ab, köpfte im Flug einen der riesigen Kakteen, die sich hier seit Jahrhunderten breitgemacht und bis jetzt keine natürlichen Feinde hatten, und schlug schließlich mit dem Heck zuerst auf den ausgetrockneten Wüstenboden auf, der den Kombi in eine dichte, gelbe Staubwolke hüllte.

Der Staub drang durch die offenen Seitenfenster ins Wageninnere, drang in alle Ritze, in die Lungen. Mike und Mary versuchten, den Staub wieder auszuhusten, zogen ihre Shirts hoch und hielten sie schützend vor ihren Mund.

Mary starrte Mike an und allmählich legte sich der Staub.

„Was ist mit dir los, Mike?", fragte Mary besorgt und zog ihr Shirt wieder in die richtige Position. „Bist du eingeschlafen?"

„Nein."

„Was denn? Hast du was gesehen?"

„Ja."

„Hattest du eine Vision?"

„Ja, glaub schon."

„Was hast du denn gesehen?"

„Ich habe die Kreaturen gesehen, sie brannten, sie schrien und brannten. Ich habe George gesehen, er hielt irgendetwas in der Hand.

Da waren noch andere Kreaturen, Pferde mit Reitern, alle waren tot, also, sie bewegten sich, bestanden aber nur aus Knochen, genauso wie die Kreaturen aus dem See. Mehr weiß ich nicht, das war alles, glaube ich."

„Oh mein Gott, wir müssen zurück!", rief Mary aufgeregt. „Wir müssen den anderen davon erzählen, was auch immer deine Vision bedeuten mag."

„Nein."

„Was heißt hier ‚nein'?"

„Nein. Wir fahren nicht zurück.", antwortete Mike bestimmend und umfasste fest das Lenkrad. „Ich kehre nie zurück, niemals."

„Jetzt reicht's mir aber", entgegnete Mary energisch, griff hinüber zur Fahrertür, öffnete sie, stieß Mike hinaus und rutschte rüber auf den Fahrersitz. „Komm rum und steig ein, wenn du mit willst."

Mike war sichtlich benommen, damit hatte er überhaupt nicht gerechnet. Er rappelte sich auf, klopfte sich den Staub von der Jeans, während er um den Wagen lief, und stieg auf der Beifahrerseite wieder ein.

Mary betätigte vorsichtig das Gaspedal, um ein Durchdrehen der Räder in dem lockeren Wüstensand zu vermeiden, und manövrierte den Wagen wieder zurück auf die Straße.

Grace, Jake und George saßen noch immer auf der Veranda und versuchten erfolglos, eine Lösung zu finden, wie sie die Kreaturen wieder loswerden konnten. Doch in einer Sache waren sie sich einig: Sie würden diesen Ort niemals verlassen, auch wenn sie im Augenblick zu keiner konkreten Lösung kamen.

Ein Motorengeräusch unterbrach die Diskussion, sie sahen die Auffahrtstraße hinunter und beobachteten die tanzenden Scheinwerfer, die zügig auf sie zukamen. Der herannahende Wagen hielt neben Jakes Pick-up, direkt vor der Veranda.

„Es sind Mike und Mary", erkannte Jake als Erster.

Mike und Mary verließen den Wagen und liefen auf die Veranda.

„Das war aber eine kurze Reise, Leute", bemerkte George.

„Ja, das stimmt", entgegnete Mary und setzte sich. „Mike hatte eine Vision, wir können allerdings nichts damit anfangen."

„Dann lasst mal hören", forderte Jake sie auf.

Mary wollte gerade von Mikes Visionen erzählen, überlegte es sich dann doch anders und überredete Mike, seine Visionen selbst wiederzugeben, es waren ja schließlich seine Visionen.

Mike erzählte, was er während der Fahrt gesehen hatte, und versuchte, sich an jede noch so winzige Kleinigkeit zu erinnern.

„Oh Leute, das kommt mir aber sehr bekannt vor", sagte Jake mit einem verschmitzten Grinsen im Gesicht und stieß George auffordernd mit dem Ellenbogen an. „Nicht wahr, George? Kommt dir das nicht auch bekannt vor?"

„Hm", meinte George nur und schaute verlegen in eine andere Richtung.

„Hast du mir nicht die Geschichte von der Kachina erzählt?"

„Ja."

„Und wie war das mit den toten Reitern? Hast du nicht gesagt, die Geschichte sei erfunden?"

„Ja, hab ich gesagt. Das war eine von den vielen Geistergeschichten, die man sich früher am Abend am Lagerfeuer erzählt hat, Schauergeschichten, um die Kinder zu erschrecken, du weißt schon. Irgendjemand hat sie mal erzählt, der Nächste hat sie weitererzählt und so weiter. Ich glaube nicht, dass an der Geschichte etwas Wahres dran ist."

„Aber es ist doch sehr merkwürdig, dass Mike plötzlich eine Vision von deiner Geistergeschichte hatte, meinst du nicht auch?", fragte Jake und runzelte dabei die Stirn. „Oder war dir diese Geschichte vorher schon bekannt, Mike?"

„Welche Geschichte?", fragte Mike und schaute verwirrt in die Runde. „Sie meinen die toten Reiter? Nein, nie von so einer Geschichte gehört, hab sie heute zum ersten Mal gesehen, in meiner Vision, oder was es auch war."

„Können Sie denn etwas damit anfangen?", fragte Mary und schaute George erwartungsvoll an.

„Im Augenblick noch nicht, muss ich gestehen."

Niemand konnte etwas mit der Vision anfangen. George begann damit, noch einmal die alte Gruselgeschichte von den toten Reitern, den Indianern und der Kachina zu erzählen, damit alle wussten, worum es ging, denn bisher kannte außer ihm nur Jake die Geschichte. Sie versuchten, die Geschichte Stück für Stück auseinanderzunehmen, das Gleiche machten sie mit Mikes Vision und fügten die einzelnen Stücke wieder zusammen.

Schließlich waren sie sich einig, dass es einen Zusammenhang zwischen den Kreaturen und den toten Reitern gibt, ob die toten Reiter ihnen jedoch helfen würden, darauf konnten sie sich nicht verlassen. Ihnen ist schließlich schon einmal ein schwerwiegender Fehler unterlaufen, als sie die Steintafel zerstörten.

Was würden die toten Reiter tun? Sie könnten, wie in Mikes Vision, die Kreaturen aufhalten oder sogar vernichten, das war ihre letzte Hoffnung, sie waren sich jedoch nicht sicher. Vielleicht weckten sie aber so noch mehr blutrünstige, untote Kreaturen.

Auch wenn sie ihrer Sache sicher wären, ihnen fehlten die alten Beschwörungsformeln, um mithilfe der Kachina die Reiter zu rufen.

„Wo hast du die Puppe eigentlich wirklich her, George?", fragte Jake. „Hoffentlich nicht von einem Trödelmarkt?"

„Quatsch, sie war schon immer im Besitz unserer Familie", antwortete George und schaute Jake grimmig an. „Ich habe sie von meinem Vater und er hat sie von seinem Vater, das kannst du mir glauben."

„Und wo sind dann die Papyrusrollen mit den Beschwörungsformeln?"

„Die sind doch nur ein Teil der Geschichte, vielleicht gibt es sie überhaupt nicht, was weiß ich. Hätte ich dir bloß nie diese Geschichte erzählt."

„Jetzt beruhigt euch mal wieder", mischte sich nun Grace ein. „Das kann man sich ja nicht mehr mit anhören.

Wie alt seid ihr eigentlich? Das hilft uns doch nicht weiter, wir wissen ja nicht einmal, ob diese Puppe überhaupt irgendetwas kann. Mike hatte in seinen Visionen nirgendwo eine Puppe gesehen, nicht wahr, Mike?"

„Nein."

„Also lasst uns ernsthaft weiterüberlegen, was wir tun können."

George beschloss, die Kachina aus dem Wagen zu holen, damit Mike sie sich in Ruhe ansehen konnte. Vielleicht hatte er sie ja doch schon einmal in seinen Visionen gesehen, sie könnte irgendwelche Erinnerungen in ihm wecken, neue Visionen auslösen, was auch immer. Einen Versuch war es wert.

Mike hielt die Puppe in den Händen und betrachtete sie. Sie war etwa 30 Zentimeter groß, aus Holz geschnitzt, Arme und Beine waren nur ansatzweise zu erkennen, in den Körper waren zahlreiche indianische Symbole geschnitzt, trotz starker Abnutzungserscheinungen waren noch einige Farbreste der ursprünglichen Bemalung zu erkennen. Sie besaß einen überdimensional großen Kopf, dessen Gesicht, ebenfalls geschnitzt, an ein Götzenbild erinnerte, weit aufgerissene Augen, eine breite Nase und einen leicht geöffneten Mund mit heraushängender Zunge.

Mike betrachtete die Puppe von allen Seiten.

Was soll ich damit, dachte er. *Die Dinger gibt's in jedem Souvenirladen, damit kann man nicht mal kleine Kinder erschrecken.*

„Nein, hab ich noch nie gesehen. Wo haben Sie das Ding wirklich her, George?"

Mike wartete auf eine Antwort, doch George, Grace, Jake und Mary starrten ihn nur an. Sie sprachen kein Wort, starrten ihn nur an, sie grinsten und ihre Gesichter verzerrten sich zu Grimassen, zu Götzenbildern, sie ähnelten immer mehr dem Gesicht der Puppe, die er noch immer in seinen Händen hielt. Sie rissen ihre Augen weit auf und streckten ihre Zungen heraus, die immer länger wurden, wie bei Tonis Scherzartikelkästchen, aus denen beim Öffnen des Deckels ein hässlicher, roter Kopf in Teufelsgestalt herausschnellte und eine lange, grüne Zunge ausrollte. Mike schloss die Augen. *Stresssyndrom,* dachte er. *Mary hat wahrscheinlich recht.*

Er öffnete die Augen wieder. Sie waren weg, verschwunden, alles war verschwunden, die Veranda, das Haus, alles um ihn herum war verschwunden. Er schaute auf die Puppe in seinen Händen, sie war noch da.

Mike schloss wieder die Augen. *Alles klar, nur keine Panik. Ich mach die Augen jetzt wieder auf und alles ist wieder im Lot. Eins, zwei und drei, hallo, alles klar.*

Er öffnete die Augen und … stand am Ufer des Sees, allein, nur die Puppe leistete ihm Gesellschaft. Er hielt sie fest in den Händen, an seinen Körper gedrückt.

Er schaute hinaus auf den See, der lag ruhig vor ihm, silbern, der Mond spiegelte sich auf der glatten Oberfläche, er spürte die kühle Brise, die vom See her zu ihm rüberwehte und leicht sein Gesicht streichelte, sie war erfrischend, oh ja, so erfrischend wie sein Aftershave am Morgen nach der Rasur.

Die Hitze diesen Sommer machte ihn wahnsinnig, man kann sich nicht vorstellen, wie geil so eine kühle Brise sein kann, oh ja.

Er hielt die Puppe in den Armen wie eine Mutter ihr Neugeborenes. Er wiegte sie zärtlich hin und her.

„Schau nur, Kleines“, flüsterte er ihr leise zu. „Schau nur hin. Ist es nicht wunderbar hier? So friedlich?“

Er hob die Puppe etwas an, damit sie ebenfalls die wunderbare Aussicht über den See genießen konnte.

Doch die Idylle dauerte nicht lange an.

Die kühle Brise, die vom See her rüberwehte, verwandelte sich innerhalb von Sekunden in einen auffrischenden Wind, wie Mike ihn von der Ostküste her kannte, als ihn damals seine Reise von New York nach Florida an der Küste durch South Carolina führte.

Zuerst wehten ihm nur einige Böen entgegen, die sich sogleich in einen gleichmäßigen kühlen Luftstrom verstärkten und sich schließlich in einen kräftigen, eiskalten Wind verwandelten.

Mike hatte Mühe, sich auf den Beinen zu halten und stemmte seinen Körper mit aller Kraft gegen den kalten Atem, der ihm direkt aus der nassen Gruft entgegen blies. *Das ist der Atem der Toten,* dachte er.

Der Wind peitschte die Wasseroberfläche auf und schleuderte ihm die Gischt entgegen, auch das Gefühl kannte er. *Segelturn im Sturm vor Miami,* schoss es ihm durch den Kopf. Plötzlich bildete sich vor ihm eine Art Riss in der Wasseroberfläche, es entstand ein Spalt, der See begann sich zu teilen, so wie die Erdkruste bei einem Erdbeben aufreißt, wie eine offene, blutende Wunde.

Der Spalt vergrößerte sich, wurde breiter und breiter, einige Meter breit, und schien bis zum Grund des Sees zu reichen. Rauch stieg aus dem Spalt empor, in dem kleine Blitze zuckten, ein Donnergrollen folgte, und noch einer, jetzt etwas lauter und länger andauernd, und plötzlich schoss eine Kreatur aus dem Schlund der Hölle.

Es war einer dieser toten Reiter, seine Knochen waren blank, wie abgelutschte Suppenknochen, sie waren so blank, dass sie das Mondlicht reflektierten. Der Reiter saß auf einem skelettierten Pferd, dessen Knochen ebenfalls so blank und weiß waren, dass Mike vom darin reflektierenden Mondlicht geblendet wurde. Zwei grell leuchtende, rote Augenhöhlen zierten den knochigen Pferdeschädel und aus den Öffnungen der ehemaligen Nüstern trat gelber, nach Schwefel stinkender Rauch. Das Pferdeskelett galoppierte schwebend etwa einen halben Meter über der Wasseroberfläche auf Mike zu. Der Reiter saß aufrecht, eine seiner knochigen Hände fest in die Halswirbel des Pferdes gekrallt und mit der anderen Hand eine Art Beil in der Luft kreisend.

Einige grelle Pfiffe und Schreie ertönten aus dem Schädel des Reiters, der seinen knöchernen Unterkiefer auf- und zuklappte und so zusätzlich ein hölzernes Klappern verursachte.

Mike riss reflexartig die Arme in die Luft und streckte der Kreatur die Puppe entgegen. Der Reiter kam weiter auf ihn zu, kam näher und näher. Mike drehte die Puppe einige Male in seinen Händen, instinktiv drehte er ihr Gesicht in seine Richtung und drückte seine Daumen in die weit aufgerissenen Augen der Kachina.

Die Augen gaben nach und schienen in dem hölzernen Schädel der Puppe zu verschwinden, sie begann zu schnaufen und zu zischen, sie begann zu glühen, und schließlich leuchtete sie in einem grellen, weißen Licht.

In diesem Augenblick erreichte die Kreatur Mike, sie trafen aufeinander und die Kreatur durchdrang Mike wie ein scharfes Messer ein Stück Fleisch, sie verschmolzen und Mike spürte, wie eiskalte Luft seine Lungen füllte, jeder Atemzug schmerzte, es schmerzte, als würden seine Lungen zerreißen, er spürte, wie die kalte Luft seine Lungen lähmte, die Muskeln zogen sich zusammen und verkrampften. Er versuchte weiter krampfhaft, seine Lungen mit der kalten Luft zu füllen, aber seine Kräfte ließen nach und die Lungen zogen sich zusammen, sie schrumpften wie eine vertrocknende Frucht in der Mittagssonne.

Dann brach Mike zusammen.

„Atme, verdammt, atme!“, schrie Mary und kniete neben Mike, der leblos auf Jakes Veranda lag. Grace, Jake und George standen um sie herum und starrten Mike regungslos an.

„Atme!“, schrie Mary erneut, drückte ihre Lippen auf Mikes blau angelaufenen Mund und presste eine Ladung ihres Atems in seine leblosen Lungen. Sein Brustkorb hob sich, sackte jedoch sofort wieder ab, nachdem Mary ihren Kopf hob. Sie beobachtete Mikes Brustkorb.

„Verdammt“, seufzte sie und beatmete Mike weiter, wieder schaute sie auf seine Brust, nichts. Und noch einmal presste sie ihren Atem in seine Lungen, und noch einmal.

Und plötzlich war ein leises Keuchen aus Mikes Mund zu hören, er röchelte, dann ein tiefer Atemzug, und noch einer, dann schlug er die Augen auf.

Er wollte schreien und um sich schlagen, sich wehren gegen die Kreatur, doch er war zu schwach, er konnte sich nicht rühren, und einen Ton bekam er auch nicht heraus. Dann entdeckte er Marys Gesicht, sie beugte sich über ihn und streichelte sanft seine Wangen.

„Da bist du ja wieder", flüsterte sie leise und küsste ihn zärtlich. „Du hast mir einen wahnsinnigen Schrecken eingejagt."

„Was ist passiert?", fragte Mike, während er noch immer die Puppe in den Händen hielt und fest an seinen Körper presste.

„Psst, bleib erst mal ruhig liegen", sagte Mary und drückte Mike sanft ihren Zeigefinger auf die Lippen.

Mike erholte sich relativ schnell, nach einigen Minuten wich die violettblaue Färbung seiner Lippen einem zarten Rosa und auch sein blasses Gesicht nahm langsam wieder eine gesunde Farbe an. Er rappelte sich auf, Mary und Grace stützten ihn und setzten ihn wieder auf seinen Platz auf der massiven Holzbank, auf der er kurz zuvor zusammengebrochen war, wie ein nasser Sack runter rutschte und auf den Boden schlug.

Noch leicht benommen schaute er in die ratlosen Gesichter, während er sich mit einer Hand an den Hinterkopf fasste.

„Autsch", jammerte Mike, „ich hab eine Beule."

„Lass mal sehen", sagte Mary und begutachtete Mikes Hinterkopf. „Die ist ja kaum zu sehen. Du bist wahrscheinlich mit dem Kopf auf den Holzboden geschlagen, als du von der Bank fielst."

„Wie ist das denn passiert?", fragte Mike und tastete weiter mit der Hand seinen Hinterkopf ab.

„Du hast dir die Puppe angesehen", erzählte Mary und setzte sich neben Mike auf die Bank. „Du hast sie angestarrt, dann hast du deine Augen geschlossen und bist von der Bank gefallen. Du hast nicht mehr geatmet, ich dachte, du seist tot. Wie konnte das geschehen? Wie fühlst du dich jetzt?"

„Gut, … ja, jetzt fühl ich mich wieder gut, also … ich hab mich schon mal besser gefühlt …", sagte Mike leise und zwang sich zu einem Lächeln.

„Hast du eine Vision gehabt, Mike?", fragte Jake ungeduldig.

„Lass ihn doch erst mal in Ruhe", zischte Grace und schlug mit der flachen Hand auf den Tisch.

„Für Ruhe haben wir jetzt keine Zeit", platzte es aus Jake heraus. „Wenn die Kreaturen uns hier finden – und irgendwann werden sie hier auftauchen und uns womöglich mit in die ewigen Jagdgründe nehmen –, ja, dann haben wir jede Menge Ruhe."

Grace erwiderte nichts und biss sich wütend auf die Unterlippe.

„Lass gut sein, Grace", sagte Mike, „ist schon in Ordnung. Ja, ich hatte eine Vision, und was für eine, das war alles so real. Ich stand plötzlich am See ..."

Mike erzählte die Geschichte und alle hörten gespannt zu, niemand sprach ein Wort oder versuchte, Mike in irgendeiner Weise zu unterbrechen. Die Szenerie ähnelte einer Jahreshauptversammlung der Vereinigung pensionierter Pfadfinder, sie saßen im Kreis und hörten aufmerksam dem Vorsitzenden zu, der die erste Gruselgeschichte des Abends vortrug, um dann zum Ende der Veranstaltung die beste Geschichte mit der Ehrenmedaille der Vereinigung zu küren. Es fehlten nur das Lagerfeuer und die Gitarre.

„Au Mann, das ist ja 'n Ding", stöhnte Jake, der als Erster das Wort ergriff, nachdem Mike mit seinen Ausführungen fertig war. „Was sind das denn für Visionen, bei denen du fast den Löffel abgibst?"

„JAKE!", zischte Grace. „Reiß dich bitte zusammen."

„Ist doch wahr, hätte er doch fast, oder nicht? Auf jeden Fall wissen wir jetzt, wo wir hin müssen", sagte Jake weiter und deutete mit dem Finger auf die Puppe, die Mike mittlerweile auf dem Tisch abgestellt hatte. „Wir müssen mit der Puppe zum See, ist doch so?!"

Alle schauten stumm auf die Puppe.

„Und wenn wir die Reiter wirklich rufen können und sie wirklich erscheinen, wie bringen wir ihnen bei, dass sie sich die Kreaturen in der Stadt holen sollen und nicht uns?", fragte Mary.

„Ja genau", sagte George. „Was ist, wenn sie Mike angreifen oder uns alle? Du hast doch gehört, was in seiner Vision passiert ist."

„Vielleicht stecken die Reiter ja mit den anderen Kreaturen unter einer Decke und warten nur darauf, dass wir sie wecken", spekulierte Mary.

„Das glaube ich nicht", meinte Jake. „In Mikes anderer Vision brannten die Kreaturen, die Reiter nicht. Ich glaube nicht, dass wir jede einzelne anzünden sollen, das werden die Reiter schon erledigen, glaubt mir, ich bin davon fest überzeugt. Wir müssen nur die Kreaturen irgendwie aus der Stadt zurück an den See locken."

„Oder wir locken die Reiter in die Stadt“, flüsterte Mike leise.

„Ja, oder so“, sagte Grace plötzlich und schlug Jake mit der flachen Hand auf die Schulter, „aber ohne mich, ich halte hier die Stellung, wäre sowieso keine große Hilfe für euch.“

„Das stimmt allerdings“, sagte Jake leise zu sich selbst. „Da hat sie ausnahmsweise einmal recht.“ Was ihm einen erneuten Schlag einbrachte, diesmal mit der flachen Hand an den Hinterkopf.

Jake sprang auf. „Lasst uns lieber abhauen, bevor sie mich noch verprügelt“, drängte er und warf Grace ein verschmitztes Lächeln zu.

„Mary, willst du nicht auch lieber hierbleiben?“, fragte Grace.

„Nein, ich glaube, ich kann die drei nicht allein lassen.“

„Ich bleibe hier“, stammelte Mike und schaute verlegen in die Runde.

„Das würde dir so passen“, sagte Mary und packte Mikes Hand. „Du kommst mit.“

Die vier verabschiedeten sich von Grace. George schnappte sich die Holzpuppe und dann machten sie sich auf den Weg zum See.

Mike und Mary beschlossen, mit Jake zu fahren und zwängten sich auf die enge Sitzbank hinter George und Jake.

„Schiebt die Sachen einfach runter“, rief Jake nach hinten, und meinte damit die verschieden großen Angelhaken, teilweise mit bunten Federn bestückt, eine Rolle Draht, zu einem wilden Knäuel gewickelt, eine Schachtel Nägel und eine Packung Gewehrmunition – das dazugehörige Gewehr hing hinter Mikes und Marys Köpfen quer über der Heckscheibe in einer speziellen Halterung.

„Was ist mit den Frauenzeitschriften, Jake?“, fragte Mary grinsend. „Lesen Sie sie noch?“

Mike hatte die Frage gar nicht mitbekommen und schaute geistesabwesend aus dem Seitenfenster. George hingegen lachte laut los, obwohl er es eigentlich unterdrücken wollte.

„Hör auf zu lachen, das sind nicht meine, du Idiot“, platzte es aus Jake heraus.

„Schmeiß sie einfach auf den Boden, Mary, die hab ich von Toni, sind für Grace, hab ich ganz vergessen.“

Der Pick-up holperte über die Zufahrtstraße zum See hinunter, die Lichtkegel der Scheinwerfer tanzten auf und ab und riesige Mückenschwärme versuchten, ihnen mit waghalsigen Flugmanövern zu folgen.

Mike sah aus dem Fenster, beobachtete den Mais, der zügig an ihnen vorbei flog. *Immer die Augen offen halten,* dachte er. *Man weiß nie, was sich so alles darin verbirgt.* Irgendetwas versteckte sich in dem riesigen Maisfeld, Mike spürte das, es schlich umher und beobachtete ihn.

Immer wieder schien Mike kleine, stechende, gelb leuchtende Augen im Mais zu erkennen. Er schloss die Augen, öffnete sie wieder und hoffte, sie seien verschwunden.

Da, wieder diese Augen, sie starrten ihn an, blinzelten, verschwanden wieder und kamen zurück.

„Sie warten nur auf uns", flüsterte Mike leise. „Sie warten auf uns im Mais."

„Was ist?", rief Mary, und Mike zuckte zusammen.

„Siehst du sie auch?", fragte Mike leise und deutete mit dem Finger auf den Mais.

„Was soll ich sehen?", fragte Mary und schaute aus Mikes Seitenfenster.

„„Die Augen", flüsterte Mike und deutete mit zwei Fingern auf seine eigenen Augen, „im Mais."

Mary lehnte sich zu Mike hinüber, um besser aus dem Fenster schauen zu können.

„Nein, ich kann nichts sehen."

„Da, schon wieder diese Augen."

„Mike, das sind keine Augen. Sieh mal richtig hin, sie fliegen, siehst du, dort und dort."

Mike kniff die Augen zusammen: „Ich will sie nicht sehen."

„Aber das sind doch nur Glühwürmchen, schau doch hin."

Mike öffnete die Augen nicht, er wollte sie nicht sehen.

„Da, seht mal, da steht Stones Wagen!", rief Jake und deutete mit dem Finger zum See hinüber. „Hat er es tatsächlich nicht geschafft?"

Sie erreichten das Ufer und Jake parkte seinen Wagen direkt neben dem Geländewagen des Sheriffs.

„So, alle raus, wir sind da!“, rief Jake.

Einige dunkle Gewitterwolken zogen vorüber, schoben sich vor den aufgehenden Mond und schlagartig wurde es stockfinster. *Der Letzte macht das Licht aus,* dachte Mary schmunzelnd.

Der See lag jetzt nicht mehr silbern leuchtend und friedlich vor ihnen, sondern wirkte bedrohlich wie ein riesiger, schwarzer Schlund.

„Lass den Motor und die Scheinwerfer an“, sagte George, während er mehrmals mit der Schulter gegen die Tür schlug, bis sie schließlich unter lautem Quietschen aufsprang. „Das ist ja hier dunkel wie in einem Bärenarsch.“

Jake befolgte den Rat, ließ den Motor laufen und schaltete das Fernlicht ein.

Er kletterte ebenfalls aus dem Wagen, Mary folgte ihnen und zerrte Mike, der lieber im Wagen gewartet hätte, am Arm von der Rückbank.

„Hast du die Puppe, George?“, rief Jake.

„Jau, hab ich.“

„Dann kommt.“

Sie gingen vorsichtig die letzten Meter bis zum Wasser, bewegten sich im Lichtkegel der Scheinwerfer, die das Ufer vor ihnen beleuchteten und noch einige Meter weit auf die Wasseroberfläche reichten.

„Mike, machst du es?“, fragte George und hielt Mike die Puppe entgegen.

„Nee“, war Mikes kurze Antwort, während er seine Hände hinter seinem Rücken versteckte und hoffte, so die Puppe nicht entgegennehmen zu müssen.

„Ach, gib schon her“, sagte Jake und riss George die Puppe aus den Händen. Er stellte sich direkt ans Wasser, schaute hinaus auf den See und hielt die Puppe hoch in die Luft.

Nichts geschah.

„Was muss ich tun, Mike?“

Mike zuckte nur mit den Schultern.

Jake schüttelte die Puppe, drehte sie auf den Kopf, drückte auf ihr herum, nichts geschah. Er tastete ihre Augen mit den Fingern ab, versuchte sie einzudrücken, doch sie bewegten sich nicht.

„Es klappt nicht!", rief er.

Plötzlich gaben die Gewitterwolken den Mond frei, der Mondschein traf die Wasseroberfläche und der See begann zu leuchten. Die Oberfläche glitzerte, als trieben auf ihr Tausend Edelsteine.

Eine leichte Brise wehte vom See her zum Ufer herüber, kühl und erfrischend, sie streichelte Marys Gesicht. Die schloss ihre Augen und genoss die Abkühlung, wie zärtliche Finger streifte der Wind durch ihr Haar, streichelte ihre Arme und erzeugte eine Gänsehaut auf ihrem Körper. *Das kannst du immer mit mir machen,* dachte Mary.

„ES GEHT LOS!", schrie Mike plötzlich und riss Mary aus ihren Träumen.

Der Wind wurde stärker und kälter. Mary verschränkte ihre Arme vor ihrer Brust, sie begann vor Kälte zu zittern.

Der Wind war unangenehm, er stach wie Hundert Nadelstiche auf der Haut, sie drehte sich um, schloss die Augen und versuchte mit ihren Händen reibend die Nadeln von ihren Armen zu vertreiben.

„DA, DAS WASSER!", rief Jake und deutete auf den See. Mary drehte sich wieder um.

Das Wasser teilte sich, ein riesiger Spalt bildete sich und teilte den See in zwei Hälften. Er war mindestens zehn Meter breit, durchzog den gesamten See und reichte bis auf den Grund. Rauch stieg aus der Öffnung, er pulsierte, wie der Schwefeldampf, der aus einem Vulkankrater kroch.

Blitze schossen aus dem Spalt, sie zuckten und zischten, dann ertönte ein Donnergrollen und im selben Augenblick schoss einer dieser toten Reiter auf seinem skelettierten Pferd aus dem Rauch und stand direkt vor Jake.

Der Reiter war eindeutig einmal ein Indianer gewesen, auf seinem blanken Schädelknochen waren noch die Überreste seines Federschmucks zu erkennen, seine Knochen waren allerdings nicht so blank geputzt wie in Mikes Visionen, sie hatten eher eine gräuliche Färbung, Hautfetzen klebten an den Rippenknochen und hingen in dünnen Fäden herunter, an denen das Seewasser abtropfte. Unter den Überresten des Kopfschmucks schauten lange, schwarze Haarsträhnen heraus, in denen sich Grünalgen eingenistet hatten.

Der Reiter saß auf dem verwesten Gaul, an dessen Knochen braune Fellreste klebten. Das Tier scharrte geräuschlos mit den Hufen, da es etwa 20 Zentimeter über dem Boden schwebte. Seine Augen leuchteten wie zwei glühende Kohlen, die man in seine toten Augenhöhlen gedrückt hatte, es schnaufte und stieß stoßweise gelben, übel riechenden Rauch aus seinen Nüstern.

Der Reiter schien mit seinen toten, leeren Augenhöhlen Jake anzustarren.

Nein, er starrte die Puppe an und ließ sie nicht aus den Augen(-höhlen). Jake bemerkte es und bewegte die Puppe langsam hin und her, während er sie weiter hoch in die Luft hielt – der Schädel des Reiters folgte ihr.

„Mike, was soll ich jetzt tun?“, rief Jake.

„Das weiß ich nicht“, sagte Mike leise zu sich selbst und schlich sich langsam zu Mary, um sich hinter ihr zu verstecken.

„Was soll das denn werden?“, zischte sie ihn an.

Plötzlich schoss ein weiterer Reiter auf seinem toten Gaul aus dem See und postierte sich hinter dem ersten, ihm folgte ein weiterer und noch einer. Schließlich standen zwölf Reiter auf ihren verwesten Pferden am Ufer und starrten auf die Puppe.

„George, du bist doch der Hüter der Kachina, nicht wahr?“, rief Jake, holte weit aus und warf die Puppe zu George hinüber, der sich langsam zum Wagen schlich, den er schon fast erreicht hatte.

George drehte sich um und fing die Puppe, oder fast, sie rutschte ihm durch die Hände, er fasste noch einmal nach und packte sie, bevor sie auf den Boden fallen konnte.

Augenblicklich richteten sich die Reiter neu aus, sie folgten mit ihren toten Blicken der Flugbahn der Puppe. Die nach faulem Fleisch stinkenden Gäule machten einen Satz zur Seite, sie wurden sichtlich nervös und scharrten wie wild in der Luft.

„Jake!“, rief George, am ganzen Körper zitternd. „Wie kriegen wir das Ding denn jetzt in die Stadt? Die sehen nicht gerade vertrauenserweckend aus und werden uns auch nicht so einfach folgen.“

Mary stieß Mike zur Seite, der sich die ganze Zeit zitternd an sie geklammert hatte.

„WIRF SIE HER!“, schrie sie und lief auf George zu.

George warf, etwas zu hoch, Mary sprang in die Luft und bekam die rotierende Holzschnitzerei zu fassen, klemmte sie sich unter den Arm und lief weiter, direkt auf das Maisfeld zu.

Damen-Football-Mannschaft in der Highschool, mal sehen, wofür es nütze war, dachte sie, erreichte das Maisfeld und sprang hinein.

„Ja spinnt die denn?“, rief Jake. „Wo will die denn hin?“

„In die Stadt!“, rief George und sprang in den Pick-up. „Worauf wartet ihr noch, kommt.“

Jake lief los, schnappte sich Mike, der wie geistesabwesend dastand und verwirrt umher sah, stieß ihn in den Wagen und sprang anschließend selbst auf den Fahrersitz.

Jake legte den Rückwärtsgang ein, trat das Gaspedal bis zum Anschlag, was ein Fehler war, denn augenblicklich gruben sich die durchdrehenden Hinterreifen tief in den losen, trockenen Sand.

„So eine Scheiße!“, schrie Jake und ruderte wie wild an dem Lenkrad herum, als wenn das etwas nützen würde.

Dann versuchte er es mit dem ersten Gang, er gab vorsichtig Gas, ging wieder vom Gaspedal, gab wieder Gas, sodass der Wagen in eine gleichmäßige Wippbewegung kam, bis er sich schließlich vorwärtsbewegte.

Jake wendete den Wagen, lenkte ihn zurück in Richtung Zufahrtstraße, wo er schließlich zwischen den Maisfeldern verschwand.

Die toten Reiter wirkten etwas verwirrt und versuchten, mit ihren leblosen Blicken der Puppe zu folgen. Sie bemerkten zu spät, dass sie bereits im Maisfeld verschwunden war.

Der an erster Stelle stehende Reiter, vermutlich der Anführer, hob seinen Arm hoch in die Luft und ließ ein Beil, das er in seiner Hand hielt, locker über seinem Kopf kreisen.

Gleichzeitig klappte sein Unterkiefer knirschend nach unten und aus seinem Schädel ertönte ein grauenvoller Schrei, er erinnerte an den Angstschrei einer Sau, der der Metzger gerade sein Schlachtmesser in die Halsschlagader rammt.

Sein verwesender Gaul stellte sich auf die Hinterbeine, hob seinen Kopf, oder was davon noch übrig war, hoch in die Luft und gab ähnlich grauenvolle Geräusche von sich, die keinerlei Ähnlichkeit mit dem Wiehern eines Pferdes hatten.

Dann galoppierten sie los, in Richtung Maisfeld, in dem Mary verschwunden war.

Die Hufe gaben keinen Laut von sich, da sie den Boden nicht berührten, nur das Rascheln der Maisblätter war zu hören, als die Pferde in dem dichten Pflanzenmeer verschwanden.

Mary rannte, als wäre der Teufel hinter ihr her, oder gleich zwölf.

Endspiel, Damen-Football-Turnier, Nevada High gegen die „Green Devils„.

Mary hatte sich die Holzpuppe unter den Arm geklemmt, freiwillig würde sie sie nicht mehr hergeben, und rannte instinktiv in Richtung Stadt.

Sie lief und lief, hatte ihre Beine nicht mehr unter Kontrolle, sie bewegten sich vollautomatisch, auf Flucht programmiert. Sie schlug Haken, links, rechts, versuchte, ihren grünen Gegnern auszuweichen, die mit ihren dünnen, scharfkantigen Armen Mary aufzuhalten versuchten. Mary rannte zwischen ihnen hindurch, wechselte blitzschnell ihre Richtung, um den Gegner zu verwirren, oder eigentlich, um ihre Verfolger abzuschütteln, die dicht hinter ihr waren und schnell näher kamen.

Mary versuchte, die Abwehr zu durchbrechen, mit dem freien Arm schlug sie um sich und bahnte sich eine Schneise durch die grüne Barriere, scharfkantige Blätter hinterließen blutende Schnitte auf ihrem Unterarm, Maiskolben lösten sich von den riesigen Pflanzen und trafen sie schmerzhaft im Gesicht, einer traf ihre Nase und ließ augenblicklich eine Ader in ihr platzen.

Blut quoll aus ihrer Nase, lief über ihre Lippen, über ihr Kinn und tropfte schließlich vermischt mit dem über ihr Gesicht fließenden Schweiß auf ihr T-Shirt. Das ursprünglich weiße Shirt verfärbte sich an den schweißdurchtränkten Stellen in ein helles Grau und auf der Brust breitete sich langsam ein größer werdender, rosafarbener Fleck aus, der dunkler wurde, je mehr Blut durch

Marys rasendes Herz durch die aufgeschlagene Nase nach draußen gepumpt wurde.

Sie wischte sich mit der Hand das Blut von der Oberlippe, ohne ihre Geschwindigkeit zu verringern.

Mary konnte das Rascheln der Maispflanzen hinter sich hören – sie kamen näher, schnell näher.

Es konnte nicht mehr weit sein bis zur Stadt, vorausgesetzt, sie lief in die richtige Richtung. Doch in diesem Irrgarten konnte man schnell die Orientierung verlieren, vor allem, wenn man immer wieder die Richtung ändert, um die Gegner, nein, um die Verfolger zu verwirren.

Nur, stimmt die Richtung?

Mary war sich nicht sicher.

Das Schlimmste, was passieren konnte, war, dass sie die ganze Zeit im Kreis lief und irgendwann wieder am See aus dem Maisfeld kam, doch daran wollte sie nicht denken. Dann viel ihr der Mond ein, sie beobachtete ihren Schatten und die der Maispflanzen. Als sie am See loslief, hatte sie den Mond im Rücken, also brauchte sie nur ihrem Schatten folgen, der durch den hellen Mondschein deutlich auf dem Boden zu sehen war.

Sie rannte weiter, immer dieser etwa drei Meter langen schwarzen, schemenhaften Figur auf dem sandigen Boden hinterher.

Die Reiter stoppten.

Ihre Oberkörper ragten aus dem Maisfeld heraus, sie schauten sich um und beobachteten das Feld.

Die Reiter postierten sich in einer Reihe, ihre verwesten Schädel bewegten sich suchend hin und her, ein schwaches, flackerndes Licht war in ihren dunklen, toten Augenhöhlen zu sehen und es schien, als würden sich ihre knochigen Unterkiefer zu einem Grinsen formen, als sie vor sich einzelne, sich ruckartig bewegende Maispflanzen erblickten.

„URLU BA SCHULUK!“, rief der Anführer und deutete mit der Hand auf die sich bewegende Stelle im Mais. Das schwache, flackernde Licht in seinen Augenhöhlen wurde stärker und entwickelte sich zu einem hellen Leuchten.

Dann galoppierten sie los, lautlos, nur das Rascheln der Maisblätter und das Knacken der brechenden Pflanzenstängel war zu hören.

Sie kamen schnell näher.

Mary konnte ihnen nicht entkommen, dafür war sie zu langsam und auch ihre Kräfte ließen langsam nach.

Sie warf sich auf den Boden. Die Holzpuppe fest unter ihren Arm geklemmt, versuchte sie, sich so flach wie möglich hinzulegen.

Das Rascheln und Knistern kam näher, sie mussten schon fast bei ihr sein. Mary hielt den Atem an.

Dann verstummten die Geräusche, es wurde totenstill, es war eine unheimliche Stille.

Mary spürte, wie ihr Herz in der Brust schlug, es pochte und sie glaubte, es schlüge so heftig und laut, dass es selbst die Reiter hören konnten.

Die Reiter saßen still auf ihren verrotteten Gäulen, die ebenfalls regungslos verharrten, und beobachteten das Feld. Nichts regte sich. Der Mais stand da wie eine riesige grüne Armee, die auf den Befehl zum Angriff wartet.

Mary spürte, dass die Kreaturen ganz in ihrer Nähe waren, vielleicht sogar zu nah.

Bleib jetzt ganz ruhig, dachte sie, kniff die Augen zusammen und presste ihr Gesicht nach einem kräftigen Atemzug in den trockenen sandigen Boden. *Jetzt nur nicht durchdrehen, sie werden dich nicht sehen, sie werden vorüberziehen, ohne dich zu bemerken, du musst nur ruhig bleiben.*

„GALAM RA SCHALAK!“, rief der Anführer, und augenblicklich bewegten sich die Kreaturen und schwärmten aus, jeder in eine andere Richtung.

Mary hörte das Rascheln, es kam aus verschiedenen Richtungen, hinter ihr, neben ihr, vor ihr.

Was habt ihr vor, ihr Bastarde?, dachte Mary und hob vorsichtig den Kopf. Nichts zu sehen. Sie lauschte dem Rascheln und Knistern, es entfernte sich, langsam wurden die Geräusche immer schwächer, dann verstummten sie.

Mary richtete sich langsam auf, ganz vorsichtig, ihre Blicke schossen in alle Richtungen, nichts zu sehen. Sie stellte sich auf die Zehenspitzen und versuchte, über den Mais hinwegzusehen, unmöglich, die Pflanzen waren einfach zu hoch.

Dann schlich sie sich weiter vorwärts, ganz vorsichtig, geräuschlos wie eine Katze hinter der ahnungslosen Maus schlich sie hinter ihrem auf dem Boden schleichenden Schatten her.

Im Zickzackkurs durchstreifte sie das Feld in Richtung Stadt, immer bemüht, die Maispflanzen nicht zu berühren, was ihr auch gelang, und bei jedem noch so kleinen Geräusch, das sie hörte, blieb sie stehen und hielt den Atem an.

Jake erreichte die Kreuzung am Ortseingang und lenkte den Pickup, ohne die Geschwindigkeit zu verringern, auf die Straße Richtung Norden. Der Wagen driftete in der Kurve und das Heck schlitterte hin und her, bis es sich schließlich wieder beruhigte. Dann steuerte Jake den Wagen mit durchgetretenem Gaspedal in die Stadt.

George saß stumm neben ihm, er hatte die Arme vor seiner Brust verschränkt und die Augen krampfhaft zugekniffen, an Jakes Fahrstil würde er sich wohl nie gewöhnen.

Mike hielt sich verbissen an dem Haltegriff an seiner Tür fest, seine Finger schmerzten, so fest umklammerte er den Griff. Er konnte seine Augen nicht schließen, auch wenn er wollte, es ging nicht. Er hatte sie weit aufgerissen und starrte aus dem Seitenfenster. *Gibt es Augenkrämpfe?*, dachte er und versuchte, seine Augen zu schließen.

Vielleicht gibt es so was, es gibt Wadenkrämpfe, auch in der Zunge hatte ich schon einmal einen Krampf, Mary hatte sich damals kaputt gelacht, als ich versuchte, den letzten Rest aus dem Eisbecher zu lecken und sich meine

Zunge verkrampfte und ich vor Schmerzen aufschrie. Aber an den Augen?

Mike starrte weiter aus dem Fenster.

Das Ortsschild ist verschwunden, schoss es ihm plötzlich durch den Kopf. *Das Schild ist nicht mehr da. Das Schild mit dem Namen … mit dem Namen der Stadt … die Stadt heißt … Verdammt, auf dem Schild stand …*

„LEUTE, DAS ORTSSCHILD IST NICHT MEHR DA!“, schrie Mike.

„Welches Schild?“, fragte George ruhig und hielt weiter seine Augen geschlossen.

„U... unser Ortsschild“, stotterte Mike aufgeregt. „Das Schild, hier vorne an der Straße, auf dem stand ... auf dem stand ...“

„Da war noch nie ein Schild“, sagte Jake. „Hier gibt es kein Ortsschild.“

„Wie heißt denn diese Scheißstadt?“, rief Mike und rieb sich die Augen.

„Sie hat keinen Namen“, antwortete Jake. „Hat sie noch nie gehabt.“

„*Wie, sie hat keinen Namen,* dachte Mike, Tausend Gedanken schossen ihm durch den Kopf, die er zu ordnen versuchte. *Natürlich hat sie einen Namen. Sie heißt ... der Name der Stadt lautet ... Jetzt dreh ich durch. Ich lebe jetzt schon seit ... seit wann lebe ich hier? Ich habe Mary kennengelernt, das ist jetzt wie lange her? Verdammte Scheiße, ich hab's vergessen, ich hab alles vergessen. Oder ich bin gar nicht wach, ich habe eine Vision, ja, genau.*

Und gleich wache ich auf und alles ist wieder in Ordnung. Stadt ohne Ortsschild, Stadt ohne Namen, das kommt mir bekannt vor ... genau, in meiner Vision damals, am Bahnübergang, die Stadt hatte keinen Namen, jedenfalls hatte sie kein Ortsschild.

Jake ging vom Gas und fuhr langsam weiter.

Sie erreichten die ersten Häuser und Jake stoppte den Wagen.

„Seht mal da“, sagte Jake, „was machen die da?“

George öffnete seinen Augen und schaute durch die fast undurchsichtige Windschutzscheibe, auf der sich eine mindestens einen Zentimeter dicke Staubschicht abgelagert hatte. Jake betätigte den Scheibenwischer, aus den Wasserdüsen auf der Motorhaube quollen nur einige Bläschen, sodass die Wischer den Staub nur etwas verteilten und einige breite, aber ebenfalls undurchsichtige Streifen hinterließen.

„Verdammt. Leer“, brummte Jake vor sich hin und betätigte nochmals den Scheibenwischer, was aber nichts nutzte.

Mikes „Augenkrampf“ war vorüber und er rutschte nervös auf dem Rücksitz hin und her.

„Was ist denn da?“, fragte er aufgeregt und versuchte ebenfalls, etwas durch die verdreckte Windschutzscheibe zu erkennen.

Dann drehten George und Mike ihre Seitenfenster herunter und steckten die Köpfe raus.

„Was machen die denn da?“, fragte jetzt Mike.

„Woher soll ich denn das wissen“, antwortete George.

Die Kreaturen liefen in der Stadt umher, einzelne standen vor einer Haustür und rappelten an der Klinke, andere schlugen mit den Fäusten gegen die Türen und andere liefen einfach orientierungslos umher.

Nur der „Grauhaarige“ stand mitten auf der Straße und schaute zu Jake, George und Mike hinüber.

„Ich glaub, die sind etwas verwirrt“, meinte Jake und grinste.

„Sieht fast so aus“, sagte George und konnte sich ebenfalls ein Grinsen nicht verkneifen.

Nur Mike fand die Sache überhaupt nicht lustig und starrte die grauhaarige Kreatur an, die noch immer mitten auf der Straße stand und sie beobachtete.

Noch ein paar Meter, dann würde Mary die Straße erreichen, sie konnte bereits den dunklen Asphalt durch die letzten Pflanzenreihen erkennen. Langsam schlich sie weiter, einen Fuß vor den anderen, bis sie schließlich die letzte Pflanzenreihe erreicht hatte. Sie blieb stehen und streckte vorsichtig ihren Kopf aus dem Maisfeld.

Sie schaute sich um und erblickte in einiger Entfernung Jakes Wagen.

Da sind sie ja, dachte Mary erleichtert und trat aus dem Feld auf die Straße.

Dann lief sie los, ohne sich umzusehen, die Puppe noch immer fest unter ihren Arm geklemmt, und rief: „Mike, Jake, George, ich bin hier. Hallo, ey, ich bin hier!“

Im selben Augenblick schossen die zwölf Reiter aus dem Maisfeld und folgten Mary. Sie konnte das Klappern der Knochen hinter sich hören, wagte jedoch nicht, sich umzudrehen und lief einfach weiter. Sie erreichte Jakes Wagen und rief, während sie an ihnen vorbeirannte: „Was macht ihr denn hier? Seid ihr eingeschlafen?"

„Und wo willst du hin?", rief Jake und streckte seinen Kopf aus dem offenen Seitenfenster.

Gleich hinter Mary schossen die Reiter an Jakes Wagen vorbei.

„Wow!", rief Jake und zog blitzschnell seinen Kopf wieder ein.

„Wir müssen ihr helfen", schrie Mike hysterisch. „Tut doch was, verdammt noch mal."

Jake und George schauten sich fragend an und zuckten mit den Schultern, dann schauten sie Mike fragend an.

„Was sollen wir tun?", fragte George. „Gib uns mal einen Tipp."

„Ich werde wahnsinnig", jammerte Mike. „Das kann doch alles gar nicht wahr sein."

Du bist wahnsinnig, dachte George, *du weißt es nur noch nicht.*

Obwohl George es nicht ausgesprochen hatte, sondern es nur tief in seinen gallertartigen Gehirnwindungen ausbrütete und es auch dort belassen wollte wie ein unheimlich wichtiges Geheimnis, glaubte Mike, es hören zu können.

„Was haben Sie da gerade gesagt, George?", fragte Mike und tippte George mit dem Finger auf die Schulter.

„Ich? Nichts. Ich habe nur gefragt, was wir machen sollen."

„Das meine ich nicht, das andere."

„Gib uns einen Tipp?"

„Nein, das meine ich auch nicht. Ach, vergessen Sie es."

Mike schaute George prüfend an, er war sich sicher, dass George es gesagt und er es gehört hatte.

Mary rannte noch immer, sie lief direkt auf die grauhaarige Kreatur zu, die sie mit ihren schwarzen, toten Augenhöhlen anstarrte und deren loser, verfaulter Unterkiefer sich zu einem breiten Grinsen verformte.

Die Kreatur breitete die Arme aus und kreischte: „Ja, komm zu mir, hab keine Angst, KOMM ZU MIR."

Mike hielt es im Wagen nicht mehr aus, er riss die Türe auf und sprang heraus.

„MARY", schrie er, „BLEIB STEHEN, KOMM ZURÜCK!"

Doch Mary dachte gar nicht daran, stehen zu bleiben.

„GEH ZURÜCK IN DEN WAGEN!“, schrie sie, ohne sich umzudrehen. „HAST DU VERSTANDEN? GEH ZURÜCK IN DEN WAGEN!“

Ohne auch nur einen Augenblick zu zögern, sprang Mike zurück in den Wagen, schlug die Türe zu, drückte die Verriegelung herunter und kurbelte das Fenster hoch.

Jake und George lachten. „Ha, ha. Das war aber ein kurzer Ausflug, schon wieder zurück? Ha, ha.“

Was gibt's denn da zu lachen, dachte Mike, *ich möchte nur mal wissen, wer hier wahnsinnig ist.*

„Das haben wir gehört“, sagte George und drehte sich langsam zu Mike herum.

Das könnt ihr gar nicht hören, dachte Mike, *ich habe es ja nicht ausgesprochen, nur gedacht, nicht ausgesprochen.*

„Das haben wir auch gehört“, sagte Jake und drehte sich ebenfalls zu Mike nach hinten um.

Mike schloss die Augen. Er wollte nichts mehr sehen. Er wollte nicht mehr in diese zwei grinsenden Grimassen sehen, die vor ihm saßen und ihn anstarrten, und er wollte auch nicht sehen, was die Kreatur gleich mit Mary anstellt, wenn sie genau in ihre Arme läuft. Er wollte gar nichts mehr sehen.

Ich werde wirklich langsam irre, ich fühl mich scheiße, ich will hier weg. Warum habe ich damals hier in diesem gottverdammten Kaff angehalten? Warum bin ich nicht einfach weitergefahren?

So, wie ich mich jetzt fühle, so muss sich ein Wahnsinniger fühlen, der plötzlich und unerwartet seine Knarre aus der Schublade holt, sein Haus verlässt und auf der Straße wahllos auf Passanten schießt, um sich anschließend selbst mit der eigenen Waffe sein armseliges, krankes Hirn aus seinem Schädel zu ballern, dachte Mike und versuchte, mit Schlägen seiner flachen Hand vor seine Stirn diese kranken Gedanken zu vertreiben.

Die Reiter hatten Mary fast eingeholt, sie klapperten triumphierend mit ihren verfaulten Kiefern und stießen immer wieder grelle Schreie aus.

Mary spürte plötzlich ein Vibrieren unter ihrem Arm. *Die Puppe,* dachte sie, griff nach ihr und hielt sie in beiden Händen, während sie weiter auf die Kreatur zulief. Die Puppe vibrierte tatsächlich, dann klapperte sie mit den Augen.

Mary zögerte nicht und drückte mit ihren Daumen die Augen der Puppe tief in deren Schädel.

Dann schlug sie einen Haken, rannte rechts an der Kreatur vorbei, warf ihr die Puppe zu und rief: „Hier, fang!"

Die Kreatur fing die Puppe und hielt sie in ihren Händen, während Mary wendete und zwischen den Reitern hindurch in Richtung Pick-up lief. Die Reiter kümmerten sich nicht um Mary, sie wollten nur die Puppe und steuerten weiter auf den „Grauhaarigen" zu.

„JAKE, FAHR LOS!", rief Mary und rannte weiter auf den Pick-up zu. „MACH DIE TÜR AUF UND FAHR LOS!"

Jake trat aufs Gaspedal, wendete und fuhr los, während Mike hinten die Türe öffnete. Mary lief hinter ihnen her.

Jake hielt die Geschwindigkeit so bei, dass Mary problemlos aufholen konnte und schließlich in den Wagen sprang.

„Geschafft, Jungs. Und? Seid ihr stolz auf mich?"

„Ja, Schwester Mary", hallte es aus Jakes und Georges Mund gleichzeitig.

„Was hat das alles zu bedeuten?", fragte Mike irritiert.

„Das verstehst du noch nicht", sagte Mary leise und hielt zärtlich Mikes Hand, „vielleicht später."

Dann schaute Mary zurück durch das kleine Heckfenster.

Die Kreatur hielt noch immer die Holzpuppe in den Händen. Doch die Puppe veränderte sich, sie pulsierte, sie begann zu leuchten, sie glühte und blähte sich auf. Sie wurde größer und größer und dann zerplatzte sie, begleitet von einem lauten Knall, in Tausend kleine Splitter.

In diesem Augenblick erreichten die Reiter den „Grauhaarigen".

Auch sie veränderten sich, ihre Knochen begannen ebenfalls zu glühen, so hell wie das Eisen, das ein Schmied aus seinem Feuer zog,

Flammen schossen aus ihren leeren Augenhöhlen und Rauch quoll zwischen den Rippenknochen hervor.

Der Anführer packte sich den „Grauhaarigen“, klemmte ihn sich unter den Arm, so wie Mary sich zuvor die Puppe unter ihren Arm geklemmt hatte, und ritt weiter.

Die anderen Reiter schwärmten aus und pflückten sich jeder eine Kreatur, die plötzlich verwirrt und ziellos umherliefen.

Sie packten die Kreaturen an ihren Halswirbeln und hoben sie hoch. Augenblicklich wurden sie bewegungslos, klappten zusammen wie Marionetten, denen man die Schnüre kappt. Sie warfen sie vor sich über ihren Gaul wie einen alten Mantel und galoppierten zur nächsten Kreatur, bis sie alle eingesammelt und auf ihren verfaulten Pferden verstaut hatten.

Die ganze Aktion dauerte nur wenige Minuten. Dann versammelten sich alle Reiter hinter ihrem Anführer, der einen schrillen, ohrenbetäubenden Schrei von sich gab und dann seinen Gaul durch einen Schlag auf dessen Hüftknochen zum Galoppieren veranlasste. Die übrigen Reiter folgten ihm.

Sie ritten die Straße hinunter zum Ortsausgang, bogen plötzlich nach rechts ab und verschwanden einer nach dem anderen im Maisfeld.

„Sie reiten ins Maisfeld“, sagte Mary, während sie aus dem kleinen Heckfenster schaute. „Möchte mal wissen, wo die hin wollen.“

„Zum See?“, meinte George, drehte sich dabei nach hinten und zauberte ein breites Grinsen auf sein Gesicht. „Fahrer, zum See bitte.“

„Jau“, war die knappe Antwort von Jake, der sogleich das Lenkrad herumriss und in den Feldweg, der zum See führte, einbog.

Ich glaub, jetzt drehen hier alle durch, dachte Mike und schaute fragend in die Runde. *Oder ich drehe durch.*

„Ja, das stimmt, du drehst durch“, glaubte Mike zu hören, aber wer hatte es gesagt. Er schaute misstrauisch in die Runde. *Mal sehen, wer sich verdächtig verhält.*

Dann fragte er: „Wer hat das gesagt?“

„Wer hat was gesagt?“, fragte Mary und schaute Mike fragend an.

„Das mit dem Durchdrehen."

„Wann?"

„Gerade eben."

„Hier hat niemand etwas gesagt", entgegnete Mary, „nicht wahr, Jungs?"

„Das ist wahr, Schwester Mary", hallte es erneut aus dem Zweimann-Chor auf den Vordersitzen, als hätten sie's geprobt.

Mike ging es gar nicht gut, seine Eingeweide zogen sich zusammen und er bekam fürchterliche Magenkrämpfe.

Die halten mich wirklich für bescheuert.

In seinem Schädel hämmerte es, als würde sein Herz sein gesamtes Blut in sein Gehirn pumpen, er schloss die Augen und drückte seine Hände an die Schläfen und hoffte, so die Schmerzen zu lindern.

„Was ist los, Mike?", fragte Mary besorgt. „Hast du wieder diese Kopfschmerzen?"

„Ja, Migräne. Geht schon wieder."

Wieso wieder diese Kopfschmerzen? Ich habe nie Kopfschmerzen. Ich glaube, ich habe nie Kopfschmerzen.

Glaube ich, … ich kann mich nicht erinnern. Genauso wie ich mich nicht an ein Ortsschild erinnern kann, das es nie gegeben haben soll. Ich wohne in einem Ort ohne Namen, ha, ha, ich dreh wirklich durch.

„Mary", flüsterte Mike und beugte sich zu Mary hinüber, „wie lautet der Name dieser Stadt?"

„Welche Stadt?"

„Dieses gottverlassene Kaff, in dem wir seit … was weiß ich wie lange leben, diese Stadt, WIE HEIẞT SIE?", brüllte Mike und hielt sich mit beiden Händen den Kopf, der jeden Moment zu explodieren schien.

„Mike, hier gibt es keine Stadt", antwortete Mary ruhig und lächelte. „Ach schau, da ist der See."

„WIE, DA IST DER SEE!", schrie Mike außer sich vor Wut. „IHR MACHT MICH WAHNSINNIG. NATÜRLICH IST DA DER SEE, WO SONST? Oder gibt es den auch nicht?"

„Doch, natürlich gibt es den See. Beruhige dich."

Sie erreichten das Ufer.

Jake stoppte den Wagen und stellte den Motor ab.

„Da kommen sie“, sagte George und deutete mit dem Finger auf das Maisfeld.

Das öffnete sich und die verfaulten Pferde mit ihren Reitern traten heraus. Langsam schritten sie zum Ufer, hintereinander in einer Reihe, dann stoppten sie. Der Anführer drehte seinen Schädel und schaute zu Jakes Wagen hinüber. Sein loser Unterkiefer schien sich zu einem breiten Grinsen zu formen, dann stieß er einen grauenvollen, kreischenden Ruf aus.

Mike zuckte zusammen.

Jake, George und Mary schienen es zu genießen, sie beobachteten lächelnd das Spektakel, als säßen sie in einer Western-Open-Air-Aufführung.

Die Gäule wurden langsam unruhig, sie scharrten nervös mit den Hufen in der Luft und stießen immer wieder kleine, gelbe Rauchwolken aus ihren Nüstern.

Der Anführer beugte sich nach vorn und es sah so aus, als würde er seinem vierbeinigen Freund etwas in seine linke Schädelöffnung flüstern, an deren Stelle sich ursprünglich einmal ein Ohr befunden haben musste.

Der Gaul nickte bejahend mit dem Schädel, gab ein tiefes Grunzen von sich, stellte sich auf die Hinterläufe und sprang.

Er erhob sich in die Luft, einige Meter über dem See und klatschte schließlich kopfüber ins Wasser.

Die anderen Reiter folgten ihm.

Einer nach dem anderen verschwand in der dunklen, nassen Gruft. Ein grünes Licht war unter der Wasseroberfläche zu erkennen, als die Pferde eintauchten, dann verschwand es. Nichts war mehr zu sehen, nichts zu hören, absolute Stille.

Auch im Wagen herrschte absolute Ruhe, alle schauten gespannt hinaus auf den See. Plötzlich applaudierte George, dann Jake, dann Mary.

„SEID IHR TOTAL BEKLOPPT GEWORDEN?“, schrie Mike, der sich den Applaus verkniffen hatte.

„Jetzt reicht’s mir aber“, sagte Mary. „Jake, die Spritze.“

Jake öffnete das Handschuhfach, griff hinein, wühlte darin herum und zog eine etwa 20 Zentimeter lange Spritze heraus, die er nach hinten reichte.

Mary ergriff sie und rammte sie Mike in den Oberarm.

„Hast du'n Knall?", stammelte Mike. „Was soll denn da…"

Dann sackte Mike zusammen.

Kapitel 12

Mike öffnete seine Augen und schloss sie sofort wieder. Grelles Licht blendete ihn. Warme Sonnenstrahlen trafen sein Gesicht und ließen farbige Punkte vor seinen Augen tanzen. Langsam öffnete er seine Augen wieder, ganz langsam, bis sie sich an die Helligkeit gewöhnt hatten.

Er wollte seine Hände schützend vor sein Gesicht halten, konnte seine Arme aber nicht bewegen. Irgendetwas hielt sie fest. Er versuchte, seinen Kopf zu bewegen, dies gelang ihm jedoch auch nicht.

Ich bin gelähmt, dachte er.

Seine Augen schienen in Ordnung zu sein. Er rollte sie in alle Richtungen, alles klar, das funktionierte wenigstens noch.

Mike schaute hinunter, ohne den Kopf zu bewegen.

Er saß auf einem einfachen Holzstuhl, seine Arme lagen auf den Armlehnen und seine Handgelenke waren mit braunen Lederriemen an diesen angebunden. Auch seine Beine konnte er nicht bewegen, sie waren ebenfalls mit Lederriemen an den Stuhlbeinen gefesselt. Doch im Gegensatz zu seinen Händen spürte er seine Beine nicht, nicht einmal ein Kribbeln, nichts.

Er trug eine weiße Leinenhose und ein passendes, weißes langärmeliges Leinenhemd, das an sterile Krankenhauskleidung erinnerte.

Mike schaute nach vorn und blickte auf ein vergittertes Fenster.

Die Sonne schien, der Himmel schimmerte dunkelblau und vereinzelt zogen feine Schleierwolken vorüber.

Da ist er ja, dachte Mike. Vor ihm lag ein See, in zahlreichen grünen Hügeln gebettet und umsäumt von riesigen, uralten Tannen. Das Wasser glitzerte in der Mittagssonne.

Das ist der See, fast, sieht ihm verdammt ähnlich. Er ist schöner. Wirkt alles irgendwie verträumt, erinnert mich an diese Hochglanzkalender mit den oft unglaublichen Naturaufnahmen.

Aber wo bin ich? Was ist das für ein Raum?

Mike versuchte, sich weiter umzusehen, was jedoch schwierig war, da er sich ja nicht bewegen konnte. Er tastete mit seinen Augen weiter den Raum ab, von links nach rechts konnte er so einen Radius von fast 180 Grad überblicken.

Er befand sich in einem Raum, etwa drei mal vier Meter groß. Der Boden und die Wände waren mit weißen Kacheln versehen, die Zimmerdecke war weiß gestrichen, in ihrer Mitte hing eine einzelne, nackte Glühlampe.

In der Ecke stand ein Bett, das aus einem cremefarbenen Rohrgestell und einer einfachen Matratze bestand.

An der anderen Wand befand sich ein Holztisch, auf dem ein Becher und eine Kunststoffkaraffe standen, darüber an der Wand hing ein kleines Kruzifix.

Hinter ihm musste sich die Tür befinden, falls es eine gab, die konnte er nicht sehen.

Was mach ich hier?, dachte Mike, während er versuchte, sich durch das Drehen der Hände von seinen Fesseln zu befreien.

Wie komme ich hierher? Hat Mary mich hierher gebracht? Und wenn, warum? Bin ich durchgeknallt?

Sie hat mir 'ne Spritze in den Arm gerammt, genau, ich erinnere mich. Die spinnt doch wohl.

Mike wollte nach Hilfe rufen. „H I L F E“, schoss es ihm durch den Kopf, aber er bekam keinen Ton heraus. Er versuchte, seine Lippen zu bewegen, was ihm nicht gelang.

Auch seine Zunge gehorchte nicht und lag leblos in seinem Mund, wie ein Stück totes Fleisch.

Er spürte, wie Speichel aus seinem Mund lief, er sammelte sich am Kinn und tropfte schließlich auf seine Brust, wo sein Sabber bereits einen handgroßen, dunklen Fleck auf dem weißen Leinenhemd hinterlassen hatte.

Müssen wohl noch Nachwirkungen der Spritze sein, dachte Mike, *muss wohl ein Hammerzeug sein.*

Er bekam wieder Kopfschmerzen, sein Gehirn schien anzuschwellen, es pulsierte, mit jedem Herzschlag schoss ein stechender Schmerz durch seinen Schädel. Mike glaubte, der Druck in seinem

Kopf würde so stark, dass er seine Augäpfel aus den Höhlen drückte und sie schließlich, nur noch an den Muskelfasern hängend, vor seinem Gesicht baumelten.

Er schloss die Augen, atmete langsam ein und aus. Schließlich klang der Schmerz etwas ab, er verschwand nicht, wurde aber etwas erträglicher.

Dann hörte Mike eine vertraute Stimme.

Mary, dachte er. *Ja, das ist Mary. Gott sei Dank.*

Er hörte Marys Stimme, nicht laut und sehr undeutlich, aber er erkannte sie. Sie unterhielt sich mit jemandem, vermutlich mit einem Arzt, denn so, wie es schien, befand er sich in einer Klinik.

Alles klar, Leute, dachte Mike, konnte es aber nicht aussprechen. *Ich hatte wahrscheinlich einen Nervenzusammenbruch, soll vorkommen, aber jetzt holt mich hier raus. Ich bin in Ordnung.*

Mike hörte, wie sich hinter ihm eine Tür öffnete. Einige Personen betraten den Raum, wie viele, wusste er nicht.

„Jetzt kommen wir zu unserem Sorgenkind", hörte er Mary sagen.

Jetzt übertreib mal nicht, dachte Mike, *befreie mich lieber von diesem Scheißstuhl.*

Wie gerne hätte er es jetzt rausgerufen oder wäre von diesem Stuhl aufgesprungen, doch beides war nicht möglich.

Das Einzige, was uneingeschränkt funktionierte, war der Speichelfluss, der allmählich das Leinenhemd durchnässte.

„Was ist mit ihm, Schwester Mary?"

Wieso Schwester?, dachte Mike. *Was haben die denn alle mit ihrer „Schwester"?*

„Schwester Susan, das ist ein komplizierter Fall. Der Patient heißt Mike.

Mike Green. Er ist jetzt bereits seit sechs Monaten hier und wir sehen kaum eine Besserung."

Oh mein Gott, seht doch her, sehe ich etwa krank aus?, Dachte Mike. *Ich fühl mich super, das mit meinem Mund gibt sich wieder, wird wahrscheinlich gleich wieder in Ordnung sein.*

„Es war ein Verkehrsunfall, er war mit seinen Eltern unterwegs nach Vegas, mit dem Wagen.

Bei Pahrump, kurz vor ihrem Ziel, wurde der Wagen von einem Güterzug erfasst, der Wagen war vollkommen zerstört. Mr. und Mrs. Green starben bei dem Unfall, sie waren auf der Stelle tot. Mike überlebte schwer verletzt. Man hat ihn zwei Monate in einer Spezialklinik behandelt. Sie haben ihn so gut es ging wieder zusammengeflickt, doch sein Rückenmark wurde bei dem Unfall im Lendenwirbelbereich völlig zerstört. Außerdem hatte er schwere Kopfverletzungen erlitten, beides irreparabel.

„Und was ist mit seinem Arm passiert?“, fragte Schwester Susan. „Er hat nur einen Arm?!“

„Ja, aber das stammt nicht von dem Unfall“, sagte Schwester Mary. „Soweit wir wissen, hat er seinen rechten Arm bereits vor Jahren auf einer Baustelle bei einem Arbeitsunfall verloren.“

So ein Quatsch, dachte Mike und wollte es herausschreien, *meine Arme sind völlig in Ordnung, seht doch her.*

Mike schaute hinunter auf seine Arme. Tatsächlich, sein rechter Arm fehlte. Der Ärmel seines Leinenhemdes war am Schulteransatz verknotet und hing lose herunter.

„Er kam vor sechs Monaten zu uns, wir versuchen unser Bestes, aber es tut sich einfach nichts. Er spricht nicht, er sitzt nur da auf seinem Stuhl und starrt aus dem Fenster hinaus auf den See.“

„Warum ist er angebunden?“

„Ja, manchmal dreht er durch, schlägt um sich, wir wollen nicht, dass er sich oder uns verletzt. Ich spreche jeden Tag mit ihm, immer wenn es die Zeit erlaubt, vielleicht kann er mich ja hören. Manchmal glaube ich sogar, ein klitzekleines Lächeln in seinem Gesicht zu erkennen. Er tut mir so leid. Auch kommt es mir manchmal so vor, als würde er dort draußen irgendetwas sehen, dann reißt er seine Augen auf und wird plötzlich so unruhig, nur für einen kurzen Augenblick, dann erstarrt er wieder oder fällt in einen schlafähnlichen Zustand. Er schläft nie richtig fest, es ist mehr so ein Dösen. Wir müssen ihn künstlich ernähren, heute war er besonders aufgeregt, er hat hyperventiliert, hab ihm eine Beruhigungsspritze gegeben.“

Tränen quollen aus Mikes Augen, rollten über seine Wangen und vermischten sich mit dem Sabber.

Die können doch unmöglich von mir reden, ich träume das hier doch nur. Oder es handelt sich hier um eine dieser Visionen. Ich bin doch nicht verletzt, verdammt noch mal. Schaut mich doch mal richtig an. Es geht mir doch gut, ich … aaah …

Und wieder schoss ein stechender Schmerz durch sein Gehirn und stoppte augenblicklich den Gedankenfluss. Mike kniff die Augen zusammen. Er versuchte langsam und gleichmäßig zu atmen.

Der Schmerz hielt nicht lange an, er wurde schwächer, verschwand jedoch nicht vollständig. Ein schwaches Pochen in seinen Schläfen blieb zurück.

Dann hörte Mike eine dritte Person den Raum betreten.

„Hallo, Dr. Stone", hörte er Mary sagen. „Darf ich Ihnen meine neue Kollegin vorstellen? Schwester Susan. Schwester Susan, das ist Dr. Stone."

„Hallo, Doktor, freut mich."

„Ganz meinerseits. Wie ich sehe, machen Sie sich bereits mit unseren Patienten bekannt, sehr schön. Sie können sich gerne mit Mike unterhalten, das wird allerdings eine sehr einseitige Unterhaltung. Man vermutet, dass Wachkomapatienten sehr wohl ihre Umwelt wahrnehmen, sich selbst jedoch nicht äußern können.

Einige Wissenschaftler glauben sogar, dass sich diese Patienten zeitweise oder sogar dauernd in einer Art Traumwelt aufhalten, für die Patienten vollkommen real, eine Art Paralleluniversum, wo sie ihr eigenes Leben scheinbar ganz normal weiterleben, ohne etwas von ihrem gesundheitlichen Zustand zu wissen.

Einige verfallen in ihre eigens inszenierte Traumwelt, ob es sich dabei um eine positive oder eine negative handelt, nun ja, darüber streiten sich die Gelehrten.

Patienten, die aus dem Wachkoma aufwachen, können sich leider an nichts mehr erinnern. Manche wachen leider nie mehr auf.

Ich habe nichts dagegen, wenn unser Personal ihn besucht, er hat niemanden außer uns. Vielleicht unterstützt es seine Genesung, obwohl ich nicht glaube, dass er jemals wieder gesund werden wird. Mike hat hier einige Freunde gewonnen, die ihn immer wieder mal besuchen. Jake, unseren Hausmeister, Mädchen für alles Technische. George, unser indianischer Gärtner, der sich um unsere Außenanlagen kümmert. Dr. Miller, der sich allerdings mehr um unsere kleinen Patienten kümmert. Toni aus der Küche, Grace, unsere Stationsschwester und gute Seele des Hauses und natürlich unsere männlichen Pfleger: Bob, Andy, Ben, Tom und Joe. Die werden Sie alle noch kennenlernen. Ja, dann hoffe ich, dass Sie sich hier wohlfühlen werden, wir gut zusammenarbeiten und heiße Sie herzlich willkommen in unserem „Haus am See“. Nun, vielleicht nicht gerade ein passender Name für eine psychiatrische Klinik, aber doch irgendwie zutreffend“, sagte Doktor Stone und deutete mit dem Finger auf den See hinter dem vergitterten Fenster.

„Das stimmt, Doktor“, sagte Schwester Susan und schaute hinaus auf den See. „Es ist wirklich wunderschön hier.“

Mike weinte. Er schloss seine Augen. Er hörte die Stimme des Doktors, die von Mary und die von Schwester Susan, die langsam miteinander verschmolzen und sich schließlich zu einem dumpfen Gemurmel vermischten.

Er hielt die Augen geschlossen, er wollte sie nicht mehr öffnen, nie mehr. Einige dicke Tränen quollen hervor, suchten sich ihren Weg an der Nase vorbei, über die Lippen, die vor innerem Schmerz zitterten, über das Kinn und tropften schließlich auf das inzwischen von Sabber und Tränen völlig durchnässte Leinenhemd.

Er fühlte sich leicht, fast schwebend. Dunkelheit umarmte ihn, nicht bedrohlich, nein, beruhigend.

Als ob man als Kind ängstlich im Bett kauert, umgeben von grässlichen Schattenwesen, die bedrohlich an den Wänden umherschleichen, sich schützend die Bettdecke über den Kopf zieht – und augenblicklich verschwinden alle Fabelwesen, die sich unter dem Bett versteckt oder im Kleiderschrank eingenistet hatten und auf einen Schlag fühlt man sich sicher.

Wohlige Wärme durchdrang seinen Körper, kroch in seine Gliedmaßen, kroch hinauf bis in sein schmerzendes Gehirn, wo es augenblicklich den pochenden Schmerz ausschaltete, und eine unglaubliche Erleichterung überkam ihn.

Es ist so weit, dachte Mike, *gleich bin ich wieder zu Hause.*

Sein Kopf senkte sich langsam auf seine Brust.

Sein Geist befreite sich aus dem kranken Körper, schwebte hinauf zur Zimmerdecke, bewegte sich auf das vergitterte Fenster zu, das sich augenblicklich öffnete, und schwebte hinaus ins Freie.

Eine menschenähnliche, bewegungslose und auf einem Stuhl kauernde leere Hülle blieb zurück.

Seine Gedanken,
sein Geist,
seine Seele,
sie drifteten ab,
zurück
in seine eigene Welt.

Mike konnte das Seeufer sehen, es sah fast so aus wie immer. Nein, Mike war sich sicher, es sah genauso aus wie immer.

Er schwebte weiter auf das Ufer zu, bis er schließlich den See erreichte. Langsam sank er zu Boden und plötzlich spürte er seinen Körper wieder. Langsam berührten seine nackten Füße den Boden und er spürte den feuchten Sand zwischen seinen Zehen. Mike sah hinunter und betrachtete seine Füße, während er mit den Zehen in dem feuchten Sand einige Abdrücke hinterließ, um wirklich sicherzugehen, dass es sich um seine Füße handelte. Er hob seine Hände und betrachtete auch diese, während er sie abwechselnd vor seinem Gesicht hin und her drehte. Sein Mund verformte sich zu einem breiten Grinsen.

„Von wegen, Arm verloren“, sagte er laut, „hab mich noch nie so gut gefühlt wie jetzt.“

„MIKE, MIKE!“, hörte er jemanden rufen.

Mike erkannte die Stimme sofort, es war Mary.

Er drehte sich um.

Mary stand lächelnd vor ihm.

„Und? Wie geht es dir?“, fragte sie ihn.

„Gut. Mir ging es noch nie besser.“

„Schön, das freut mich.“

„Mary, ich glaube, es wäre besser, wenn wir hier verschwinden", flüsterte Mike und schaute über seine Schulter hinaus auf den See.

„Warum? Was hast du denn?"

„Die Kreaturen", antwortete Mike mit zitternder Stimme, „die Kreaturen."

„Beruhige dich, Mike, du hast schon einige Fortschritte gemacht, ich glaube, du hast sie verjagt. Wenn du fest daran glaubst, dass sie verschwunden sind, dann werden sie auch nicht mehr auftauchen."

„Glaubst du wirklich?", sagte Mike leise, während er Marys Hand nahm und sie gemeinsam hinauf zum Maisfeld gingen.

„Ja, das glaube ich."

Mike hätte es auch gerne geglaubt.

Oh, wie gerne hätte er es geglaubt, wären da nicht die schmatzenden und

kichernden Geräusche, die aus dem Maisfeld drangen …

Ende

Der Autor

Olaf Lange wurde 1967 in Duisburg geboren, wo er heute noch mit seiner Frau und seinen zwei Söhnen wohnt. Nach einer Elektrikerausbildung und dem Abschluss der Fachhochschulreife leistete er seinen Zivildienst ab. Derzeit ist er als Polier im Feuerfestbau tätig.

novum VERLAG FÜR NEUAUTOREN

Der Verlag

Der im österreichischen Neckenmarkt beheimatete, einzigartige und mehrfach prämierte Verlag konzentriert sich speziell auf die Gruppe der Erstautoren. Die Bücher bilden ein breites Spektrum der aktuellen Literaturszene ab und werden in den Ländern Deutschland, Österreich, Schweiz und Ungarn publiziert. Das Verlagsprogramm steht für aktuelle Entwicklungen am Buchmarkt und spricht breite Leserschichten an. Jedes Buch und jeder Autor werden herzlich von den Verlagsmitarbeitern betreut und entwickelt. Mit der Reihe „Schüler gestalten selbst ihr Buch" betreibt der Verlag eine erfolgreiche Lese- und Schreibförderung.

Manuskripte herzlich willkommen!

novum publishing gmbh
Rathausgasse 73 · A-7311 Neckenmarkt
Tel: +43 2610 43111 · Fax: +43 2610 43111 28
Internet: office@novumpro.com · www.novumpro.com

AUSTRIA · GERMANY · HUNGARY · SPAIN · SWITZERLAND

1353155R0014

Printed in Germany
by Amazon Distribution
GmbH, Leipzig